LE MARIN AMÉRICAIN

DU MÊME AUTEUR

Le Marin américain, Gaïa, 2009 ; prix Gens de mer 2009.

Titre original :
Den amerikanske sømand
Editeur original :

Publié avec l'accord de
Gyldendal Group Agency

ISBN 978-2-7427-9503-1

KARSTEN LUND

LE MARIN AMÉRICAIN

roman traduit du danois
par Inès Jorgensen

BABEL

PREMIÈRE PARTIE

Ma famille est issue d'un naufrage dramatique, survenu par une nuit d'hiver il y a cent ans.

L'histoire me tient en éveil dans l'Audi A8 qui me porte vers le nord. La grosse voiture roule au régulateur de vitesse, museau levé, et éclaire la route sur cinq cents mètres. Nous abordons un virage, et les phares halogènes balaient la lande déserte comme un coup de peigne rapide. L'éclairage cru transforme ce qui n'était qu'étendue monotone en touffes de bruyère et de laîche, semblables à de l'étoffe laineuse et des varices, avec des camarines accrochées comme des bijoux autour du cou lisse d'une jeune fille.

Des personnes que j'ai connues surgissent un bref instant dans le faisceau des phares, puis disparaissent, le visage blême.

Cette région et cette mer racontent l'histoire de la famille sur trois générations, mon histoire.

Un petit lac accroche la lumière de la lune au milieu du paysage de dunes et tout à coup je me souviens de la sensation des pieds glacés et mouillés, barbotant dans les bottes en caoutchouc.

Grâce à une politique rigoureuse de protection de la nature, tout est resté tel qu'il y a cent ans, quand mon arrière-grand-mère Ane Christensen se retrouva enceinte dans des circonstances tout à fait étranges.

L'énigme a donné lieu à de nombreuses enquêtes, tant officielles que privées. Sans oublier la rumeur populaire, un murmure latent, des théories non formulées et la persistance des regards tout au long des années.

A présent, elle va être résolue. Alors même que je m'approche de la pointe nord du Jutland.

La route devant moi baigne dans la lumière des phares d'un camion.

Il a surgi de l'obscurité de la plantation de pins sur les dunes. Il allume son feu de toit, le faisceau jaune clair et inquisitorial se diffuse dans la nuit, m'aveugle, puis se rétracte tout aussi lentement et disparaît dans le phare.

Qui es-tu et que veux-tu ? questionne-t-il. Son moteur vrombit comme une corde de basse électrique en vibration continue. Un second véhicule le suit. Ce sont deux grands camions frigorifiques qui éclairent la moitié de la langue de terre et approchent à grande vitesse. Une secousse ébranle ma voiture au moment où ils me croisent à quelques secondes d'intervalle. Puis ils poursuivent en chœur leur route rugissante vers le sud. Je ressens la rencontre comme un choc, retiens ma respiration et lâche l'accélérateur.

Y a-t-il certaines choses qu'il vaudrait mieux laisser dans l'ombre ? Les morts viendront-ils me souffler au visage leur haleine froide et me demander de ne pas creuser cette histoire ?

Je suis de nouveau seul sur la route. C'est un jeudi de novembre et, sur le dernier bout de trajet, une colonie d'insectes vivants éclôt dans mon ventre, comme toujours quand je m'approche. Enfant, je tremblais d'excitation à l'arrivée et quand il fallait rentrer, je fondais en larmes.

C'est ici que se termine la route, comme le dit la chanson, ici, où se rencontrent deux mers et le monde entier, le voyage prend fin. Ici nous sommes forcés de faire front et de parler vrai.

Ce soir, tout est en jeu. Je sens que le vieux tonneau dont je suis en train de lever le couvercle peut contenir beaucoup de choses.

Sur la grande étendue à présent dégagée, le haut phare maritime brandit sa lance jaune au-dessus des arbres. La voiture ralentit, j'ai cessé d'accélérer sans même m'en rendre compte. Machinalement, je freine et me range sur le bord de la route.

Quelque chose m'appelle.

Je coupe le contact et descends. Le ciel est étoilé. Tout est noir, paysage et nuit se confondent. La basse électrique des camions frigorifiques s'amenuise au loin. On entend la mer toute proche. Le vent est au sud-est et souffle froid du Kattegat. Le faisceau du phare me frappe, me transformant l'espace d'une seconde en personnage principal de son enquête nocturne, puis il disparaît par-dessus la lande, vers les dunes à l'ouest.

J'aspire une bouffée d'air et sens une odeur iodée d'ocre venue des profonds trous d'eau sur la lande. L'air se mélange à quelque chose de sucré, baies de corneille et airelles, je suis enfant de nouveau et ressens un creux à l'estomac – une odeur de carrelet frit, la croûte croustillante et dorée qui craque sous la dent, le goût de baies confites, cueillies dans la bruyère.

Je prends une profonde inspiration et suis frappé dans la nuque par le faisceau du phare.

Je pense à la ligne des phares, l'ancien repère des pêcheurs. Phare Blanc et Phare Gris alignés – la ligne est dessinée sur les anciennes cartes. C'était une des nombreuses sentences que nous savions par cœur et répétions en riant. A présent, elle me revient en mémoire : *Quand tu as les tours réunies…*

La phrase tourne dans ma tête et mes lèvres modulent les doux sons du dialecte, qui se fondent les uns dans les autres et chantent comme une langue étrangère. Plusieurs phrases de ce dialecte, le plus exotique de tous les dialectes danois, me reviennent en mémoire. Je me souviens quand, enfants, nous écoutions les vieux, bouche bée, puis les imitions : *Elle lui aura point dit ça, quand même ! Faudrait bien qu'elle apprenne à fermer sa bouche, cet'commère*, répétions-nous, en rigolant, pour nous moquer d'eux.

Je chuchote celle sur les deux phares et vois le faisceau refaire un tour d'horizon et venir me frapper de nouveau après avoir effleuré le Phare Blanc.

Puis je les aperçois.

Ils se tiennent à quelque distance, mes arrière-grands-parents Ane et Jens Peter. Ils sont petits et ramassent des baies, courbés et silencieux. Mon arrière-grand-mère soulève le panier et l'éloigne un peu, comme pour m'empêcher de prendre leurs baies. Le contour de leurs silhouettes devient de plus en plus diffus dans la brume. Je fixe l'obscurité et découvre que je tends mes mains vers eux, tandis qu'ils s'éloignent de plus en plus, tels des animaux effarouchés.

Ils ont disparu. Je réalise que je suis en bras de chemise dans la nuit d'hiver et reviens à la voiture.

Il y a des morts qui marchent dans les dunes, chacun le sait.

Je reprends la route. Suis la courbe vers le nord-est, à travers la plantation de pins, puis le virage sur la droite, dans la lande, vers la petite ville de pêcheurs, aujourd'hui peuplée d'hôtels et de résidences secondaires.

Le claquement des pneus sur la jonction entre les plaques de béton de la vieille route d'Hitler détache une foule d'images qui tombent de l'étagère des souvenirs comme les feuilles d'un arbre en automne. Ce bruit, ce sont les promenades en voiture avec mon père et mes oncles dans l'enfance des années 1960 – pour aller voir un cheval, une maison ou un champ – Dieu soit loué sans les mères et les tantes. Plus tard dans la vie, la même route, avec des filles serrant les fesses sur le porte-bagages de la mobylette, les mains gelées et bleues, les bières interdites des années 1970, les baisers au goût de pastilles mentholées et les bonnes cigarettes corsées, du temps où il n'était pas encore particulièrement dangereux de fumer.

Quelques-uns des studios de l'hôtel sont éclairés. Je gare la voiture et coupe le moteur. Le ressac est faible et conciliant sous le vent portant au large. La nuit est étoilée, il est un peu plus de onze heures.

C'est ici que cela s'est passé, il y a cent ans, et l'instruction du procès que j'entreprends ne nécessitera pas beaucoup de témoins : le vent de la mer, les dunes, la lande et le phare qui balaie la pointe nord.

Le Phare Gris se dresse comme un grand vieux gendarme, à sa place nuit et jour. La journée, il dort. La nuit il ausculte le terrain avec sa torche.

La phrase évoquant le repère de la ligne des phares continue à me trotter dans la tête. Elle prend une signification particulière, j'ignore pourquoi. *Quand tu as les tours réunies, il y a amer* – quand sont alignées les tours, à savoir les deux phares, il y a amer, c'est-à-dire marque ou repère. Cela signifie qu'on se trouve sur une ligne droite, et il suffit de déterminer un autre repère, une dune ou une maison à terre, pour connaître sa position, aussi précisément qu'avec un GPS.

A présent, la langue décide. Ma tête me dit que j'ai froid, que je veux regagner la voiture, mais tous ces vieux adages, stockés dans ma mémoire, me viennent spontanément aux lèvres, comme lorsque nous étions enfants et imitions les anciens. Notre arrière-grand-père, Jens Peter Christensen avait, quand enfin il parlait, une voix caverneuse qui, sur ses vieux jours, donnait l'impression qu'il était sur le point de pleurer : *Le bon Dieu peut faire beaucoup, mais rien contre la pluie du nord.* Il ne possédait pas les talents de conversation de mon arrière-grand-mère et se contentait d'émettre des vérités éternelles sur les conditions météorologiques qui avaient régi sa vie. Sur le brouillard : *C'est une sale brouillasse.* Sur le vent : *Faut s'attendre à du grand frais.*

La maison qu'habitaient Jens Peter et Ane dans leur jeunesse se trouve un peu plus loin sur la dune.

Sur Niels Ottesensvej, exactement. A cette époque, ils louaient la moitié de l'habitation à un certain maçon nommé Thomsen. Mon grand-père maternel m'a raconté comment c'était à l'intérieur. Il était âgé de six ans quand ils avaient déménagé, c'était son plus ancien souvenir d'enfant. Dans la pièce principale, il y avait deux alcôves et un coffre bleu lavande, récupéré lors d'un échouement. Sur le mur était accroché un portrait du roi et de la reine. Dans cette même pièce, mon arrière-grand-père réparait ses filets. Il y avait aussi un métier à tisser. Et un petit poêle, au pied duquel était posée la réserve de tourbe et de bois. Les fenêtres étaient minuscules, il n'y avait ni électricité ni toilettes. A part cette pièce, ils n'avaient qu'une buanderie. La cuisine se trouvait dans une dépendance qui n'existe plus.

Récemment, la basse maison jaune a été mise en vente, sept millions de couronnes. Elle n'a pas été restaurée, mais elle se trouve au pied de la dernière dune, à l'abri du vent et de la mer. Elle a été acquise par une société immobilière d'Aalborg qui la met en location. L'été dernier, j'ai vu un jeune homme devant la maison, il bâillait en repoussant en arrière ses cheveux mi-long d'une main, lisait un journal et berçait une voiture d'enfant de l'autre.

Quand Jens Peter et Ane vivaient là, il y avait aussi un berceau. Il était placé à côté des alcôves ; peint en rouge, tout prêt à servir, avec un édredon vert et un coussin en doux duvet de canard.

Il ne manquait qu'un petit détail.

Ane souhaitait passionnément un enfant. Jens Peter et Ane étaient mariés depuis quatre ans et, soir après soir, la question chantait dans le vent de la mer : qui s'occupera des poules, qui nettoiera les filets ? Qui portera le nom ? Qui veillera sur Jens Peter et Ane quand ils seront vieux ?

Je prends une grande inspiration et fixe la nuit. Les étoiles et la lune éclairent faiblement la petite colline de sable, ça sent les aiguilles de pin et la fumée de feu de bois. Le vent est glacial.

Le ressac gronde faiblement au-delà des dunes et je distingue tout juste la vieille maison d'Ane et de Jens Peter au pied de la dernière rangée.

Je ferme la voiture à clef, prends mes valises et mon sac, monte vers l'hôtel. Je m'arrête un instant, jette un coup d'œil à l'arrière vers le néant noir des dunes. Une légère couche de nuages a voilé les étoiles. Nulle part ailleurs, l'obscurité nocturne n'est aussi noire, aussi veloutée qu'ici.

Mon arrière-grand-mère m'apparaît tandis que l'écho de mes pas sur les dalles claque contre le ciel haut et sec.

Elle se tient sur la route, bras croisés, et regarde vers la plage. C'est la même route qu'aujourd'hui, mais de sable. Il n'y a pas d'hôtel, toutes les maisons sont basses, de la même hauteur que les dunes. Sa silhouette est jeune. En ce temps-là, je ne la connaissais pas. Elle se retourne et s'en va. Je pose mes valises pour ouvrir la porte. Puis je monte l'escalier. En pensée, je franchis six à sept décennies.

Elle était une très vieille femme quand je l'ai connue. Son visage ridé m'apparaît, avec cette expression tout à fait particulière que je vis une fois, celle qui sema dans mon esprit le premier doute sur toute cette affaire, et que je revois maintenant. Ce moment m'avait impressionné et fermente encore aujourd'hui dans mon inconscient.

Je devais avoir environ dix ans. Elle vivait dans deux petites pièces orientées à l'ouest de la maison de mon grand-père et ma grand-mère maternels, Tonny et Rie. Son petit salon était plein à craquer d'objets venus d'un intérieur riche.

Sa porte était entrebâillée, je voulus frapper et demander si je pouvais entrer. Au lieu de quoi, mes doigts poussèrent un peu la porte et je m'immobilisai sur le seuil. Elle ne m'avait pas vu.

Je l'observai en retenant ma respiration, profitant de ce regard volé sur un autre temps.

Elle était assise dans son fauteuil à bascule et faisait du crochet sous l'éclatant soleil du nord du fjord qui se déversait par la fenêtre. Une horloge murale tictaquait, des tableaux encombraient les murs – surtout des photographies encadrées des grands moments de l'histoire de la famille et de la ville : l'inauguration du port par le roi en 1907, l'entrepôt frigorifique en 1918, les pêcheurs d'Angleterre des années 1930, le premier chalutier de son fils, le *Rie IV*, bleu roi, avec sa cabine blanche aux vitres inclinées, leur maison, à Jens Peter et à elle, sur la route de la plage, avec bergerie et latrines à l'aile nord. Se tenir là incognito, en silence, l'épier de cette façon, faisait de moi un témoin d'une tout autre nature, partie prenante lui aussi de ce monde étranger de psaumes et de gilets noirs, de montres en or et de vêtements fleurant l'ancien temps, un temps qui pour toujours a sombré dans le sillage de la pêche industrielle et des sinueuses routes asphaltées.

La pièce était bourrée de tous les objets que son mari lui avait ramenés de ses pêches en Angleterre, de Frederikshavn ou de Copenhague. Des chiens pékinois en porcelaine, des tasses en faïence anglaise, une boîte à cigares qui jouait une mélodie craquetante et rouillée quand on en soulevait le couvercle, des nappes brodées en damas, des bougeoirs en argent véritable, des chaudrons et entonnoirs en cuivre qu'elle faisait briller deux fois par semaine avec du Brasso, je me souviens.

Tout cela, je l'avais vu souvent, mais ce jour-là, il y avait quelque chose de spécial dans l'air. J'allais dire bonjour quand elle se mit à parler toute seule d'une façon étrange. D'abord en un murmure, puis plus fort tandis qu'elle gesticulait avec le crochet. C'était comme si elle essayait de chasser quelqu'un, à la fois avec ses mots et son arme pointue.

Je m'étais retiré un peu du seuil, retenant ma respiration. A présent il était impossible d'entrer, mais tout aussi impossible de ne pas rester pour voir ce qui se déroulait sous mes yeux. Elle se tut, la main près de son visage aux cheveux blancs, s'immobilisa dans son fauteuil à bascule. Elle pleurait.

Puis elle recommença à vitupérer, dans un chuchotement énervé, avec des mots que je ne comprenais pas, tout en frappant l'air de son crochet comme si c'était une lance. Sa voix était changée, elle semblait venir de très profond, et je fus pris de frissons par tout le corps.

J'en avais assez vu et reculai lentement, sans un bruit, sur la pointe de mes chaussettes.

Je n'en parlai à personne, ni à Peter Læk ni à aucune des cousines, bien que le dévoilement des comportements intimes des adultes fût très prisé entre nous.

C'était un peu comme posséder un trésor secret, mais j'avais également reçu sur la peau une goutte de sang noir.

J'avais vécu une expérience unique, mais je savais aussi avoir contracté une dette que j'allais devoir rembourser un jour.

J'ouvre les rideaux et regarde dehors. Toutes les quatre secondes, le grand gendarme gris à l'est fait tournoyer sa matraque jaune au-dessus de la lande et de la ville.

Il est de service nuit et jour, année après année son regard est à la recherche de naufragés. Le faisceau de lumière frappe la maison basse au pied des dunes. Le phare est si vieux qu'il a personnellement assisté à l'histoire.

C'est lui aussi qui regardait par la fenêtre de la maison d'Ane, il y a cent ans, lorsqu'elle veillait le marin américain. Mais c'est un employé de la vieille école.

Il ne dit pas un mot, il se contente d'enregistrer, et même les choses les plus incroyables, il les prend avec un calme souverain.

1

Ane avait tout juste vingt-deux ans.

Elle se réveillait de bonne humeur le matin, mais le vent tournait vite si elle apercevait une jeune maman, entendait une vague rumeur sur une naissance attendue quelque part, ou venait d'elle-même à penser à sa situation. Une ombre de pitié de soi courait sur son visage, – à quoi bon une telle vie, je vous le demande – et elle s'imaginait son avenir solitaire et sans enfant, souvent sous la silhouette d'une sorcière vêtue de noir que les gamins fuyaient et qui pleurait quand personne ne la voyait.

Car le temps passait, et les quatre années de mariage en semblaient sept, à cause du berceau vide. Et ce n'était pas moins terrible pour Jens Peter, à une époque où la vigueur d'un homme se mesurait encore en partie au nombre d'enfants qu'il donnait à sa femme.

De petites taches rouges d'irritation naissaient sur le cou d'Ane quand elle entendait quelqu'un dire : “Eh, je vais lui en donner de l'occupation, à ma femme !”, en accompagnant son rire égrillard d'un claquement de bretelles.

Mais quand une réflexion stupide touche, c'est bien qu'elle vise juste !

Si Jens Peter se sentait mis en cause dans sa virilité, Ane l'était dans sa féminité. Elle s'adressait à Dieu en chuchotant, le suppliait d'exaucer son vœu le plus cher. Devenir mère était sa seule obsession, et l'idée fixe tournait en rond dans sa tête, à tel point qu'aux moments les plus sombres, elle en venait à craindre pour sa raison.

Quand les gens semblaient le plus réprobateurs, cela réveillait en elle un sentiment doux-amer qu'elle utilisait comme consolation, un rôle de martyre très utile, surtout au coucher : apparemment le monde entier est contre moi, oh, regardez-la donc, la pauvresse – mais qu'ils aillent tous au diable !

Au Nouvel An, quand des fusées avaient été lancées de l'auberge Brøndum, elle avait senti son cœur battre la chamade. Les riches buvaient du champagne, la population de pêcheurs jetait en riant des pots de cendres sur les portes ; mais les uns comme les autres se souhaitaient un bon nouveau siècle.

— Eh, regardez là-bas !

Une fusée s'élevait et, dès le départ de sa trajectoire, on sentit que ce serait quelque chose de tout à fait spécial.

Une queue plus longue, une courbe plus ample dessinée sur le ciel – un grand silence se fit. Sous la pluie d'étoiles et d'étincelles, dans les fumées bleues et rouges, Ane fit un vœu, de tout son cœur.

Son rêve : une maison de quatre pièces sur la nouvelle route longeant la plage, Strandvejen. Pas ici, mon Dieu non, mais en ville, à Skagen même. A l'intérieur, tout étincellerait de propreté, il y aurait trois enfants, deux garçons et à la fin viendrait une petite fille avec qui elle partagerait ses secrets. Il y aurait des cuivres et de la porcelaine dans les armoires vitrées du beau salon, des plantes et des bougeoirs aux fenêtres. Jens Peter posséderait son propre bateau, ou bien il pêcherait avec quelqu'un qui savait vraiment où était le poisson – ce côté-là restait un peu flou.

Vingtième siècle, il y avait quelque chose de léger et de pointu dans ces mots-là. Un timbre clair et ouvert, même si, dans un coin, couvait aussi la crainte de quelque chose d'incontrôlable, peut-être le présage de grandes forces inconnues.

Dix-neuvième, ça sonnait lourd et vieux. L'ancien temps allait disparaître avec toute sa monotonie et ses rituels bizarres : *Crache trois fois si la première personne que tu rencontres le matin sur la route de la plage est une femme. N'appelle jamais le pasteur par son vrai nom*, et ainsi de suite. Et puis la fumée noire rejetée par les vieux poêles encrassés. Elle s'imaginait le passé comme un vieil homme aux jambes arquées cheminant sur la plage en direction de Hjørring, en grandes bottes de pêcheur, et il y avait certes bien des choses auxquelles elle dirait adieu sans regret.

Par exemple, peu de temps auparavant, elle avait chassé une rebouteuse avec perte et fracas.

C'était une bonne femme amenée du sud en voiture, sur les conseils des femmes de sa famille maternelle, elles-mêmes si futées qu'elles n'avaient sans doute même pas besoin de se servir de leur tête. Sceptique, les bras croisés sur le haut de son tablier, Ane avait écouté leurs explications sur l'art dont la femme faisait usage : poser un tonneau sur une main douloureuse, tourner le tonneau trois fois, le retourner et taper sur le fond pour en faire sortir le mal. Contre la stérilité, on pouvait manger du jaune d'œuf avec une cuillère d'enfant pendant trois semaines. Ou absorber des grains de sel à la nouvelle lune.

Ce genre de fables avait pour effet de lui faire perdre totalement l'envie de l'acte lui-même, ce qui n'était sans doute pas le but. Un troisième conseil, c'était de faire ça dans une meule de foin. Ce qui lui semblait rustre et déplacé.

Pendant que la femme, assise les yeux fermés, marmonnait des mots que personne ici au nord du fjord ne comprenait, Ane, allongée dans l'alcôve, faisait de son mieux pour être positive envers le projet. Les mains de la femme étrangère glissaient sur elle, au-dessus et au-dessous de l'édredon. Mais c'étaient de drôles de mouvements erratiques, et Ane la regardait en dissimulant son secret dégoût. Les frusques dont elle s'était vêtue devaient sans doute la faire paraître plus âgée et plus intéressante qu'elle ne l'était et, en plus, elle sentait mauvais.

La femme murmurait de moins en moins fort, toujours du charabia, mais vint ensuite quelque chose comme : "Finalement c'est la volonté de Dieu, lui seul décide s'il veut vous bénir d'enfants ou non", après quoi elle se tut et demeura tout à fait immobile, les yeux fermés.

La colère obscurcit le cerveau d'Ane. Elle se releva sur ses coudes.

— Tu dors ! cria-t-elle si fort que l'écho se répercuta contre le bas plafond de bois de la petite pièce.

La femme sursauta.

— Tu t'es endormie ! Mais pour quoi crois-tu qu'on te paie ?

La femme bondit de son tabouret, tentant d'un signe de croix de cacher sa colère et son humiliation, tout en reculant vers la porte.

Ane la flanqua dehors sous une volée d'invectives qui s'entendit jusque chez l'épicier Ruth, après quoi l'événement fut commenté avec force détails au-dessus des fils où séchaient les carrelets, et il y en eut pour penser qu'il y avait dans cette affaire non seulement de la colère, mais peut-être bien aussi du désespoir.

— Vous bénir d'enfants ! pesta Ane en fermant la porte.

Elle eut une pensée pour sa propre mère. Ane n'avait jamais douté de ce que pensait sa mère des accouchements successifs, année après année, tout en s'occupant de la maison, du mari et des enfants. Neuf en tout, Ane était la seconde et elle avait parlé avec sa sœur aînée, Marie, de l'air triste et fatigué qu'avait pris leur mère dès l'âge de trente-huit ans. Auparavant elle chantait, ils avaient toujours chanté dans son enfance, des cantiques et des hymnes aux mélodies enrichies de modulations personnelles, mais sacré nom de nom, c'était bien terminé maintenant.

— La volonté de Dieu ! cria-t-elle, tandis que le claquement de la porte résonnait encore entre les murs nus. Certains ont des enfants et d'autres non, c'est comme ça, tout simplement ! continua-t-elle à fulminer, certaine qu'ici aucun de ses bigots de la Mission intérieure ne risquait de l'entendre et de le prendre en travers de la gorge.

Puis elle rouvrit la porte, toujours furieuse, et se posta dans la rue, les bras croisés sur sa cuirasse à carreaux bleus, pour s'assurer que la femme se dirigeait bien vers le chemin de fer, tout en feignant d'ignorer ceux qui la regardaient.

Une fois rentrée, elle eut l'impression de sentir encore les yeux collés sur sa porte et elle alla faire un peu de courant d'air en ouvrant la porte de la cuisine et une fenêtre. Puis elle jeta à la poubelle des herbes séchées qu'avait amenées la femme – elles auraient dû être utilisées contre la stérilité de l'homme, si elle avait bien compris.

Mais maintenant cela n'avait plus d'importance. Pendant que l'air frais s'engouffrait dans la pièce, elle se sentit de plus en plus satisfaite d'avoir évité à Jens Peter cette humiliation. Après cette expérience, tous ces conseils de bonne femme lui semblaient de pures fadaises.

Ane souffla et sentit le sang quitter sa tête. Elle se coiffa soigneusement, recueillit les cheveux restés accrochés au peigne et les posa sur les braises dans le poêle. Les flammes crépitèrent, elle y posa quelques branchettes et sortit chercher une motte de tourbe dans la dépendance.

Une fois le feu bien pris, elle déplaça la lourde marmite en fonte, posée sur le poêle. Un legs d'avant la naissance du Christ, pesta-t-elle, et si lourde qu'elle ne pouvait la bouger qu'en la prenant à deux mains et en imprimant un certain mouvement à son corps. Elle la remit à sa place sous la table et posa le fer à repasser sur le poêle.

Puis elle se mit à nettoyer des limandes que Stine Weller lui avait mises de côté. Elle évalua la marchandise au fond du seau, sentit qu'elles venaient de frayer.

Pendant qu'elle travaillait, sa mauvaise conscience vint la titiller. Elle tourna et retourna l'incident dans sa tête. Avait-elle mal agi ? Aurait-elle empiré les choses ? Dieu ou le destin la puniraient-ils pour son tempérament et se chargeraient-ils de ne jamais exaucer son vœu ?

Peut-être n'avait-elle remporté qu'une mince victoire. Elle se sentit triste. A présent, plus personne ne lui parlerait, et peut-être bien que certains de ces vieux remèdes marchaient quand même, sinon pourquoi en aurait-on usé si longtemps, pourquoi seraient-ils écrits dans les livres, et qui sait si cela ne faisait pas partie du rituel que la bonne femme s'assoupisse au beau milieu de tout ?

Mais elle avait vu un médecin moderne, avait perçu le message qui s'échappait avec une âcre odeur de camphre de son grand sac rempli de petites boîtes, de fioles, de pinces et de ciseaux brillants. Elle en avait même presque poussé un soupir de soulagement, tant cela paraissait juste, manifestement raisonnable.

Et certaines choses allaient peut-être de soi, si on pensait aux estivants, aux dames de Copenhague et d'Aalborg, avec leurs mouvements de poignets souples et leurs cols brodés en dentelle. Elle avait une attitude ambiguë envers elles : constamment à l'affût du moindre soupçon de condescendance dans leur comportement vis-à-vis des gens du pays qui gagnaient leur pain ici, elle n'en observait pas moins avec attention ces créatures féminines des grandes villes et ne pouvait s'empêcher de les imiter.

Ni d'ailleurs de se demander si elles étaient faites tout à fait comme elle. Elles venaient accompagnées d'enfants et de maris, elle le voyait bien, mais n'osait pas se représenter des scènes de reproduction à proprement parler dans les lits à baldaquin des hôtels.

A priori, elle ne leur ressemblait pas. Elle était plus petite, plus large, elle avait des mains et des bras plus forts. Excitée et gênée à la fois, elle dévorait des yeux leurs épaules fines et leur petit nez. Pleine d'admiration retenue et le souffle court, elle épiait ces femmes, les bijoux sur leurs bras, leur cou blanc. Par une camarade de classe qui avait été serveuse à l'hôtel, elle s'était fait décrire l'odeur d'un parfum qui devait être déposé sur le cou du bout des doigts. Elle en était restée ébahie et s'était tue, mais l'impression de ce parfum était restée accrochée, et en même temps, elle avait la certitude qu'aucune de ces créatures éthérées n'avait jamais écouté le conseil d'un charlatan.

Sa secrète admiration pour les temps modernes faisait qu'il régnait toujours chez elle une odeur de linge propre et de lessive au savon. C'était la raison pour laquelle ses édredons étaient rembourrés de duvet de canard finement dépiauté, et non de plumes de mouette, qui sentaient mauvais, et c'était pour ça aussi que – conformément à la directive impopulaire de l'adjoint au maire Frisch – elle avait fait installer des tinettes au fond du jardin. Tout disparaissait dans un trou noir, et ce qui se passait juste avant se déroulait derrière une porte close.

Elle sortit.

Dehors, le vent frais secouait ses deux jupons de coton blanc suspendus à sécher sur le fil.

Elle entendit le voisin crier :

— Peut-être qu'il vaudrait mieux que tu travailles, au lieu de changer constamment de linge de dessous, non ?

Elle réalisa que c'était à elle qu'il s'adressait, et le sang lui monta à la tête. Mais le voisin Severin Jensen avait bien mal choisi son jour pour discuter avec Ane.

Elle arriva jusqu'au puits et, tout en laissant filer le seau, elle cria :

— Qu'est-ce que ça peut bien te faire ? Mêle-toi donc de tes affaires !

Elle remonta le seau. L'eau était jaune et glacée. Cela rafraîchit son sang. Mais sa tête était brûlante.

Elle leva les yeux. Il se tenait en haut de la petite butte et la fixait d'un regard dévot et inquisiteur, comme pour expédier au diable vauvert toutes ces nouveautés dont il était témoin, ces œuvres de Satan, comme par exemple de faire sécher son linge de dessous au vu et su de tout le monde.

Ane se déchaîna :

— Est-il donc écrit quelque part dans la Bible que tu dois surveiller le linge intime des dames ?

La flèche atteignit avec précision l'homme de foi. Il quitta son poste d'observation, la mine défaite. Elle se réjouit de sa sortie et formula quelques autres camouflets qui par bonheur ne passèrent pas ses lèvres.

Elle revint et rinça les petits poissons plats. Ils étaient fins et blancs, avec de petites nageoires roses. Elle jaugea le ciel, se demanda si le temps lui permettrait de les faire sécher. Il ne fallait surtout pas qu'ils se mouillent. Elle aimait préparer le poisson. Les compliments n'étaient pas chose courante, dans le coin, mais elle se donnait un peu plus de mal que la plupart, et sa nourriture était appréciée, elle l'avait bien remarqué. Elle demeura un moment immobile, le regard fixé sur les poissons, seule avec ses pensées, comme presque toujours.

Jens Peter, qu'il soit présent ou non, on ne pouvait en tirer grand-chose. C'était un taiseux de nature, et l'absence de résultats de leurs efforts conjugaux l'avait renfermé encore davantage sur lui-même. Lorsqu'il était absent, comme maintenant, c'était pour des mois, souvent l'été entier, en campagne de pêche.

Il lui ramenait de l'argent et des objets. Parfois ils mouillaient dans la rade de Sønderstrand, et femmes et enfants s'y rendaient et les rejoignaient en barque pour voir les beaux bateaux. Parfois ils accostaient à Frederikshavn, et alors Jens Peter arrivait par le train, à la mode moderne, et posait sans un mot deux ou trois billets de dix couronnes sur la table, à côté de quelque chose qu'il lui avait acheté. Cela pouvait être un paquet de café, un bâton de sucre d'orge, un vêtement ou un bijou – et c'était toujours accompagné d'un sourire généreux et secret, comme celui d'un amant qui nage dans les lueurs d'après l'amour.

Un jour, comme un cadeau extravagant qui le ferait aimer et admirer encore davantage, il lui proposa de s'installer en ville.

Avait-il deviné ses pensées ? En tout cas, il avait visé juste. Quand Jens Peter se fendait d'une proposition d'une telle envergure, elle le regardait vraiment avec ce qui pouvait ressembler à de l'amour et de l'admiration. Jens Peter se redressa, rayonnant.

Sur le coup elle ne dit rien ; son offre épousait exactement ce qu'elle avait souhaité elle-même, lorsque la fusée du Nouvel An s'était dessinée sur le ciel, et c'était tout simplement trop beau pour y croire. Si elle se réjouissait à haute voix, cela ne se réaliserait sûrement jamais.

En ne disant rien, il y avait davantage de chance que cela se fasse.

C'était là un langage que comprenait Jens Peter : des yeux brillants et souriants, mais pas un mot. Une étroite communication se noua entre eux un instant, et soudain elle sut que tout irait mieux s'ils déménageaient, tout, y compris ce dont ils ne parlaient jamais, mais à quoi ils pensaient tout le temps.

Quand Ane regardait vers la ville, ce n'était pas la nouvelle *skyline* qu'elle voyait, mais son propre bonheur et sa future aisance.

Les belles maisons surgissaient de terre l'une après l'autre et, dans chacune d'elles, Ane s'imaginait ce que ce serait de vivre. La gare fourmillait de gens célèbres, et Ane était sûre qu'un jour ils entendraient tous parler d'elle. Les plans concrets de construction d'un port – une demande avait déjà été déposée au parlement – étaient pour elle un prolongement naturel de ses propres projets un peu vagues de préparer du poisson pour une clientèle plus large.

Dans l'affluence croissante de gens du sud du pays, artisans et paysans, elle voyait des clients pour sa boutique. Elle entendait les nouveaux bruits des moteurs à fioul poussant les bateaux et halant les sennes sur la plage comme un véritable soulagement pour tous les hommes qui auparavant ramaient à la force du poignet contre les dures vagues, ou pour les femmes qui devaient traîner filets et matériel jusqu'aux hommes sur la plage, quand ils hissaient les sennes à terre.

Elle pensa à sa mère. Elle avait besogné toute sa vie et était usée à quarante ans ; elle ne voulait pas finir ainsi.

Elle ne chercha jamais à comprendre les nouvelles méthodes de pêche, ces systèmes compliqués de filins et de filets sous l'eau – mais elle en enregistrait le résultat concret : des poissons en quantités jusqu'alors inconnues partaient en train vers le sud dans des caisses remplies de glace, et Jens Peter gagnait en un an comme pêcheur à la senne danoise autant que ce qu'on mettait avant la moitié de sa vie à gagner.

La nuit tombait. Et le froid aussi. Elle rentra les poissons et les saupoudra de sel. Toujours le sel de Læsø, qui était plus doux. Il fallait ensuite qu'ils reposent quelques jours. Elle avait découvert qu'on pouvait en adoucir encore la saveur en changeant le sel une ou deux fois. Elle était douée pour préparer le poisson, elle le savait, et au fond d'elle-même, elle jugeait sans la moindre modestie que personne en ville ne la valait.

Elle craqua une allumette et l'approcha de la lampe. Une douce lumière calme se répandit dans la pièce. Elle rappelait le feu tranquille du phare, encore fixe à cette époque-là, qui arrivait sur la fenêtre à l'est et déposait une faible lueur dans l'embrasure.

Le phare était son ami. Elle lui parlait de temps à autre. Le fer à repasser était brûlant. Elle attaqua la pile de draps. La porte s'ouvrit. C'était sa sœur Marie. Ane leva les yeux. Marie referma la porte sur l'obscurité extérieure et rit :

— Comme tu as bien fait de la ficher à la porte, cette mégère ! dit-elle.

2

Sur ce point, les avis étaient partagés.

Les traditionalistes estimaient qu'elle avait aggravé sa situation, si le dessein supérieur était que le Seigneur lui vienne en aide, mais comme le plafond n'a jamais été bas parmi les pêcheurs, les artistes et les marins de la pointe nord, beaucoup trouvèrent l'histoire amusante, et elle entra vite dans le répertoire de comptoir de l'épicier, les jours où on ne pêchait pas.

Ane, défiant les commérages, marchait dans la ville aussi droite que le lui permettait le terrain irrégulier. Elle savait l'art de cacher ce qu'elle ressentait vraiment, et les temps étaient en sa faveur. Ceux qui se retournaient sur elle changeraient bientôt d'avis. La raison et la science vaincraient, pensait-elle, en cheminant à travers la lande en direction de la ville dans les ornières de l'étroit chemin creux.

Elle avait mis de beaux habits – une longue robe en épais tissu noir et une blouse en lin verte dont les boutons brillants remontaient jusqu'au cou, ce qui, associé à sa nervosité, faisait ressembler son visage aux joues rondes à un bouton de rose sur le point d'éclore.

Le plan cadastral de 1859 montre trois rues et, comme il n'y a sans doute pas eu de modifications décisives en quatre décennies, nous lui laisserons emprunter la première, celle menant vers le quartier ouest, Vesterby. Son repère était le moulin de Svallerbakken, et son dessein inhabituel pour l'époque et pour une femme de condition modeste.

Elle vit se rapprocher la longue rangée de toits de tuiles rouges bordés de blanc. C'était une journée sans vent, et à l'extrémité de son champ de vision la lumière éclatante miroitait au-dessus de l'eau et faisait voguer les maisons. Elle se laissa porter par ses rêves. A l'est de la ville, les deux phares s'étiraient du ciel vers la terre sans l'atteindre.

Avec cette totale absence de peur des autorités, qui allait caractériser le restant de sa vie, elle partait consulter le docteur Warming en personne, sur St Laurentiivej. A dire vrai, au moment décisif, le courage lui manqua. Elle bifurqua et fit d'abord un petit tour dans la ville.

Elle passa lentement devant le nouveau bâtiment de la gare, triturant nerveusement son fichu, et admira le petit jardin tout en se confrontant au dilemme : un homme comme le médecin de la commune prendrait-il la peine de parler avec elle de ce genre de choses ? La renverrait-il ?

Le docteur Warming était redouté. Il s'égosillait sans retenue contre la superstition, les crachoirs et le manque d'hygiène personnelle, comme s'il avait l'intention à lui seul d'introduire le vingtième siècle sur la pointe nord. La plupart n'osaient pas le consulter, et certains arguaient que les médecins, de toute façon, ils ne pouvaient rien faire, ce qui devait arriver arrivait, et tu sais ce que ça coûte d'avoir la visite de ce monsieur ?

Etrangement, sa clientèle s'accrut quand même, et on le voyait souvent en ville, son grand sac de cuir à bout de bras, la main au chapeau pour saluer, autoritaire et d'une arrogance à hurler envers la population courbée. Ou bien en route vers l'ouest, les rênes à la main, dans son petit cabriolet léger.

Son détour la mena vers une toute nouvelle maison en briques rouges sur la large route descendant vers la plage de Sønderstrand. Ah, c'est donc ça la maison de l'architecte Plesner, souffla-t-elle. Pas un jour en ville sans une nouvelle sensation. Elle dévora des yeux la clôture blanche à pointes et le jardin où se dressait un mât. Derrière le jardin s'élevait la dune de Sønderstrand, où des filets de pêche séchaient sur des pieux, et ce bon vieux motif l'incita à se poser encore une fois la grande question du jour : avait-elle raison d'agir comme elle le faisait ?

Dans le *Logis du docteur* (l'endroit existe toujours, porte encore le même nom), elle attendit une heure. Il y avait trois autres personnes dans la salle d'attente, une pièce nue avec un parquet en planches et des bancs de bois.

Après être restée seule une demi-heure, endolorie de partout, elle se leva, ouvrit brutalement la porte et demanda si c'était pour aujourd'hui, ou si elle devait revenir à la saint-glinglin. La secrétaire lui demanda avec calme si elle était membre de la caisse de sécurité sociale, et Ane lui tendit dignement son certificat, avec tampon et tout.

Le docteur arriva enfin et, sans un mot, l'invita d'un geste à entrer. Il était vêtu d'une redingote noire mi-longue et d'une cravate qui suivait fidèlement ses lignes corporelles : à la verticale le long de sa poitrine, puis en angle presque droit, à l'horizontale, sur le ventre, et enfin ballottant librement par-dessus bord.

— Et qu'est-ce qui nous amène aujourd'hui cette petite dame ? tonna entre les murs la voix du docteur.

Il essuya ses lunettes dans un mouchoir, les leva vers un faisceau de lumière et les examina d'un regard assassin. Le sac de médecin qu'elle avait aperçu un jour était campé sur une table. Des livres au dos orné de lettres dorées reposaient sur le secrétaire, et sur une étagère s'alignaient de petites bouteilles aux noms corrosifs : Ether, Soufre, Phénol, Camphre. Des pinces, grandes et petites, posées sur un plat métallique, reflétaient le soleil et renvoyaient les rayons directement sur des ventouses disposées sur un petit plateau.

Une des raisons pour lesquelles le docteur Warming était redouté, c'était sa façon de brandir le fouet au-dessus de la tête des malades imaginaires. Il les flairait dès la salle d'attente et hurlait : DEHORS ! si un interrogatoire plus approfondi confirmait le soupçon. Promenades et bains de mer étaient ce qu'il conseillait aux hypocondriaques, mais rares étaient ceux qui y voyaient le moindre bon sens.

A d'autres occasions, un engagement social passionné émergeait soudain au milieu de la tempête, comme le jour où il posa le diagnostic "usé jusqu'à la corde" pour Johannes Norsk qui, à quarante ans, pouvait à peine se tenir debout à cause des rhumatismes. Il recommanda que son patron de pêche le renvoie à terre, définitivement et avec solde de congé. Le patron-pêcheur ne voulut rien savoir – faudrait voir qu'un type de Copenhague ignorant tout de la pêche en mer se mêle de ça – mais Warming rédigea à l'adresse de la mairie une requête tremblante de colère pour une aide aux pauvres, et cela porta ses fruits.

Elle répondit à sa question avec un regard direct :

— Oui, à votre avis, docteur ?

Le docteur l'enveloppa d'un regard chaleureux et rit intérieurement. Il lui tourna le dos et elle remarqua qu'il repoussait une petite carafe derrière des bouteilles.

— Alors de quoi souffrons-nous aujourd'hui ? demanda-t-il en la mesurant du regard.

Elle évalua la distance jusqu'à la porte. Si elle devait partir, c'était maintenant. Elle envisagea une seconde la retraite, mais choisit l'attaque.

Les quelques questions qu'elle balança étaient de nature si intime que le docteur en eut le souffle coupé.

Son regard flotta un instant et il déplaça quelques objets sur l'étagère. Puis il se racla bruyamment la gorge et dit que la démarche était certes inhabituelle, mais qu'à cela ne tienne, jeune dame.

Ane le jaugea encore une fois. Il y avait aussi quelque chose chez lui qu'elle aimait bien, et c'était sans doute un progrès qu'il l'appelle "jeune dame" au lieu de "petite dame" ; d'ailleurs, personne ne l'avait jamais auparavant appelée ni l'un ni l'autre.

Il la regarda par-dessus ses lunettes et dit d'un ton confidentiel :

— Fais-le au milieu du mois, tu sais, juste entre les saignements, et ensuite reste étendue tout à fait immobile.

Elle le regarda avec effarement, ravala sa salive et baissa les yeux. Sans doute avait-elle elle-même lancé la balle. Mais cela paraissait presque déshonorant dit comme ça, dans sa belle langue et de sa voix profonde. On avait malgré tout l'habitude d'introduire la cigogne d'une façon ou d'une autre, ne serait-ce que pour la forme. La question qu'elle s'était si souvent posée – à savoir si les gens distingués étaient faits comme elle – recevait soudain une réponse tout à fait terre à terre et, en même temps, elle ne pouvait s'empêcher de se sentir un peu bête.

Son regard remonta vers lui. Une chaîne en or pendait à sa poche. Son pantalon était noir à fines rayures grises, et un sourire couvait derrière les lunettes, laissant entendre que le pire était encore à venir.

— Reste allongée sur le dos et pousse le bassin vers le haut, dit-il. Comme ça, ça tombe où il faut.

Elle rougit. Il continua à la regarder en tortillant sa moustache et en rigolant en douce. Ane fut de nouveau sur le point de se mettre en colère, mais soudain elle se transforma en statue de sable dans le désert, ou était-ce de sel – celle qui ne devait pas se retourner mais l'avait fait quand même – et fixa droit devant elle, hypnotisée par l'image qu'avaient fait surgir ses mots, vit leurs corps nus devant elle, le sien et celui de Jens Peter, et s'imagina ce qui se passait concrètement dans les canaux intérieurs. Tandis que l'évolution faisait trois grands pas en avant dans sa tête, tout le recueillement de la séance disparut, bref elle comprit soudain certaines relations biologiques et physiologiques, et ses épaules se relâchèrent instantanément.

— Sinon, il n'y a pas grand-chose à faire. Les croyants disent que c'est la volonté de Dieu, et c'est tout juste s'il ne faut pas leur donner raison, dit le médecin. Certains y arrivent, d'autres non. Il y en a qui y arrivent avec les uns, mais pas avec les autres.

Ane prit son élan et demanda si on pouvait aussi manger du jaune d'œuf cru avec une cuillère d'enfant. Elle retint sa respiration. La question semblait complètement idiote ici, mais il le prit gentiment.

— Non, ne fais pas ça, ce sont des sottises, dit le médecin en sortant de sa poche de poitrine un cigare, dont il mordit le bout. Mais ici, on devrait manger plus de légumes. Boire un peu moins d'alcool, dit-il en crachant le tabac dans la corbeille à papiers.

Cette remarque fut prise pour argent comptant par Ane. Elle forma la base de son art culinaire pour le restant de sa vie, potages de choux frisé, potages de choux blanc, poireaux et carottes, de génération en génération nous avons failli étouffer sous des monceaux de légumes et de soupes, épicés avec un brin d'exotisme à la muscade. Jusque-là, jamais l'idée ne l'avait effleurée qu'il n'était pas sain de manger de la sauce épaisse et du poisson matin, midi et soir, mais cette vérité l'atteignit de plein fouet. Tout comme ce qu'il avait dit de l'alcool : là, sur la chaise du docteur, les yeux brillants, elle déclara la guerre totale aux beuveries veules et excessives.

Après quoi, à sa grande frayeur, le médecin ajouta qu'elle pouvait aussi emmener Jens Peter consulter. Il était possible de nos jours, lui annonça-t-il, d'examiner si le sperme d'un homme était vivant, mais, grâce à Dieu, il regarda par la fenêtre en prononçant ces mots.

Il ne restait plus grand-chose à dire. Il murmura quelque chose, en orchestrant l'air avec son cigare, comme s'il avait oublié sa patiente. Ane allait se lever, mais resta assise, écoutant son monologue avec ébahissement. C'était comme si le docteur menait une discussion avec lui-même :

— … une alimentation variée… une pomme par-ci par-là… et que peut-on faire d'autre contre le manque de fertilité ?… une graine fraîche ne serait peut-être pas à négliger… c'est souvent ce qu'il faut… fichtre, ça ne ferait pas de mal non plus, un peu de sang nouveau par ici…

Il régna à cette seconde un silence de mort. Pas un cri d'homme remontant des bateaux sur la plage de Sønderstrand, pas un souffle de vent au coin de la maison, pas un chant d'oiseau. Ane en était restée bouche bée et fixait le médecin comme en transe.

— Bon ! cria-t-il, en se levant et en pêchant sa montre dans la poche d'un geste fougueux, je vais être en retard. Merci, Ane Christensen. Rentre bien.

Le docteur alluma son cigare, entra dans un nuage de fumée bleue – qu'elle contempla, enchantée, en inhalant l'odeur avec délice – et poursuivit vers la porte pour lui ouvrir :

— Bonne chance, ajouta-t-il avec un sourire taquin, et elle ressentit comme un bruissement en elle qu'il se soit souvenu de son nom et l'ait dit si joliment, lorsqu'elle répondit merci et ressortit dans la rue.

Ane se mit en chemin, troublée et étourdie. S'arrêta, fixa une équipe d'artisans venus du sud qui bataillait avec un échafaudage devant un nouvel hôtel à trois étages et mansardes. L'un des jeunes la regarda. Elle se détourna et repartit, mais ce bref échange de regards ne fit qu'empirer ce qui se passait en elle.

Chaque détail de sa visite chez le médecin avait fait forte impression et tous les mots de la consultation virevoltaient dans sa tête, à la fois ses propres questions posées de sa voix de jeune fille naïve à l'accent local et ses réponses assénées d'une voix de stentor.

Elle aurait pu tout raconter, décrire le médecin jusqu'à la moindre boutonnière, et elle se souvenait tout particulièrement d'un détail.

3

Elle rentra par le chemin creux, à travers la bruyère et la laîche, la tête penchée, se répétant la phrase tant de fois qu'elle semblait faire écho dans sa tête. A un moment, elle se prit à douter, l'avait-il vraiment prononcée ou était-ce quelque chose qu'elle s'imaginait ?

A peu près à mi-chemin, elle rencontra le peintre. Il avançait en sens contraire, le fusil sur l'épaule, ôta son chapeau et la salua gentiment. Un chien de chasse courait à ses côtés et trois perdrix pendaient à sa ceinture. Elle fut distraite un instant, bien que gardant les yeux obstinément au sol.

C'est lui qui l'avait peinte une fois, et elle ne savait trop que penser de cette séance. Elle se sentait encore un peu dénudée et exposée. Mais son visage avait quand même rosi sous le regard qui avait caressé sa joue pendant presque une demi-heure, et elle avait senti qu'il glissait plus bas et réveillait en elle une langueur.

Sa femme lui avait offert un pruneau pour avoir posé, ce qu'elle avait ressenti comme une humiliation. Eux-mêmes avaient des pruneaux à la maison les jours favorables. Sa mère, elle, s'était mise en colère et lui avait demandé d'aller le rendre, ce qu'elle n'avait tout de même pas fait. Par la suite, les peintres lui firent l'impression d'appartenir à un autre temps : le temps des pruneaux.

Mais retour au chemin creux. Ce que le médecin avait dit, là, dans le vide, quand il n'y avait plus rien à dire, lui trottait dans le crâne.

Elle pensa au chaud désir qui l'envahissait tous les matins quand elle se réveillait et que sa main examinait comment elle était faite. Ces derniers temps, elle avait connu une langueur qui dégageait des forces plus grandes qu'un doux chatouillement, ses seins étaient plus fermes, l'utérus poussait, ses bras lui semblaient plus forts, c'était presque de la fierté qu'elle ressentait, une identité qui était en train de se créer à l'idée de faire pousser quelque chose là-dedans.

Quelque chose en elle était en train de prendre le dessus. Jusqu'où cela la mènerait-il ? Elle se sentit effrayée. Une pensée prenait forme. Peut-être était-ce simple. Mais c'était également inouï. Elle transpira et se sentit suivie. Quelqu'un la regardait-il en ce moment ? Pouvait-on lire ses pensées à la façon dont elle marchait ? Elle rajusta son fichu et se redressa. Si Dieu la regardait, il ne fallait pas lui donner des réponses trop claires.

En rentrant, elle se rendit directement chez Marie. Sa sœur était seule, elle aussi. Son mari, Magnus Diget, était en mer, comme Jens Peter. Elle se sentait nerveuse. Marie balaierait-elle tout cela comme pure folie ?

Sa sœur était dans la cuisine, touillant dans une casserole remplie de baies sombres de la lande, tout en berçant sa petite fille sur son bras.

Ane annonça en chuchotant à Marie qu'elle voulait lui parler, d'un ton si insistant que sa sœur comprit que quelque chose se passait. Elle demanda à son fils, qui écoutait à la porte, de s'en aller. Le gamin disparut. Bien que sa sœur n'eût pas dit un mot, Ane sentit revenir leur vieille complicité, cette ambiance particulière où tout pouvait être dit.

— Et si le problème venait de Jens Peter ? lui demanda Ane.

— Tu as raison, dans notre famille, on a toujours été fécondes, vraiment, répondit Marie.

— Il faudrait trouver un autre homme sans que Jens Peter s'en aperçoive.

— Pourquoi pas Jens Diget, le frère de Magnus, ou Søren Mikkelsen ? Ils sont célibataires.

Ane rougit et détourna la tête. Une fois énoncé aussi crûment, cela semblait impossible.

— Et Magnus ? lâcha-t-elle.

Magnus était le mari de Marie. A présent ce fut au tour de Marie de rougir.

— Non ! dit Marie avec détermination en remuant avec concentration dans la casserole.

Ane ne comprit pas comment elle avait pu dire une chose aussi scandaleuse. Honteuse, elle se plongea dans ses pensées ; jeta un œil sur Marie pour voir si elle était blessée. Elle n'avait fait que voir les choses pratiques, s'était laissée emporter par les mots.

Magnus Diget était tout à fait différent de son Jens Peter. Il l'avait souvent enchantée avec ses bavardages, ses plaisanteries et son accordéon. Il portait un anneau à l'oreille et arborait un rire qui donnait l'impression qu'il était toujours en veine d'une bonne blague. Il l'avait un peu entreprise elle aussi, dans le temps, mais pour finir c'était sa sœur qui l'avait eu. Marie et Magnus avaient déjà deux enfants après deux années de mariage, le premier étant déjà en route avant même qu'ils se marient. En revanche, une bonne partie de sa solde finissait dans les bistrots de la ville. Apparemment on ne pouvait pas tout avoir.

Ane se dépêcha de poursuivre :

— Tu as toujours tant de bonnes idées. Comment on fait ?

— A une fête, chuchota sa sœur, tandis que ses yeux allaient et venaient et que des taches rouges se formaient sur ses joues. Là, c'est facile.

Ane se mordit la lèvre en contemplant sa sœur et pensa que c'était là la grande différence entre elles deux.

Puis le silence se fit.

Elles avaient toutes deux la même sensation, comme lorsque la musique s'arrête brusquement et qu'on se tient encore la main. Ane repoussa ses cheveux derrière les oreilles. Marie remuait la confiture et toussota jusqu'à ce que les taches rouges disparaissent. Puis la normalité revint dans la petite cuisine. Le voyage qu'elles venaient de faire dans l'absurde était terminé, et c'était comme s'il n'avait jamais eu lieu.

Quand Ane repartit, elle se sentait mate.

Mais à mesure que l'air la rafraîchissait, elle revint quand même en pensée à sa conversation avec Marie.

Elles avaient avancé, malgré tout.

Le fait même de formuler l'idée. Et Marie avait donc pensé la même chose. Sinon elle n'aurait pas répondu comme ça.

Cela avait été prononcé à haute voix. Ane se rendait bien compte qu'elle empruntait un chemin dangereux. Mais le docteur avait raison, il fallait qu'il se passe quelque chose pour éteindre le feu qui brûlait en elle.

4

Ane tournait sur elle-même entre ses murs.

Elle essayait de se détendre après avoir rendu visite à sa mère, où elle avait aidé à nettoyer les filets et à préparer des plateaux d'hameçons. Le travail s'était fait en silence, et elle était fatiguée et pas du tout disposée à recevoir de la visite.

Mais au même moment, un petit groupe d'hommes remontait la sentine de gravier vers sa maison. Ils étaient mortellement sérieux, comme le sont ces gens-là. Le premier tenait une bible dans ses mains, non, l'étreignait plutôt, comme le font ces gens-là. Pendant ce temps, Ane, ne se doutant de rien, balayait le sol. Les hommes allèrent frapper à sa porte.

C'était du temps où la Mission intérieure marchait main dans la main avec les vieilles superstitions. Le cheval sans tête galopait dans les dunes la nuit côte à côte avec Satan et Jésus et, dans les situations les plus enfiévrées, il était impossible de distinguer qui était qui. On peut lire cela chez l'écrivain Hans Kirk, chez Søiberg, aussi, le conteur de Skagen, et chez beaucoup d'autres.

Un peu irritée, Ane posa le balai et alla ouvrir.

Et maintenant qu'on la connaît mieux, on ne s'étonnera pas de l'entendre s'exclamer d'un ton un peu mordant :

— Ah, en voilà une visite distinguée !

… ni d'apprendre qu'elle perçut la scène sous un méchant jour, par exemple la tête penchée du premier, un petit homme épais avec des favoris comme de grosses houppes à poudre grises et une lumière factice dans les yeux. Il se tenait droit, rayonnant comme un phare. Ses mains malaxaient tristement le livre noir et un gros anneau en or étincelait à son doigt. Elle l'avait déjà vu mais ne se souvenait pas de son nom. Sa bouche souriait, mais ses yeux fulminaient. Pour Ane, il ressemblait à quelqu'un à qui pourrait venir l'idée de rosser un vagabond. Derrière lui se tenaient les deux autres, cheveux peignés à l'eau, agressivement boutonnés jusqu'au col. L'un était son voisin, Severin Jensen, avec qui elle avait eu une algarade la veille. Son regard battait nerveusement la campagne comme s'il cherchait vengeance pour l'humiliation verbale qu'elle lui avait fait subir. L'autre était un jeune homme au long cou, à la bouche ouverte et aux lèvres rouges comme celles d'une jeune fille. Il travaillait à temps partiel à la gare et s'était fait couper ses fins cheveux au bol.

— Comme vous avez l'air attristés, dit Ane, sur quoi l'envoyé de Dieu la bénit, ainsi que le tardif après-midi de novembre, et pénétra dans l'entrée, avant qu'elle ait eu le temps de rien faire.

— Ane Christensen, nous laisseras-tu entrer et échanger quelques mots avec toi ? dit le premier.

Cela lui fit peur. Il s'était passé tant de choses, et maintenant il lui semblait qu'elle n'avait plus de forces. Le ton de l'homme ne lui plaisait pas.

— Qui es-tu ? demanda-t-elle.

Elle recula involontairement et soudain ils furent tous dans la pièce.

— Le message que j'ai promis au Seigneur de porter est plus important que ma misérable personne, répondit-il, et il en vint aux faits.

Et effectivement : il fallait qu'elle vienne plus souvent à la maison de la Mission chanter des cantiques avec les autres. Cela ferait d'elle une meilleure personne, comme il dit, tandis qu'il serrait la bible dans sa main et que les deux autres derrière avaient joint les leurs. Ane remarqua que l'un d'eux avait les ongles sales. Le missionnaire énuméra des exemples locaux de gens qui s'étaient convertis, et poursuivit : elle devait surveiller ses paroles, ils avaient entendu dire qu'elle tirait souvent vanité des mots du Seigneur.

— Puis-je te lire quelques paroles de l'Ecriture ? demanda-t-il.

Ane s'assit pour souffler, tandis que les images défilaient dans sa tête. Elle essaya d'intercepter le regard de Severin Jensen. Aucun doute que c'était lui qui avait organisé cette offensive. Mais elle percevait quelque chose de plus dans cette visite, un dessein sombre, diabolique. Il était clair que le missionnaire faisait des efforts pour conserver son calme, et les yeux de Severin Jensen roulaient dans leurs orbites.

Le missionnaire commença à lire la Bible à haute voix, pendant que les deux autres derrière se balançaient d'avant en arrière, les yeux fermés.

— Pouvons-nous chanter un cantique ensemble ? demanda le missionnaire, après avoir terminé sa lecture, en posant la main sur son bras.

Ane retira son bras et dit qu'elle n'avait aucune envie de chanter de cantique ici et maintenant. Elle était effrayée, se demandait si les élus pouvaient vous forcer à aller à l'église, si la façon dont elle aimait Dieu était moins bonne que la leur.

A la fin, le missionnaire ferma les yeux comme pour surmonter quelque chose en lui. Il transpirait et cherchait ses mots, bégayant et ânonnant.

— Mais qu'est-ce que tu veux dire ? cria Ane.

Ane se leva. Elle croisa les bras sur sa poitrine et tourna le dos aux trois hommes. Elle avait prévu ce qui allait venir quand elle entendit le missionnaire :

— Quand une jeune femme ne peut pas tomber enceinte…

— Comment !

— … c'est parce que c'est une pécheresse…

— Une *quoi* ?

— … en qui Dieu a puni la mère.

— Mais qu'est-ce que tu dis ? haleta Ane.

— Loue le Seigneur dans les cieux, chanta la petite communauté derrière lui.

— Amen, amen.

— Satan a élu résidence en toi…

— Amen.

— Satan, éloigne-toi de cette jeune femme. Ane, rejoins la petite troupe du Seigneur et trouve la paix avec nous…

— Amen.

La scène allait modeler l'attitude d'Ane envers les élus de Dieu pour toute sa vie. Si elle ne l'avait pensé jusqu'alors, elle fut dès cet instant persuadée que Dieu était un personnage doux qui ne s'attachait pas aux petitesses. Elle se prit la tête dans les mains pour ne pas s'écrouler, elle était étourdie, mais décidée à ne pas perdre son contrôle. Puis elle rassembla sa robe des deux mains, mais l'impression d'être regardée à des endroits intimes ne la quittait pas, et elle aurait juré sentir des mains sèches et étrangères la palper sous ses jupons. Son cœur battait à tout rompre dans sa poitrine et elle avait envie de donner des coups de pied. Elle était coincée. Si elle s'énervait, elle les confirmait dans leur idée qu'elle était possédée par le diable. Quel pouvoir avaient-ils ? Où étaient ses amis à elle, en fin de compte ? Les larmes aux yeux, les mains collées le long du corps, elle alla jusqu'à la porte et l'ouvrit, incapable de dire autre chose qu'un seul mot :

— Dehors.

— Alléluia.

— Dehors.

— Que le Seigneur te protège.

— Dehors, dit-elle, ébranlée et tremblante.

On n'en arriva pas à la grande confrontation qu'avait espérée Ane – en tout cas au moment où les trois élus avaient quitté en chantant sa maison et où elle s'était imaginé Jens Peter et quelques autres rouant de coups la troupe des anges du Seigneur. Ensuite elle s'était ravisée, les avait juste imaginés allant les trouver et leur assénant quelques mots bien sentis. Mais Jens Peter n'était pas du tout homme à faire cela et au fond, elle le savait bien.

Jens Peter rentra de la pêche une semaine plus tard, mais quand elle le lui raconta, il s'affala dans une colère impuissante, puis sortit retrouver ses clous et ses planches dans la dépendance.

Mais quand même. L'incident continuait à l'obséder, et elle persistait à penser que c'était davantage que ce qu'elle pouvait accepter. Alors elle alla trouver le patron de Jens Peter, Ole Lauritzen, un homme d'un peu plus grande envergure à bien des points de vue. Lauritzen était content d'être de retour après une longue campagne de pêche. Son bateau était amarré à Frederikshavn, et il était de bonne humeur.

Il s'illumina en voyant Ane et la pria d'entrer. Elle lui raconta l'histoire du missionnaire – elle avait entre-temps découvert que c'était l'instituteur Niels Møller de Hulsig – et des deux idiots derrière, comme elle dit, pendant que ses yeux voletaient dans la pièce du patron-pêcheur, sur les dessertes en ébène noir et les abat-jour à pampilles en argent. Il réfléchit un moment. Le soleil entrait comme une lance dorée par les fenêtres au sud. Puis il dit :

— Et tu as senti qu'on te manquait de respect ?

— Oui.

— Il y a certaines choses qu'un homme et une femme ont le droit de garder pour eux, non ?

Ane approuva de la tête. Elle était entre les mains de quelqu'un qui avait l'habitude de diriger un équipage et savait aller à l'essentiel.

Ole Lauritzen se leva brusquement, courroucé au nom de cette femme au bord des larmes assise devant lui. Il fit un petit tour en ville, mobilisa un de ses hommes, un grand costaud nommé Ole Grenaa, venu du sud attiré par les bonnes perspectives de pêche, alla chercher aussi Jens Peter, qui bricolait dans le cabanon, et ensemble ils gravirent la butte et allèrent frapper à la porte de Severin Jensen.

Le maître de maison n'était pas là, leur fut-il annoncé, et le ballon faillit se dégonfler, mais heureusement Severin Jensen surgit à ce moment-là sur le sentier de gravier, chargé de commissions, et Ole Lauritzen lui demanda de but en blanc ce que ça lui faisait d'être appréhendé par trois hommes sur un chemin. Severin joignit les mains en prière. Alors Ole Lauritzen lui fit comprendre clairement que cette idée de débarquer chez une jeune femme seule à la maison et de se mêler de ce qui ne le regardait pas, il ne fallait plus qu'il y pense.

— Ne l'avez-vous pas appelée pécheresse ?

Severin rua dans les brancards, mais dut aussitôt avouer et, encouragé par la façon dont la conversation se déroulait, Jens Peter serra les poings et fit un pas en avant. Mais son patron l'arrêta et expliqua à Severin que Jens Peter pouvait être très difficile à maîtriser, après quoi Severin rentra chez lui en courant.

L'intervention fut une réussite, en tout cas ce fut la dernière fois que l'on entendit parler d'une croisade contre les mécréants.

5

Pour autant, Ane restait souvent éveillée la nuit, pensant à la façon dont elle avait été traitée.

Son ressentiment se répandait jusque dans ses petits pores et vaisseaux, où en cognant il se transformait en agressivité, puis en désir irrépressible.

Elle se jetait sur Jens Peter qui tentait de suivre. D'abord ensommeillé et à contrecœur, mais il lui fallait quand même admettre qu'un nouveau souffle passait sur leur relation.

Il était de nouveau rentré de sa campagne de pêche avec une somme d'argent tout à fait honorable, ce qui, allié au drame inquisitorial dont elle avait été le personnage principal, fit avancer de quelques cases les projets de déménager en ville et de construire une nouvelle maison.

Cet hiver-là, il pêcha de la plage ; il s'était associé à Wolle Knude qui avait investi dans une barque à moteur.

Elle se montrait affectueuse avec lui, et ils étaient souvent ensemble. Elle n'était jamais tout à fait satisfaite, mais comme elle n'avait pas d'échelle de comparaison, et qu'il y avait un but plus élevé que de satisfaire son désir, elle n'en faisait pas grand cas. Elle était plus occupée à se souvenir de ce qu'avait dit le docteur et à le faire sans que son mari le vît.

Mais tout cela restait sans résultat, dut-elle constater un jour. C'était environ une semaine avant Noël.

Son cœur battait sous le col de dentelles, sa poitrine s'élevait et s'abaissait, et elle transpirait.

Elle s'assit en souriant sur un banc après la danse et prit une gorgée de son punch. Les hommes la suivaient des yeux, voulaient l'inviter à une autre danse, mais elle n'en pouvait plus. Les femmes venaient la servir. Le musicien lui faisait des clins d'œil et balançait son violon.

Fête du jour de Noël chez Lauritzen, une invitation au geste large, il est comme ça le patron de Jens Peter, ici il ne manque rien, on mange et on boit jusqu'à voir double, et arrive la musique, polka, danses traditionnelles et tout, ici on croit en Dieu, mais on n'est pas fanatique, comme l'a montré l'histoire – j'espère que tu n'as plus eu de nouvelles des élus, Ane ! – et on danse, on chante, on transpire jusqu'à ce que tout navigue, puis on vous sert encore une eau-de-vie et de la bière, encore, et on sent l'ivresse, on sent le regard des hommes, car Jens Peter est à Nibe, on s'abandonne, on vole de nouveau sur la piste de danse avec deux bras forts qui vous étreignent, et la fête dure en général jusqu'à tard dans la matinée.

Avant de partir elle s'était préparée, était restée plus d'une heure devant son petit miroir, avait tourné et retourné ses bijoux, mis et enlevé blouses, jupons, coiffes et robes de différentes couleurs – non pas qu'il y ait grand choix, non, mais soudain les possibilités de combinaisons semblaient infinies, et pour finir, ce fut la robe noire et un col de dentelle blanc qu'elle rassembla au cou avec une broche que Jens Peter lui avait rapportée un jour.

Puis elle s'était mise en chemin en bottes de caoutchouc, vareuse et suroît sur la tête, car il y avait de grosses averses et cela menaçait d'empirer.

Elle avait le vent dans le dos, et plus les bourrasques la portaient et la poussaient, plus l'excitation bouillonnait en elle, quelque chose couvait dans le crépuscule à laquelle elle ne pouvait donner nom.

Tous furent heureux de l'accueillir, elle ne vit pas une seule des mines critiques habituelles. Tous savaient que Jens Peter était parti pour le sud la veille, que sa famille lui avait demandé de venir parce qu'on pensait que sa sœur était mourante, et tous trouvaient cela bien que la jeune femme seule vienne au festin de Noël.

Mais maintenant ses pensées prennent une autre direction, il y a quelque chose d'autre et de plus grand qui décide, quelque chose de plus éternel que Dieu, les étoiles et le ciel. Le musicien ne joue que pour elle, lui semble-t-il, les jeunes gens lui jettent des regards appuyés, les lumières scintillent, elle a chaud partout, elle dit oui et se jette dans la danse avec un entrain renouvelé.

Cette fois, c'est une danse calme pour couples, une valse, introduite assez récemment dans les foyers de pêcheurs les plus avancés sur le modèle des peintres et des estivants. Elle sent sa main dans la sienne, l'autre bras lui enserre la hanche, c'est comme s'il la portait, surtout quand elle ferme les yeux et qu'un mouvement lui fait effleurer son pantalon.

Puis elle sent un serrement de main, elle écarquille les yeux, mais à l'instant même il l'embrasse sur la joue et lui sourit. La musique s'arrête, elle reste debout pendant une seconde éternelle à regarder le beau jeune homme devant elle, puis elle se réveille d'un rêve, elle ne sait pas ce qui se passe, mais elle le repousse doucement et s'assied sur le banc avec le cœur lourd et un désespoir soudain qui la submerge comme une brusque montée de fièvre.

Elle en a assez des vins chauds, de l'alcool, des boudins et du porc bouilli, tout tourne dans son estomac, assise sur son banc dans la pénombre, la vérité sur ce qu'elle a mis en route lui saute aux yeux. Le jeune homme avec qui elle dansait la regarde, un peu gêné, comme s'il voulait lui demander ce qu'il a fait de mal, mais elle ne lui retourne pas son regard. Elle regarde autour d'elle, les gens parlent, rient et sourient. Elle se sent en dehors. La musique ne vit plus, l'instant merveilleux est passé, elle a envie de sortir.

Ane fit vite le tour en serrant les mains pour dire au revoir.

— Tu ne veux pas que quelqu'un te raccompagne ? Tu rentres déjà ? Le gâteau arrive bientôt, tu ne restes pas un peu ?

Elle jeta un coup d'œil dans la cuisine.

Tomasine était en train d'allaiter. Elles se saluèrent, puis Tomasine se concentra de nouveau sur l'enfant. Cela ne fit qu'empirer les choses de la voir là avec son nouveau-né. Ane s'en alla, les paupières lourdes, empesée de son destin. Elle n'était rien, une pauvresse, un être qui allait au-devant d'un avenir sombre, un avenir noir comme la Bible, de têtes courbées, de cantiques et de visites de tantes. La conversation avec sa sœur quatre mois auparavant tournait dans sa tête, semblait soudain pénible et grotesque, elle se revit faisant la folle il y a un instant sur la piste et se sentit encore plus mal.

Dehors la tempête soufflait encore plus fort qu'avant.

Elle avança courbée en avant, luttant contre le vent et la neige. Sur le chemin du retour, elle croisa quelques pêcheurs qui avaient été sur la plage vérifier que leurs barques étaient bien amarrées. Ils lui dirent bonsoir, que la paix de Dieu soit avec toi et joyeux Noël.

En rentrant, elle alla tout de suite se coucher et resta allongée à écouter le vent hurler autour du faîte de toit. Son mari lui manquait et elle ne se reconnaissait plus dans la femme qui était allée à la fête de Noël.

Le grand gendarme muet se dressait au loin là-bas à l'est, droit au milieu de la tempête avec son flambeau allumé. C'était comme si elle pouvait en sentir la chaleur. Son faisceau frappait sa joue qui dépassait de l'édredon. Elle se confia à lui comme à un amant, lui expliqua qu'elle tenait ses comptes, qu'on était juste au milieu, que c'était maintenant – mais il ne dit rien à personne.

Puis elle joignit les mains, pria pour tous les marins qui étaient en mer dans la tempête et s'endormit.

J'ai dormi d'un sommeil aussi agité qu'Ane dut le faire cette nuit-là. Le temps est le même que celui qu'elle vit en se levant le lendemain de la fête de Noël, quand la tempête avait cessé. Un temps lumineux et clair, un soleil plat et jaune dessinant des ombres d'un mètre de long derrière les galets de la plage.

J'ouvre la porte-fenêtre du balcon. Un bateau bleu clair est ancré un peu au large. Il y a une faible houle et peu de vent. Une odeur d'algues, de mer paresseuse et de café frais montant du studio en dessous.

La camionnette d'un artisan est garée près du bar de la plage, et on entend le souffle du chalumeau de quelqu'un qui pose du carton bitumé sur un toit.

Sur la lande au sud, entre les bosquets de résineux, la femelle chevreuil, quand elle est en chaleur, pousse pendant des heures son cri d'appel. Rien d'autre ne l'intéresse. Même si elle a des prétendants à proximité, il lui arrive d'en appeler d'autres, pour avoir la possibilité de choisir les meilleurs gènes, quitte à chercher un mâle plus attrayant que ceux auprès de qui elle a vécu l'année entière.

L'être humain est-il très différent ?

J'ai sur ma table une série d'articles sur le cerveau humain et l'instinct sexuel.

Peut-on dire que la volonté propre d'Ane était hors de fonction au moment de son acte ?

L'instinct sexuel est une appellation imprécise pour les combinaisons d'activité dans les systèmes nerveux central et périphérique qui déclenchent l'accouplement, et il ne peut être réduit à un seul concept, est-il écrit.

Dans un autre article est décrite la partie du système nerveux sur laquelle la volonté n'a aucune influence : le système nerveux autonome.

Il est écrit qu'outre le fait que les processus s'y déroulant sont involontaires, on n'est peut-être même pas conscient qu'ils ont lieu. Et plus loin : les mécanismes physiologiques liés à l'acte sexuel sont le résultat d'une cascade de pulsions dans le système nerveux autonome.

Ce qui veut dire qu'ils se déroulent sur le plan inconscient. La recherche neurophysiologique actuelle indique que bien des choses perçues par le moi conscient ne sont que des post-rationalisations. Le processus de décision réel se passe dans des zones inconscientes du cerveau.

En d'autres termes : le vieux Freud avait quand même raison. Nous sommes dirigés par nos instincts. Nous ne savons pas localiser les zones conscientes et inconscientes ; en réalité, elles peuvent être partout dans le cerveau. Mais l'existence de zones inconscientes – du subconscient – a été prouvée par une série d'expériences. L'une d'entre elles porte sur l'odeur. Un cobaye est exposé à une forte odeur. Il la reconnaît. Puis il est exposé à une très faible dose de cette même odeur. Il ne réagit pas, elle est si faible qu'il ne la sent pas. Mais le scanner du cerveau montre une activité. L'odeur est donc enregistrée sans que la personne le sache – dans une partie inconsciente du cerveau. On reconnaît cela aussi chez l'orateur qui arrange fébrilement sa cravate ou déplace son dossier sur la table. Ces mouvements n'ont aucun sens et il est à peine conscient de les faire.

Le chercheur conclut, un doigt levé et le sourcil haussé : Nous devons nous souvenir que l'instinct sexuel est fondamentalement une faculté dont le but est d'assurer la reproduction.

Un troisième article sur ma table traite de l'insémination artificielle et des problèmes de fécondité à notre époque. Dans la grande majorité des cas, c'est l'homme qui a un problème. Ce chercheur pense que les femmes ont de tout temps eu des enfants avec l'homme avec qui elles les voulaient. Autrefois elles trouvaient d'autres moyens, dans le secret le plus absolu, quand leur mari se révélait stérile.

Oui, d'accord.

Mais qui a décidé du déroulement des choses en cette nuit de décembre ? Etait-ce Ane elle-même ? Etait-ce quelque chose de plus grand ?

Y a-t-il des fondements scientifiques au scandale qui nous a toujours collé à la peau ?

6

Le cœur d'Ane cessa de battre quand elle le vit.

Jamais elle n'avait vu un homme aussi beau. Il était totalement différent de tous ceux qui vivaient par ici. Il avait une moustache noire, des cheveux noirs et de longs cils. Un visage étroit, un long nez droit et une petite bouche. Il dormait. Elle écoutait sa respiration et percevait derrière elle l'odeur des hommes debout qui retenaient leur souffle. A la patère étaient accrochés les vêtements du marin, le chapeau dont elle n'avait jamais vu de semblable, et en dessous ses longues bottes marines en peau de vache brun clair.

Les minutes qui avaient précédé cet instant de calme étaient un peu floues. Elle était arrivée sur la plage juste au moment où Carlsen et les hommes du phare remontaient en portant l'homme. Carlsen l'avait retrouvé inanimé dans le ressac et avait appelé à l'aide. Sur toute la longueur de la plage, on voyait des bouts d'épave.

Ce fut comme si Carlsen à cette seconde lui tendait une perche :

— Cet homme a besoin d'une aide urgente, dit le garde maritime en haletant.

Ane était seule à la maison. Jens Peter était parti pour le sud, à Nibe, où sa sœur était à l'article de la mort.

— Amenez-le chez moi, dit Ane dans un souffle.

C'était comme si elle entendait une autre femme le dire, ou comme si le Seigneur lui avait offert ces circonstances et donné la permission de décider ce qui devait se passer. Chaude et essoufflée, elle tourna le dos au groupe d'hommes sur la plage après avoir prononcé ces mots et entendit, abasourdie, qu'ils paraient aux ordres et la suivaient.

A partir de cet instant, elle flotta à quelques pas au-dessus du seuil de la réalité, une partie d'elle-même ne savait pas où elle se trouvait, et c'est cette partie qui ouvrit la maison, fit le lit et alla souffler sur des braises dans le poêle pendant que les hommes mettaient le naufragé au lit.

— Il va rester là ? demanda un des hommes du phare d'un ton dubitatif. Le garde maritime Carlsen répondit qu'il avait besoin de chaleur et de nourriture tout de suite, c'était ce qu'il lui fallait, et la discussion s'arrêta là.

— Il respire encore, dit l'un d'eux, c'est vraiment incroyable.

Ane enregistra juste que le garde maritime était son allié, puis elle fila dans la dépendance chercher un reste de bouillon de poule qu'elle gardait pour le retour de Jens Peter. Elle fit flamber le feu et chauffa la soupe sur le fourneau, puis revint dans la pièce avec l'assiette creuse.

Ce bol fumant de forces eut une signification aussi décisive pour la suite que le bras secourable de Carlsen sur la plage. Graisses, protéines et hydrates de carbone sous une forme aisément digestible coulèrent à travers le marin et donnèrent une nouvelle vie à ses organes vitaux. Elle pressa la cuillère contre ses lèvres mortes. Tint sa main bleuie de froid. Parvint à manœuvrer une cuillère à demi pleine jusque dans sa gorge et l'entendit soupirer tout doucement.

Les hommes se sentirent un peu de trop et s'en allèrent, le garde maritime aussi, il fallait qu'il rentre se changer et enfiler des vêtements secs, et pendant les dix minutes qui passèrent avant que le flot des visiteurs ne démarre vraiment, elle fut seule avec lui.

Elle oublia tout autour d'elle, n'avait en tête que la soupe et son patient, trouva un baume et en enduisit ses lèvres, peignit délicatement ses cheveux avec une brosse et récita un Notre Père pour qu'il s'en sorte.

Puis arriva la voisine, le gardien de phare Rude et sa femme, le garde maritime Carlsen et ainsi de suite, toute la matinée, à intervalles réguliers, ils furent nombreux à défiler. On envoya chercher le médecin, et une demi-heure plus tard on entendit s'ébrouer son cheval et se profiler sa voiture noire. Le docteur Warming regarda droit devant lui avec autorité en cognant ses bottes sur le seuil pour en faire tomber le sable, puis il fit son entrée dans la pièce.

— Ah, c'est ici qu'on a installé l'hôpital !

Sa voix emplissait la pièce, et Ane lui jeta un regard perçant – chez qui crois-tu que tu es – mais fut frappée par une lueur ambiguë dans ses yeux.

Le médecin ouvrit son sac de cuir patiné, écouta la poitrine du patient avec son stéthoscope étincelant, qu'Ane admira à voix haute, et il haussa joyeusement les sourcils plusieurs fois et la regarda de la même façon directe que dans le cabinet de consultation quelque temps auparavant.

Elle baissa le regard, gênée, mais se sentit devenir chaude, c'était comme s'ils avaient pensé la même chose. Le médecin lui donna du camphre à frotter sur sa poitrine et commença une sorte de conférence sur le cas particulier qu'ils avaient devant eux :

— Le patient est en état d'hypothermie après être resté dans l'eau glacée pendant deux heures ou plus. Il est très rare de survivre dans de telles circonstances. On serait tenté de dire qu'il y a quelque chose d'exceptionnel en jeu. Nous ne savons pas tout entre ciel et terre. Ceci est tout simplement un miracle, mais bon, un de plus ou de moins…

Puis il déplaça de nouveau son stéthoscope un peu partout sur la poitrine du patient, constata que le cœur battait bien et dit qu'il croyait que ça irait.

— Avec les soins attentifs que recevra le naufragé, n'est-ce pas, Ane ?

Quand le médecin s'en alla, d'autres arrivèrent, elle n'était jamais seule avec lui, tout le monde voulait assister, tout le monde voulait savoir comment allait le naufragé.

Dans l'après-midi, Marie vint. Les deux sœurs s'envoyèrent un rapide coup d'œil.

Le marin se réveilla, et la première chose qu'il dut voir, ce fut huit à dix paires d'yeux qui le fixaient, des yeux pleins de joie et d'espoir, des yeux qui avaient vu tant de macchabées rejetés à terre et ne souhaitaient rien que de le voir se réveiller et vivre.

Elles le frottèrent avec du camphre, lui firent prendre appui sur ses coudes et le forcèrent à avaler quelques cuillerées de soupe, il se rallongea sur le coussin en gémissant, et le premier sourire se montra sur ses lèvres.

Au cours de la journée, la mer se calma tout à fait après la tempête nocturne. Au-dessus des bancs de sable, les crêtes de vagues moussaient comme des dents de lait arrachées. Le bateau déchiqueté en petit bois était éparpillé sur la plage depuis Højen jusqu'à la pointe de Grenen, et l'un après l'autre les camarades du naufragé furent rejetés à terre, noyés et gonflés, avec des ceintures en liège autour de la taille et des écorchures et des bleus après la lutte contre les vagues et les morceaux d'épave.

Interrogatoire au crépuscule chez le gardien de phare Rude. On aida le patient à clopiner jusque-là, un homme le soutenant de chaque côté. Interrogatoire chez l'adjoint au maire Frisch, qui dut recevoir l'aide du pasteur Boeck, lequel disposait d'un dictionnaire anglais : le naufragé avait vingt-neuf ans, s'appelait Frederic Marshall Porter et venait d'Amérique. Il était simple marin à bord, mais en formation de lieutenant.

Le naufragé raconta d'une voix affaiblie :

Le bateau était un trois-mâts norvégien de mille tonneaux, chargé de térébenthine et de goudron. Il venait de Brunswick en Géorgie, Amérique du Nord, et aurait dû rejoindre l'Ecosse, à Granton, près d'Edimbourg, mais avait été pris dans une tempête d'ouest. Le jour de Noël, les provisions avaient commencé à manquer et ils s'étaient dirigés vers la Norvège pour se ravitailler, mais le mauvais temps avait emporté le grand mât par-dessus bord, et le bateau avait dérivé avec le seul mât de misaine vers la côte danoise.

La nuit du 25 décembre, la tempête avait tourné à l'ouragan et la vigie avait annoncé un phare en vue. Le capitaine norvégien Tobiesen n'en crut rien, il pensait que cela devait être le fanal arrière d'un vapeur et ordonna qu'on se dirige droit dessus.

Mais la vigie avait raison. A deux heures, tous les hommes furent appelés sur le pont et reçurent l'ordre de mettre les ceintures de sauvetage. La lumière était celle du phare de Butteren, sur la plage nord de Skagen, et ils filèrent droit sur les bancs et furent brisés. Certains grimpèrent dans le gréement, d'autres se mirent dans les canots.

L'Américain avait sauté à l'eau en prenant son élan en direction de la plage. Durant son enfance en Amérique, il avait appris à nager (ici les autorités échangèrent un regard entendu ; pas un seul des pêcheurs du cru ne savait sans doute nager, plusieurs d'entre eux s'y refusaient même franchement, car à quoi bon, si Notre-Seigneur avait décidé de vous prendre ?) et, aidé par sa ceinture de liège, il avait réussi à franchir le deuxième banc et à arriver jusqu'au premier.

Entre le premier banc de sable et la plage, il y avait un fort courant sous-marin et il avait lutté pendant peut-être deux heures, entraîné au large chaque fois qu'il était sur le point de gagner le sable. A moitié mort de froid et d'épuisement, il avait crié à l'aide. C'était à l'aube. Puis soudain il avait entendu quelqu'un lui répondre, et peu après senti la canne du garde maritime s'accrocher à sa ceinture de liège et le chien tirer comme un fou sur son ciré.

Frederic Porter pleura en silence lorsqu'il apprit que tous ses camarades s'étaient noyés. Mais en même temps il réalisa que Dieu lui avait laissé la vie à lui seul, et il se reprit et expliqua que le bateau se nommait *G.S. Penry* et que l'armateur se trouvait à Arendal en Norvège.

Il n'y avait pas eu beaucoup d'aide venue de terre pendant le naufrage lui-même. Mais le corps des sauveteurs fut acquitté. Il y avait eu des guetteurs sur la plage toute la nuit, il fallait attribuer à la Nuit noire et à la Mer déchaînée que rien n'ait été observé, et au demeurant cela n'avait duré qu'un quart d'heure tout au plus, comme le disait le rapport maritime.

Après l'interrogatoire, le naufragé, se sentant fatigué, demanda la permission de revenir dans le délicieux lit dont on l'avait arraché. L'adjoint et le gardien de phare se regardèrent. Pourquoi pas, non, il n'y avait pas de raison de s'y opposer, tout bien réfléchi. Et ils l'aidèrent à regagner la maison d'Ane.

Avant de poser sa tête sur l'oreiller, il regarda tous les gens qui l'entouraient.

— *Who saved me ?* demanda-t-il.

Le garde maritime Carlsen, confus, regarda ses pieds.

— C'est moi, dit-il.

— *What's your name ?*

— Anthon Carlsen.

— *Anthon ? Oh, Anthony. Thanks, Tonny, thank you.*

Le marin tendit la main. Carlsen la prit, le visage rouge de gêne, mais les yeux brillants. Le marin demanda de nouveau de sa voix faible :

— *Who made the soup ?*

Chacun regarda autour de soi, un peu troublé, peu habitué à faire valoir un individu, puis l'adjoint Frisch montra Ane.

L'Américain capta son regard dans la lumière faiblissante.

— *God bless you, darling*, dit-il d'une voix rauque et il retomba sur l'oreiller, tandis qu'Ane retenait sa respiration plus longtemps qu'elle ne l'avait jamais fait.

Sa sœur Marie prit les rênes au moment décisif. Quand la question de l'endroit où l'Américain passerait la nuit allait être posée, elle coupa court et introduisit de façon surprenante une veillée collective, un tour de garde bien organisé, qui avait l'air si convaincant que personne n'eut rien de spécial à objecter.

Les vraies autorités étaient en réalité le garde maritime Carlsen et l'adjoint, mais ils se contentèrent de dire, eh ben oui, pourquoi pas, et non, ça semble raisonnable, tout bien réfléchi, comme peu auparavant, quand le naufragé avait souhaité rentrer chez Ane.

Marie poursuivit avec autorité : untel et untel veilleraient le soir, puis seraient remplacés par les sœurs, qui s'occuperaient de lui pendant la nuit et, le lendemain matin, untel et untel reprendraient la garde.

La population de pêcheurs se couchait tôt en ce temps-là, à six heures ils filaient à la maison parce qu'ils devaient se lever à quatre heures le lendemain pour les moutons et les filets, mais chez Ane la lumière resta longtemps allumée. Lorsque Sofie Thomsen, la dernière des femmes de pêcheurs, partit à huit heures, elle fut remplacée par Marie qui allait veiller sur le malade jusqu'à ce qu'Ane reprenne la garde de nuit vers dix heures.

— Bonsoir, dit Sophie, et Marie répondit précisément la même chose, mais le regard excité qui accompagna sa salutation fut un des maillons de la théorie populaire des nombreuses années suivantes sur ce qui s'était passé.

Moi-même, je n'en sais guère plus, et pourtant je me permets de continuer. Car pourquoi Marie n'aurait-elle pas fermé la porte derrière le dernier visiteur, le cœur battant d'excitation devant une capture aussi exceptionnelle, après quoi elle serait allée chercher la carafe d'alcool dans le placard ?

Ane regarda longuement la porte fermée.

Puis elle alla chercher deux verres. Marie posa sa main sur la sienne. Elles burent. Regardèrent le marin américain. Il ronflait légèrement. Elles sourirent. Ane un peu plus faiblement, elle était tendue. Elles finirent les verres et les remplirent de nouveau. Le faisceau du phare frappait Marie sur le front et déposait un voile doré sur ses yeux. Ane respirait pesamment. Elle découvrit à sa propre surprise qu'elle avait défait ses cheveux et les rassembla gauchement sous le col de sa robe. Puis elles allèrent près du patient. Lui caressèrent le front. Marie ne pouvait s'empêcher de sourire. Le cœur d'Ane battait. L'Américain ouvrit les yeux. Elles allèrent chercher de la soupe. Il en avala un peu et dit : *aah*. Marie lui apporta un verre d'alcool. Ses yeux s'animèrent. Il posa les lèvres sur le verre, but, dit *aaahh* de nouveau, mais plus longuement. Ses yeux noirs étincelaient et elles lui versèrent un autre verre. Puis Marie alla souffler la lampe. Elle caressa sa sœur sur le bras et quitta la maison, après quoi il n'y eut plus que le phare et les étoiles pour luire.

Le haut gendarme silencieux à l'est tient sa matraque jaune, mais il répartit sa lumière avec équité, et il ne dit rien, il est la neutralité en personne, infatigable dans son service.

Son regard lumineux effleure les pins bas sur la plaine qui embaument l'œstrogène et le rut. La femelle chevreuil se tient dans l'obscurité et crie son chant d'amour. Quand le prétendant apparaît, elle l'invite à la danse, tourne et tourne autour d'un arbre ou d'un buisson. Pendant des heures le brocard la suit, comme une ombre, tête baissée. Dans le voile de brouillard, sous les lueurs du phare et des étoiles, ils ressemblent à des fées de poussière d'argent et de bronze.

C'est ce même regard étrange qui venait s'échouer chez Ane en une vague lueur, ici sur la maison à l'abri de la dune, où la lumière avait été éteinte dans la pièce lorsqu'elle se retrouva enfin seule avec le patient.

Puis elle s'approcha du lit où il était couché et lui caressa le front. Il but le reste de l'alcool dans son verre et prit sa main. Elle alla chercher la carafe de nouveau. Il but et rencontra ses yeux, puis son regard glissa sur elle. Que vit le marin américain ? Une jolie tête un peu ronde aux joues orangées et empourprées, de petites oreilles serrées sous des cheveux châtain clair peignés en arrière, avec une raie au milieu bien nette, un sourire au souffle retenu derrière les lèvres et une invitation involontaire dans les limpides yeux bleu clair.

Ce qui se passa ensuite n'est pas surprenant, surtout si l'on pense que l'homme avait été longtemps en mer et s'était réjoui de voir les filles d'Edimbourg. La jeune femme un peu malheureuse et le marin qui venait de tromper la mort. Et si l'on sait en plus que l'acte est dirigé par une cascade de pulsions involontaires dans le système nerveux autonome, qui donc pourrait, en toute honnêteté, lui reprocher à elle de caresser son bras, et à lui de l'attirer vers lui ?

Elle se libéra et s'éloigna de lui, mais c'était seulement pour tirer les rideaux du côté du chemin. Le vent commença à fredonner sa propre mélodie autour du toit. Le ressac se joignit à lui derrière la dune. Le phare s'ébroua discrètement et jeta une poignée de poussière dorée par la fenêtre. Quand le scintillement prit fin, elle alla auprès de lui. Elle lui parla dans sa langue à elle, lui demanda si sa peau cicatrisait, tâta de ses mains chaudes et constata que lui aussi était chaud.

Il répondit dans sa langue à lui, qu'elle ne comprenait pas, mais elle sut quand même ce qu'il voulait dire. Puis la planète tourna d'un centimètre, les nuages se dispersèrent, et le faisceau du grand gardien de nuit entra directement dans la pièce et dévoila pendant une seconde la scène que tant de gens depuis ont tenté de s'imaginer.

L'unique témoin de la nuit vit tout, mais ne révéla rien, il se contenta de veiller, impartial, la tête haute, jusqu'au point du jour.

Le lendemain, il avait tout bonnement disparu.

Le mystère de la suite de la pérégrination de Frederic Porter m'a occupé pendant des années.

Je débarrasse après le petit-déjeuner. Démarre la grande Audi bleu glace et vais au musée. Le ciel est d'un bleu éclatant, le vent toujours au sud-est. Il fait doux pour la saison, et je cache mon visage derrière des lunettes noires et le pare-soleil. Je compte accomplir ma tâche dans l'anonymat.

Je me rends aux archives locales et regarde un peu les papiers que je connais quasiment par cœur : les documents laissés par Carlsen, le récit du correspondant omniprésent du journal local *Vendsyssel Tidende* sur le terrible naufrage de la Noël 1902, et quelques autres.

Puis je poursuis jusqu'au musée. Je suis le seul visiteur. Malheureusement il s'appelle maintenant Musée de la ville et de la région. Dans mon enfance, il s'appelait Historial des temps anciens, ce qui ouvrait un livre autrement magique pour moi. Peter Læk et moi venions souvent. Les objets anciens fascinaient mon cousin autant que moi. Nous adorions les maquettes des bateaux et des filets sous l'eau, et pouvions contempler les systèmes ingénieux pendant des heures, en discutant avec enthousiasme sur la façon exacte dont fonctionnait une senne danoise.

L'histoire dc la famille se trouve à plusieurs endroits de la ville.

Au musée de peinture, un arrière-arrière-quelque chose du côté paternel pose comme modèle sur le tableau *Vont-ils doubler le cap ?* A l'Historial des temps anciens sont exposées les bottes de mer de Jens Peter. Elles se trouvent dans la maison du pêcheur riche. Un détail sur lequel Ane avait beaucoup insisté quand elle en fit donation.

Et d'autres témoignages encore.

Mais dans la maison du pêcheur pauvre, il y a le plus important.

C'est le berceau de notre arrière-grand-père, le fameux.

Peint en rouge, avec des poignées usées pour le soulever. Le travail de menuisier est robuste, assemblé avec des clous, sans élégance. Peu de décorations, un coussin et un édredon vert. Celui-là, nous nous en approchions avec respect. Nous ne disions jamais rien. Il nous suffisait d'être debout là, le visage rouge, et de l'entendre raconter sa propre histoire.

Je traverse la salle des maquettes de bateau et des épaves, et je m'arrête là où je m'arrête toujours. Relis le texte sur le naufrage du G.S. Penry, sur le vieux couple suédois qui pendant des années continua à venir au cimetière pour se recueillir sur la tombe de leur fils, premier officier à bord. Mais pas un mot sur le marin américain disparu. Je regarde sur le mur le panneau portant le nom du trois-mâts, des lettres dorées sur un morceau de bois noir sans fioritures.

Je tiens une courte réunion avec le garde maritime Anthon Carlsen, qui me regarde du haut de son portrait, une photographie du jour où il avait été décoré par le roi. Il est vêtu de noir, avec un nœud papillon et des moustaches en guidon de vélo, à demi chauve, le front large, le nez long et droit, un petit bouc, et son regard est mort après la longue exposition devant l'appareil. Il a l'air effrayé par le flash, mais semble aussi ressasser quelque chose.

Comme s'il y avait quelque chose qui ne voulait pas le lâcher.

7

Le garde maritime Carlsen frappa à la porte chez Ane et Jens Peter.

Le coup résonna comme s'il avait frappé à la porte d'une chambre mortuaire. Son chien gémit à ses côtés. Il regarda autour de lui. Le jour levant arrachait l'édredon au paysage endormi. Il y avait un peu de neige sur le versant abrité des dunes, le vent avait tourné au sud-ouest et avait faibli à l'approche du Nouvel An. Le bruit du ressac ressemblait à la respiration d'une baleine paresseuse. La mer semblait d'huile blanche sous l'éclat du soleil hivernal. Il avait énormément à faire ces jours-ci ; en réalité il n'avait pas de temps à perdre ici. Les morceaux d'épave devaient être récupérés, avant qu'on ne les vole, il fallait organiser des enchères. Nombreux étaient ceux qui avaient fort à faire : il fallait prévenir les proches, préparer les corps, le pasteur devait ordonnancer l'enterrement, il fallait organiser une quête, et ainsi de suite.

Mais il y avait quelque chose qui le préoccupait davantage. On lui avait communiqué un renseignement, qu'il aimerait voir confirmé.

Ane sortit la tête. Il y avait quelque chose de factice dans son expression fatiguée. Il lui demanda si c'était bien vrai, ce qu'il avait entendu dire, que le naufragé était parti, s'en était allé vers le sud au point du jour.

— Oui, dit-elle, il est parti.

— Par où ? demanda-t-il.

— Par là, dit-elle d'une voix endormie en pointant le doigt vers la lande.

— Il n'est pas passé par la plage ? demanda Carlsen en plissant les yeux.

— Je ne sais pas, répondit-elle, mais c'était comme si elle évitait de le regarder dans les yeux. Je n'ai rien vu moi-même, quand je me suis réveillée, il n'était tout simplement plus là, dit-elle avec un bâillement. Elle remit ses cheveux en place d'un mouvement de tête et les rassembla d'une main sur la nuque.

Le garde maritime la regarda attentivement, secoua la tête et s'en alla. Puis il interrogea un peu en ville. Une femme lui confirma ce qu'on lui avait déjà raconté, que quelqu'un avait vu le marin se diriger vers le sud par les dunes et la lande, juste au moment où l'aube pointait, l'Américain était facile à reconnaître avec ses grandes bottes marines, sa capote cirée et le chapeau à larges bords resté accroché à la patère chez Ane pendant qu'il était malade.

Le garde maritime en interrogea quelques autres. Il ne se passa pas longtemps avant qu'un petit groupe se forme autour de lui.

— Il a disparu ?

— Oui, y semble bien.

— C'est ben curieux.

— Rare, on peut le dire.

— Qu'en dit Ane ?

— Rien.

— Eh oui, c'est mystérieux.

Les questions dévoilaient combien son propre interrogatoire avait été incomplet. En homme de devoir, il revint à la maison d'Ane.

Ane ouvrit, plus vite cette fois-ci, et les cheveux peignés et retenus par une barrette sur la nuque, mais toujours avec le même voile sur les yeux.

— Mais n'a-t-il rien dit du tout ? demanda le garde maritime.

— Non, dit Ane.

— Hier non plus ?

— Non.

Carlsen se retourna sans dire au revoir, entendit la porte se fermer derrière lui, traversa la ville pour rejoindre la maison de sauvetage, monta sur la dune près de la balise et regarda vers le sud. Il guetta la mer. Suivit du regard la courbe de la plage, aussi loin que possible, puis il se retourna et aperçut du bois dérivant entre le premier et le deuxième banc de sable, et cela lui rappela qu'il n'avait pas du tout le temps de rester là.

Juste avant de redescendre, il aperçut une silhouette qui surgissait au loin. Il décida d'attendre. Il se pourrait que ce marcheur lui donne des nouvelles du disparu. Carlsen consulta sa montre, il était neuf heures et demie.

Il attendit une quinzaine de minutes en se battant les flancs et en avalant une unique gorgée de sa flasque de poche, tout en suivant des yeux la silhouette qui s'approchait.

Puis il vit que c'était Jens Peter Christensen, le mari d'Ane.

Carlsen agita la main, Jens Peter fit de même. Le jeune pêcheur revenait de Nibe.

— As-tu vu un marin aller vers le sud ? demanda Carlsen, une fois qu'il fut à portée de voix. Grand chapeau, belles bottes.

— Non, répondit Jens Peter avec le lent sourire qui était sa mimique favorite.

— Tonnerre de Dieu, dit Carlsen. Jens Peter sursauta, c'était très rare d'entendre jurer cet homme-là. As-tu suivi la plage ?

— Oui, dit Jens Peter, sur un bout.
— Tu as l'air fatigué.
— Oui, dit Jens Peter.
— Comment ça va, ta sœur ?
— Elle s'en est allée.
— As-tu marché toute la nuit ?
— Non.
— Seulement ce matin ?
— Oui.
— D'où ?
— De Bindslev.

Jens Peter sourit comme s'il s'excusait de quelque chose. Carlsen réalisa qu'il devait quand même lui expliquer ce qui s'était passé.

— Pendant ton absence, un bateau norvégien a fait naufrage. Il y avait un survivant. Nous avons utilisé votre maison comme chambre de malade. Ane a fait du bon travail. Mais ce matin, il avait tout simplement disparu.

— Ah, dit Jens Peter. Il écouta attentivement, mais cela en resta là.

— Ane te racontera sûrement le reste.

— Oui, dit Jens Peter, et il reprit sa route. Carlsen suivit sa silhouette des yeux jusqu'à ce qu'elle disparaisse derrière une des premières maisons de la ville.

Puis il regarda sa montre, frémit en pensant à tout le travail qui l'attendait et se dépêcha de poursuivre.

Mais c'était tout autre chose qui l'occupait. Il manquait un morceau du puzzle.

Tard dans l'après-midi, il retourna chez Ane.

Elle lui sembla boudeuse, oui, presque absente, mais continuait à répéter la même chose, qu'elle ne pouvait en dire plus.

— Quand je me suis réveillée à six heures, il avait disparu.

— Tu ne t'es pas levée à six heures, dit Carlsen.

— Alors sept.

— C'est tard.

Ane lui jeta un regard furieux :

— Ça dépend peut-être de l'heure jusqu'à laquelle on a veillé un malade.

— N'a-t-il rien dit du tout, n'a-t-il pas laissé quelque chose ? demanda Carlsen.

— Non, je l'ai déjà dit.

— T'as fait la sieste ? demanda-t-il à Jens Peter qui était en train d'avaler de la soupe dans la pénombre.

Jens Peter hocha affirmativement le front.

— Et tu ne te souviens toujours pas si tu as vu quelqu'un sur ta route ?

Jens Peter fit non de la tête.

Carlsen perçut le silence comme des aiguilles piquantes. Il parcourut la pièce du regard. Il retint son souffle, il lui sembla voir quelque chose bouger dans un coin. En regardant de plus près, il vit que ce n'était rien ; rien que l'ombre vacillante de la lampe à graisse. Il se prit la tête entre les mains. Peut-être était-il épuisé, peut-être avait-il des visions. Peut-être valait-il mieux laisser tomber cette affaire et cesser de déranger les gens.

Si les gens ont envie de partir vers le sud, ils partent, c'est tout.

Jens Peter et Ane furent tous deux interrogés par le gendarme et dirent la même chose que ce qu'ils avaient dit au garde maritime, après quoi l'affaire fut en quelque sorte close.

Si ce n'est que Carlsen, le jour de l'An, au crépuscule, se livra à un petit exercice philosophique rétrospectif dans son salon. Il repensa à tout le déroulement de l'affaire, à la situation d'Ane et de Jens Peter. Il revit le visage d'Ane au matin sur la plage. Examina sa propre conscience lorsqu'il avait donné l'autorisation que le marin passe la nuit chez elle. N'était-il pas coupable lui aussi ? Il se pardonna lui-même en raison de l'expression de la jeune femme, de la façon silencieuse dont elle l'avait supplié lorsqu'ils s'étaient rencontrés. Puis il revit sa sœur Marie, la façon dont elle avait arrangé les tours de garde, se rappela l'ambiance quand le marin avait vu Ane.

Carlsen fit ses déductions. A cet instant, un courant d'air souffla sur la flamme de la bougie et des ombres coururent sur le mur. Peut-être était-ce une histoire déjà écrite. Une histoire très spéciale, qu'il valait mieux de pas trop faire circuler, mais une histoire classique, en somme : l'amant avait eu le temps de disparaître avant que le mari ne revienne.

— Pourquoi pas, murmura-t-il, la main devant la bouche, comme pour étouffer un rire. Pourquoi pas ?

8

Néanmoins, Carlsen ne lâcha pas l'affaire.

Les marins morts rejetés à terre avaient été enterrés – un Danois, un Suédois, trois Finno-Suédois et un nègre au nom inconnu. Le Danois était un jeune homme d'Aalborg, le matelot de seconde classe Peter Lund, qui fut rendu à sa famille. Le père arriva, tout voûté, cahotant dans une carriole vide. Cinq cents habitants de Skagen vinrent à l'enterrement, le pasteur fit un prêche, le consul tint un discours, un représentant de l'armateur norvégien était également présent. Ainsi que le correspondant omniprésent de *Vendsyssel Tidende*. Couronnes et fleurs fanées y reposaient encore. Des centaines de tonneaux de térébenthine et de goudron furent vendus aux enchères, comme le bois, les bouteilles de vin et de bière, et tout ce qui était encore récupérable de l'épave.

Carlsen avait été un des acteurs principaux, il courait partout, organisait et s'affairait, mais dans sa tête tournaient d'autres conjectures, et la nuit il faisait des rêves agités – par exemple il était assis à son bureau en train d'écrire et découvrait que c'était un ossement blanc qu'il tenait à la main.

Tremblant, mais poussé par un soupçon difficilement définissable, il trempa sa plume dans l'encrier quand enfin il en eut le temps.

D'abord il écrivit au commissaire de Hjørring, dont il reçut une semaine plus tard la réponse que les forces de police n'étaient au courant de rien concernant le marin américain survivant.

Le même jour – le 16 janvier 1903 – il s'adressa à l'envoyé spécial du *Vendsyssel Tidende*, lequel ne répondit jamais, ce qui ne fit que confirmer ce que le fonctionnaire consciencieux avait toujours pensé des pisse-copie.

Alors, il écrivit au consul américain de Frederikshavn, qu'il avait rencontré à l'enterrement, l'armateur suédois E. Söderberg ; un mois plus tard il reçut une réponse laconique : lui non plus ne savait rien.

Carlsen ne se découragea pas.

Il écrivit à l'armateur à Arendal et, dans une lettre datée du 13 juillet 1903, l'inspecteur et co-armateur Kurt Frey lui répondit qu'ils ignoraient ce qu'était devenu le survivant, mais que Frederic Marshall Porter était originaire de Virginie et que son père serait, selon les renseignements, sir Clark E. Porter, négociant dans la ville portuaire de Norfolk.

Carlsen relégua la petite déception due à l'absence du moindre remerciement pour l'action de sauvetage, reposa la lettre et se plongea dans ses pensées. Il avait avancé un petit peu. Puis il se rassit à son bureau et dévissa avec précaution le couvercle de l'encrier.

Le lendemain, il prit le train pour Frederikshavn et alla trouver le consul américain, qui devait être supposé maîtriser la langue anglaise à l'écrit. Le consul Söderberg le reçut poliment, remercia pour l'accueil à Skagen, et promit de traduire sa lettre au négociant Porter à Norfolk, Virginie, ainsi que de se charger de l'envoyer.

Quatre mois plus tard – en novembre 1903 – une réponse lui parvint. *M. Coastinspector A. Carlsen, Esq. Gl Skagen, The Skaw, Denmark, Europe.* Les mains de Carlsen transpiraient légèrement lorsqu'il rompit le sceau rouge avec son couteau de poche et ouvrit l'enveloppe.

Ses yeux défilèrent sur les lignes. Il y en avait une page entière. Il ne comprit pas grand-chose, mais perçut quand même l'essentiel. Sa poitrine se gonfla en voyant le format de l'écriture, les belles courbes tracées par une plume de qualité, les immenses majuscules en début de mot, les volutes et les taches d'encre, et tout en bas la signature Clark E. Porter, *tradesman*. Suivie du tampon de la compagnie de commerce, avec l'adresse sur les docks du port de Norfolk, Etat de Virginie, apposé avec tant de force que l'encre avait débordé et qu'on en entendait encore le choc mat.

Il remit la lettre dans l'enveloppe et regarda par la fenêtre à l'ouest. Il pleuvait et le vent soufflait. Il consulta la pendule sur le mur du fond, puis il enfila manteau et chapeau, et partit pour la ville.

Il eut la chance de trouver le pasteur Boeck à la maison, le prêtre chaussa ses lunettes et força la lampe à pétrole. Ses yeux glissèrent le long des lignes tandis qu'il murmurait tout bas.

— Qu'est-ce qu'il écrit, qu'est-ce qu'il écrit ? le pressa Carlsen.

Boeck continua à lire, puis il baissa solennellement le papier, retira ses lunettes et lui lança un regard d'une gravité biblique :

— Je crois, mon bon Anthon, que ce dont il s'agit ici, c'est d'un homme qui cherche son fils.

Puis ils se penchèrent sur le dictionnaire.

Porter senior rendait hommage à l'exploit de sauvetage de Carlsen et lui promettait que Dieu le récompenserait, lorsque ce temps viendrait, il le remerciait également pour sa lettre, dans laquelle il demandait si la famille avait eu des nouvelles de son fils. Mais c'est avec grand regret que le père se voyait obligé de répondre qu'il ne savait pas où était l'avant-dernier de ses fils. Il en avait huit, la mer en avait déjà pris un, et sa femme avait décidé de ressortir son voile noir du tiroir et de le porter pendant un an. Son fils Frederic avait embarqué sur le voilier *G.S. Penry* à Brunswick, Georgia, l'automne précédant le naufrage. Le père avait enquêté auprès des délégations des Etats-Unis en Allemagne et en Angleterre, mais sans résultat. Il savait seulement par les autorités danoises que son fils avait survécu à un naufrage après une terrible tempête, suite à quoi il n'avait plus eu aucune nouvelle.

Ils posèrent la lettre et se regardèrent. Le pasteur Boeck alla chercher la carafe et leur servit à tous deux une grande rasade.

La conclusion temporaire devait être que Frederic Porter avait disparu corps et biens après sa nuit chez Ane.

9

— Vingt jours de retard !

Ane avait passé la tête par l'ouverture supérieure de la porte coupée de sa sœur Marie, les joues en feu.

Marie se retourna d'un seul mouvement, serra le torchon contre sa gorge et jeta à Ane un regard étincelant.

— Félicitations !

Elles s'étreignirent un court moment, puis un étrange silence tomba.

Les félicitations de Marie vibraient encore dans l'air. Mais dans l'écho de la nouvelle sensationnelle, toutes deux entendaient les problèmes s'amasser à l'horizon. Marie avait un sourire un peu contraint en versant le café. Ane regrettait déjà la seconde précédente, elle avait presque envie de ressortir et de revenir répéter ce qu'elle venait de dire, mais elle se tut, le regard fixé sur un nœud de bois du plancher, consciente que de tels instants ne brillent qu'une fois.

Elles se mirent à parler de tout autre chose, il faut raison garder, mais à partir de là tout prit une autre teinte.

Et le temps passait, forcément. Il n'y avait plus grand monde pour parler du naufrage. Le seul survivant, le marin américain, était parti un peu brusquement, certes, mais on était déjà courant février et il y avait toujours du nouveau, par exemple la mer au sud comme au nord bouillonnait d'immenses bancs de harengs bien gras, et les barques sortaient chaque jour malgré la bruine neigeuse et le temps médiocre.

Ane n'en parla qu'à Marie, mais dans les temps qui suivirent, elle circula dans une sorte d'ivresse. D'ici peu, cela se verrait. Elle ne savait pas si c'était dans sa tête, mais elle avait déjà l'impression de sentir les regards sur son ventre.

Un mois et demi plus tard, aucun doute n'était plus permis, et un jour elle reprit le chemin à travers la lande vers la ville, en bottes sabots dans la neige fondue et la gadoue, et débarqua au *Logis du docteur.*

Elle ressentit un soulagement inattendu en entrant chez le docteur Warming. C'était comme si elle aspirait à son approbation sur ce qu'elle avait fait, et comme s'il posait une membrane protectrice sur sa peau contre toutes les aiguilles qui piquaient à la maison.

— Ah ! Alors on a fait comme le toubib a dit ? cria-t-il, lorsqu'elle annonça la raison de sa venue.

Il retroussa ses manches, et elle lui demanda s'il ne pouvait pas se contenter de sentir par-dessus, mais il répondit non d'une voix sonore. Elle aurait bien aimé qu'il baisse la voix, mais il tâta de ses mains son ventre nu, écouta avec son stéthoscope et lui donna raison, le miracle avait sans doute eu lieu.

Il alla vers la desserte, se lava les mains dans une petite cuvette – encore un détail qui s'imprégna pour toujours en elle – parla de choses et d'autres, demanda comment ça allait à la maison, puis à la fin, la tête penchée d'un côté et un doigt sur les lèvres :

— Alimentation variée, légumes, bonnes positions. C'était tout ce qu'il fallait, Ane ?

— Oui.

— Oui, et puis la période, juste entre les deux ?

— Oui, dit Ane en rajustant ses vêtements. Son regard fit le tour du cabinet de consultation et trouva entre autres un monstre qui n'y était pas la dernière fois. Noir, avec ce qui ressemblait à une rangée des boutons sur le devant. Elle apprit plus tard à l'identifier comme une machine à écrire, mais à cet instant-là son regard resta comme cloué au mystère insoluble, pendant qu'elle souhaitait qu'il ne dise plus rien. Mais il n'en fit rien, l'air détaché, il balança encore une de ces vérités qui touchaient :

— La nature est forte.

— Oui, dit Ane en sentant qu'elle commençait à trembler.

— Il y a des processus qu'on ne peut pas contourner. Des forces qui ne veulent que ce qu'elles veulent.

— Oui, dit Ane.

— Parfois il suffit de laisser faire ce qui veut se faire.

— Oui, dit Ane, la sueur perlant sur sa lèvre supérieure.

Ane se leva, ramassa son sac et ses affaires. Elle avait le regard fixé droit devant elle, comme si elle voyait quelque chose que personne d'autre ne pouvait voir et elle tremblait de tout son corps. Elle n'arrivait pas à deviner ce qu'il savait vraiment. Un instant, elle eut l'impression qu'il l'avait totalement percée à jour. Elle eut envie de tout lui raconter, juste pour soulager son cœur, juste pour parler avec quelqu'un, mais elle se contenta de dire au revoir et sortit.

Une fois la nouvelle connue, elle se dispersa dans toutes les directions comme une bande d'oiseaux effarouchés.

Maintenant ce n'était plus seulement quelque chose qu'Ane croyait, maintenant la plupart regardaient bien son ventre et faisaient le calcul rétrospectif. Le soupçon public enflait en même temps qu'elle. Les événements des mois passés furent répétés et pimentés de détails. Et comme Jens Peter se montrait plus taciturne que jamais, et bougon en plus, on supputa ferme. Le mystère du marin disparu et de la jeune femme sans enfant revenait comme un sujet de bavardage récurrent dans les bistrots borgnes de la ville. On pensait deviner, à voir le jeune couple, que quelque chose clochait, leur façon de marcher, leurs visages tristes, et d'ailleurs ils n'adressaient presque plus la parole à personne.

Mais d'un autre côté : y avait-il vraiment une raison d'être triste ? Au demeurant, on trouvait une certaine compréhension pour ce qu'avait fait Ane. Ce genre d'histoires, on en avait déjà entendu parler. Et qu'est-ce qu'un foyer sans enfants ?

Les regards à la dérobée que lui jetaient les femmes contenaient aussi une autre dimension : le rêve d'un étranger mystérieux qui vient la nuit, d'un amant surgi de la mer, à qui on confie ses nostalgies les plus secrètes et puis qui disparaît.

Ane elle-même n'était d'ailleurs pas aussi chagrinée qu'on pouvait le croire. Elle avait certes tendance à sombrer dans un trou noir, mais l'instant d'après un grand sourire venait éclairer son visage, surtout quand elle appuyait ses deux mains sur son ventre, et surtout quand personne ne la voyait.

Elle essaya de partager ses joies sporadiques avec son mari, mais là, ça passait quand même les bornes ; Jens Peter se détourna, et peut-être était-ce assez compréhensible.

Alors elle pleurait de nouveau, mais pas très longtemps, l'instant d'après une fierté soudaine l'emplissait et une certitude dont elle ignorait d'où elle provenait : cet enfant-là deviendrait quelqu'un. Après tout ça. Elle avait eu un rendez-vous avec quelqu'un d'ailleurs, elle détenait une petite action dans le grand monde, l'Amérique.

Ce genre de considération lui permettait de prendre un peu plus à la légère les regards et les bavardages, et lorsque parfois elle arrivait à ignorer les deux, elle reprenait le dessus.

Un soir, Jens Peter revint en titubant de la salle de l'auberge, le regard éteint. Elle le prit avec bonhomie, car les rares fois où cela était arrivé, il avait été gentil, avait même amorcé une vraie conversation avec des mots de deux syllabes et des phrases presque entières. Mais cette fois, il était d'humeur sombre et commença par refuser de dire ce qui s'était passé. Elle lui versa une grande rasade d'eau-de-vie, et les vannes s'ouvrirent : il s'était battu avec quelqu'un à l'auberge de Brøndum, qui l'avait moqué à cause de *ça*.

— Oh, dit Ane.

Ses poings étaient tombés comme des coups de massue, et quatre hommes l'avaient empoigné et jeté dehors, puis il était rentré.

— Tu sors en mer demain ? demanda-t-elle.

— Oui, dit Jens Peter.

— Tiens, mon ami, dit Ane en lui versant un autre verre, et au lit !

Ce genre d'ordres, Jens Peter ne refusait pas d'y obéir. Tout d'abord parce que cela avait été un mauvais jour, mais aussi pour éviter que cela n'empire. Tous deux savaient qu'un pesant silence s'installerait s'ils restaient trop longtemps face à face. Alors surgirait quelque chose dont on ne parlait pas, un fantôme contre lequel le bon sens ordinaire ne pouvait rien. Ils avaient plusieurs moyens de bouter dehors cet hôte surnaturel ; l'un était le travail, l'autre celui qui venait d'être mis en œuvre.

Ane alla au-devant du printemps en faisant du crochet, avec une petite cloche ronde sur le devant et d'humeur un peu plus gaie, le soleil aidait, le soleil aide toujours. Il y avait tellement d'optimisme dans l'air, la décision du parlement de commencer la construction du port allait de pair avec les vents de saison doux du sud-ouest et les petites vagues clapotant comme des applaudissements sur la plage nord.

Au cours du mois d'avril, Jens Peter partit pour la campagne de pêche d'été. Elle aurait aimé se tenir avec lui devant la maison pour être adoptée dans la bonne compagnie des époux réguliers, qui attendaient des enfants et n'hésitaient pas à le montrer. Il lui semblait que le temps était venu, cela faisait maintenant si longtemps que cela était arrivé, et le père biologique ne reviendrait jamais. Ce qui poussait en elle leur appartenait à eux deux, sentait-elle, et surtout, elle en avait assez d'avoir honte.

— Embrasse-moi, dit-elle sur la sentine menant à la maison.

— J'ai déjà fait, dit Jens Peter.

— Oui, mais il faut que ce soit ici, devant tout le monde. Et sur la bouche.

Une ombre sombre courut sur le visage de Jens Peter, puis il se détourna. Cela la chagrina, mais elle agita quand même la main dans sa direction lorsqu'il partit, et peut-être eut-il des regrets, en tout cas il se retourna plusieurs fois en saluant de la main. Elle le trouvait bien beau avec sa casquette et ses bottes, et pensa qu'elle allait faire de son mieux pour en finir avec les fantômes qui menaçaient de les dévorer vivants. Et elle savait comment les faire fuir, ceux qui éventuellement se montreraient au cours des nuits d'été à venir – il suffisait de laisser sa main glisser sur son ventre et de le sentir grossir tous les jours.

10

Le 10 septembre 1903, elle donna naissance à un garçon. C'était mon grand-père maternel. Il fut appelé Anthon et, si je ne me trompe, ce choix peut être interprété comme une reconnaissance de la contribution apportée par Anthon Carlsen, en ce matin qui avait suivi la tempête de Noël, l'année précédente. Sans le garde maritime, cela n'aurait pas pu arriver. Ane prit une décision indépendante ; Jens Peter était en mer et ne reviendrait qu'en octobre.

Que peu après elle lui eût donné le surnom de Tonny, qui lui colla à la peau pour le restant de sa vie, je ne peux l'attribuer qu'au bref échange au cours duquel le marin naufragé demanda le nom de son sauveteur. C'est une scène qui a dû l'emplir de tendresse.

Etaient présentes la sage-femme, Mme Tønnesen, sa sœur Marie et la voisine Sofie Thomsen, dont le rôle était de veiller à ce qu'il y eût assez d'eau chaude, de gants et de serviettes propres, et c'était facile, car Ane avait tout préparé méticuleusement. Tout était ordonné, rangé sur les étagères, elle avait crocheté des petits tricots, des sous-vêtements et des chaussettes de trois couleurs différentes, les langes étaient empilés, et à une place d'honneur trônait un bonnet en dentelles, exactement le même que celui qu'elle avait vu dans un exemplaire usé du *Journal Illustré des Familles*, à l'hôtel de bains Olesen.

Mme Tønnesen se passa du baume au phénol sur les mains et les bras, suivant les prescriptions impitoyables de l'époque, et demanda s'il ne fallait pas appeler le docteur, mais Ane répondit qu'elle se débrouillerait bien toute seule.

Elle avait montré ses réserves habituelles envers les superstitions liées aux jeux de devinette sur le sexe. Si elle avait des douleurs aux reins, ce serait un garçon, si elle avait mal à la cuisse, ce serait une fille. D'une part elle pensait que c'étaient des bêtises, d'autre part cela lui était égal que ce soit l'un ou l'autre. Elle s'imaginait les yeux levés au ciel du docteur Warming. En réalité, elle avait eu assez mal aux reins, mais n'en dit mot à personne.

Il jaillit en un temps record, en tout cas la sage-femme n'avait jamais rien vécu de pareil, il ne pleura pas beaucoup, commença à téter tout de suite, sinon il dormait tranquillement, avec ses cheveux humides, noirs comme du charbon, qui leur confirmaient à toutes ce qu'elles avaient de tout temps pensé.

Car s'il y avait eu une excitation autour du sexe, ce n'était rien comparé à celle autour de l'apparence. A qui cet enfant allait-il ressembler ? Bien sûr, il faut se garder de rien conclure à partir de la couleur de cheveux si tôt, mais quand même. Et les yeux. Regardez donc ses yeux. De quelle couleur sont-ils, au fond ? interrogeaient les visages muets des femmes.

Ane ? Si jamais quelqu'un a possédé le bonheur comme une propriété privée et exclusive, il y a des raisons de croire que c'était elle à ce moment-là. Les larmes coulaient à flots sur ses joues, elle avait du mal à croire que son cauchemar se terminait ainsi, que le petit corps ferme qu'elle tenait était bien réel, et que c'était elle-même qui était couchée là.

Si les autres dans la pièce surprirent quelque chose d'autre, de plus sombre, dans son regard, ce fut vite passé, quelques ombres fugitives au milieu du branle-bas habituel autour du placenta, des sutures, de l'allaitement et toutes ces autres choses dont les hommes n'ont pas du tout envie d'entendre parler.

— Oh, que je suis heureuse pour toi, dit Marie lorsqu'elles furent seules un moment.

Les parents des deux sœurs et Magnus, le mari de Marie, allaient passer plus tard. Magnus était revenu à terre en raison d'une avarie. Au large, un mât avait cassé parce que le patron poussait le bateau trop fort. Ce qu'il faisait toujours, d'après Magnus. Quand la plupart des autres mettaient à la cape avec une ancre de dérive ou une voile de tempête, il cherchait toujours à forcer sa chance. Ils avaient été obligés de rentrer tant bien que mal jusqu'à Frederikshavn et de mettre le bateau en cale sèche, et c'en était terminé pour cette saison. Marie lui avait demandé de trouver une autre embauche. Elle était nerveuse. Magnus bougonnait quand ils en parlaient. Ce qui ne lui arrivait jamais. Marie lui raconta qu'il se réjouissait à l'idée de venir, qu'il apporterait un petit cadeau et amènerait les deux enfants.

Puis arrivèrent les invités.

— Comment va-t-il s'appeler ?

— Anthon, je crois.

— Ah, c'est un bon nom, ça ! Comme le fils du géomètre. Anthon Christensen, oui, il y a de la force là-dedans !

— Et le garde maritime… Carlsen… c'est bien son prénom, aussi, non ?

— Oh, oh, quelle pogne ! Ce sera un grand marin pêcheur.

— Attends, laisse-le apprendre à marcher d'abord.

— Tu ne crois pas qu'il est impatient de le voir, le Jens Peter ?

— Si, bien sûr.

— On dit qu'y a pas mal de maquereaux. Pas vrai, Magnus ?

— Ça me réjouit.

Et ainsi vont les bavardages dans la chambre d'accouchée – des banalités mêlées à de grandes prophéties qui allaient se révéler n'être pas si farfelues.

Café. Eau-de-vie. Biscuits. Une rondelle de saucisson. Encore des bavardages. Pleurs d'enfant. Ah, il va boire un petit coup. Adieu. Il se fait tard d'ailleurs. Et il y a certaines choses dont on ne parle pas.

— Il va être joli comme tout avec ce bonnet !

— Je suis fatiguée, maintenant vous pouvez me laisser.

Elles ne restèrent plus que deux dans la petite pièce. Le petit dormait. Marie était tournée vers la fenêtre, où un puissant soleil d'après-midi se chargeait des feux de joie. Ane sommeillait dans son lit. Le non-dit emplissait la pièce. On ne pouvait s'empêcher de spéculer, malgré tout. Mais ce qui était fait était fait. Marie était une nature légère. Mon Dieu, quand on pensait à tout l'or qu'il y avait dans le vieux berceau familial ! Mais son regard tomba sur Ane.

— Il y a quelque chose que je dois te raconter, dit Ane, les yeux fermés et les cheveux défaits, un jour…

Quand Jens Peter revint en octobre, un mois et demi plus tard, il se tint silencieux dans la pièce, fixant le petit enfant gigotant sur le dos sur la table comme si c'était un étrange poisson qui avait atterri sur le pont.

Il était revenu seul à pied de la gare, pendant que les autres, accueillis par leurs femmes et leurs enfants, avaient reçu un accueil de princes sous les *hourra !*, les chansons, la musique d'accordéon et la mousse des bouteilles de bière. En ce temps-là, il n'en fallait pas beaucoup pour que les habitants de Skagen fassent sauter les bouchons et invitent à la danse, et cela n'a d'ailleurs pas beaucoup changé. Quand les pêcheurs revenaient de leur campagne d'été, toute la ville bourdonnait de joie et d'argent, et beaucoup de foyers conviaient à la fête.

Ane le regardait, pleine de nervosité. Elle aurait souhaité venir l'accueillir avec l'enfant enveloppé dans une couverture, mais il était inutile même d'y penser.

— Tu ne me dis pas bonjour ? lui demanda-t-elle en tortillant un doigt autour de sa tresse.

Il régnait dans la pièce une odeur de plancher de bois fraîchement lavé, on devinait côté cuisine du carrelet en train de frire, une odeur de café aussi ; sur une petite table une haute bougie droite de cire blanche brûlait d'une flamme claire.

Jens Peter ne disait rien, il se tenait toujours à l'entrée de la pièce avec son sac marin, comme s'il menait une dernière bataille avec lui-même. Maintenant il fallait trancher sur tout ce qui l'avait tourmenté pendant les longues soirées d'été lorsque, debout avec sa pipe, il fixait le coucher de soleil sur la mer. Allait-il enfourcher son orgueil blessé pour le restant de ses jours, ou bien allait-il prendre à lui cette femme qui apparemment l'aimait malgré ses lacunes physiques et autres ? Elle possédait aussi une force rare, qui inexplicablement l'attirait, et elle était également une maîtresse de maison hors pair. Mais cet enfant, serait-il jamais le sien ?

Il semblait cloué au sol par les grandes considérations que générait la vue de l'enfant et n'avait même pas enlevé sa casquette, quand soudain le visage de l'enfant se fendit d'une grimace silencieuse.

Ane serra les lèvres pour s'empêcher de rire. Elle ne dit pas un mot, mais les larmes lui montèrent aux yeux, elle recula d'un pas et se tint immobile au fond de la pièce. Jens Peter fixait incrédule la petite créature aux cheveux noirs qui au même instant refit une grimace.

Le ton de Jens Peter était doux et respectueux lorsqu'il enleva sa casquette et dit :

— Il a ri. T'as vu, Ane ?

Il se pencha sur la table. Le petit saisit son immense doigt.

— Aïe, l'en a de la force, ce garçon, murmura Jens Peter, si doucement qu'Ane comprit à peine ce qu'il disait.

De grosses larmes coulaient sur les joues d'Ane lorsqu'elle alla étreindre Jens Peter. Il sursauta quand elle le toucha. Puis il se détourna de l'enfant et la serra dans ses bras.

Dans les secondes qui suivirent, un pacte silencieux fut conclu entre eux, enterrant beaucoup de ce qui jusque-là les avait retenus. Ils allaient oublier ce qui s'était passé alors et faire fondre la glace qui s'était formée entre eux. Ils verraient au travers de ceux qui riaient dans leur dos en ville. Le silence était solennel comme lors d'un adoubement, elle avait posé la joue et les paumes sur sa poitrine et lui reposait le menton sur sa tête et l'entourait de ses bras.

Les seuls témoins étaient le phare et Dieu, comme Ane se le dit à elle-même plus tard, les deux témoins des plus grandes décisions de sa vie. Quant à Jens Peter, il n'y a aucun doute que là, dans la pénombre, il eut un sombre entretien avec le Seigneur, car c'est ainsi qu'il avait été éduqué. Mais il était aussi un homme pragmatique qui se réjouissait qu'enfin un fils soit arrivé dans la famille. Et puis, comme on l'a vu, il avait été l'objet d'une offensive de charme de la part du gamin.

Ils restèrent immobiles un instant, puis Ane découvrit que le petit s'était avancé jusqu'au rebord de la table.

Elle se libéra d'un geste et eut juste le temps de saisir le gamin avant qu'arrive ce qui aurait pu mettre une fin brutale au bonheur qui était en train de se répandre dans la maison.

11

Jens Peter mit sur la table plus d'argent que jamais.

Il avait aussi rapporté des cadeaux. Ane pensa à Marie. Son mari, Magnus, avait dépensé presque autant d'argent en tournées de bistrot que Jens Peter pour acheter des draps de lit et des cuivres à Copenhague et à Aalborg. Marie lui avait demandé si elle pouvait lui emprunter un peu d'argent. Ane lui avait donné dix couronnes et insisté sur le fait qu'elle aurait à les rendre à un moment donné et que Marie était obligée de changer de cap par rapport à son mari.

Ça, Marie en était incapable. Elle prit un air éberlué et ne sut quoi dire, mais tendit néanmoins la main et accepta l'argent. En revanche, sa sœur était de nouveau enceinte, comme Ane le constata en se mordant amèrement la lèvre.

Le petit garçon d'Ane prit rapidement du poids et se révéla très facile ; ses cheveux en revanche n'éclaircissaient pas, au contraire, ils devenaient plutôt plus foncés et, à sept semaines environ, ils prirent cet éclat noir mat qui allait les faire remarquer durant les quelque quarante années suivantes. La couleur de ses yeux prenait le même chemin, les nombreuses personnes qui s'en inquiétèrent, la tête profondément penchée au-dessus du berceau, purent le vérifier à l'envi : l'iris commença quelques semaines après la naissance à changer de l'indéfinissable gris-bleu charbonneux à quelque chose de brunâtre, comme des algues mouillées sur le sable. Lentement mais sûrement, l'expression changea et, à peu près en même temps que s'effaçait tout doute sur ses cheveux, ses yeux prirent ce ton de châtaigne mûre que l'on peut observer en août dans le jardin de l'auberge baigné par le soleil de fin d'après-midi.

Le scandale était parachevé. Tout ce qui avait pu être chuchoté l'avait été. La prochaine étape serait que la tête du garçon prenne la forme de celle du père – à quoi ressemblait-il déjà ? Ceux qui s'en souvenaient le décrivaient de leur mieux, le crâne oblong, un visage étroit, le nez droit, ah ! oui, c'est vrai, oh, mais pas de doute, l'enfant suivait son sillage.

La compréhension, que nous avions évoquée, fit peu à peu tache d'huile. Au fond d'eux-mêmes, la plupart ressentaient une certaine sympathie pour la situation d'Ane, et ceux qui étaient les moins critiques se laissèrent même séduire par le gamin, comme l'avait fait Jens Peter, davantage même, car à mesure que les mois passaient, il devint de plus en plus irrésistible avec ses yeux de chocolat fondu et ses cheveux épais dans ce paysage de dunes à la végétation clairsemée.

Ane et Jens Peter s'exercèrent à ce qu'ils s'étaient promis en silence à l'instant solennel du retour : prendre de haut les regards accusateurs, faire comme si les vexations étaient dites dans une langue que l'on ne comprenait pas. Ane pouvait regarder la plupart des gens droit dans les yeux ou, à défaut, droit à travers. La seule exception était le garde maritime. Quand elle le rencontrait, elle baissait le regard.

Les parents de Jens Peter vinrent en visite bien après les autres. Ils avaient voulu attendre que le pire de la tempête soit passé et, de toute façon, venir tant qu'Ane était seule, avant que leur fils ne soit de retour de la mer, était impensable. C'étaient des gens corrects, bien habillés et membres de la Mission intérieure, et leur conscience leur interdisait de prolonger trop la visite.

— Entrez, dit Ane.

Ils n'entrèrent pas, ils restèrent sur le seuil, silencieux, vêtus de noir et les mains jointes devant eux. La belle-mère portait une fine chaîne en or autour du cou et un psautier dans la main. Son mari avait un chapeau anglais rond sur la tête et un sourire funeste sur les lèvres. Les dernières années leur avaient été favorables. Le beau-père avait acquis des parts dans trois bateaux, ils venaient de faire construire une maison à Vesterby ; ils étaient quasiment méconnaissables.

Le petit était couché sur un édredon par terre. Il envoya à ses grands-parents un sourire sûr de lui, mais cela n'aida guère.

— On n'est pas dupe sur son origine, dit la belle-mère.

Le silence fut si grand pendant un moment qu'on entendit distinctement les voix à l'unisson venues de la plage où on hissait à terre une barque. Personne ne respirait. Mais juste avant que les beaux-parents ne remportent la victoire finale en tournant les talons, Ane les devança. Elle se leva calmement et posa la main sur la poignée de la porte.

— Dehors, dit-elle.

Ils se retournèrent comme les figurines d'un théâtre de marionnettes, et ce fut la dernière fois que la famille vit M. et Mme Christensen, partiellement armateurs, durant de nombreuses années. Ils ne furent même pas invités au baptême.

Après leur départ, Ane claqua la paume contre le mur et les larmes lui montèrent aux yeux, puis elle pensa : ils ne m'auront pas, ils ne m'auront pas – en attendant que la douleur s'amenuise. Jens Peter se défila par la porte arrière avec une rage certes rentrée, mais non moins grande.

Quelques jours plus tard, le docteur Warming vint faire sa visite à l'accouchée. Il écouta le garçon au stéthoscope pendant qu'Ane regardait, les yeux brillants. Cet appareil éloignait la phtisie, elle en était persuadée.

— N'allaite pas trop longtemps. C'est insupportable de voir des gosses de trois ou quatre ans accrochés au sein de leur mère, dit-il. Mais hormis cela, il ne semblait pas s'intéresser particulièrement aux nourrissons.

— Il ne faudrait pas user la mère avant terme. Ça va bien pour elle aussi ? demanda-t-il avec son sourire moqueur.

— Oui, dit Ane très vite.

— Et le père va bien aussi ?

— Oui, haleta-t-elle, sur le qui-vive et ne sachant pas trop bien encore de quel côté il était.

Le docteur Warming rassembla ses affaires et demanda son col en renard. Sa petite voiture noire à deux roues attendait dehors, et le cheval grattait le sable encore dur après la première gelée nocturne.

— Le bavardage des gens, Ane, dit-il d'une voix de commandeur en la regardant par-dessus les lorgnettes – on l'envoie dinguer. C'est un des plus beaux enfants que j'aie jamais vus. Son père, Jens Peter, est un bon pêcheur et sa mère tient sa maison de façon exemplaire.

Warming mit son chapeau, le souleva, et ouvrit la porte. Ane était debout avec son enfant dans les bras, émue par ses mots. Cet homme lisait dans ses pensées. Une idée commença à cogner dans sa poitrine. Oserait-elle ou n'oserait-elle pas ? C'était maintenant ou jamais. Dans un instant, ce serait trop tard.

A la seconde avant que la porte ne se referme derrière le médecin, elle demanda :

— Le docteur et sa femme voudront-ils venir au baptême ?

Le médecin s'arrêta dans son mouvement et refit un demi-pas en arrière. On aurait dit que ça tournait un peu dans sa tête, puis il saisit où Ane voulait en venir.

— Oui, merci, dit-il en s'éclairant, peut-être demanderai-je à quelques amis de se joindre à moi ?

Ane approuva de la tête.

Le dimanche suivant fut un triomphe. A l'arrière de la petite troupe dans l'église se tenait, outre le médecin et sa femme, deux autres représentants de la bonne bourgeoisie, monsieur le receveur municipal Brodersen et madame, qu'Ane connaissait un peu comme des gens ouverts, mais surtout par ouï-dire. Elle chercha le regard du docteur Warming. Il cligna de l'œil gauche.

Warming portait culottes et longues bottes, jaquette, chemise blanche et nœud papillon, avec un foulard jaune canari autour du cou, qu'Ane interpréta comme un point d'exclamation ponctuant leur petit numéro. Avant la fin de la cérémonie, le couple vint saluer le chantre et chatouiller le petit sous le menton. M. et Mme Brodersen étaient également bien habillés, mais leurs vêtements étaient un peu usés. Ane savait qu'ils avaient beaucoup d'enfants et pas énormément d'argent. Elle tripota son collier et jaugea la situation : elle et Jens Peter étaient à leur façon aussi bien mis qu'eux. Le petit n'émit pas un son ; soit il dormait, soit ses petites boules d'ambre sombre contemplaient le spectacle en silence, avec une mine impénétrable sous le bonnet de dentelles.

Après le baptême, il y eut une petite réunion chez les parents d'Ane qui disposaient d'une pièce un peu plus grande. La liste des invités était particulière et l'ambiance en fonction. Le médecin, le receveur municipal et leurs épouses partirent assez vite après avoir bu un punch, comme s'ils avaient fait leur devoir.

Ane révisa les grandes lignes. Elle avait obtenu ce qu'elle voulait. Ceci se répandrait comme un feu de cheminée, et elle vit devant elle deux ou trois personnes qui s'étrangleraient dans leurs théories forgées maison.

— Merci pour un beau dimanche, dit le docteur Warming, si fort que tous les habitants de la rue durent l'entendre.

Elle se tenait sur le seuil et salua de la main quand les invités partirent. Elle les suivit des yeux.

C'était une belle journée. Elle ne se souvenait pas d'avoir jamais vu un ciel aussi clair. Si on montait sur une chaise, on pourrait voir jusqu'en Suède. De quoi avait l'air le ciel avec des nuages ? On l'avait presque oublié.

Quand la voiture ne fut plus qu'un point à l'horizon, elle referma la porte.

12

— Où est Tonny ? Où est le garçon ? Quelqu'un l'a vu ?

C'est le jour de l'inauguration du port, en novembre 1907, et les yeux d'Ane filent d'un côté à l'autre.

Le gamin de quatre ans a affiné ses numéros de disparition jusqu'à la perfection et s'est éclipsé au milieu de la pire affluence dans l'histoire de la ville. Il y a un millier de gens, jamais tant de personnes n'ont été réunies en une fois, et ils attendent ; certains s'exercent à claquer des doigts, mais pas un ne songe à l'aider à chercher l'enfant. La plupart en ont déjà tant, elle, elle n'en a qu'un, et comme si elle n'était pas déjà stressée au maximum, à l'instant même un musicien de l'orchestre harmonique essaie son tuba, elle sursaute, et on crie : “Voilà le train, il arrive !”

Tonny est à quelques mètres de là. Il ne comprend pas tout à fait ce qui se passe, mais il a perçu que c'était important, et cet instinct l'a amené au premier rang du spectacle. Debout entre deux paires de pantalons noirs, caché dans la foule de jambes d'adultes, il observe l'arrivée du roi de Danemark Frédéric VIII à la gare, attentif, mais nullement impressionné. La locomotive s'arrête et souffle, et le chapeau à plume du roi manque de tomber lorsqu'il descend du train, accueilli par une compagnie triomphante d'anciens combattants aux drapeaux ballants.

— Bienvenue à Skagen ! résonnent les voix au charme direct, et ce slogan simple est encore inscrit aujourd'hui à l'entrée de la ville.

Puis on descend en procession vers le port, en passant sous la porte d'honneur, le prince héritier, un long échalas coiffé aussi d'un galure d'apparat, et le ministre de l'Intérieur marchent derrière le roi, suivis par le maire et le directeur du port, mais ces détails-là, Tonny n'en a pas la clef, il se contente de naviguer avec assurance entre les jambes des adultes dans une ville ornée de drapeaux et de guirlandes. Il aperçoit sa mère exactement à l'instant où elle le voit, elle se précipite et l'attrape rudement par le bras, et tandis qu'elle l'entraîne avec elle en le grondant, ses yeux continuent à tout voir, comme s'il savait que ce qui arrivait ce jour-là allait avoir une signification décisive pour le cours de sa vie.

Sur le port, il réussit de nouveau à filer, mais cette fois Ane le prit plus calmement. Apparemment il n'y avait rien à faire, et d'ailleurs le calme de son fils l'avait frappée, il lui semblait tout à fait naturel de suivre ses propres chemins et tout aussi naturel de retrouver sa route, autant commencer tout de suite à s'y habituer.

Ane se résigna et croisa les bras sur sa poitrine. Jens Peter n'était pas venu, les grands progrès soudains l'angoissaient, il trouvait, au fond, qu'on se débrouillait parfaitement en débarquant les poissons directement sur la plage et avait préféré rester à la maison et réparer ses filets en ce grand jour.

Ses yeux furent attirés par les nouveaux entrepôts sur le môle du port. Les couleurs rouges et blanches s'amalgamèrent à ses yeux, et un instant elle eut le vertige, habitée par la vision de la façon dont ses aptitudes culinaires pourraient se développer. Des tables, des dames équipées de couteaux acérés, de l'eau courante, des seaux de saumure, de gros filets dans des plats… Elle se secoua et revint à elle.

Elle nota du coin de l'œil des personnes connues ici et là, mais se garda de les regarder trop longuement. Au fond, elle préférerait que ce soient elles qui viennent la saluer. Dans un groupe d'hommes bien vêtus, elle aperçut le propriétaire de l'auberge, Degn Brøndum. Lui, c'était peut-être une exception. Elle tenta d'attirer son regard. Il était engagé dans une conversation animée avec un directeur de banque et le pharmacien. Finalement elle y parvint. Il lui fit un signe de tête, elle mobilisa tout son charme, répondit à sa salutation en souriant et dit : "Bonjour, Degn."

Tonny se fraya un passage à travers la foule jusqu'à la jetée la plus éloignée, et à l'instant où il passait la tête entre deux pantalons d'uniforme, le navire de guerre *Kriger* rompit le ruban barrant le bassin du port, crachant de la vapeur et soufflant de colère, puis les canons tonnèrent. La fumée de la poudre remplit de nuées l'espace au-dessus de l'eau, les gens lançaient des vivats et applaudissaient, tandis que Sa Majesté et son fils agitaient leurs chapeaux et que tous les bateaux de pêche entraient dans le port, moteurs claquants, cheminées lâchant des ronds de fumée bleue et écume blanche à la proue.

Tonny tourna la tête, cherchant sa mère du regard pour partager son enthousiasme avec elle, mais il ne vit de nouveau qu'une masse de pantalons droits et sombres. Il fila entre les jambes des spectateurs – à une ou deux reprises si près du bord que les dames frémirent – et retrouva sa mère. Ensemble ils suivirent la foule et pendant que le garçon en sautillant parlait du navire de guerre, Ane voguait, le regard rêveur.

Ils s'arrêtèrent à l'hôtel Andersen en même temps que la plupart des autres. Elle aperçut le docteur Warming et le salua de la main. Il lui répondit. Il était parmi ceux qui étaient conviés à l'intérieur avec le roi. Les invités d'honneur formaient un long serpentin de hauts chapeaux luisants s'engouffrant lentement dans la grande salle de l'hôtel.

Un des derniers dans la queue était le garde maritime Carlsen. Il se tenait en compagnie de deux autres hommes, transpirants et silencieux. Ane voulut passer inaperçue, mais il la salua, et elle répondit d'un signe de tête. Elle poursuivit, les yeux baissés, mais, lui raconterait-il plus tard, le regard reconnaissant qu'elle lui avait envoyé, ainsi que la vision d'elle avec son petit garçon à ses côtés, restèrent plus fortement imprégnés dans son souvenir que la remise de la petite boîte rouge.

Carlsen devait recevoir du roi une médaille pour son action lors du naufrage du *G.S. Penry*.

Elle le suivit malgré tout des yeux, jusqu'à ce qu'il soit avalé par la grande porte d'hôtel et médita sur la situation. Une médaille n'était certes pas de trop. Mais à quelle jauge fallait-il mesurer l'action de Carlsen ? Qu'on se représente un peu l'effet, si le roi apprenait les conséquences réelles de son action de sauvetage ! Elle ferma les yeux et serra la main de son fils.

Peu après ils purent entendre les cris de *hourras* rythmés et les ponctuations de l'orchestre après les discours.

Le roi eut la version officielle. Il écouta, les sourcils haut levés, le bref mais intense récit d'une nuit de tempête à la Noël 1902, offrit une poignée de main et un regard ferme au garde maritime, puis l'épingle fut accrochée à sa poitrine. Ensuite il y eut la séance photo, les décorés furent attachés comme des aliénés, puis le cliché, aujourd'hui encore accroché au musée, fut pris. Le photographe de la cour posa le bout de son cigare sur un petit tas de poudre de magnésium, leva la canne bien haut, puis il y eut un bruit assourdi, la pièce s'éclaira d'un nuage blanc et s'emplit d'une odeur de soufre.

Ane et Tonny se tenaient à l'extérieur et n'assistèrent à rien de tout cela, mais ils eurent juste le temps de voir le landau avec les têtes couronnées se diriger vers Østerby, avant de rentrer chez eux à travers la lande, vers Højen. Elle sentit soudain les regards, les gens la suivaient des yeux, elle et son gamin aux cheveux noirs, et parlaient d'eux.

Pendant que son fils lui décrivait le navire de guerre et les coups de canon, Ane se demanda si le roi apprendrait jamais ce qui s'était passé après le naufrage.

13

Lors de notre prochaine rencontre avec la petite famille, elle est en route en sens inverse – de Højen vers Skagen. Ils s'approchent exactement dans l'angle représenté par Viggo Hansen dans sa belle et simple peinture *Skagen*, une vue de Graaris vers la ville – un lieu-dit nommé La Plaine sur les anciennes cartes. Ils se dirigent vers le moulin – ou "le joufflu" comme on l'appelait – de Vesterby, arpentant le chemin à travers la lande entre les longues laîches et les îlots de bruyère, sous un ciel venteux.

Les deux phares sont à un centimètre l'un de l'autre, dans un instant, ils seront alignés. Jens Peter se repère aux phares et, s'il hésite, si une ombre passe sur son visage au moment où il franchit la ligne des phares, personne ne le voit, il poursuit sa route, et sa femme et son fils le suivent.

Ils avaient décidé de contourner Vesterby et d'aller droit sur Østerby, Ane avait préparé des tartines au sucre en poudre, et l'occasion de l'expédition familiale en ce printemps précoce de 1908 était joyeuse. Jens Peter était peu de temps auparavant allé à la mairie déposer deux cents couronnes en liquide sur la table, après une nouvelle saison de pêche fantastique sur les hauts-fonds du Skagerrak, des maquereaux et des harengs qui avaient été débarqués à Frederikshavn ou à Skagen et transportés vers le sud, salés ou sur le lit de glace ; la moitié de la solde de Jens Peter avait servi à une avance sur un terrain constructible sur le nouveau boulevard à l'est du port.

Ane se sentait légère, en quittant Højen. *Goodbye Høwi*, aurait-elle peut-être dit de nos jours, et elle aurait même pu le penser alors, si elle avait appris ne serait-ce qu'un mot de sa relation américaine… d'ici peu, ce même trajet se ferait avec voiture de déménagement, et alors ce serait pour toujours. Elle en était arrivée à la conclusion qu'elle était définitivement faite pour Østerby, le quartier est. Vesterby était devenu le quartier des riches, et c'est là aussi qu'habitaient ses beaux-parents, Højen était trop petit, et en été c'était comme si le hameau échappait à ses habitants dans le flot des gens d'ailleurs se baladant en chapeaux de paille et le pantalon de toile retroussé. Østerby lui allait mieux… derrière l'hôtel, devant le phare à bascule, avec l'aimable plage de Sønderstrand… et puis la jolie rue pavée avec son trottoir récemment aménagé, qui réveillait en elle une ambition sociale assoupie. Rien que le nom… Østre Strandvej, la rue de la plage est.

Le terrain qu'ils avaient acheté consistait en deux buttes de sable, délimitées par quatre piquets d'angle, quelques oyats clairsemés, un peu de verdure au sol, mais au fond ce n'était pas difficile de se projeter cent ans en avant et de s'imaginer une maison de rêve atemporelle.

Ane pointait du doigt, traçait des lignes et des coupes, tournoyait sur elle-même :

— Ici, il y aura deux pièces, et là… non, là ce sera la buanderie, pour que l'entrée de la cuisine soit à l'abri. Là-bas… non, plutôt entre… pour ne pas avoir à regarder et à entendre la mer tout le temps…

Elle s'arrêta, un doigt sur les lèvres, il n'était pas si facile en fin de compte de tracer quatre traits comme il faut, et pendant ce temps Jens Peter mangeait en silence ses tartines.

Il n'écoutait pas vraiment ce qu'elle disait, ce qui comptait pour lui, c'était plutôt l'ambiance, et sa bonne humeur à elle. La sienne s'améliorait toujours si elle se sentait bien. Ils avaient besoin de ça ; plus il se passait de choses autour d'eux, plus leur vision du monde s'éclaircissait, et tous deux avaient beaucoup appris en ce domaine. Ane courant partout, gesticulant et dessinant, le gamin profitant de l'occasion pour filer et partir seul à la découverte du paysage, lui-même couché sur la dune avec une tranche de pain et du saucisson dans la bouche, tout ça, ils le faisaient en réalité pour chasser les souvenirs fâcheux, ils détestaient le petit hameau de la plage de Nordstrand, le vent âpre et salé, la plaine noire, et tout ce qui s'agitait au large. Cette excursion était capitale. Maintenant, il allait se passer quelque chose, maintenant on allait remettre le compteur à zéro.

L'ambiance optimiste qui régnait chez le jeune couple correspondait parfaitement à celle de la ville. Le mot *boom* fait à peine le poids. Un peu plus loin sur la route de la plage, un hôtel en rotonde à la française, à grandes fenêtres panoramiques sur la mer, avait surgi de terre. Plus près du port, c'étaient des villas à trois étages avec toit de tuiles et mansardes, balcons et escaliers de palace montant vers de grandes portes à battants. La chaussée était équipée de beaux réverbères et un grand bâtiment en briques rouges faisait office de bureaux portuaires. La plupart des maisons sur les deux boulevards donnant sur le port appartenaient à des gens du coin, et les plus aisés parmi les pêcheurs et les mareyeurs avaient des intérieurs aussi beaux que les estivants chez eux, dans les faubourgs chics de Hellerup ou de Hasseris, avec harmonium, rideaux en dentelle amidonnés et divans de velours.

Et ce n'est pas tout.

Depuis son inauguration, le port avait attiré comme un aimant des gens du sud du pays, de petites entreprises poussaient dans les nouvelles rues traversières, ateliers de mécanique et de ramendage, foyers de marins, et dans le bassin était apparu un tout nouveau type de bateaux. C'étaient les "requins", à étrave droite et moteur de douze chevaux. On les surnommait comme ça à cause de la façon impitoyable dont ils coupaient la route des meilleures zones de pêche aux vieux bateaux à voile. De vilains bateaux à grosses machines, au sinistre *doum-doum* rauque, et à petites voiles, chassaient les beaux deux-mâts à grandes voiles et petits moteurs, mais il n'y avait rien à faire. Même le patron de Jens Peter avait investi dans un requin et le travail à bord était devenu plus stable, plus sec et plus sûr.

— Il va revenir, ne t'en fais pas, dit Jens Peter lorsqu'elle poussa un gémissement. Puis il se leva et l'entraîna.

— J'espère qu'il n'est pas allé tout seul à la plage, dit-elle en se tordant les mains.

— Faudrait pas trop le couver, ce garçon, dit Jens Peter. Lui n'était pas inquiet. Ce garçon était débrouillard. Il resurgissait toujours, la figure fendue d'un rire diabolique. Le Seigneur leur avait donné un petit garçon exceptionnel, inhabituellement vif et énergique, pensait Jens Peter en se réjouissant en secret ; il irait loin. C'était un juste équilibre des choses, selon lui. Puisqu'ils n'avaient pas pu en avoir un eux-mêmes, le Seigneur leur avait réservé une surprise, si on en avait trop peu par ici, il en ajoutait un peu par là.

Lui et le garçon étaient toujours ensemble. Jens Peter avait tourné et retourné en pensée la complexité de la relation et se considérait maintenant comme son vrai père. Et cela ne s'arrêtait pas là. Le petit et lui s'étaient mis peu à peu à se ressembler. Jens Peter était en train de devenir chauve, bien qu'il n'eût que vingt-huit ans, la différence de couleur de cheveux ne sautait donc plus autant aux yeux, et des grands nez, ça, en tout cas, ils en avaient tous les deux. La différence était également réduite par le fait que le gamin imitait tout ce qu'il faisait, sa façon de parler et de marcher, tout était copié à la virgule près. Le petit, cinq ans en septembre, manifestait des capacités inquiétantes : il parlait mieux que la plupart des autres de son âge et examinait tout ce qu'il approchait – pas seulement avec curiosité comme le font les tout-petits, mais de façon approfondie, presque scientifique.

Soudain Ane partit comme une flèche vers les dunes. Jens Peter la suivit de son pas bonhomme. Du haut d'une dune, Ane aperçut le garçon. Il était en train d'entrer dans l'eau, en s'appuyant sur un bâton. Ane courut de toutes ses jambes vers la plage, tout en appelant l'enfant.

Tonny pataugeait dans l'eau glacée qui lui montait de plus en plus haut. Avec le bâton, il réussit à atteindre une mouette morte. Il la ramena vers lui et l'attrapa avec les mains, avant que sa mère n'arrive comme une folle. Elle le saisit violemment. Il vola à travers les airs avec l'oiseau sous un bras, jusqu'à ce qu'il atterrisse sur la plage et reçoive une claque sonore.

Le gamin hurla, mais sans lâcher la mouette, et Ane cria :

— Jette-la ! Jette-la ! Elle est pleine de vermine !

Mais Tonny refusait de lâcher et partit en courant, déployant les ailes de l'oiseau dans sa fuite. Ane le coursa, l'attrapa, balança la mouette au loin, puis saisit le garçon d'une main ferme et ce fut elle qui décida du rythme pendant tout le trajet de retour.

Une Ane effrayée et furieuse, un mioche avec cinq traits rouges sur la joue, et un Jens Peter bienveillant et souriant juste derrière – c'est ainsi qu'ils s'approchèrent de la ville qui croissait à toute allure en de tout nouveaux quartiers.

Comme Kappelborg, par exemple, la partie entre Østerby et Vesterby, qui avait une pharmacie et des boutiques aux vitrines croulant sous les châles de soie et les nappes de damas. Il y avait un marchand d'art, un horloger et un bijoutier. Il y avait un nouveau bureau de douane, les deux petites écoles avaient été réunies en une, immense, ça allait presque trop vite, et même si Ane était totalement pour le progrès, elle comprenait très bien les personnes âgées qui restaient sur le bord de la route, contemplant les changements, silencieux et courbés, comme s'ils étaient étrangers dans leur propre ville. C'était comme s'ils cherchaient des yeux les longues plages silencieuses et les maisons autrefois dispersées ici et là entre les dunes.

Puis Ane, Jens Peter et Tonny prirent vers l'ouest pour rentrer chez eux et devinrent de plus en plus petits dans le crépuscule qui tombait sur la lande. A la fin, ils disparurent, et à cet instant le phare s'alluma et le premier faisceau de lumière balaya la pointe.

Ce grand inspecteur était maintenant équipé d'une lentille tournante et jetait toutes les quatre secondes un regard acéré dans l'obscurité à travers ses grosses lunettes.

Grâce à elles, il veillait sur la mer et les bateaux, le nombre de naufrages diminuait, tout devenait de plus en plus sûr, les pêcheurs revenaient la cale pleine au lieu d'être brisés sur les bancs, progrès et bien-être, c'était ce qu'il "morsait" avec ses clins d'œil chaleureux soir après soir, nuit après nuit, tout le printemps, jusqu'à ce tôt matin de juin, où un soleil doré l'envoya au repos et dévoila le maçon Thrane en train de monter vers le terrain d'Østre Strandvej avec une voiture à cheval chargée de ciment, de mortier, et deux apprentis du sud, pour commencer à construire la maison d'Ane et de Jens Peter.

14

Le tableau est resté accroché sur mon mur pendant des décennies.

C'est une vue du nord-est, avec la maison au premier plan, la mer et le port au fond. Jens Peter se tient dans le jardin, voûté, vêtu d'une vareuse bleue, en train de manipuler des filets derrière la clôture rouge. Le peintre est un inconnu, sans grand talent, je n'arrive pas à déchiffrer sa signature, mais l'année est 1931. Jens Peter devait donc avoir une petite cinquantaine.

La maison est chaulée de blanc, avec deux cheminées, quatre pièces, installée pour deux familles. Du côté du spectateur, une bergerie, des latrines et une entrée bleue en bois. Six jolies fenêtres, de petits ajours en forme de diamant sur le pignon, des planches de rives blanches sur les bords du toit comme le voulait la mode.

Tout cela avait été soigneusement dessiné. Durant l'été, Ane surveilla la construction d'un œil vigilant, et elle réussit, pendant que Jens Peter était en mer, à imposer quelques améliorations qui n'étaient pas sur le budget. Un socle de fondation fut coulé profondément dans le sable, deux fenêtres non prévues à l'origine furent ajoutées, et la cheminée ornée d'un rebord supplémentaire, que le maçon trouvait beau et qui coûtait deux cents couronnes de plus.

Jens Peter blêmit d'effroi lorsqu'il en entendit parler à distance, il rougit en le voyant, mais Ane lui dit qu'elle avait loué la partie gauche, et sa colère retomba un peu.

— Tu vas voir, ça ira, Jens Peter, murmura-t-elle en prenant sa main. Regarde, s'enthousiasma-t-elle, regarde, mon homme, c'est là qu'on va vivre !

Fière comme un paon, elle lui fit faire le tour de la maison presque terminée à la fin de l'été 1908, et, lors de la pendaison de crémaillère à l'automne, Ane et Jens Peter se placèrent assez précisément au milieu de la hiérarchie de la ville.

Personne ou presque de Højen ne fut invité, mais en revanche tout un chacun de Østerby. Cet après-midi-là, plus ou moins volontairement, elle cimenta sa nouvelle existence : son sablé aux raisins se révéla en effet extraordinairement consistant et sec, enflant insidieusement au contact de l'humidité. Le gâteau se coinçait tout simplement dans la gorge, et ce n'est qu'en rinçant abondamment avec du punch ou du café que ses nouveaux voisins réussirent à ne pas s'étouffer. L'incident fut raconté en long et en large, prit sans doute de l'ampleur avec les années, mais on peut imaginer pire.

Une fois tous les invités repartis en chancelant, Ane s'écroula dans un fauteuil.

— Ah ! dit-elle en fermant les yeux.

Jens Peter alla faire une sieste. Tonny s'était défilé, abandonnant un devoir d'école qu'il aurait dû faire. En revanche, il semblait avoir étudié assidûment une revue sur le dressage de tigres dans un cirque allemand.

Elle se sentait fatiguée, mais d'une drôle d'humeur qui l'obligeait à déambuler un peu.

Elle arpenta la pièce à l'ouest, percevant la légère élasticité du plancher de bois comme un muscle au-dessus du socle des fondations. Effleura le mur du bout des doigts, recueillant un peu de peinture à la chaux sous ses ongles. Ferma une fenêtre et la rouvrit, juste pour entendre la petite aspiration sèche et sentir le parfait ajustement du cadre, coula son regard sur l'épaisse couche de peinture blanche de la boiserie et mit le crochet. Inspira l'odeur de bois neuf et de craie.

La disposition était simple, mais géniale ; une croix à travers la maison, quatre pièces aux quatre points cardinaux. Buanderie et cuisine, salon et deux chambres. Elle passa en revue les pièces nues, imaginant des meubles s'accumulant partout, attendez voir ! Elle avait l'intention de construire une forteresse de coussins rococo et de divans de peluche qui repousseraient une ancienne note, quelque chose de noir et de sinistre, un sentiment qui justement à cet instant s'insinuait en elle.

Elle jeta un coup d'œil sur la grande marmite en fonte, archivieille.

Pour une raison ou une autre, elle ne l'avait pas encore rangée. Elle comptait la mettre sous une table dans la buanderie, mais c'était comme si elle n'était pas à sa place dans cette maison. Elle lui rappelait atrocement l'ancien temps. Au fond, elle aurait voulu la jeter, mais enfin ils n'avaient pas grand-chose encore.

Puis elle entra dans la grande pièce, où ils s'étaient réunis ce jour-là, et alluma un des petits bougeoirs en étain.

La flamme se refléta sur un cuivre. L'ombre courut sur le mur irrégulier comme un lézard. Elle ne voulait pas la regarder, mais ne put s'en empêcher.

L'ombre se transforma en dragon, avec une tête, une langue fourchue et deux yeux noirs qui la fixaient.

Elle se détourna rapidement. Voici qu'arrivait ce qui ne devait pas arriver. Ni aujourd'hui, ni jamais. Ce qu'elle avait abandonné dans un autre temps, un autre lieu. Personne ne se souvenait plus de la vieille histoire d'un endroit à l'écart dans les dunes, elle était enfouie sous des couches de sable et de poussière capables d'enterrer des églises dans ce coin du pays et dans lesquelles il était impossible de creuser.

Elle alluma une autre bougie. Mais cela n'aida pas. Elle était en sueur. C'était en train de la rattraper. Elle alla dans la chambre réveiller Jens Peter. Il se leva, comme s'il avait immédiatement compris à sa voix que ça allait mal de nouveau. Comme s'il savait que, si le diable avait l'intention de pointer le nez, ce serait un jour comme aujourd'hui.

Il la tint dans ses bras, comme pour se rendre compte où elle en était, puis il éteignit les bougies dans la belle pièce, l'aida à coucher le garçon et à ranger les dernières choses. Le remède habituel d'Ane contre les attaques, c'était l'activité, des averses d'invectives jetées sur Jens Peter et Tonny – rangez ! essuyez vos pieds avant d'entrer ! – mais elle avait tout dépensé de cet ordre-là, maintenant le mal la gagnait, et elle tremblait de tout son corps, même s'il la tenait fermement par les épaules et les bras.

Ils s'assirent dans la buanderie, et il vit dans ses yeux cette expression qui lui faisait l'effet d'un incendie de forêt. Il jeta des regards inquiets autour de lui. Puis elle leva lentement la tête vers la porte.

— Il y a quelqu'un qui arrive, Jens Peter.

— Non, y'a personne, arrête, dit-il.

Elle tendit les mains devant elle, incapable de maîtriser ses tremblements, et repoussa le tabouret. Se leva et fit un pas en arrière, tout en regardant avec effroi la porte fermée.

— Je m'en vais maintenant, chuchota Jens Peter. Je ne supporte pas de te voir comme ça.

— Non, reste, dit-elle, le regard fixe, en posant son bras sur le sien. Ses doigts s'enfonçaient dans sa peau. Ça va bientôt passer – ne me laisse pas.

Elle cacha son visage dans ses mains. Le vent chahuta autour du toit et l'obscurité se referma complètement autour d'eux. Le phare clignotait au sommet des dunes et le ressac bouillonnait au loin. La lumière de la lune était comme alors. Ils ressentirent tous deux une impression familière, collante et moite, tels qu'ils se tenaient là, serrés l'un contre l'autre, attendant quelque chose dont ils croyaient s'être débarrassés. Pourquoi maintenant ? Pourquoi la malédiction avait-elle emménagé avec eux dans leur nouvelle maison ?

— Crois-tu qu'il y ait quelqu'un qui sache quelque chose ? chuchota Ane avec cette voix qui donnait à Jens Peter des frissons dans le dos. Elle n'eut pas de réponse, mais elle n'en attendait pas non plus. Jens Peter avait sorti sa pipe et essayait de penser à autre chose. – Oui, répondait le phare avec un clin d'œil sévère toutes les quatre secondes, oui, et elle secouait la tête et tremblait.

— Personne n'a pu voir, se dépêcha-t-elle de poursuivre, si rapidement que ses mots se détachaient à peine.

Elle prit la main de Jens Peter et la serra fort.

— Personne ne dira jamais rien. Ils ne savent rien, conclut-elle, et Jens Peter approuva d'un hochement de tête.

Puis cela passa. Ensemble, ils surmontèrent encore une fois les démons, en parlant et en agissant, ou en restant assis ou debout tout près l'un de l'autre. La série de rituels ne se terminait qu'au lit, dans une langue secrète, qui scellait le pacte qu'ils avaient conclu.

Mais le cauchemar ne disparaissait pas avant que l'aube se lève et qu'ils se réveillent, lentement et prudemment, comme s'ils devaient tout recommencer.

15

L'inquiétude de Carlsen persévérait.

L'homme méticuleux rangea les calques de ses lettres avec les réponses reçues (aujourd'hui dans la collection des archives locales de St Laurentiivej, un dossier si épais qu'on a du mal à le sortir) comme si pour sa part l'affaire était classée, mais il ne cessa pour autant d'y penser.

Il n'écrivit plus à aucune autorité, cessa d'agir par voie officielle et se contenta d'écrire une seule lettre à son frère, le négociant Carlsen, à Copenhague. Dans sa lettre, il parle de beaucoup de choses – leur venue en été, la pêche, les nouvelles machines un peu partout et le nouveau phare de plus grande puissance.

Et puis il n'y tint plus. Localement, il n'avait guère envie de se confier à quelqu'un, il ne voulait pas faire de vagues, mais auprès de son frère, il soulagea son cœur et écrivit que la question du marin américain disparu continuait à le tourmenter.

Rien d'autre. Il n'avait aucune solution pour la résoudre, aucune théorie, plus de pistes à suivre, et il mit fin à la partie écrite de l'affaire avec cette lettre. La réponse de son frère fut minutieusement rangée avec les autres.

Une unique fois, il essaya de nouveau d'interroger Jens Peter. Il le rencontra sur le port, le prit à part et réattaqua, mais cela ne lui apporta pas grand-chose.

De temps à autre, il se sentait idiot de continuer à s'intéresser à cette affaire, dont plus personne ne se souvenait, et il lui arrivait de s'attrister sur cette époque agitée où les gens oubliaient si vite ce qui s'était passé la veille. Il perçut une lueur d'espoir en apprenant qu'un couple âgé de Suédois était venu rendre visite à la tombe collective des marins sur Markvej. C'étaient les parents du premier officier suédois. Ils voulaient voir la dernière demeure de leur fils. Il parvint à les rencontrer. Ils se tenaient au fond du cimetière. Carlsen s'approcha le chapeau à la main, se présenta et leur demanda s'ils savaient quelque chose sur le collègue de leur fils, l'Américain Porter.

— Oui, je crois qu'il l'a mentionné dans une lettre.

— Que disait précisément votre fils ? Etait-il un bon camarade à bord ?

— Nous n'en savons rien.

— Vous a-t-il parlé des projets d'avenir de ce marin dans ses lettres ?

— Aucun souvenir de ça.

Puis la dame eut une crise de nerfs et dit que c'était bizarre de demander des nouvelles du survivant, quand leur fils était couché là sous la terre.

— Etes-vous sûr que l'enterrement s'est déroulé selon la tradition chrétienne ? sanglota-t-elle.

— Bien sûr, dit Carlsen, légèrement vexé.

— Et c'était bien en terre consacrée ?

— Mais pour qui nous prenez-vous ?

La mère ne répondit pas, mais le père tendit à Carlsen une croix de fer et demanda s'il voulait bien veiller à ce qu'elle soit installée là, près de la tombe.

Carlsen le lui promit et s'en alla.

Sur la route du retour, il pensa : encore une impasse, encore un manque de reconnaissance. Si j'avance un jour, ce sera parce que quelqu'un passera et me confiera quelque chose. Il doit y avoir quelqu'un qui sait quelque chose.

Revenu chez lui, il repassa le cours des événements dans sa tête pour la cent millième fois. Il revit la galerie des personnages, se répéta le rôle de chacun. Nota, dessina des flèches et des carrés. Reposa le tout avec un soupir et ferma l'écritoire.

Puis lui vint une idée.

Je vais sur Internet et tape le nom de Frederic Porter. J'obtiens deux millions quatre-vingt-dix mille résultats en 0,19 seconde. Je calcule qu'il me faudrait 6 966 heures pour les lire, ce qui correspond à 1 741 jours ou 6 ans.

Je me frotte le visage, las de toute cette affaire, tout en me demandant où je serai dans six ans.

Sur le siège passager de la voiture, il y a des tas de prospectus des agences immobilières de la ville. Je visite matin et soir, attendant le coup de foudre, mais il manque apparemment quelque chose avant que le fils illégitime de la ville puisse revenir.

— Salut, Esben, dit-on soudain derrière moi.

Je suis en train de regarder une vitrine exposant des manteaux d'hiver. Je me retourne et vois une femme de mon âge. Scrute ses traits, tandis que je mets en route une recherche frénétique dans ma mémoire.

— Je parie que tu ne te souviens pas de moi, dit-elle en baissant timidement les yeux. Elle sourit. Mais moi je me souviens bien de toi.

Je la fixe, et ça resurgit lentement, pendant qu'elle raconte que nous nous étions retrouvés une fois dans une maison sur la lande. Cela m'est pénible de ne pas me souvenir de son nom, en revanche je n'oublierai jamais l'événement lui-même. Il a une signification dans ce récit et représente pour moi comme un catalyseur dans un processus, comme un enzyme actif.

— En réalité, je suis en train de chercher une maison, dis-je.

C'est trop abrupt, trop direct, mais il faut bien que je dise quelque chose.

— Eh oui, mais il y a tant de choix. Si on a les moyens ! Tout est devenu si cher qu'aucun de nous ici n'a les moyens de vivre dans les vieilles maisons, dit-elle. Avant que j'aie eu le temps d'en dire plus, elle dit coquettement au revoir et ajoute qu'alors on se reverra peut-être.

Je la suis longuement des yeux. Je n'ai pas fait bonne figure. Mais c'est toujours comme ça. Chaque fois que quelqu'un s'approche de trop, ça tourne mal. Mais c'est autre chose qui retient mon attention. Ces jours-ci, tout ce que je trouve sur mon chemin me mène dans une seule direction. Je rencontre une femme dans la rue, que je n'ai pas vue depuis trente ans, et elle a une petite part dans l'histoire. Ma démarche est accompagnée, je suis sur la bonne voie.

Je rentre et avale un déjeuner léger. Me branche de nouveau sur Internet. Ceci est mon dernier essai. Je trouve la Norfolk Public Library en Virginie, USA. J'y suis allé une fois. Quand j'étais à Princeton University, j'ai fait une excursion dans cette petite ville du bord de mer, sans grand résultat. Puis je trouve le bureau des cimetières de la ville. Y a-t-il un Frederic Marshall Porter dans un de vos cimetières ? J'envoie le mail dans le grand espace vide avec l'impression que personne ne me répondra jamais. Mais on peut très bien imaginer qu'il soit tout simplement revenu chez lui et que, dans la joie des retrouvailles, on ait oublié d'en informer son sauveteur sur la plage étrangère, là-bas au loin. Auquel cas il n'y aurait pas de drame.

Je bâille, un peu vidé après cet après-midi mortel sans le moindre résultat, et vais sur le port en voiture.

Entre chien et loup, cet état vaporeux où les choses réussissent. Les signaux du phare au loin transpercent lentement l'épais rideau d'humidité et s'éclipsent en laissant une traînée lumineuse.

Il fait sombre et le vent souffle. La pluie tombe à la verticale sur les quais, mêlée d'embruns. Je baisse à demi la vitre, l'air frais et l'eau sur ma joue me réveillent.

Les bassins du port sont vides. Il ne reste presque plus aucun des vieux bateaux de pêche bleus. Une usine flottante de crevettes groenlandaises, du même rouge feu que les boîtes aux lettres, est à quai : l'*Artic Moon*.

Le senneur *Heidi* de Hirstshal sort entre les phares et disparaît dans un brouillard d'eau de mer pulvérisée en prenant la première vague.

Je m'arrête devant le bateau du musée, *Hansa*, relève mon capuchon et monte à bord. C'est un bateau de pêche à la senne danoise de vingt tonneaux, de 1924. Les gouttes d'eau forment des perles sur l'épaisse couche de laque marine et de peinture gris clair ; sur le pont en bois de chêne, il y a un cabestan vert. Dans la cabine, il y a la place pour deux hommes à peine, de grandes poignées de laiton brillant pour les vitesses et le régulateur, et vue par-dessus la proue par des petites fenêtres carrées.

C'est exactement le même que celui que possédait mon grand-père Tonny Christensen, la photo, comme celles de tous ses autres bateaux, était accrochée au mur chez mon arrière-grand-mère, et c'est l'occasion ici de revenir à notre histoire.

Un jour, au début du siècle dernier, le gamin, âgé maintenant de dix-sept ans, revint à la maison d'Østre Strandvej avec une lueur d'infini dans ses yeux châtain foncé, pour dire qu'il avait emprunté douze mille couronnes à la banque et commandé au chantier naval Nipper la construction d'un bateau équipé d'un moteur Hundested de quarante chevaux. La seule chose qui lui manquait, c'était la signature de Jens Peter, puisque lui-même était encore trop jeune.

Jens Peter resta sans un mot pendant longtemps, comme s'il ne saisissait pas ce qu'il avait entendu, puis vint la réaction brutale d'un homme habituellement calme.

16

Tonny vit ce qui se préparait et se baissa à la seconde même où la main de son père vola à travers les airs, et le coup était lancé avec tant de force que les chaussettes de laine de l'expéditeur perdirent contact avec le plancher vernis.

Cela fit un bruit sourd quand l'homme trapu cogna le sol du coude et de la hanche, et les aïe, fichtre, nom de Dieu, furent aspirés par les meubles polis et les abat-jour de tissu dont la pièce s'était peu à peu remplie. Après quoi ce fut le silence.

Ane revint de la buanderie, un torchon à la main, inquiète pour ses bibelots qui occupaient de plus en plus l'espace dans la maison, et la première chose qu'elle vit, ce fut Tonny mort de rire ; puis Jens Peter, couché par terre, qui essayait de se relever. Le jeune homme mobilisa suffisamment de respect envers son père pour aller l'aider, mais Jens Peter l'écarta d'un geste rageur.

Dans cette image, on voit leurs personnalités et leurs trajectoires de vie. Ane dissimule son rire d'une main et affecte de gronder Tonny. Tonny rit, il a de nouveau gagné. Ensuite Ane se pose en médiatrice, prend le parti du garçon, mais intelligemment, et non sans l'avoir d'abord sérieusement réprimandé en présence de Jens Peter. Jens Peter sait intimement que c'est la dernière fois qu'il a usé de son droit paternel face à Tonny. Une époque prend fin.

Lors de cet incident, une bonne décennie s'est écoulée depuis que la famille a emménagé dans la maison sur la route de la plage, et les temps d'avant sont bel et bien oubliés. Nous avons évoqué les ombres qu'ils faisaient lever à la tombée de la nuit, mais cela n'arrivait que de temps en temps ; l'essentiel, c'était absolument l'enfant unique de la famille, le beau garçon vif aux cheveux noirs, résultat de la nuit d'Ane avec le marin américain.

Les premiers temps du gamin :

Assez vite après avoir appris à parler, il commença à répondre à table, et Jens Peter lui flanquait une gifle, c'est comme ça qu'on avait toujours fait dans sa maison natale – et là, il y en avait onze à surveiller – mais le garçon apprit assez vite à se baisser. Jens Peter se levait et se précipitait sur lui, mais Tonny était plus rapide et courait en riant autour de la table, tandis qu'Ane quittait la pièce pour dissimuler qu'elle aussi était morte de rire. Telle fut à peu près toujours sa réaction, jusqu'au jour où le garçon dans sa fuite attrapa quatre de ses plus belles assiettes à dessert pour s'en servir comme bouclier. Elle glapit, tempêta sur l'éducation en général et le coût de telles assiettes en particulier, puis le flux se tarit lentement.

Sinon elle défendait son fils comme une lionne, comme par exemple lorsque le cahier de notes d'Anthon Christensen, avec le sens de la réplique lapidaire du jeune et talentueux maître d'école Larsen, lui annonça : Anthon peut, mais ne veut pas.

A une autre occasion, le maître d'école dut administrer une gifle au garçon parce qu'il avait mis une boule de neige sur sa chaise. Aucun des deux incidents ne donna lieu à de graves remontrances à la maison. Selon le cas, Ane s'indignait ou riait. Les maîtres d'école par ici, et tout particulièrement ceux venus d'ailleurs – et Larsen venait du Langeland – ont toujours été confrontés à des parents prenant le parti de leurs enfants quand il s'agissait de choisir entre le livre et le bateau : le bateau était de loin le plus important, inutile de faire de grandes études pour comprendre ça.

Et sur ce chapitre, le garçon était un éternel sujet de fierté pour ses parents. A neuf ans, il ramena ses premiers poissons, des petites limandes, qu'il avait attrapées avec un système ingénieux de filets qui se resserraient en tirant sur un seul fil. Il avait lui-même inventé la méthode et l'avait développée au cours de l'été avec les deux fils de Marie, Kresten et Peder. L'installation, très compliquée et presque artistique, était accrochée entre deux pieux tout près de la plage. Jens Peter médita longuement sur l'invention après que le garçon avait été mis au lit, puis, secouant la tête, il se dit que ce garçon compliquait trop les choses ; le poisson, il fallait l'attraper comme on l'avait toujours fait, un point c'est tout.

Le lendemain, Jens Peter démêlait les filets dans la remise à l'extérieur quand Tonny passa, et il lui demanda à quoi pouvait bien servir une telle installation quand il ne s'agissait que d'attraper deux limandes. D'abord le garçon sembla ne pas savoir quoi répondre, puis il dit :

— Sinon, on n'aurait pas attrapé ces poissons-là.

Jens Peter fronça le sourcil.

— Ça n'est pas égal quels poissons tu attrapes ?

— Non, parce que les autres, je ne savais pas s'ils étaient là. Mais je savais qu'*eux* ils y étaient.

Jens Peter spécula longuement. Puis il demanda :

— Et comment le savais-tu ?

Tonny demeura immobile, comme s'il savait que la conversation atteignait un point limite.

— C'est parce que je sais où sont les poissons.

Jens Peter baissa le filet qu'il avait entre les mains et regarda le gamin bouche bée, comme s'il était une sorte de Messie.

— Comment le sais-tu ? demanda Jens Peter.

— Je sais parler avec eux, dit le garçon.

Jens Peter dit au garçon de déguerpir, avant qu'il ne lui envoie le toubib, le pasteur *et* le maître d'école.

L'invention de Tonny et des autres garçons ne changea pas le cours de l'histoire de la pêche, elle disparut tout doucement dans les vagues et les courants au cours des semaines et des mois qui suivirent, et quand Tonny l'année suivante commença à pêcher vraiment avec Jens Peter, ce fut de façon plus traditionnelle, d'une barque équipée d'un Alpha d'un cheval et demi, qui avait sa place dans le port mais pouvait également être remontée sur la plage près de chez eux.

Ces deux-là sortaient toujours ensemble, et ça se passait très bien, il s'établit une sorte de communication peu courante entre le silencieux Jens Peter et Tonny, son absolu contraire. Dans le fond, Jens Peter ne parlait jamais à personne, sauf à Tonny, les incartades du garçon avaient le don de le faire enrager, mais leurs conflits se terminaient toujours bien. L'une des raisons en était que les espiègleries de son fils pouvaient être d'un format presque artistique et susciter l'admiration de Jens Peter, l'autre, sans doute, qu'il tenait à prouver qu'il n'était pas seulement un homme bougon.

Quand ils pêchaient, Tonny se tenait souvent à l'avant, criant et chantant, se fichant pas mal de se mouiller, et Jens Peter à l'arrière, la barre dans son immense main, rigolait parfois à en sautiller sur son banc.

Un jour, Jens Peter annonça d'une voix solennelle que le jour était venu où le garçon devait lui-même essayer de tenir la barre et la manette des gaz, et que lui-même se mettrait donc à l'avant pour attraper les bouées. Tonny dit *"Yes, sœur"*, comme il l'avait entendu dire par des pêcheurs sur le port, et fit doucement marche arrière d'un mètre, jusqu'à ce que la barque touche la bouée. Jens Peter tendit la main pour l'attraper, avait quasiment le piquet coiffé d'un pavillon dans les doigts, quand Tonny mit un peu plus de gaz, le bateau commença à reculer et Jens Peter, sur le point de perdre l'équilibre, dut lâcher la bouée en hurlant et en gueulant.

En de telles occasions, le garçon prenait une gifle dès le retour à la maison, mais il ne faisait que s'ébrouer, insensible à la punition, tout comme la fois où il avait reçu une fessée en règle, parce que lui et un camarade avaient hissé les bottes de pêcheur de Jens Peter au mât. Jens Peter avait pesté et écumé sans que l'on puisse comprendre ce qu'il disait, en s'acharnant sur les cordes, mais à peine avait-il saisi la bonne que les bottes s'étaient retournées, déversant quatre litres d'eau sur sa tête. Au même instant, un éclat de rire résonnait d'une petite lucarne du pignon. Cette fois, Ane fut du côté de son mari – en tout cas officiellement – et priva Tonny de repas du soir pendant deux jours.

Condamnation comme punition tombaient bizarrement à plat, car le gosse semblait à sa façon au-dessus de ce genre de choses. Il acceptait la punition sans broncher, parfois même avec un grand sourire, inventant tout simplement autre chose à faire que de dîner. Et le soufflé retombait quand soudain une plante pour Ane trônait dans la cuisine, offerte par un donateur anonyme, ou que la brouette de Jens Peter avait été réparée en douce.

Fidèle à son habitude, Jens Peter devint noir de rage quand Tonny arriva dans sa propre barque, qu'il avait achetée pour quarante couronnes.

— Quarante couronnes ! cracha Jens Peter, qui à cette époque était devenu un pêcheur mûr et expérimenté de trente-six ans, mais n'avait encore jamais osé investir lui-même – tu n'as aucun respect pour l'argent !

— C'est mon propre argent ! cria Tonny – t'as pas à te mêler de ça !

Jens Peter resta paralysé par le coup. Mais si sa main ne bougea pas, c'est sans doute que la remarque du garçon contenait une part de vérité. Il l'avait observé nettoyant des hameçons jusque tard dans la nuit, parfois avec Ane, puis les apportant aux pêcheurs sur le port le matin, pour ensuite rentrer dormir deux heures et, après deux tasses de café, se rendre à l'école. Un jour, il s'était endormi durant la première heure de calcul et fut renvoyé à la maison sous une volée de bois vert de maître Larsen, mais personne ne lui dit rien à la maison.

Le garçon faisait des économies, il fallait bien le reconnaître, il nouait des balais d'aiguilles de camarine sur la lande et les vendait, ou trouvait de l'ambre sur la plage, ce pour quoi il était exceptionnellement doué. A grande distance, il savait distinguer entre une pierre couleur d'ambre et la vraie marchandise, à tel point qu'il ne se baissait jamais – ou presque jamais – pour la première. Il pêchait les petites pépites mouillées entre les galets au bord de l'eau avec un sourire mauvais – ah, je t'ai bien eue, gredine – et les apportait chez le bijoutier, qui payait comptant sans un mot, mais toujours avec un regard qui en disait long par-dessus les lunettes.

Jens Peter observait son fils en cachette et se grattait la nuque. Le garçon se déplaçait librement, comme s'il possédait la plage et la mer, les dunes et la lande, comme s'il savait ce que pensaient les oiseaux, les poissons et les animaux – ce qu'il faisait, justement, à l'en croire. Tout lui réussissait, même l'école, s'il l'avait voulu, aux dires de maître Larsen, réfléchit Jens Peter, en repoussant de plus amples considérations sur les gènes ; lui-même n'avait certainement jamais eu ces facilités, il avait presque toujours été gauche, tant enfant que jeune homme.

Jens Peter transpira au souvenir d'une remarque qu'il avait entendue une fois sur son fils et qui lui revenait de temps à autre en mémoire :

— Oui, mais faut dire aussi qu'il est pas danois, ce sont les vents de mer qui l'ont apporté d'ailleurs, avait dit la personne en question, et Jens Peter en avait totalement oublié de se fâcher, d'avoir honte et tout ce que ce genre de phrases pouvait déclencher chez cet homme par ailleurs plutôt placide, parce que cela collait exactement avec une réflexion qu'il s'était faite lui-même.

La gifle qui fut administrée – ou tentée – lorsque le jeune homme de dix-sept ans vint demander la signature de Jens Peter pour un bateau était l'apogée de ce même sentiment.

Depuis quelque temps, Jens Peter commençait à regretter que le garçon s'éloigne de lui. Il percevait de plus en plus que junior le dépassait à une allure de fusée et ne lui témoignait plus le même respect qu'avant. Tonny ne lui demandait que très rarement conseil, il semblait même si occupé qu'il n'avait presque plus le temps de parler avec son père.

Jens Peter jeta un coup d'œil sur le jeune homme.

Il n'était pas très grand, mais très harmonieusement bâti. Lui-même n'avait jamais été comme ça. Jamais il n'avait eu la langue aussi bien pendue. Jamais les filles ne l'avaient regardé comme ça. Il se souvenait avec chagrin du temps où ils étaient si liés tous les deux. Ce temps-là était passé très vite. Lui-même commençait à se voûter à cause des rhumatismes… et dans le même temps, des éclairs d'impatience brillaient dans les yeux du jeune homme. Que le garçon soit plus doué que lui, pas de problème, mais ce qui faisait mal, c'était le sentiment qu'il n'avait plus besoin de lui. Jens Peter voyait les grands fils des autres pêcheurs admirer leur père, surtout si celui-ci était patron-pêcheur.

Lui-même n'avait jamais commandé autre chose que sa barque, la responsabilité d'un grand bateau, des pêcheurs et de leurs familles, n'était pas quelque chose pour lui. Il avait maintenant pêché avec Lauritzen pendant presque vingt ans, de façon régulière et profitable, allait-il maintenant avoir honte d'avoir travaillé honnêtement et durement toute sa vie ?

Comme si cela ne suffisait pas, le garçon s'était rapproché d'Ane, tous deux avaient noué une relation incompréhensible – ou alors ils l'avaient toujours eue et lui ne l'avait tout simplement pas remarqué – sans doute parce qu'elle était plus vive et comprenait mieux où il voulait aller.

Jens Peter en avait des sueurs froides quand il en arrivait au cœur des choses. Etait-ce en réalité la vieille affaire qui les poursuivait encore ? Une malédiction reposait-elle sur eux qui ne les lâcherait jamais ? Etait-ce la vérité sur la parenté qui ressortait maintenant ?

Telles étaient à peu près les questions qui tourbillonnaient dans sa tête tandis qu'il était couché par terre, gémissant après le dernier coup raté contre le fils.

— Douze mille couronnes ! gémit Jens Peter – tu es fou. Comment vas-tu jamais pouvoir rembourser tant d'argent !

Le drame se résolut comme tant d'autres avant. Ane remit son fils en place d'une remarque tranchante, de valeur surtout symbolique. C'était quelque chose qu'ils comprenaient tous les trois, une sorte de préalable au retour de la paix. Sur quoi Ane entreprit la réconciliation, et cette fois avec de l'eau-de-vie et de la bière pour les deux messieurs – encore un changement radical, le garçon était devenu adulte, il allait sur ses dix-huit ans. Cela n'était jamais arrivé avant, Ane était très restrictive sur l'alcool, et Jens Peter leva un sourcil mais ne dit rien.

Après quelques palabres, elle le convainquit de signer l'emprunt à la banque, et Jens Peter n'aurait pu rêver meilleure solution car Ane avait une carte sous le boisseau qui aurait pu pour de bon l'écarter de toute influence.

Ane arrangea l'affaire avec une souveraineté plus grande qu'auparavant. Elle aurait pu, en effet, s'il y avait eu blocage total, signer elle-même. Cela, Jens Peter ne le savait pas, ou alors il l'avait oublié. Elle avait décidé que, s'il ne le faisait pas, elle apposerait sa signature.

Ane venait peu de temps avant de devenir chef d'entreprise. C'était tout comme, en tout cas.

Elle rencontra le regard de son fils.

C'était cette même lueur intelligente qu'elle avait vécue une seconde dans une vie autrefois, dans un autre temps, un autre lieu. Un homme inconnu, qui avait ouvert les yeux et demandé qui avait fait la soupe. A cet instant, elle avait su qu'elle avait trouvé ce qu'elle cherchait, comme la biche qui appelle sur la lande. Puis elle s'était unie à cet homme, si brièvement et frénétiquement que la sueur coulait et qu'ils respiraient comme des chevaux au galop, un rendez-vous d'affaires romantique avec une issue inattendue, mais ça, nous n'en parlerons pas maintenant.

— A la tienne, et bonne chance, dit-elle, en levant le verre et en trinquant avec son fils, puis avec son mari.

17

D'abord nous revenons de nouveau dix ans en arrière.

Après leur installation sur Østre Strandvej, une nouvelle vie commença pour Ane.

Elle n'alla plus voir les gens du hameau à l'ouest, ne s'y rendait quasiment plus, au grand dam de Marie, à défaut d'autres. Sa sœur et quelques autres trouvaient qu'Ane était devenue fière et ne se privaient pas de le dire à haute voix, même si Marie, au moins, savait que la fuite d'Ane tenait à de tout autres raisons.

En revanche, Marie venait souvent la voir et amenait ses garçons, parfois aussi son mari.

Ane chercha de nouveaux alliés dans la ville qui poussait à toute allure.

Même si la route de la plage à leur bout n'était toujours qu'un chemin à ornières, assez impraticable par temps de pluie, des poteaux télégraphiques avaient commencé à surgir à l'autre bout, et on parlait d'installer l'électricité et le tout-à-l'égout.

Elle n'avait pas rencontré le garde maritime Carlsen depuis l'inauguration du port, lorsqu'il allait recevoir une médaille du roi, ils ne se croisaient jamais dans le quotidien ; il était occupé sur la plage de Nordstrand, elle avait une nouvelle domiciliation à Sønderstrand. Mais elle avait entendu dire qu'il continuait à faire des recherches sur l'affaire et, par l'entremise de sa sœur, lui était venu aux oreilles qu'il avait écrit et même télégraphié en Amérique pour retrouver le marin disparu.

Elle s'échauffa et remonta d'un cran tapageur son niveau d'activité, comme toujours quand ses pensées revenaient sur cette vieille affaire.

Pour sa part, elle l'avait reléguée au rayon des légendes, une sombre histoire appartenant aux temps révolus et à laquelle elle n'était même plus sûre d'avoir participé personnellement. Au bout de quelques années, même dans ses moments les plus sincères, elle aurait été incapable de raconter ce qui s'était passé. Il lui revenait tout au plus quelques images d'atmosphère, l'obscurité veloutée de la nuit d'hiver, le phare, en ce temps-là immobile, tenant sa flamme d'une mine imperturbable, et quelques odeurs : salées et acres, ou tenaces comme celle d'une bougie qu'on étouffe avec un léger chuintement. Même la rencontre avec l'homme était diffuse, et la suite totalement dissipée, même si cela pouvait lui revenir à l'improviste dans certaines situations, déformé ou avec nombre de détails précis et significatifs qui l'effrayaient.

Jens Peter, en revanche, avait rencontré le garde maritime un jour.

Le fonctionnaire prit le pêcheur à part et alla droit au but. Jens Peter s'y prêta de bon gré et affronta l'orage, bien que n'y étant point obligé.

— Tu te souviens quand nous nous sommes rencontrés près de la balise ?

— Oui.

— Tu te souviens que tu m'as dit que tu avais passé la nuit à Bindslev ?

— Oui.

— Où était-ce exactement ?

— Dans un grenier à foin, dans une ferme.

— Où ?
— Juste au nord du village, à l'est du chemin.
— Comment s'appelaient ces gens ?
— Je n'sais pas.
— De quoi avaient-ils l'air ?
— Je n'sais pas, je les ai pas vus.
— Comment elle était la ferme ?
— Une ferme normale. Il faisait noir.
— On t'a indiqué une place dans le foin ?
— Non, c'était tard, j'suis rentré, c'est tout.
— Il n'y a pas un chien qui a aboyé ou autre chose ?
— Non.
— Personne ne t'a vu ?
— Je crois pas.
— Pas une seule personne ?

Jens Peter fit non de la tête, glacé de peur. Carlsen maintint sa prise :

— Est-ce qu'on a le droit de passer la nuit dans le grenier des gens sans demander la permission ?
— Non, mais je voulais pas déranger.
— Quand es-tu reparti ?
— Quand je me suis réveillé.
— Et c'était quand ?
— Quand le jour s'est levé.
— Tu as dit au revoir ?
— Non.
— Y a-t-il quelqu'un qui t'a vu partir ?
— Je n'sais pas.

Le garde maritime s'éloigna en secouant la tête, n'en sachant guère plus que lorsqu'il avait interrogé Ane et Jens Peter la première fois.

Quand Jens Peter revint à la maison, il raconta à Ane sa rencontre avec le garde maritime.

Elle blêmit et se tint immobile devant la table de la cuisine, serrant un torchon entre ses mains.

— Souviens-toi de ce que tu as raconté et ne dis jamais rien d'autre que ça, chuchota-t-elle.

Mais tant de choses se passaient.

Peu de temps après leur installation en ville, elle alla trouver Degn Brøndum, le propriétaire de l'auberge. Il était dans son bureau quand elle se présenta dans des atours qui avaient peu à envier à ceux des notoriétés féminines de sa famille à lui et qui convenaient à une jeune femme venant de faire construire une maison sur Strandvejen et ruminant dans sa tête les plans d'un projet d'entreprise.

Elle admirait les Brøndum. Cette famille était un des rares cas où des gens du pays ne le cédaient en rien à ceux venus d'ailleurs. Elle les égalait en médecins, inspecteurs, peintres et chefs de gare, oui, les dépassait peut-être même, en vertu de l'héritage et du droit. Sa propre famille était presque aussi ancienne dans le coin, environ deux cents ans, d'après ce qu'elle savait.

Degn leva les yeux de ses papiers et les rabaissa comme s'il avait déjà deviné de quoi il s'agissait. Un petit sourire jouait sur ses lèvres tandis qu'il écrivait quelques chiffres avec son stylo. Ane eut bien l'impression qu'il repassait sur le même chiffre plusieurs fois.

Il remit le stylo dans l'encrier.

— Je voulais savoir si je pouvais faire un emprunt, dit Ane.

Degn se gratta la tête. Il lui demanda de lui dire à quoi elle voulait utiliser l'argent, et le montant qu'elle désirait, s'adressant à elle avec une précision et des détails qui révélaient que ce n'était pas la première fois qu'il se trouvait dans cette situation.

Ses questions prirent Ane de court. Elle avait certes senti qu'elle fonçait – encore une fois – sans avoir vraiment réfléchi, mais il fit ressortir tant de choses auxquelles elle n'avait pas accordé une pensée, qu'elle eut l'impression qu'il lui mettait des bâtons dans les roues.

Combien d'employés ? Quel salaire vont-ils recevoir ? T'es-tu assurée des débouchés ? Livraison. Douane. Impôts. Production de glace. Responsabilité.

Les larmes lui montèrent aux yeux. Mais elle nota quand même que pas une seule fois il ne lui avait posé de questions sur ses recettes de poisson. On savait bien – et apparemment Degn aussi – qu'elle avait la main heureuse avec les filets de harengs.

— Allons, allons, dit-il, quand elle se leva sans un mot et voulut partir – fichtre, il n'y a pas de raison de prendre les choses comme ça. Tente ta chance un peu plus tard.

A la fin, il sourit même, et ce sourire et le ton de sa dernière phrase furent sans doute l'une des raisons pour lesquelles elle se représenta quelques mois plus tard.

Elle vint avec des échantillons de marchandise, des harengs d'été en marinade, et Degn goûta et essuya soigneusement sa moustache avec un mouchoir, il essaya de deviner quelles épices elle avait utilisées, mais ne réussit pas à lui soutirer sa recette, et elle avait amené deux feuillets remplis de lignes, de chiffres et de réponses toutes prêtes à la plupart de ses questions.

— Prends ton temps, lui conseilla-t-il. Trouve un terrain ou un local, réfléchis bien. Assure tes arrières. Mets toute ton énergie là-dedans. Et ça marchera sûrement. Je te suis.

Quand Jens Peter n'était pas en campagne de pêche, lui et Tonny pêchaient ensemble et ramenaient de l'argent. Anthon pensait avoir trouvé le meilleur endroit pour pêcher des carrelets et avait réussi à convaincre Jens Peter de miser là-dessus.

C'était à l'amer des tours réunies – au repère des deux phares alignés, puis une demi-heure vers l'est, au large des brisants du banc de sable, où l'eau devenait plus profonde, c'était là, selon le gamin, que les carrelets venaient grignoter de petits coquillages blancs et nourrissants qui les rendaient encore plus gros et fermes de chair. De plus, il avait développé une théorie sur leur âge et leur poids, sur le moment particulier où il fallait les attraper, et la somme de toutes ces considérations scientifiques était que les carrelets frits d'Ane – en tout cas selon elle – étaient les meilleurs de la ville. Moitié graisse de porc, moitié margarine – paner est un péché mortel – saupoudrage fin de farine épicée, poêle brûlante, puis faire frire jusqu'à ce que se forme une croûte ferme et dorée sur les nageoires… une sorte de friture nord-jutlandaise. Toujours de petits poissons, toujours accompagnés de confiture d'airelles des marais et de sauce épaisse avec une masse de persil frais.

Quand il fallait pêcher, il fallait pêcher au gré de Tonny. Ce qui impliquait parfois une navigation par temps plus mauvais que ne l'appréciait Jens Peter.

— Je le sais, c'est maintenant ! harcelait-il, et il fallait aller lancer le moteur et sortir les filets, même si le sable leur sifflait autour des oreilles et que les moutons d'écume s'envolaient des vagues d'un mètre de haut. Les pressentiments du garçon se révélaient presque toujours justes. Parfois ils étaient obligés de jeter une partie de la pêche pour ne pas trop charger la barque par grosse mer.

Autant Ane était fière de lui, autant elle avait peur pour lui. Soit elle admirait infiniment son courage, soit elle avait des larmes aux yeux et un cœur sur le point d'étouffer l'arrivée d'air dans sa gorge en attendant son retour. Très tôt, elle développa de petits chevrotements nerveux de la lèvre et l'habitude de joindre les mains devant elle et de les frotter. Peut-être la façon dont elle l'avait eu lui donnait-elle l'idée qu'elle pouvait le perdre aussi facilement.

— Tu ne dois pas, tu ne dois pas me quitter, pleura-t-elle lorsqu'à douze ans il fut ramené inconscient et transi après un tour à la nage, et qu'elle essayait de le ramener à la vie.

Lui et son cousin Kresten expérimentaient des filets à saumon, qu'ils posaient depuis la plage à l'aide de la barque, mais un jour d'octobre, la barque était partie à la dérive sans personne dedans. Tonny avait donné quarante couronnes durement gagnées pour l'avoir et n'avait pas l'intention de la lâcher comme ça, il bondit dans l'eau et courut pour la rattraper. Mais la barque dérivait plus vite. Il retira ses bottes et son chandail dans l'eau et nagea aussi vite qu'il le put. La barque dérivait. Il nageait. La barque dérivait. Assez vite, il atteignit le point où il ne pouvait plus revenir en arrière, c'était trop loin et il avait trop froid. Il ne restait qu'une chose à faire, rejoindre la barque. Ce qu'il fit, il grimpa à bord avec ses dernières forces, et elle continua à dériver vers le large avec lui dedans. Kresten avait entre-temps mobilisé un bateau qui sortait du port et qui le récupéra, évanoui au fond de la barque.

Tonny resta trois semaines au lit avec une bronchite. Ane trouvait qu'il n'occupait aucune place dans le lit, elle-même devenait de plus en plus maigre, et Jens Peter plus taiseux que jamais.

Le docteur Warming vint voir le garçon. Ecouta avec le stéthoscope, auquel Ane attribuait des vertus presque surnaturelles, pendant qu'elle était assise sur un trépied vert au fond de la pièce, les mains jointes.

— Le docteur pense-t-il que ça va aller ? pleura-t-elle, et le docteur Warming ne répondit pas, se contentant de se racler la gorge en rangeant l'instrument, après quoi il ferma le sac avec un claquement effrayant. Il avait maintenant des cheveux fins et blancs, et des taches brunes sur le front, ce qui le rendait encore plus intéressant à ses yeux.

— Calme et repos, pas de visite de pleureuses. De l'air frais. Aère bien la chambre. Change les draps. De la soupe, plutôt soupe de bœuf ou de poule avec des légumes. Côté cœur, ça va, la respiration aussi, mais les battements sont faibles.

Le docteur Warming ne s'était pas attendri avec l'âge, il disait les choses encore plus crûment, si possible.

— Il va vivre ? gémit Ane.

— Soit il mourra, soit il vivra, trancha le médecin avec la main sur la poignée de la porte.

Il se dressait comme un phare dans un effluve d'alcool et de haute estime de soi et, derrière les lunettes, son regard fulgurait. Ane avait développé une intuition sismographique de ce qui se préparait et elle se ramassa sur son tabouret.

— Mais je crois qu'il s'en sortira. On peut supposer que certaines données génétiques favoriseront son aptitude à survivre à de sacrés péripéties dans l'eau de mer.

Ane baissa les yeux. Il la tenait, comme depuis la toute première fois. Chaque fois qu'elle allait se fâcher, elle était annihilée par le feu de son canon.

Le médecin revint deux ou trois fois avec ses gouttes au camphre et ses yeux rougis, et le garçon se remit lentement. Une ou deux fois, il ouvrit les yeux, mais son regard restait fiévreux et voilé.

Les jours passèrent, elle veilla sur lui comme elle avait veillé autrefois sur un patient très particulier et enfin, un matin, alors qu'elle passait la porte, tenant en équilibre une soupe d'orge, il l'accueillit avec des yeux clairs et un petit sourire qui lui rappelèrent quelque chose il y avait très longtemps.

Juste avant de quitter le lit, son fils lui demanda :

— Pourquoi ils m'appellent l'Américain ?

Ane s'arrêta au milieu d'un geste et se tint immobile comme une statue de sel avec l'assiette vide dans la main. C'était comme si le garçon avait couvé la dangereuse question pendant toute sa maladie et pris son élan.

— Comment ça se fait que je ressemble pas à papa ?

Elle se retourna et fixa le garçon, efflanqué et pâle après ses journées de lit. Vit ses épais cheveux noirs, ébouriffés comme ceux d'un gitan, ses yeux brillants comme des bouts de charbon mouillés séchant au soleil de l'après-midi, ses sourcils en demi-lune qui ressemblaient à de petites larves de papillon, l'arête aiguë du nez et les oreilles serrées contre le crâne et presque sans lobe.

Comme une biche blessée, elle tituba vers la cuisine. Elle resta un moment près de la table pour retrouver sa respiration, envisagea de fuir par la porte, puis se reprit et alla s'asseoir sur le tabouret près de son lit.

— Ecoute, dit-elle.

Son récit fut bref et sincère. A peine avait-elle prononcé les premiers mots, que le reste coula tout seul. Le garçon l'écoutait bouche bée. Elle se sentait de mieux en mieux, comme si un peu de poids lâchait ses épaules à chaque mot, comme si elle n'avait attendu que ça. Parla de fécondité. De nécessité. La sueur dégoulinait le long de son dos et de son ventre.

Elle lui fit le récit que toute la ville connaissait.

Celui que nous connaissons.

Celui sur lequel on n'arrive pas à poser le doigt, quand on y réfléchit un peu. Qui à la rigueur peut être accepté, si l'on prend en compte la situation. Celui que l'on transmet, parce que la vie doit continuer et parce que cela ne mène à rien de nourrir de mauvaises pensées envers autrui.

Tonny hocha la tête.

— Comment s'appelait-il ? dit-il d'une voix étouffée.

Ane baissa les yeux. Chuchota le nom.

— Il me ressemblait ?

Ane eut des larmes aux yeux et prit sa main. Elle hocha imperceptiblement la tête.

Le regard du garçon était lointain et infini, avec l'ombre d'un sourire.

Cette histoire-là lui plaisait bien.

18

Tonny se remit tout à fait et bondit au soleil, plus courageux et plus casse-cou que jamais.

Le récit que lui avait fait Ane lui transmit une énergie encore plus sauvage qu'avant. Une étoile toute particulière avait scintillé dans le ciel la nuit où il avait été conçu, et il se convainquit que son père était un homme riche en Amérique, qui un jour viendrait le chercher. Ses rêves lui donnèrent une autorité tranquille, dont il s'entoura toute la vie. C'était une assurance au-delà de la vantardise, c'était la bonne fortune, et c'était ainsi, tout simplement.

Lui et Ane nettoyaient des hameçons la nuit et économisaient. La partie gauche de la maison avait été louée à une bonne famille, qui payait à terme. Tonny ramassait de l'ambre et vendait des balais d'aiguilles de camarine – argent qu'il avait le droit de garder. Jens Peter ressentait toujours sa vieille fierté en déposant en silence de gros billets sur la table, et rien ne présageait la fin de la pêche aux carrelets et aux soles dans la mer autour de la pointe septentrionale du pays, de nombreux "requins" avaient été rallongés et équipés de moteurs de douze chevaux, d'avants couverts et de viviers, le poisson était débarqué vivant, l'exportation par l'étroite voie de chemin de fer avait atteint cinq mille tonnes par an, soit cinq fois plus qu'au tournant du siècle.

Le foyer d'Ane devenait de plus en plus beau. Elle avait rempli la belle pièce du salon, il devenait de plus en plus difficile d'y trouver un endroit où s'asseoir, statuettes de porcelaine et lampes à pétrole, un divan en peluche encombré de coussins, et la collection s'agrandissait. S'il y avait une chose qu'elle ne savait pas faire, c'était jeter, elle adorait ses objets, connaissait l'histoire de chacun d'entre eux et parlait même avec eux, quand elle faisait le ménage.

Du miel de bruyère doré coulait en elle, quand elle voyait combien Jens Peter et Tonny s'entendaient bien. Le garçon était brun et agile, ne faisait que la moitié de Jens Peter en largeur, et quand elle observait l'homme carré à côté du garçon, le voyait lever sa grosse pogne et se gratter ses cheveux blonds, essayant d'évaluer la profondeur d'une des remarques du gamin, un chatouillement se répandait dans son ventre et vers le haut, entrait dans sa tête, puis redescendait dans ses jambes et jusqu'au bout des orteils.

Ane était rude en affaires. Elle avait commencé à vendre de petits seaux de harengs marinés à une nouvelle entreprise sur le port et, après la vente, elle exigeait que l'argent tombe tout de suite ; en revanche, sa marchandise était toujours irréprochable. Elle n'achetait pas grand-chose sans en marchander le prix et ce qu'elle acquérait devait toujours être de la meilleure qualité.

Mais il y avait des flottements dans cette trajectoire rigoureuse. Quand Marie s'amenait avec ce regard-là, elle ne savait pas dire non. Marie avait un certain sourire quand elle venait, hésitant, et la conversation prenait des allures de manœuvres d'évitement, aussi pertinente soit-elle :

— Quel temps il a fait, hein !

— Tu as vu tous les navires de guerre allemands au large ?

— Alors Tonny est tout à fait remis ?

— Maintenant, les prix ne peuvent pas baisser davantage.

— Le poisson va bientôt revenir, tu crois pas ?

Ane répondait, attendant que sa sœur en arrive au fait.

Puis ça venait.

Ane se mordait la lèvre et ressentait comme un éboulement intérieur. Marie avait souvent reçu de l'aide, et il était rare qu'elle rembourse. Magnus Diget, son mari, continuait à fréquenter les bistrots – surtout les borgnes, encore nombreux à cette époque-là, dans des arrière-boutiques louches et misérables – à jouer les gros bras et à s'embarquer dans des discussions idiotes, et Ane lui avait asséné sans détour ce qu'elle pensait de sa conduite un jour où elle l'avait rencontré dans la rue.

— Cinq enfants et une femme, une maison qui a besoin d'être chaulée et calfeutrée un peu partout ! s'emporta-t-elle.

— Qu'est-ce que t'en sais, tu ne viens plus jamais chez nous, répondit Magnus en se baissant pour éviter son regard. Après quoi ils ne se saluèrent même plus, Ane regardait droit à travers lui, et Magnus ne lui accorda plus un regard.

Mais elle fondait en voyant les enfants, surtout la plus jeune, une fillette ravissante. Marie avait cinq enfants, et Ane aurait tant aimé en avoir un ou deux autres, et surtout une fille.

— Je n'ai rien, pleurait doucement Marie. Pas un sou. Il a tout dépensé. Je ne peux même pas aller chez l'épicier.

Ane allait chercher de l'argent, qu'elle conservait dans un écrin d'ébène. Sur un billet, elle inscrivait ce que Marie lui devait à présent. Elle coupait un morceau de saucisson dans le garde-manger et l'empaquetait.

C'était autre chose que la simple logique, qui décidait de ses actes dans de telles situations. La vieille histoire, qu'elles avaient en commun, la hantait tout le temps, mais reprenait vie et couleurs quand elle voyait Marie. Cette affaire n'était malheureusement pas enterrée, pour Ane, un prêté pour un rendu, cela signifiait quelque chose, et ici aucun accord n'avait été conclu.

Un jour d'automne, le vent forcit. L'obscurité tomba soudain une heure avant la veille, de gros nuages noirs remplirent la moitié du ciel vers le nord-ouest, ça sifflait dans les nouveaux fils télégraphiques de la rue principale et les goélands étaient emportés à reculons par le vent.

La mer bleu-noir était parsemée d'écume blanche, Ane détestait ce temps, elle abhorrait la mer quand elle était comme ça, même si ses hommes étaient à terre. Jens Peter avait un patron qui sentait arriver la tempête et ils étaient rentrés le matin même. Tonny était certes ingérable, mais pas bête, une tourmente était une tourmente, et il se contenta d'aller observer le temps et remonter un peu la barque.

Il amena avec lui le Kresten de Marie pour l'aider. Kresten sortait de l'école et avait un air un peu bizarre, comme s'il se forçait à rire. Tonny ne fut pas long à en deviner la raison : son père n'était pas rentré. Lorsqu'ils remontèrent tous les deux chez Ane pour goûter, Marie s'y trouvait, la mine plombée.

— Mais tu ne sais rien encore, la consolait Ane, le dos tourné, en train de beurrer des tartines sur la longue table de cuisine.

De la chambre, des ronflements faisaient savoir que Jens Peter prenait ce que, par taquinerie et dans des circonstances plus gaies, nous aurions appelé une sieste côtière : une demi-heure d'un côté, une demi-heure de l'autre, et puis tout son soûl sur le dos.

Le soir et la nuit furent sinistres. Ils allèrent au lit, mais plusieurs des habitants de la maison se rendirent compte que Marie était debout et veillait, en pleurs et tourmentée. Deux fois elle sortit, peu vêtue et frissonnante. Ane l'attendait avec la carafe d'eau-de-vie quand elle revint pour la seconde fois.

— Bois ça. Et puis au lit.

Le lendemain, Tonny et Kresten filèrent. L'ambiance à la maison était intenable. Ils voulaient aller aux nouvelles au port. Beaucoup de monde y était réuni, les hommes se tenaient en petits groupes et discutaient de la tempête qui tirait encore dans les aussières. On tenait le compte de ceux qui étaient rentrés et de ceux qui ne l'étaient pas.

— Il vaut mieux que tu rentres auprès de ta mère, dit un vieux pêcheur à Kresten quand il le vit. Plusieurs des pêcheurs se retournèrent vers Kresten, le visage grave, et Kresten partit, pâle et la peur au ventre.

Tonny le suivit, en tapant un bâton sur le sol.

Il régnait un silence de mort dans la maison, lorsqu'ils rentrèrent. Puis ils trouvèrent leurs mères.

— On nous a demandé de rentrer, dit Tonny.

Marie cria. Ane alla chercher une chaise, la soutint et l'aida à s'asseoir.

— Mais qu'est-ce qu'ils ont dit ? demanda Ane.

— Rien, juste ça, dit Kresten. Il tremblait de tout son corps, mince et glacé.

Dix minutes après, ils arrivèrent. Une délégation avec le président des pêcheurs en tête, le pasteur et le maire. Ils tenaient leur chapeau à la main, lorsqu'ils se positionnèrent en silence devant la porte et frappèrent.

— Marie Diget est-elle ici ?

Les enfants et Marie marchaient devant pendant la cérémonie, roides de chagrin.

Le bateau avait sombré corps et biens, avait raconté quelqu'un qui naviguait à proximité, il n'y avait aucun corps à enterrer, on pouvait tout juste espérer que la mer les rejetterait un jour.

Cela n'arrivait pas souvent. Une fois que la mer avait pris ce qu'elle voulait, elle dispersait les noyés à tous vents et courants, parfois un unique corps méconnaissable refluait sur une plage lointaine six mois plus tard, mais souvent il n'y avait rien, rien que le sentiment indistinct du corps et de l'âme du noyé flottant dans la mer ou dans le ciel. Seul vous restait l'insoutenable poids du chagrin sur les épaules, l'impression d'avoir été trahi et abandonné par quelqu'un qu'on avait souvent prié.

Le pasteur parla et lut la Bible, Marie pleura en s'appuyant sur sa sœur, les fils semblaient lointains, le regard vide. Tonny et Jens Peter se tenaient à côté d'eux dans le gigantesque espace de la nouvelle église, Tonny les bras sur les épaules de Peder et de Kresten.

La tempête avait pris six hommes. Quatre femmes restaient veuves et douze enfants orphelins de père. La tempête fit rage durant trois jours et trois nuits, et déposa une fine couche de sel et de sable partout. La nouvelle cloche de l'église retentit sur toute la pointe nord et, depuis le centre de la ville, un chœur de voix fermes fit résonner *Notre-Seigneur est une puissante citadelle* vers l'est et vers l'ouest.

Ane s'occupa de sa sœur et de ses enfants dans les temps qui suivirent, leur trouva un endroit où loger à proximité, arrangea les choses pratiques avec la caisse des veuves de pêcheurs et y alla elle-même de sa poche.

Marie avait besoin d'elle et elle l'aidait volontiers. Mais Ane avait aussi besoin de Marie. A présent, elles étaient ensemble pour de bon. Ane ressentait de plus en plus le besoin de s'appuyer sur son ancienne complice, d'avoir quelqu'un sur qui se décharger, et Marie était la seule possible.

Un jour ou l'autre, quand son fardeau serait trop grand, elle initierait sa sœur et, à ce moment-là, elle exigerait une loyauté absolue.

19

Puis vint une période de haute pression avec gel, temps calme, et des cabillauds et des merlans en masse tout près des côtes. Kresten trouva vite un embarquement. Il fallait qu'il entretienne sa mère et ses frères et sœurs. Le cadet, Peder, traumatisé, ne voulait plus aller en mer. Il entra en apprentissage chez l'épicier Saxberg. Ce fut le début d'une des grandes entreprises d'avitaillement des bateaux de la ville sur trois générations, mais ça, c'est une autre histoire.

La pêche marchait bien, mais au moment où tout semblait au beau fixe, le marché allemand s'effondra en raison de la guerre mondiale, le cours du mark dégringola et le prix du poisson aussi. L'emprunt d'Ane auprès de Degn, ainsi que tous les projets, furent rangés au fond du tiroir, tout comme l'exportation ou la construction de nouvelles villas et d'hôtels de bains. Les bateaux ne trouvaient plus de carburant ; quelques-uns naviguaient en toussotant grâce à une installation, digne de la plume du dessinateur Storm P., capable de transformer la tourbe en gaz, mais la plupart restaient à quai, et il était même difficile de trouver des cordages.

Puis arrivèrent des pêcheurs des petites îles et détroits alentours qui lancèrent le filet de fond fixe. La plupart des pêcheurs locaux crachèrent de mépris – ce n'était tout simplement pas un travail d'homme de se tenir sur une barge et tailler des pieux – mais le ton changea quand les premiers grands bancs de maquereaux s'y prirent. Depuis, le maquereau de filet de Skagen – petits poissons de printemps moirés, vert, bleu et argent – est devenu un des fleurons de la gastronomie locale. Tonny et Jens Peter furent parmi les premiers à se procurer pieux et filets. La tête de Tonny s'échauffait à la seule idée du labyrinthe sous-marin et, un jour d'août venteux et nuageux, il sauta à l'eau pour voir comment le filet se tenait sous l'eau.

— Mais t'as quand même pas sauté à l'eau ? hurla Jens Peter.

— Vingt dieux que si ! hoqueta Tonny une fois revenu sur la plage, tout dégoulinant. Il faut qu'on élargisse l'entrée. Les lignes ne sont pas assez tendues.

Jens Peter marmonna quelque chose et secoua la tête, mais comme d'habitude il moulina lentement le problème dans sa tête et dès le lendemain, il vint avec une proposition sur la manière d'exaucer son vœu. Tonny plongea et regarda de nouveau, puis ils ajustèrent et firent des modifications, et quelques semaines plus tard, il n'y avait plus grand doute : ils ramassaient plus que tous les autres, les jours de petite pêche surtout, la différence était visible.

Les pêcheurs se grattèrent la nuque et commencèrent à parler de Tonny Christensen, mais on ne peut pas dire que c'était vraiment nouveau, cela avait commencé avant même sa naissance.

Il avait été apporté par la mer, comme on disait, et avait très vite reçu le surnom de Tonny le Noir ou l'Américain. Même si les surnoms sont tout particulièrement prisés sous ces latitudes, oui, entrent quasiment dans la langue et deviennent de vrais noms, peu osaient se servir de ceux-là quand il était susceptible de l'entendre. Le jeune homme avait la main leste. Ça allait très vite, quand il décorait quelqu'un d'un œil au beurre noir, et c'était comme si les coups partaient de rien. Ensuite le garçon restait face à l'adversaire battu, presque attentionné, avec une autorité incompréhensible et un sourire insolent.

Il oubliait tout aussi vite, il lui arrivait de demander au perdant, alors qu'il geignait encore, s'il ne voulait pas se joindre à la bande qui partait pour le port voir ceci ou cela. Tant et si bien que la honte ou l'humiliation n'avaient jamais le temps de s'épanouir et, s'il restait encore une petite rancœur, elle disparaissait quand Tonny prenait tout simplement sa victime par les épaules et l'entraînait avec lui.

Mais tout cela était pure façade, quelque chose qu'il inventait justement pour cacher sa défaite de n'être pas comme les autres. Quand il était seul, il souhaitait être venu au monde de façon normale, avoir des parents normaux et des cheveux blonds.

Les naufrages lui faisaient plus d'impression qu'aux autres. Il y en avait moins maintenant, mais cela arrivait quand même à intervalles réguliers qu'un bateau soit détourné de son cap dans la tempête et fasse erreur sur les phares par temps bouché. Tant qu'il était avec ses camarades, il discutait crânement direction du vent, courants et tout le reste, mais une fois seul, il retrouvait un mystère qui ne cessait de le hanter, même s'il avait été une fois satisfait par un récit.

Un vapeur espagnol, surtout, qui échoua à peu près au même endroit que là où le *G.S. Penry* s'était brisé contre les bancs autrefois, laissa des traces.

— Y'a un gros vapeur à l'ouest du phar'de Høwi !

La porte avait été ouverte brusquement par un voisin, qui, comme beaucoup d'autres, avait enfilé chaussettes de laines et sabots bottes pour aller voir. Jens Peter fut pris de tics nerveux. Il avait été sauveteur autrefois, mais c'était fini, merci bien. Ane détourna la tête.

Le sauvetage fut un exploit dont l'écho ricocha à travers la moitié de l'Europe et apporta plus tard aux sauveteurs des médailles du gouvernement espagnol. Toute la ville suivit le drame, mais pour Tonny vint le grand moment où l'Américain et sa famille furent amenés à terre en canot et logés à l'hôtel.

L'Américain était capitaine et prisonnier de guerre. Cela se passait pendant la Première Guerre mondiale ; les Allemands avaient arrimé le vapeur espagnol et transféré à bord des prisonniers d'autres bateaux.

Tonny tremblait d'excitation. Il n'avait jamais vu un Américain avant.

L'Américain, qui s'appelait Cameron, descendit à pied la rue principale avec sa petite famille, et Tonny se tenait sur le côté, le cœur bondissant dans la poitrine. Il ressentait un besoin tenaillant d'aller se présenter, mais voyait bien aussi que cela pouvait être une affaire un peu compliquée.

Il resta donc planté là, inspectant leurs yeux et leurs lèvres, ceux de l'épouse et des enfants aussi, leur crâne et la taille de leurs mains, nota la couleur de leurs cheveux et les coiffures, la largeur du nez et la position des oreilles, comment ils bougeaient, s'ils balançaient les bras ou les tenaient le long du corps, s'ils faisaient de grands ou de petits pas, et il tendit l'oreille pour entendre leurs voix.

Cela en resta là. Il les suivit des yeux jusqu'à ce qu'ils disparaissent. Mais il rentra en chantant. En même temps, il ressentait dans sa poitrine quelque chose comme de la bronchite, et il se promit que cela se passerait autrement la prochaine fois qu'il tomberait sur un Américain.

A l'école, maître Larsen hocha méditativement la tête en suivant des yeux le garçon et la petite bande qui toujours lui collait aux talons. Après un certain nombre d'années avec d'assez mauvaises notes presque partout, l'élève

Anthon Christensen avait rendu une excellente rédaction sur la signification de la mer pour les hommes et l'importance de la pêche pour cette région notamment, avec des lettres bien tracées et une bonne orthographe dans l'ensemble.

Le maître se pencha et écrivit dans le carnet de notes : *J'avais raison.*

Après quoi leur relation se développa si positivement que Tonny fut désigné pour aller chercher des gouttes de poitrine à la pharmacie, une charge de grande confiance. L'instituteur avait absolument besoin de ses gouttes et, après les avoir prises, il devenait très bon et doux. Un jour, Tonny découvrit que Larsen les prenait exactement comme les clients des bars borgnes dans les locaux de derrière, la nuque rejetée en arrière et cul sec. Cela fit une grande impression sur lui et la fois suivante il enleva le bouchon de la petite bouteille et en prit une gorgée, puis la remplit d'eau avant de la délivrer.

A moins qu'il ne se trompe de beaucoup, il y avait chez Ane les mêmes délicieuses gouttes claires pour la poitrine, mais dans une bouteille des fabricants danois d'aquavit d'Aalborg. Sa mère veillait sévèrement dessus, une consommation non contrôlée était considérée comme mauvaise, mais depuis ce jour elles furent frappées d'un label de qualité pour Tonny. Si un homme aussi savant et estimé que maître Larsen pouvait les prendre avec autant de solennité qu'il l'avait vu faire depuis sa cachette, elles devaient être très bonnes.

Il était impossible de garder pour soi une information aussi brûlante. Lorsqu'il initia ses camarades à sa découverte, ce ne fut pour eux qu'une raison de plus pour se tenir près de Tonny.

Survint alors un événement qui lui fit faire un bond en avant. Il n'avait d'ailleurs pas besoin de grand-chose, mais la fortune semblait déjà avoir passé commande de sa prochaine rencontre avec un étranger.

Ce fut le Dano-Américain John M. Larsen, qui fit son entrée en ville dans une voiture flambant neuve à haute capote – qui n'avait pas l'air de pouvoir résister par grand frais –, avertisseur et marchepieds, plaque minéralogique des Etats-Unis d'Amérique et chauffeur en uniforme blanc.

Les gens s'attroupèrent lorsqu'il fit arrêter le véhicule sur la promenade devant les bureaux du port et scruta le terrain, la main en visière au-dessus des yeux.

Larsen possédait des installations frigorifiques en Amérique, en Russie et à Esbjerg, et il était assis sur la banquette arrière dans la caisse rectangulaire qu'il remplissait de la fumée d'un grand cigare. La fumée était aspirée par la vitre avant ouverte, tandis qu'il évaluait où, sur le port, il serait judicieux d'installer un entrepôt frigorifique. La plupart des gens du coin fixaient la voiture bouche bée, se reflétant dans la laque noire et admirant la grille du radiateur où était écrit BUICK en belles lettres d'argent, et personne ne sut quoi dire quand le grand homme sortit, enveloppé d'un manteau à col de fourrure, et dit *Hello !*

Mais Tonny s'avança, la main tendue, au-devant de l'homme deux fois plus grand que lui, et répondit *Hellow*, sœur, lui souhaita la bienvenue et commença à parler dans le plus invraisemblable des anglais. Larsen sortit le cigare de sa bouche et sourit joyeusement sous l'ombre du chapeau. Ils se serrèrent la main, Tonny lança encore quelques phrases baragouinées, et ce fut tout, mais cela suffit à distinguer le garçon de quinze ans du reste des spectateurs, qui n'avaient pas une chance de deviner le contenu de la conversation. Larsen rit et lui cria : *We'll do business together one day !* puis le chauffeur empoigna la manivelle, la Buick toussa trois fois et démarra.

L'année suivante, l'entrepôt frigorifique se dressait entre les bureaux du port et ceux de la douane, équipé de compresseurs à ammoniac brevetés par John M. Larsen.

Tonny arriva à l'inauguration en tenant la main de sa première fiancée. C'était une de ces filles silencieuses et souriantes, un peu plus grandes que lui, qui tournaient autour de lui sans un mot, profitant des rares moments où il se tenait tranquille pour s'accrocher – une fille dont nous entendrons encore parler.

La fille fut garée à l'extérieur, et Tonny lui-même entra et se plaça au premier rang lorsque l'entrepreneur Larsen tourna en personne la poignée pour la première fois. Dans le hall, les applaudissements rebondirent entre sol de pierre, murs de carrelages et hautes fenêtres, quand la flèche d'argent du manomètre monta en sifflant et en tremblant, et se fixa là où était inscrit *press. 300.*

Tonny se tenait tout près des messieurs fumant le cigare et conversant, et se trouvait étonnamment à l'aise.

Au lieu de se sentir bizarre et différent des autres comme il en avait l'habitude, il redressa le dos. La récente entrevue avec l'Américain Cameron, l'histoire que sa mère lui avait racontée sur son origine, tout cela se retourna comme une assiette en ces quelques secondes et l'autre côté de cette assiette brillait de mille feux.

Il rendit sans gêne son regard à l'entrepreneur lorsque celui-ci l'aperçut et Tonny lui sourit avec assurance. Plus tard dans la vie, il allait développer un vrai faible pour tout ce qui était anglo-saxon – cet intérêt généreux pour l'interlocuteur, ces fermes poignées de main – mais à cet instant-là, le propriétaire de la firme Larsen, Chicago & Copenhagen pointa sur lui son cigare, aussi naturellement que s'il avait rencontré un gars de chez lui : – Toi, là. As-tu ton propre bateau ? cria-t-il avec un épais accent.

Tonny fit non de la tête, presque à contrecœur, mais dans ces yeux les bateaux voguaient.

20

La guerre mondiale prit fin, et Tonny partit en Angleterre parmi les premiers pêcheurs danois.

Non seulement le marché allemand s'était effondré, mais le poisson avait soudain quitté la pointe nord-jutlandaise, et c'était une triste situation pour beaucoup. Le crédit chez épicier et ramendeur était tendu au maximum, et certains durent abandonner leur bateau à la banque, le regard éteint. Les repas dans la plupart des foyers consistaient en poisson matin, midi et soir comme autrefois, quelques maigres poireaux pour ceux qui parvenaient à cultiver des légumes dans le sable, pas une seule tranche de lard sur la table, et beaucoup ne se souvenaient même plus du goût de la viande de porc.

Mais Tonny avait entendu les premiers récits de pêcheurs d'Esbjerg partis en Angleterre, et combien ils gagnaient. Il avait hâte de naviguer vers le coucher de soleil rougeoyant au sud-ouest. Un jour d'avril 1921, les six premiers bateaux partirent. *S 14 Maria, S 71 Ebenezer, S 114 Stella, S 38 Karla, S 125 L'Etoile du Nord, S 171 Jutland du Nord.* Tonny se rendit au port comme tant d'autres. Il y avait des mères reniflantes mais courageuses, des banquiers avec le tiroir-caisse tintinnabulant dans les oreilles et une bande de jeunes admirant les nouveaux aventuriers bouche bée. Tonny lui-même se fraya un passage à travers la foule avec les mains dans les poches et le sourire de celui qui sait.

L'année suivante, ce fut son tour.

Un doux soir de printemps de 1922, il fut l'un de ceux que les regards ne lâchaient pas, cent paires d'yeux accrochées à chacun de ses gestes, tandis que les équipages paraient les bateaux. Pendant longtemps les garçons sur le quai imiteraient tout ce qu'ils faisaient et disaient, le culte des idoles s'étendait jusqu'aux sommités de la ville ; inspecteur des douanes, inspecteur géomètre, maire et tant d'autres avaient sorti le mouchoir brodé, pendant qu'on faisait le plein le gazole, qu'on embarquait le ravitaillement et qu'on roulait les cordages.

Ane revint de l'adieu sur le port le cœur gros, le fichu à carreaux bleus serré sur sa tête. Elle avait peur que la mer le lui reprenne, comme elle le lui avait offert un jour, et elle entendit soudain le bruit d'une gifle sonore qu'elle lui avait donnée une fois, vit les cinq traits rouges sur sa joue et eut mauvaise conscience. Son mari faisait partie du voyage. S'il arrivait quelque chose, elle serait seule. Mais avant d'arriver chez elle, elle avait cessé de pleurnicher. Quelque chose lui disait qu'ils allaient se débrouiller. Elle grimpa sur la dune face à la maison et vit les trois bateaux sortir du port et chevaucher les premières grosses vagues. Elle enleva son fichu pour l'agiter lorsqu'ils s'approcheraient.

Pendant ce temps, son fils se tenait presque sur la pointe des pieds pour atteindre la vitre de la cabine de son bateau, si neuf qu'il sentait encore le bois de chêne frais.

Le bateau *S 131 Rie de Skagen* était celui pour lequel Ane et Jens Peter s'étaient portés caution, il dégageait encore des odeurs de peinture fraîche et avait été baptisé au nom d'une gentille fille d'épicier. Le capitaine ressemblait à un premier communiant, dur de dur et incorruptible, tel qu'il tenait le cap entre les phares du port en poussant le moteur plein régime.

L'équipage, visages clos sur tous les non-dits, on peut le voir sur une photo non datée d'un jour calme en mer du Nord :

Jens Peter, comme bosco, avait accepté à contrecœur et en taisant ses innombrables inquiétudes.

Kresten Diget – l'aîné de Marie – comme cuistot et machiniste, fort comme un ours et capable de nettoyer des poissons vingt-quatre heures d'affilée sans dormir.

Anker Diget, le benjamin de Marie, quatorze ans à peine, comme *bouche-trou* – parce qu'il faut bien quatre hommes à bord – était toujours de bonne humeur et chantait à tue-tête, même quand il servait le café par grosse mer, en bottes de caoutchouc de quatre tailles trop grandes lui remontant jusqu'au-dessus des genoux.

Retour au départ : Tonny ne disait rien, il regardait d'un œil jouisseur les hautes lames qui déferlaient du Kattegat et sentit un chatouillis dans le ventre, quand le bateau fut enseveli sous la première vague, s'ébroua puis remonta avec le *doum-doum* creux et tuberculeux du moteur Hundested.

Il oublia de regarder vers la terre et ne vit pas du tout le fichu à carreaux bleus agité dans les dunes, mais néanmoins elle était dans ses pensées.

Peu auparavant, il avait été mis à la porte par Ane. Furieuse et triste, elle lui avait dit qu'il ne pouvait plus habiter à la maison, après que pour la quatrième ou cinquième fois il était revenu rond comme une queue de pelle, en ramenant une poule dans le grenier où il avait installé sa chambre.

Les heurts entre Ane et Tonny ne manquaient pas d'allure, foudroyants et toujours truffés d'exagérations et d'expressions colorées assez divertissantes.

Tonny eut alors à répondre de sa cuite et de cette histoire de poule.

— J'ai encore fort à faire pour être à ta hauteur ! lui avait-il crié droit à la figure, et Ane avait blêmi et s'était retirée avec le regard de qui tournoie la hache au-dessus de soi. Le score était indubitablement 1-1, mais il était clair qu'ils ne pouvaient plus vivre sous le même toit.

Le lendemain, quand il revint de l'école de navigation, toute neuve, située alors sur St Clemensvej, avec des notes honorables en navigation et règles maritimes, ses affaires se trouvaient sur la pelouse, et donc le cap était en gros décidé. Il trouva assez vite une chambre mansardée à proximité, paya largement d'avance et y mit ses possessions – un sac marin, un matelas et une commode qu'Ane lui laissa dans un accès de générosité – sans grand regard pour l'aménagement. Il n'avait aucune intention de rester là à philosopher. Au chantier naval Nipper, ils étaient en train de poser la carlingue de son premier bateau, l'achat qu'avait permis la caution d'Ane et de Jens Peter.

Et puis il y avait la poule. C'était Rie Winther, une petite bien débrouillarde, fille de l'épicier Winther de Vesterby, qui devint ma grand-mère.

C'est elle qui avait été à la traîne lorsque Tonny s'était présenté à l'inauguration de l'entrepôt frigorifique, mais elle avait réussi à s'accrocher un peu plus longuement que les autres. Centimètre par centimètre, elle s'était approchée, manœuvrant un peu plus adroitement ou plus courageusement que les autres filles, mais ce qui fit la différence, c'était qu'elle restait gentille et intéressée, même quand il n'était pas l'homme du jour. S'il avait reçu un savon de maître Larsen ou une dérouillée dans la cour de récréation à cause d'une de ses réflexions invraisemblables, elle était là aussi, discrète comme une ombre et habile à faire comme si de rien n'était. Elle parvenait aussi à le ramener dans les rangs quand son vieux sentiment d'être en dehors le rattrapait et que même les plus fidèles des fans du groupe habituel prenaient leurs distances avec lui d'un "Maintenant ça commence vraiment à bien faire avec l'Américain".

Un jour, il lui acheta un morceau de chocolat.

— Tiens ! dit-il en le lui tendant, et ce mot et cet acte étaient sans doute ce qui se rapproche le plus d'une promesse d'amour et de fidélité en jutlandais du Nord.

Elle sentit la chaleur monter en elle en même temps que la tête lui tournait. La scène manquait visiblement du romantisme dont ses feuilletons à l'eau de rose l'alimentaient semaine après semaine, mais peu après se déroula une scène entre eux, dans un moment tout à fait privé, qui n'aurait pas pu être mieux pensée par un auteur de roman.

Cela continua assez longtemps pour qu'elle insiste pour de vraies fiançailles. Tonny ne savait pas trop, mais comme il ne la contredit pas non plus directement, elle supposa que c'était une perspective d'avenir réaliste.

La bataille suivante fut celle contre la résistance évidente d'Ane. Elle supposa que ce n'était pas dirigé spécialement contre elle, *a priori*, cela valait pour toutes les filles qui se présentaient à sa porte avec des voix douces et des yeux baissés pour mettre le grappin sur son fils. La plupart avaient battu en retraite, effrayées, mais Rie continua à être gentille – même après avoir entendu comment Ane l'avait dénommée – et elle réussit à repousser le sentiment d'être une fille bon marché, emmenée dans le grenier, parce qu'elle savait que leur relation tenait à plus que cela. Quand Tonny se soûlait et gueulait et voulait aller en ville continuer la fête, elle insistait pour lui tenir la main, jusqu'à ce qu'il n'en puisse plus, et le lendemain elle avait presque pitié de lui.

Aucun doute qu'il s'agissait d'un grand amour – rien qu'à la façon dont Rie regardait toujours Tonny. Même à une époque où il sortit un peu avec une autre, elle baissa la tête et pensa : “Ça passera.” A cela s’ajoutait l’activité qui selon plusieurs témoins se déroulait dans la chambre mansardée. Mais il n’y a pas de doute non plus que Rie était une fille de tête, qui voyait tout le potentiel caché dans l’apprivoisement du fier-à-bras et avait une longue-vue braquée sur l’avenir et sur la prospérité qui était en train de s’étendre sur Østre comme sur Vestre Strandvej. C’était comme si elle avait toujours un pion d’avance sur lui et posait calmement les lignes sans qu’il s’en aperçoive vraiment.

Ce fut elle aussi qui dit “aucune importance”, doucement et en s’excusant presque au nom d’Ane, quand il fut jeté dehors à grands cris, mais au tréfonds d’elle-même, elle s’en réjouissait. Lorsqu’ils se retrouvèrent dans la pénombre de sa nouvelle et misérable chambre mansardée, elle pensa “Enfin !”, mais l’encouragea néanmoins à aller présenter une excuse pour la façon dont il avait répondu à sa mère.

Ce qu’il fit.

— Excuse-moi pour ce que j’ai dit, réussit-il à murmurer, lorsqu’il alla chez sa mère et la trouva derrière la maison, en train de nettoyer des harengs.

Ane ne répondit pas, elle se tenait là, petite et carrée, vidant les poissons et jetant les têtes dans le seau où elles atterrissaient avec un claquement frais. Il resta debout, percevant un soupçon de conciliation sous son masque fermé et ses mouvements, soupira et entreprit de lui ramener de lourds barils de sel qui se trouvaient sur la route.

Lorsqu’ils burent le café dans la cuisine et qu’il fallut bien dire quelque chose, Ane, le regard détourné, susurra d’une voix faible, qui donnait l’impression de devoir se surmonter elle-même, qu’elle trouvait que Rie était une bonne fille, qu’il devrait la garder.

Tonny hocha silencieusement la tête. Peut-être avait-il avec quelque droit attendu qu'elle aussi utilise le mot d'excuse – il trouvait d'ailleurs qu'elle aurait mieux fait de dire que Rie était gentille et peut-être même jolie. Et là, alors qu'il aurait dû être soulagé par la réconciliation, il sentit la rage monter en lui. Il trouvait qu'elle s'en était sortie trop facilement. Il trouvait que c'était trop, beaucoup trop souvent qu'elle martelait ses quatre volontés, piétinant tout le monde autour d'elle. Et il trouvait soudain qu'au fond, c'était une très bonne remarque qu'il lui avait balancée, elle visait juste et plaçait bien la responsabilité pour toutes les moqueries qu'il avait dû subir au cours des années.

— Et qui a commencé tout ça à la fin ? lança-t-il en s'en allant. Elle fixa sa tasse de café. Puis elle cria :

— Toi !

Il jeta un regard en arrière pour s'assurer que les deux phares étaient alignés lorsqu'il quitta le port.

Le vieux repère était surtout superstition et habitude, car le bateau avait un tout nouveau compas à boussole suspendue, il suffisait de se maintenir à 62 degrés pendant une demi-heure, jusqu'à mi-chemin du bateau-phare, puis abattre et se diriger à l'ouest vers les zones de pêche dans le roulis des longues vagues. Mais il le faisait quand même, à la manière d'un mantra ou d'un rituel, dont le but est un peu difficile à expliquer.

Il se perdit en rêveries à la vue de la petite ville aux toits rouges qui disparaissait derrière eux et curieusement, il se souvint de détails du quotidien auxquels il n'avait jamais accordé une pensée. Il entendit le roucoulement de la colombe qui habitait le pignon, et s'accrocha à ce son. Il sentit le soleil cuire sa joue à l'endroit abrité entre la maison et la remise, et l'envie de rester immobile que cela vous donnait. Il se rappela soudain combien la nuit pouvait être noire et, pour la première fois, il ressentit un court instant la peur.

Puis quelque chose attira son attention à l'avant et, au même instant, le bateau prit une lame qui s'éclata en millions de gouttes pulvérisées. Le nuage d'eau fut éclairé par un rayon de soleil et chaque particule se transforma en une étoile étincelante sur un ciel clair. Ce fut comme une épaisse bruine d'étincelles, la coque trembla et vibra, et tout s'immobilisa pendant plusieurs secondes, le bruit du moteur avait disparu, et il retint sa respiration. Puis un arc-en-ciel se répandit sur la vitre avant, l'eau dégringola le long du pont et se déversa par les dalots, le moteur cognait toujours et le bateau s'était remis en mouvement.

Ce fut la dernière fois que Tonny se perdit dans ses pensées à la barre, il le prit comme un avertissement, qu'il dissimula sous un rire.

— Ce serait peut-être mieux de baisser un peu le régime et de surveiller la barre, grinça Jens Peter d'une voix rouillée par l'adieu. Il n'était jamais allé en Angleterre et n'était pas sûr d'en avoir vraiment envie.

— Nous allons contourner Grenen dans cinq minutes, fais un peu de café, papa, dit Tonny.

21

Le premier voyage fut une réussite totale.

Le vent faiblit, et deux jours plus tard ils atteignirent le Dogger Bank au milieu de la mer du Nord. Par beau temps, ils mesurèrent le fond avec une sonde enduite de graisse, évaluèrent la couleur et la substance de ce qui avait été ramené : fin sable coquiller ou fond graveleux – et ils repoussèrent les casquettes sur la nuque et discutèrent. Tonny écoutait et évaluait, comme s'il additionnait et soustrayait des chiffres, puis ils jetèrent l'ancre, affalèrent la senne danoise et la remontèrent. La première fois la poche était remplie à ras bord de poissons plats.

— Aïe, sacré bon diou, y sont aussi beaux qu'chez nous, murmura Jens Peter et les yeux de Tonny étincelèrent.

Cela dura quatre jours d'affilée, puis la cale étant pleine – vingt-six mille livres – ils relancèrent les machines et mirent le cap sur l'Angleterre. Deux jours après, ils remontaient en hésitant le fleuve Humber jusqu'à Grimsby. Ils accostèrent, la ligne de flottaison à un bon pied sous l'eau, et débarquèrent les grands carrelets vivants. En attendant le premier décompte, ils contemplèrent sans un mot la scène autour d'eux.

Grimsby était en ce temps-là le plus grand port de pêche du monde. De longues rangées de trawlers à vapeur de cent tonneaux étaient côte à côte, l'étrave pointée vers le quai, et même les gros chaluts-senneurs d'Esbjerg et de Thyborøn n'avaient l'air de rien à côté. Les quais étaient comme des autoroutes et s'étiraient à perte de vue comme les plages des villes côtières au pays, et des camions et de grosses voitures à capote et marchepieds circulaient, le chauffeur criant par la fenêtre en faisant sonner l'avertisseur. Il y avait une foule d'élégants vélos noirs à freins au guidon, de gens à chapeaux singuliers, et même les plus marquantes des personnalités jutlandaises ressentaient la crainte de disparaître dans la foule.

Tonny était en train de contempler un ouvrier du port qui poussait en sifflant une brouette de glace.

— *Hello, mate !* cria le chauffeur de la brouette, et Tonny, gêné, lui rendit son salut, se sentant comme le dernier crétin de la terre. Il avait été là à le dévisager sans façon et c'était l'Anglais qui l'avait salué comme s'il était une vieille connaissance. Première leçon sur la manière de devenir un homme du monde.

Puis vint l'enveloppe. L'équipage du *S 131* fixa avec incrédulité le liquide qui restait après que les dockers avaient eu leur part, qu'avaient été payés douane et pilote, glace, casiers et tout. C'était ce qu'ils avaient l'habitude de gagner en un an. Même le patron rit et promit une soirée en ville qu'ils n'oublieraient pas de sitôt.

— Ne vaudrait-il pas mieux en mettre un peu de côté ? demanda Jens Peter.

La marée suivante se déroula en gros de la même façon, et celle d'après aussi. Des masses de poissons, des masses d'argent. Le gouvernement avait décidé de nourrir la population anglaise de poissons après la guerre mondiale, et les sommes que déboursaient les acheteurs ne laissaient pas de gros trou dans les caisses de l'Empire, mais elles étaient gigantesques pour les Nordiques.

Quatre marées et nous voici arrivés en juillet : Jens Peter avait commencé à avoir la nostalgie du pays et avait déjà presque pris une décision, mais Tonny se sentait de plus en plus chez lui, chaque fois que la côte anglaise surgissait.

Ici, d'une façon qui lui était difficile à expliquer, il se sentait délivré du reste de honte qu'il trimbalait encore chez lui. Ici le plafond était plus haut, dans le grand port anglais, il se sentait parmi des égaux. Les ouvriers du port et les pêcheurs travaillaient jusqu'à ce que leurs mains saignent. Ensuite ils allaient au pub. Quand ils se mettaient à chanter, les Danois s'arrêtaient au milieu d'un geste et écoutaient, ébahis. Puis les Anglais les engageaient à leur chanter une chanson de chez eux. Ils commençaient par refuser, puis ils se laissaient faire, entonnant un hymne. D'abord, il leur paraissait ennuyeux et lent par rapport au *shanties* anglais, mais les *trawlboys* anglais, comme ils les appelaient, lançaient leur casquette en l'air, applaudissaient et sifflaient, *hoorray, hoorray* !

Durant les premiers jours dans la grande ville, il se sentait si excité que ses pieds touchaient à peine terre et, instinctivement, il regardait autour de lui à la recherche de son père. C'était presque une sorte d'Amérique, ceci. Comme il ne vit pas Frederic Porter, entre autres parce qu'il ne savait pas de quoi il avait l'air, il s'imagina que c'était un des hommes d'affaires les plus riches de la ville et qu'il surgirait un jour sur le port pour venir chercher son fils.

Ces manières généreuses ouvraient la porte aux nouvelles amitiés. Au bout de très peu de jours, il put tailler une bavette avec l'acheteur Chapman comme s'ils se connaissaient depuis longtemps. C'était étrange, presque surnaturel, mais ils conversaient effectivement dans une sorte d'anglais, et Tonny avalait tout ce qu'il disait et élargissait son vocabulaire à chaque rencontre. Sam Chapman était un gros monsieur souriant qui fumait sans arrêt une longue pipe et portait gilet et chaîne en or. Il acceptait volontiers quand Tonny l'invitait à bord et lui versait un grand aquavit d'Aalborg, et lui-même était généreux avec les tournées. Chapman aimait vraiment les Danois, mais Tonny se doutait bien qu'il aimait surtout leurs poissons.

Chapman avait eu l'idée de mettre les poissons danois dans une caisse à part, à des prix un peu plus élevés, cela s'était révélé faire mouche auprès des ménagères anglaises et fut bientôt imité par les autres mareyeurs. Les poissons danois étaient plus fins, la senne danoise traitait la marchandise de façon plus délicate que les chaluts anglais qui raclaient brutalement le fond. Les Danois relevèrent la tête et comptèrent l'argent, à mesure que se répandait leur réputation. Le complexe d'infériorité latent que beaucoup avaient ressenti lorsqu'ils devaient caler leurs petits bateaux de vingt tonneaux dans le sillage des gros vapeurs anglais en remontant le fleuve Humber disparut quand ils s'aperçurent qu'à bien des points de vue, ils étaient meilleurs pêcheurs que les Anglais.

Ce fut avec la même fierté qu'ils constatèrent que leurs bateaux étaient en meilleur état. Ceux des Anglais étaient rayés et abîmés. Les pêcheurs danois utilisaient le temps d'attente à marée basse à polir et à peindre.

Mais la différence était encore plus profonde : la vieille culture danoise de paysans et de pêcheurs était tout simplement plus apte à tirer la nourriture de la mer que celle de la grande nation guerrière. Les Danois étaient pêcheurs à la part et leur solde dépendait de ce qu'ils pêchaient. Les Anglais étaient des ouvriers de l'industrie liés par des conventions salariales et se fichaient royalement des résultats de la pêche.

Peu à peu, les Danois prirent tellement le dessus sur le territoire même des Anglais que leurs organisations s'unirent pour aller déposer leur plainte au ministère à Londres, mais ça, c'est une autre histoire, d'abord nous suivons Chapman et Tonny qui s'enfilent des verres à bord de Rie avant la tournée en ville.

Chapman jette un regard perçant sur Tonny par-dessus le bord de son verre :

— Pour moi, tu ne ressembles pas à un Danois.

— Mon père est américain, dit Tonny en vidant son verre, et Chapman, après un petit hochement de tête dubitatif, fit de même.

Tonny expliqua avec force gestes que son vrai père habitait Chicago, possédait des installations frigorifiques et des usines un peu partout dans le monde et avait des Buick et des Ford dans son garage.

— *Really ?* dit Chapman.

Il possédait lui-même un véhicule un peu plus modeste, une Austin noire, que Tonny avait plus d'une fois admirée à haute voix.

— Il a inventé l'entrepôt frigorifique. Il a un brevet sur la réfrigération à l'ammoniac. J'ai participé à l'élaboration de l'appareil.

Chapman le fixa ébahi, puis ils partirent. Au King's Arms Pub, Chapman commença par dire qu'il valait mieux qu'il rentre tôt chez sa femme, mais Tonny ne le prit pas très au sérieux. C'était presque un rituel. A mesure que les grands verres se vidaient, les blagues volaient de table en table, il y avait toujours un rigolo pour sortir des plaisanteries du chapeau ou parodier des types qu'il connaissait sur le port – ou faisait semblant de connaître – et Tonny riait à en avoir les larmes aux yeux.

Last orders, gentlemen ! Allez, un dernier pour la route, disait Tonny, c'était toujours comme ça, et après avoir confirmé d'un claquement de main une dernière livraison et un dernier prix, l'Anglais demanda :

— Ah, alors ton vrai père vit à Chicago ?

Tout le poids sur le mot. La gentillesse avec laquelle il avait accepté le mensonge.

— *Yeah.*

— Et il a des Ford et des Buick ?

— *Yeah.*

— Et il a inventé la réfrigération à l'ammoniac. Comment s'appelle-t-il ?

Last orders, gentlemen ! fut crié de nouveau et les lumières s'allumèrent. Tonny tapa sur l'épaule de son compère et dit qu'il fallait qu'il rentre. Il vida sa bière et tituba vers les docks, blessé par le tir direct de l'Anglais.

Ses mots : "Tu ne ressembles pas à un Danois", résonnaient dans sa tête, et il ne savait pas s'il devait se sentir vexé ou fier, mais la remarque l'avait percé à cœur. L'Anglais avait vu juste : il se sentait mieux ici que chez lui, lorsqu'il traversait Cleethorpes Road juste devant un tram grinçant, un mouchoir blanc à la poche de poitrine, oui, même quand, comme maintenant, avec du vent dans les voiles, devant la grande grille des docks, il fouillait dans sa poche pour retrouver son laissez-passer.

Puis il avait été démasqué : "Comment s'appelle-t-il ?" L'homme d'expérience ne l'avait pas cru. Pourquoi inventait-il des histoires fantaisistes sur son vrai père ? Etait-ce parce qu'au fond de lui-même, il se sentait étranger partout et aurait aimé être tout simplement comme les autres, avoir des ancêtres pêcheurs et commerçants de la région, être la branche d'un arbre généalogique honorable que l'on pouvait retracer sur plusieurs centaines d'années ? Etait-ce parce qu'il avait le soupçon qu'Ane et Jens Peter cachaient quelque chose ? Que les murmures qui couraient comme des ombres là-bas au pays n'étaient pas seulement des bavardages ?

Il aurait tant aimé savoir à quoi *il* ressemblait. Il aurait tant aimé *le* rencontrer. Peut-être cela arriverait-il ici en Angleterre tout à fait par hasard. Il s'était surpris encore ce soir à le chercher parmi les clients du pub. Parfois son regard faisait le tour du port. Peut-être allait-il soudain arriver avec un bateau. Il avait failli une fois demander à sa mère si elle croyait que c'était possible qu'il le voie un jour. Mais il n'avait pas osé. Un soir où il avait dansé avec sa tante Marie pour la fête de la Saint-Jean, et où ils avaient tous deux bu un peu, il lui avait demandé s'il lui ressemblait.

— Comme deux gouttes d'eau, lui avait-elle dit en le regardant droit dans les yeux. Mais il avait une moustache.

Il grimpa dans sa couchette longtemps après que tous les autres étaient allés au lit.

Qu'il y ait eu aussi d'autres aspects que la folle vie à terre, ses lettres à Rie en témoignent. Ici, c'est une autre personne qui se dévoile – en formules bien tournées et d'une belle écriture. Elle en conserva deux (ou peut-être n'en écrivit-il que deux pendant toute cette longue période) et pour être honnête, elles datent d'un peu plus tard et émanent d'un individu plus adulte, mais cela révèle quand même quelque chose :

Chère Rie. On travaille à la construction d'un Foyer de marins ici à Grimsby, pour détourner les jeunes pêcheurs des tentations, imagine, écouter un cantique et boire une tasse de café danois !... Ma chère Rie, hier nous avons eu de la vraie viande de bœuf, congelée en Australie, et ça avait le goût des dimanches chez nous dans l'enfance... Ma chère amie, la promenade de la plage à Cleethorpe n'est pas aussi belle que nos plages. J'ai eu la nostalgie de toi et des autres, et je suis rentré à bord.

Pour finir, il fait le compte exact de l'argent qui est entré en caisse, puis termine par un bien à toi, mais tout à la fin vient le mot qu'elle avait sans doute le plus attendu : *ton époux, Tonny, fidèle pour toujours*.

Il y a tant de choses qu'on ne peut pas dire en jutlandais du Nord.

22

Jens Peter ne savait trop que penser de tout cela, pas plus d'ailleurs que de la façon dont Chapman le taquinait en l'appelant *Djei Pie*. Il arpentait la rue principale, rempli d'un étonnement silencieux devant les vitrines et les voitures de sport découvertes, achetait des tasses à thé et des chocolats fourrés pour Ane, mais priait aussi le Seigneur et se sentait inquiet, surtout en voyant combien les yeux de Tonny étincelaient d'excitation et comment il se comportait. Cela lui rappelait quelque chose à quoi il ne voulait pas penser, il jetait des regards de colère en coin vers Tonny comme à un étranger qui s'arroge des droits qu'il n'a pas, et proposait souvent de rester à bord quand les autres partaient en ville.

— On se retrouve tous au King's Arms Pub dans la rue principale à sept heures, commandait Tonny, et c'était difficile de s'y opposer, quand la seule alternative était le livre de cantiques et une soirée dans le profond silence du poste d'équipage à bord.

Jens Peter était le premier à rentrer – de préférence à neuf heures et demie – après quoi il restait longtemps allongé, l'oreille aux aguets. Il lisait la Bible et priait le Seigneur qu'ils rentrent tous vivants. Quand il s'assoupissait, il faisait de brefs rêves inquiets sur des marins américains, aux yeux noirs et aux cheveux scandaleusement brillants, sortant de l'eau, et que les femmes sur la plage suivaient des yeux. A cet instant, il apparaissait lui-même dans l'image, marchant courbé dans la lande avec un sac de pommes de terre sur le dos sans s'occuper de personne. Puis le garde maritime Carlsen surgissait et lui demandait ce qu'il avait dans son sac. Jens Peter lui répondait qu'il n'en savait rien, c'était Ane qui lui avait dit de porter le sac d'ici à là. Carlsen ouvrait le sac et découvrait avec un petit cri étonné que c'était l'Américain Porter qui dormait.

— Tu le savais, Jens Peter ? hurlait le fonctionnaire.

— Non, disait doucement Jens Peter, et il se réveillait dans l'étroite couchette du poste, baigné de sueur.

Puis il restait couché le visage vers le flanc du bateau, respirant pesamment et pensant à tout l'amour et la bonté qu'Ane et lui avaient déversés sur Tonny pendant toute son enfance, et il espérait que Dieu tenait ses comptes et était parvenu au même résultat que lui, à savoir que, tout bien considéré, il y avait un certain équilibre dans la balance, que ce qu'ils avaient fait de mal était compensé par leurs bonnes actions. Il ne se calmait tout à fait que quand Tonny était revenu à bord et qu'il pouvait entendre son souffle bruyant.

Ses craintes pour les virées en ville de son fils furent déjouées à la longue. Le dernier couché était également le premier à se lever et à faire le café. La première chose qu'on entendait, c'était ses sifflements, la cabine sentait le café et la cigarette du matin du patron, une délicieuse Broadway forte sans filtre, qu'il prétendait guérir sa gueule de bois (il en fuma durant le reste de sa vie un nombre imprononçable aujourd'hui).

Puis ils rechargeaient la cale de glace, remplissaient deux cents litres d'eau douce dans le réservoir, s'avitaillaient et descendaient le fleuve brun vers la mer en une petite flottille de bateaux danois. Parfois le jeune patron allait se tenir quelques minutes tout à l'avant pour aspirer tout l'air frais qu'il pouvait, mais il chantait et claironnait, et il lui arrivait soudain d'aller faire chauffer une bouilloire d'eau, de se laver avec un morceau de savon carré *500 Grammes* acheté dans une *beautyshop* de Grimsby et d'enfiler des vêtements propres. Ce n'était pas habituel sur un bateau danois à cette époque. Jens Peter observait ces bêtises, mais se doutait bien d'où il tenait ça, Kresten le taquinait et faisait rire les autres, mais Tonny faisait comme s'il n'entendait rien, nouait son nouveau petit foulard de charme à carreaux comme il l'avait vu faire les *trawlboys*, et sentait bon quand il allait faire le point.

Sur les bancs de pêche, la chance les suivait. A moins que ce ne soit comme Kresten et Anker le chuchotaient entre eux, avec un hochement de tête discret du côté de Tonny, quand Jens Peter était hors de vue :

— L'Américain-là, il sait où le trouver, le hareng.

— Ouais, regarde comment il l'observe, le banc, d'abord d'un côté puis de l'autre.

— On dirait qu'il le flaire.

— Oui, ou alors il tire au sort.

La pêche en mer du Nord est un art qui s'apprend, et le jeune Christensen absorbait tout et emmagasinait systématiquement ses observations. Ce n'était pas aussi mystérieux que le décrivait l'équipage, mais bien plus concret. Il apprit à connaître les fonds par la sonde, à observer les vols d'oiseaux et à évaluer la direction du courant en regardant un cordage d'ancre tendu vers le fond.

Et pourtant. Il y avait quelque chose de plus, l'instinct, sans doute. Il devinait, essayait d'imaginer ce qui se passait sous l'eau, et ils finissaient souvent par se placer à la périphérie du banc de pêche, loin des autres bateaux.

— Là, il y a du poisson, concluait-il après avoir médité en silence pendant une demi-heure, et il le disait à voix si basse et si convaincante que personne ne protestait, ils se contentaient de penser qu'un jour ils lui demanderaient comment il faisait.

Puis la solennité était rompue, le patron avait parlé, la sonde filait par-dessus bord, les longs câbles giclaient des treuils à cent à l'heure, et gare aux jambes, si on se faisait attraper, on partait avec et c'en était terminé.

— Fais attention ! Il ne *doit* pas y avoir d'embrouille dans ces lignes, Kresten de Mes Deux.

Le patron était tout à fait autre maintenant, ses yeux étincelaient d'enthousiasme et il balançait des surnoms câlins et des jurons à en faire pâlir Jens Peter.

— Vingt dieux, fais attention à ce que le trait soit droit, papa !

Puis ils remontaient la senne et attendaient, les yeux braqués sur l'endroit où surgirait la poche. Ils l'apercevaient à dix ou quinze mètres sous l'eau, pleine à craquer (ce qu'elle fit vraiment une fois), ça scintillait et fourmillait dans les profondeurs, puis la poche émergeait et était ramenée à bord ; d'une secousse Jens Peter lâchait la corde de coulisse, carrelets, limandes et turbots se déversaient sur le pont, et on commençait à trier et à pelleter les poissons dans les mannes et les paniers.

Puis, dans le petit bateau ballotté par la mer, on sortait les couteaux au fil acéré, un travail si dur que nous avons du mal à nous le représenter aujourd'hui. Tuer des poissons dix heures d'affilée, affûter les couteaux, plonger les doigts, vider les entrailles, de nouveau le fer contre la pierre à affûter, étêter, plonger le doigt, évider, le même geste jusqu'à ce que tu t'écroules et t'endormes dans tes vêtements mouillés. Debout, café noir et cigarettes, poisson bouilli froid matin, midi et soir, de nouveau les couteaux acérés, et filer la senne de nouveau, le dos endolori et des élancements déchirant les reins.

Un jour, la tempête arriva juste au moment où ils étaient arrivés sur le banc de pêche. C'était en août 1922.

Un bateau de pêche de vingt tonneaux dans la tempête de la mer du Nord. Essayez d'imaginer ça ! Les photographies le montrent : gros grain du nord-ouest. Ciel bleu noir. Un Matterhorn d'eau se dresse juste devant. Le dentier du bosco est éjecté de son verre et claquette sur le plancher. L'eau peu profonde de la mer du Nord est rude – pas comme les longues houles des mers profondes – elle se lève instantanément en vagues courtes qui se brisent. Le petit bateau est hissé brusquement sur la crête. Tout ce qui n'est pas arrimé est jeté à terre avec fracas, la bouilloire avec l'eau bouillante, et le bol de sucre, le sucre, nom de Dieu ! Le bateau plonge avec un claquement effrayant. La cabine passe sous l'eau, on est assis dans un aquarium à regarder l'eau. Puis il remonte ! Il est roulé, brinquebalé, on prend des bleus sur les hanches et on se fêle les côtes si on ne se tient pas. Des tonnes de kilos d'eau de mer cognent contre les flancs nuit après nuit, le tourbillon de sel et de pluie est si épais que l'avant disparaît dans une brume opaque. On rampe à quatre pattes sur le pont pour gagner sa couchette, et on sent son estomac avalé quand le bateau descend entre deux lames.

Ils réussirent à remonter les apparaux avant que cela ne se déchaîne vraiment, puis ils mirent à la cape et prièrent le Seigneur. Le moteur tournait à bas régime pour pouvoir maintenir le bateau debout au vent. Peu de mots furent prononcés dans la cabine, Tonny gardait l'œil sur la mer en tournant à peine un peu la barre de temps en temps.

Au bout de trois jours, le vent mollit, et ils se tinrent prêts à sortir les apparaux, tout en guettant les autres bateaux et en les comptant. Il en manquait un. A mesure que passaient les heures, la réalité les rattrapa lentement.

Ils travaillaient avec des gestes mécaniques, le regard fixe, pensant que cela aurait aussi bien pu être eux qui avaient embarqué d'énormes paquets de mer. Ils s'imaginaient la déferlante qui avait enfoui le pont sous l'eau, pénétré dans la cale et la salle des machines et fait sombrer le bateau comme une pierre. Le vide hébété persista jusqu'à ce que Jens Peter, avec une autorité paternelle inhabituelle, ordonnât à tous de se recueillir un instant pour les disparus. Personne ne protesta, même Tonny pencha la tête et joignit les poings, pendant que Jens Peter disait un Notre Père, à voix haute et sonore.

Puis ils revirent la façon dont le jeune patron avait manœuvré dans la mer déchaînée ; les yeux partout, tournant un peu la barre, forçant un peu la machine, puis ralentissant de nouveau.

— Droit sur celle-là ! s'était écrié Jens Peter en montrant du doigt une grande vague grise en route vers eux.

— Non, murmura Tonny, sinon j'aurai pas la grosse qui suit.

Et ils avaient cahoté au-dessus de la première et, à l'instant même où elle était derrière eux, il avait donné un peu de gaz et navigué droit sur la suivante, qui était deux fois et demie plus grande et avait commencé à se briser. Il l'atteignit juste au bon moment. S'il avait réagi quelques secondes plus tard, ils n'auraient pas eu le temps de monter sur la vague avant qu'elle ne déferle sur eux.

Les deux plus jeunes le fixaient comme s'il avait des dons surnaturels. A terre, ils feraient circuler l'histoire et ajouteraient quelques pouces à la construction du mythe.

Une semaine ou quinze jours plus tard, ils étaient de retour à Grimsby avec la cale pleine de grosses plies, de cabillauds et d'églefins. Ils étaient brisés et contemplaient le décompte d'un regard las, mais plein d'assurance.

Quand l'été et la campagne prirent fin, et qu'ils mirent le cap vers le nord-est et arrivèrent au large de Grenen avec trois ou quatre autres bateaux danois, le vent d'automne en poupe, il y avait assez d'argent dans la caisse pour payer le chantier Nipper quatre fois.

Arrivés à l'abri de la pointe, ils virent s'aligner le Phare Gris et le Phare Blanc et virèrent vers le port.

Un moment solennel régna lorsque la ville pastel aux toits rouges bordés de blanc sortit de l'eau grise, tremblante comme un mirage, et les hommes dans la cabine la fixèrent, sans un mot et n'osant même pas se regarder.

Ils descendirent à terre par une claire journée d'octobre, les yeux luisants, vêtus de costumes anglais taillés sur mesure, avec des sacs marins noir laqués à la main, des casquettes anglaises sur la tête et chacun un cigare allumé aux lèvres.

23

Jens Peter ramenait deux chiens en porcelaine pour Ane, qui lui plurent beaucoup. Lui-même s'était acheté un bébé crocodile empaillé, qui resta dans l'embrasure de sa fenêtre durant les quarante années suivantes et que nous admirions, quand nous étions enfants.

Tout se déroula comme si cela avait été mis en scène. Nous nous représentons la scène à travers le filtre des récits répétés d'innombrables fois :

Comme on l'attendait d'elle, Ane resta muette, les mains jointes devant elle pendant plusieurs minutes, contemplant les chiens pékinois, en plus elle reçut un vase bleu orné d'un ravissant motif de ferme, et le donateur vécut encore un instant de gloire muet, car Jens Peter triomphait toujours en silence. Kresten offrit à sa petite amie une élégante théière en faïence anglaise, qu'elle défit de son paquet les mains tremblantes. Elle déplia soigneusement chaque morceau de papier jusqu'à dévoiler la théière, et les femmes dirent *nooon* ! Anker avait ramené un horrible vase avec des cristaux de verre tintants pour sa mère, ce qui lui valut une grosse bise, plaisir mitigé pour un jeune homme qui venait de fêter ses quinze ans.

Il se révèle alors que Tonny a oublié d'acheter quelque chose pour Rie.

Cette scène-là est plus difficile à imaginer, l'humiliation au milieu de ce moment, plus solennel que le soir de Noël, n'est évoquée que très rapidement dans les comptes rendus, mais disons qu'elle le prit bien et se contenta de se jeter sur les cadeaux des autres avec des superlatifs et des taches fébriles sur le cou, le laissant seul dans un coin.

Les bavardages se firent démonstrativement de plus en plus bruyants, et la petite assemblée s'écarta insensiblement de lui. Personne n'eut besoin de lui faire de reproches, la scène telle qu'elle se déroulait était la pire des punitions.

Après l'avoir laissé ronger son frein un certain temps, Rie attrapa sa casquette anglaise sur la patère, se la mit sur la tête et joua le *rude gars*, comme on dit – le pêcheur à la senne danoise, la cibiche au bec et arborant un air de dur – et tous rirent. Tonny en tira vite les conséquences, dit :

— Je file juste t'acheter quelque chose, et, battant retraite à reculons, il disparut par la porte, honteux et mis au ban à peu de frais.

Il alla d'abord à l'hôtel Karsten où il commanda quelques bières et de l'aquavit.

Là, soufflant sa fumée dans les voilages ajourés, nous pouvons être sûrs qu'il passa en revue chaque geste, remarque et mimique, essayant de comprendre ce qui avait cloché.

Il se revoit entrant dans la pièce d'un pas assuré, bourré d'histoires et de théories sur le monde, que personne n'a envie d'entendre. Il voit une ombre courir sur le visage de sa mère, avant qu'elle ne lui dise bonjour, ne sourie vraiment et lui serre la main.

Est-ce qu'en réalité elle ne l'aimait pas ? Ou bien avait-elle peur de lui ? La rumeur avait-elle couru qu'il allait trop en ville en Angleterre et avait-elle peur qu'il ne devienne comme Magnus Diget ? Il répondit lui-même oui, mais il soupçonnait quelque chose de plus, quelque chose à quoi il était plus difficile de trouver une explication simple. Comme si, par sa seule présence, il remuait en elle un fond de mauvaise conscience.

— Bienvenue, Tonny !

Une de ses connaissances venait d'entrer. Il salua sans empressement et fit mine de s'absorber dans sa bière. Vida d'un trait l'eau-de-vie et commanda une nouvelle tournée.

L'aquavit aurait dû apaiser le désespoir et la colère qu'il ressentait contre lui-même, parce qu'il avait oublié un cadeau pour Rie mais, au lieu de cela, il aiguisait son esprit et ouvrait une brèche intérieure. Avait-il vraiment oublié de lui acheter quelque chose ? Pourquoi se conduisait-il ainsi ? Envers celle qu'il aimait ? Etait-ce pour acquérir encore plus de pouvoir sur elle, pour avoir une preuve de son amour inconditionnel ? Avait-il besoin de ce genre de manège pour se donner contenance ?

Il découvrait un côté de lui-même qu'il n'aimait pas. Il secoua la tête comme pour s'en débarrasser, au cas où ce serait enfoui là-dedans. Il balaya la table d'un geste, au cas où ce serait quelque chose qui traînait là. Il rougit et rejeta la tête en arrière, grimaça quand l'aquavit toucha son palais, et se décida à rentrer. Il se trouvait un peu ridicule et garderait profil bas le reste de la journée.

Et puis nous le voyons se retourner ; à l'entrée de gens qu'il connaît. Cette fois, c'est lui qui crie joyeusement bonjour et répond à leurs saluts de bienvenue par une invitation. Ils viennent s'asseoir à sa table. Il reconnaît leurs regards : allez, on va s'amuser, il va y avoir de la bière et de l'aquavit à l'œil. L'ombre de tout à l'heure bat lentement en retraite.

D'un geste discret de la main, il commanda une tournée pour tout le monde et pensa, c'est comme ça qu'on achète douze apôtres.

— Vous avez pêché pour combien ?

Une bouffée de Broadway, un sourire venu des ciels bleus infinis à l'ouest, un geste d'artiste, qui allait faire école, pour saisir la bouteille :

— Quatre-vingt-treize mille couronnes.

Tous les regards braqués sur soi, le grand souffle. Toutes les oreilles dressées. Puis commencent les récits. Un pianiste débarque :

— Joue-moi *La route de Mandalay* ! Ça commence comme ça : *dadoumm dadoumm dadoumm*... On l'entendait tout le temps au King's Arms Pub à Grimsby.

L'homme s'assied devant le nouveau piano Hornung & Møller, essaie quelques notes, et c'est parti pour Tonny le Noir. Le serveur fait cliqueter les bouteilles dans ses allées et venues, le soleil étincelle dans le schnaps, le rire tonitruant éclate, nous entendons parler de gigantesques plies et de loups de mer assez grands pour vous dévorer la main d'un homme, de la gale de Dogger Bank, de Morgan vertes avec capote, et une tournée pour le musicien, et allez, chantons encore, cette fois des chansons sentimentales d'ici, puis des valses suédoises et des refrains, Taube, nom de Dieu, joue Taube... et Bellmann ! et ça dure toute la journée, soir et nuit compris, la défaite face aux bonnes femmes est oubliée, ici on sait apprécier un homme.

Il disparut pendant plus de vingt-quatre heures, et on peut dire qu'il devint une sorte de modèle pour la façon dont les pêcheurs bien plus tard auraient coutume de se conduire quand ils avaient de l'argent en poche.

Ce n'est qu'en rentrant de cette tournée qu'il revint vraiment à la maison. Il avait du vomi sur la cravate et un œil au beurre noir, avait dépensé cinq cents couronnes pour louer une voiture pour Frederikshavn, peut-être une chambre d'hôtel, un grand dîner à Aalbæk Kro et encore quelques tournées, et ensuite quelqu'un l'avait déposé sur la plateforme arrière du dernier train.

Il ne put pas rentrer chez lui. Il avait perdu sa clef et pensa – dans la mesure où il était encore en état de penser – rentrer chez Ane ou aller trouver Rie.

Il laissa tomber. Il tituba jusqu'à une bergerie qu'il connaissait sur Hollændervej et se jeta entre les moutons.

Avant de s'endormir, il se leva et observa la petite silhouette bizarre allongée dans le foin, à demi inconsciente dans ses beaux vêtements.

Voilà un homme qui a perdu son amour pour toujours, jugea-t-il. Sa mère ne veut pas le reconnaître. Il n'est chez lui ni ici ni ailleurs, semble-t-il, c'est un étranger, où qu'il se trouve.

Il vit l'homme dans le foin s'endormir en pleurant, puis il s'en alla.

DEUXIÈME PARTIE

24

Ane n'avait guère eu besoin d'en dire beaucoup, lorsqu'elle revint chez l'aubergiste Brøndum pour la troisième fois. Il tint la promesse qu'il lui avait faite.

— Degn, s'il faut le faire, c'est maintenant, dit-elle, et il se leva immédiatement de son fauteuil de bureau.

Degn Brøndum se porta caution sur son nom et ses biens pour Mme Christensen, comme il l'avait fait pour tant d'autres, et à la banque l'emprunt passa comme une lettre à la poste, comme si les formulaires, les stylos et les tampons n'avaient attendu que ça.

Tout cela se passait la veille du jour où Tonny avait demandé la signature de son père comme caution, mais obtenu celle de sa mère. Au dernier moment, en effet, la main de Jens Peter avait tremblé, peut-être avait-il conscience que son autographe n'en imposerait pas ; il fallait être doué pour trouver un sens aux gribouillis qu'il apposait sur un papier.

Ane signa. Avec d'imposantes majuscules en début de mot, comme dans l'Ancien Testament, après quoi les lettres devenaient de plus en plus petites et finissaient en pattes de mouche. Au chantier naval comme à la banque, la clique des hommes tiqua une seconde face à la petite femme sûre d'elle, puis les temps nouveaux firent insensiblement un pas en avant.

Elle ne dit mot à personne – c'eût tout simplement été déplacé pour une femme à cette époque – mais attendit une bonne occasion, fit une reconnaissance des terrains et des offres, et ramassa du matériel dans la remise du jardin. Couteaux, seaux et bassines s'amoncelèrent dans un coin ; Tonny et Jens Peter ne remarquèrent rien, ils pêchaient de gros cabillauds dans la mer de Skagerrak et se préparaient à la campagne de leur vie.

Quelques semaines après leur départ en Angleterre, elle trouva un bâtiment en dur sur le port, resté vide après que le ramendeur Christensen avait construit un nouvel atelier près du môle ouest.

C'était un jour de printemps où le vent soufflait, elle fit le tour du bâtiment les mains enfouies sous ses manches, le fichu serré sur la tête. Elle regarda par la fenêtre, s'abritant les yeux d'une main. Le mur chaulé de blanc éblouissait au soleil. Le bâtiment n'était pas vieux, rien n'était vieux sur le port. Des oyats poussaient contre le socle des fondations. Derrière, il y avait une cabane noire en bois. Elle recula de quelques pas, rassemblant une nuée de critiques contre l'entrepôt ; une seule fenêtre, pas de verrou correct sur la porte, une seule pièce sans séparation, de la chaux effritée à plusieurs endroits, etc.

Bien rembourrée d'arguments, elle alla trouver le ramendeur et lui demanda ce qu'il demandait en loyer, mais il répondit qu'il n'y avait pas réfléchi du tout et demanda ce qu'avait pensé la petite dame.

Ane coupa court à ses hésitations :

— Dix couronnes par mois.

Cela paraissait peu aux yeux du ramendeur, mais il avait vingt gars en train de fabriquer une senne danoise pour un gros patron de pêche suédois et n'avait pas le temps de discuter pour si peu.

— Bon, on va dire ça.

Dans les temps qui suivirent, elle aménagea le local avec des tables, des barils, des seaux et des bassines.

Elle embaucha immédiatement six femmes – quatre d'entre elles étant des veuves de pêcheurs qui avaient une place particulière dans son cœur – et conclut des accords avec les pêcheurs côtiers pour la livraison de harengs et de maquereaux. Les harengs devaient rester dans la saumure pendant plusieurs mois, puis être rincés et reposer quelques jours dans une marinade de vinaigre, poivre blanc et oignons. Ane avait découvert qu'une lichette de lait les adoucissait. Elle faisait aussi du hareng mariné aux épices – sa propre recette strictement secrète, sans doute avec de la tomate et des clous de girofle. Le maquereau était salé, et elle préparait aussi des "fricadelles" de poisson, les meilleures de la ville, qu'elle vendait aux hôtels.

Ane choisissait ses matières premières avec un soin hystérique, qui ferait pâlir les cuisiniers de télé d'aujourd'hui. Parfois, c'en était trop pour les fournisseurs.

— Mais bon sang, faudrait quand même faire un effort ! lui lança un pêcheur qui venait de sortir un poisson frais du vivier et n'avait reçu en réponse qu'un non de la tête.

— Je ne veux pas de poisson de vivier, ils sont mous, siffla-t-elle en empoignant son panier pour aller vers une autre barque.

Mais à la longue, son exigence sans compromis sur la qualité porta ses fruits. Ses harengs salés avaient un goût moins âcre que ceux des autres, et ses harengs épicés étaient tendres comme du beurre posé à la fenêtre. Elle choisissait les mâles qui avaient du gras, ajoutait du sucre et obtenait un processus de maturation parfait. Elle s'était entretenue avec les meilleurs pêcheurs, mais surtout avec Tonny, pour savoir quand le hareng de la mer du Nord était le plus gros et le plus ferme, et son flair l'avait amenée à détecter les meilleurs bancs. Au bon moment, elle y envoyait les pêcheurs, et ses efforts ne restèrent pas vains. Il ne fallut pas longtemps pour que les commandes de ses acheteurs deviennent régulières et que leurs clients à eux – c'est-à-dire les clients des hôtels – commencent à réclamer ses poissons à elle.

Le coup d'envoi de la production fut donné, lorsque le médecin chef Isager, d'Aarhus, client légendaire de l'hôtel Ruth, clama, si fort que toute la grande salle de restaurant l'entendit, qu'il voulait qu'on lui serve le hareng épicé d'Ane, et rien d'autre.

— Celui avec les tours, maître d'hôtel, vous savez bien, délicieux et ferme à souhait, cria-t-il, inspiré par le petit logo qu'Ane avait créé, une image des deux phares, le Gris et le Blanc.

Quand l'anecdote parvint aux oreilles d'Ane, elle fit immédiatement changer l'étiquette, et colla sur les seaux et les bocaux une grande image des phares avec le nom POISSONS DES TOURS, en grandes lettres bancales. Peu après, elle dut embaucher quatre femmes de plus, un livreur et une assistante de bureau, et utiliser la cabane noire comme entrepôt.

Tout était allé extraordinairement vite.

En l'espace de trois mois, elle s'était établie comme fabricante de poisson. Elle travaillait seize heures par jour. Degn avait déjà perçu son premier versement. Le chagrin et l'inquiétude qu'elle aurait pu éprouver à l'idée d'envoyer ses deux hommes en Angleterre avaient été noyés dans le travail et le succès. Il ne restait plus qu'un mois avant leur retour.

Les lettres lui faisaient savoir que tout allait bien en Angleterre. Elle-même n'en avait pas reçu, Jens Peter ne savait pas écrire le danois, pour dire la vérité, et Tonny n'en avait sans doute pas envie. Elle en avait donc appris un peu par Marie, qui avait reçu des lettres de ses deux fils, et un peu par Rie, qui lui avait généreusement fait un compte rendu de ses lettres de Tonny.

Fatiguée, elle s'assit sur le trépied qui faisait office de fauteuil directorial dans le minuscule bureau qu'un menuisier lui avait fabriqué en un jour avec quelques planches et lattes.

Ce qu'elle voulait, c'était un téléphone. De nouveaux poteaux télégraphiques encadraient peu à peu Strandvejen. Les bateaux commençaient à s'équiper de radio. Tonny et Jens Peter pourraient l'appeler du bord. Elle serait heureuse d'entendre leurs voix. Elle avait déjà décidé où dans la maison trônerait le grand appareil noir et luisant.

A travers la porte entrouverte, elle observa les femmes debout en train de découper de gros harengs d'été, tout en bavardant. Les seaux tout prêts avec la saumure épicée. Le prochain projet, c'était de couler une dalle de ciment, installer l'eau et creuser un écoulement, pour éviter à ces dames de traîner les lourdes bassines à l'extérieur.

Est-ce que ça allait trop vite ? Peut-être. Peut-être était-ce trop beau pour être vrai.

Puis elle aperçut Marie.

25

Marie avait été une des premières dames embauchées chez Ane.

C'était arrivé à une période où Marie se sentait au plus bas. Son mari lui manquait, et elle s'affligeait chaque fois qu'elle voyait une autre femme avec son compagnon. Même si Magnus était un cossard et buvait sec, ils avaient eu du bon temps ensemble et ce qu'ils avaient partagé au lit, elle se doutait bien que cela faisait défaut dans bien des chambres conjugales.

Quatre mois après le malheur, on l'avait retrouvé sur la plage de la baie de Tannis. Elle s'était évanouie quand on lui avait demandé de venir reconnaître son mari, et on se garda poliment de renouveler la demande. D'autres à sa place identifièrent le cadavre avec une quasi-certitude. L'eau froide l'avait bien conservé. Deux des six disparus furent retrouvés et enterrés dans la discrétion.

Et forcément, le temps passait. Elle avait été jolie, très jolie même, comme jeune fille, mais qui voudrait d'elle maintenant, pensait-elle en refoulant ses larmes ; la trentaine bien sonnée, avec des enfants adolescents et adultes, veuve, un foyer très modeste, pour dire ça gentiment, sans rien de tout ce qui décorait les pièces d'Ane. Décorait *trop*, de l'avis de Marie : elle s'était une fois permis une remarque, ce n'était peut-être pas la peine de bloquer l'entrée avec des bibelots, ni d'empêcher les gens de s'asseoir sur le divan avec des barrières de coussins, et avait reçu en réponse un regard foudroyant d'Ane.

— Oh, mais t'as encore cette vieille marmite, remarqua-t-elle une fois en passant dans la buanderie, en montrant la marmite en fonte qu'Ane n'avait pas eu le courage de jeter. Le silence qui suivit fut aussi paralysant que la première gelée de décembre. Marie ne semblait pas réaliser ce qu'elle touchait là, mais Ane s'immobilisa comme celle qui était devenue statue de sel, et elle, elle s'en souvint.

Marie se drapait dans l'injuste cape du destin lorsqu'elle allait à Østre Strandvej demander de l'argent à Ane. Elle venait avec un naufrage dans le dos et l'haleine froide de la misère, humble, mais fière, chez Ane et Jens Peter qui avaient tout. Elle se souvenait du temps où elle était en dessus par rapport à Ane, du temps où Ane venait lui demander conseil et lui confiait tant de choses. Cela n'arrivait plus jamais. Ane était gentille, certes, mais également distante, d'une façon difficilement attaquable. Son rire était un peu moins chaleureux, son regard moins direct, il y avait comme un manque de respect. Ane était devenue un peu snob à mesure qu'elle commençait à bien se débrouiller. Rien que le fait qu'elle ne parle plus jamais de Højen, depuis son déménagement, cette façon de mépriser l'endroit d'où elle venait, cela ne plaisait pas à Marie.

Peu à peu, c'était devenu simple routine pour Marie de recevoir légumes, poissons et pommes de terre – et même de l'argent – sans que s'insinue en elle le moindre sentiment de déséquilibre dans les comptes, au contraire. Elle ne pensait même plus qu'un jour il lui faudrait peut-être rendre l'argent. Marie était devenue une miséreuse, avec tous les privilèges que cela comporte.

Et quand même ; quand elle pensait à autrefois, au temps où Ane était dans une situation où elle avait vraiment besoin d'aide. Au temps où tout était encore en jeu. Sans Marie, Ane ne se serait pas débrouillée aussi bien. Oui, on pouvait même se permettre d'aller plus loin : Ane devait en réalité à Marie son aisance et son bonheur, et ce n'était que justice qu'elle paie sa dette.

Restait aussi une confidence, un petit bout de savoir noir, dont Marie ne savait trop que penser et dont elle ne se servait pas encore. C'était une partie de l'histoire vraiment dure à avaler. Un jour, Ane lui avait ouvert son cœur, et Marie n'avait pas su quelle figure faire. Elle avait relégué ça dans un coin de sa tête, l'histoire était si incroyable qu'elle semblait impossible à prendre pour argent comptant dans un quotidien ordinaire, et Ane avait d'ailleurs semblé hors d'elle. Ce n'était plus la sœur qu'elle connaissait. Elle la fixait avec des yeux luisants de fièvre et parlait d'une façon très différente. A dire vrai, Marie avait pris l'aveu comme une sorte de délire. Sans doute le drame d'alors et sa mauvaise conscience l'avaient-ils perturbée. C'est ainsi que Marie le voyait. Ane avait pleuré, et Marie l'avait mise au lit avec une bonne rasade d'eau-de-vie :

— Allez, allez, tu te sentiras mieux demain, avait-elle dit.

Et elle avait rayé ce détail. C'était plus facile comme ça.

En revanche, il lui arrivait souvent de se perdre en méditations quand elle voyait Tonny grandir. Une ou deux fois, elle avait été frappée comme par la foudre et en avait presque eu le souffle coupé de voir combien il *lui* ressemblait. En tout, elle n'avait vu le naufragé que quelques instants, et cela faisait très longtemps maintenant, mais la vue du beau marin à moitié mort s'était imprimée en elle plus que tout autre chose. Il lui était même arrivé de rougir, un soir où elle dansait avec Tonny pour la fête de la Saint-Jean. Heureusement, personne n'avait pu le voir dans les lueurs du feu, mais c'est qu'il savait danser, le garnement. Ils s'aimaient bien tous les deux. Il lui arrivait de passer la voir chez elle, les mêmes choses les faisaient rire, il s'esclaffait quand elle imitait à la perfection une personne que tous deux connaissaient bien, et Marie ne refusait jamais un petit coup à boire quelle que soit l'heure.

C'est alors qu'Ane s'était présentée à sa porte, juste après qu'elle avait envoyé ses deux fils aînés avec Tonny et Jens Peter en Angleterre.

Ane monta avec assurance une marche du petit escalier, un calme sourire aux lèvres :

— J'ai démarré ma propre boutique maintenant. Veux-tu être ma première dame, Marie ?

Marie fit un demi-pas à reculons dans la porte ouverte :

— Ça vient si soudain, Ane.

— Ça va être l'aventure de notre vie, Marie.

— Oui.

— On peut vraiment faire quelque chose ensemble, si tu le veux.

— Ah !

Marie avait bien envie de dire non, mais c'était là une issue qui n'était pas envisageable dans sa situation. Ce serait un aveu, elle donnerait raison à tous ceux qui s'empresseraient de dire qu'elle préférait recevoir sans rien faire.

Mais les premiers jours où elle se retrouva à découper des filets, elle ne sut sur qui déverser sa rage. Recevoir des aumônes ne lui pesait pas, elle les considérait presque comme des cadeaux tout à fait honorables, mais être embauchée par sa sœur faisait souffrir son amour-propre.

Si on ajoutait à cela que ses deux fils étaient enrôlés sur le bateau du fils d'Ane, c'est-à-dire qu'ils vivaient de son pain, de sa pitié, c'était exactement ce que Marie ne pouvait supporter.

Mais le salaire était bon. Ane n'était pas mesquine. Avec une ruse satanique, elle l'avait divisé en trois : un salaire de base (petit), une provision (selon ce qu'elles vendaient) et une part personnelle (décision souveraine de la patronne). Qui plus est, la vanité était caressée dans le sens du poil : en ville, beaucoup de gens parlaient d'Ane, de sa nouvelle entreprise et de ses femmes capables, joyeuses et intéressées par le projet, on était au centre de l'attention, on était devenu quelqu'un.

Marie reçut un billet de dix de plus que les autres pour sa première paie hebdomadaire. Elle était première dame et devait veiller à ce qu'il y ait assez de seaux et des couteaux affûtés, elle était responsable de la propreté des lieux et du rangement en fin de journée. Un billet facilement gagné, pensa-t-elle, oubliant presque sa rancœur, jusqu'au moment où elle perçut sa paie suivante.

Le billet de dix y était toujours, mais cinq couronnes avaient été retirées du salaire de base.

La feuille de paie était accompagnée d'un petit calcul écrit de l'impitoyable écriture penchée d'Ane :

"Déduction de dette personnelle du 1er octobre 1912 : deux couronnes, 3 avril 1913 : cinq couronnes, 14 mai 1914 : huit couronnes, 22 novembre m. année : cinq couronnes, mars 1915 : dix couronnes, 22 juin m.a. : cinq couronnes et cinquante øre, janvier 1916 : quinze couronnes..." et ainsi de suite.

Blanche comme un linge, les artères gelées, Marie lut sa propre histoire d'endettement et sentit son corps s'affaisser lorsqu'elle en arriva à la date et au montant actuels. Elle devait à sa sœur une somme vertigineuse, et cela allait être déduit chaque semaine.

Le lendemain, elle courba la nuque et travailla. Le compte était scellé. Elle ne pouvait rien reprocher à Ane, elle était même incapable de la regarder dans les yeux, telle qu'elle était debout là, découpant le poisson avec des douleurs humiliantes dans les épaules et la nuque.

Elle sentit le regard d'Ane sur elle à travers la porte entrouverte. Une des autres filles lui dit quelque chose. Elle ne répondit pas et s'entendit dire qu'il fallait qu'elle arrête de faire la tête.

Puis Ane l'appela dans le bureau et ferma la porte. Le café était prêt. Ane la regarda droit dans les yeux, mais Marie eut du mal à soutenir son regard.

— J'étais obligée, Marie, dit Ane. Il ne faut pas qu'il y ait d'argent entre nous. Tu ne sentiras pas grand-chose, et ce sera bientôt remboursé.

Marie ne répondait toujours pas.

— Bois ton café, dit Ane. Je crois que c'est ce qu'il y a de mieux à faire, pour toi aussi.

Marie avala la pilule. Ane avait raison. Mais leur relation ne fut plus jamais la même. Pour la troisième fois, Marie se répéta qu'Ane semblait avoir oublié sa précieuse initiative, lorsqu'il s'agissait de tout autre chose que du bonheur matériel.

Apparemment, tout allait bien. La seule chose qu'on percevait – mais seulement si l'on avait une sensibilité de sismographe – c'était une petite distance entre elles, un peu moins de sourires, et cætera, et jamais aucune confidence du genre intime, comme cela arrivait du temps où l'histoire avait commencé.

L'affaire tourmentait Marie en secret. Elle essayait de la repousser et de se dire que la façon dont sa sœur avait arrangé les choses était en réalité assez intelligente et prévoyante. Mais nuit après nuit, elle se réveillait avec des rêves inexplicables et menaçants, et c'était dans ces instants incontrôlés que se présentait l'idée de lui rendre la monnaie de sa pièce.

Presque inconsciemment, elle commença à négliger les tâches pour lesquelles elle était payée en plus. Le matériel n'était pas en ordre, le rangement pas vraiment fait, les outils repoussés hâtivement de côté, et cela n'étonnera personne que c'était passer un peu les bornes aux yeux de la patronne.

Au bout d'une semaine de négligences, Ane la licencia du poste de première dame. Cela se passa calmement et avec la même autorité avec laquelle la marée revendique un bout de plage, mais Marie se sentit quand même mise au ban – encore une fois. Les autres le savaient – une autre fut nommée à sa place – et elle sentait la dévalorisation peser sur ses épaules, chaque jour, à la table de travail.

La rage monta en elle et lui enleva le sommeil – quelque chose d'inconnu pour elle – elle la suivait sur le vélo et pesait dans son panier, l'attendait sur les marches de l'escalier, buvait le café avec elle le matin.

C'est alors qu'un jour Marie rencontra le garde maritime Carlsen. Elle était en train de regarder la vitrine du bijoutier lorsqu'elle entendit quelqu'un s'arrêter derrière elle. Elle se referma sur elle-même, elle ne supportait pas que les gens s'approchent trop.

Une voix dit : “Bonjour, Marie.”

Elle se retourna et à cet instant, un éclair la frappa. Elle avait une arme. Elle n'y avait jamais pensé avant.

Elle ne l'avait pas vu depuis longtemps, deux ou trois ans peut-être. Ils habitaient chacun leur ville, maintenant, et Carlsen avait sans doute largement de quoi s'occuper là-bas à l'ouest. Sa moustache en guidon de vélo était devenue presque blanche, son front ressemblait à la plage du nord quand la mer se retire, dénudé et d'une étendue infinie, mais ses yeux avaient toujours l'air de ressasser quelque chose, comme si ce quelque chose n'arrivait pas à sortir de sa tête.

— Comment ça va depuis que tu n'as plus Magnus ? demanda-t-il.

— Merci, il faut bien faire aller. Et puis les frais de bistrot ont diminué.

— J'ai compris, Marie. Et bravo pour la petite entreprise. J'ai entendu dire que ça va bien. Comment vont tes enfants ?

— Merci, les deux aînés sont avec Tonny en Angleterre, et ça marche bien. Puis il y a les deux cadets qui vont à l'école encore, et puis la petite fille. Et toi, comment ça va, Anthon Carlsen ?

— Oui, merci, on n'a plus autant à faire maintenant.

— Vraiment ?

— Oui, les phares sont plus puissants, et il y a de moins en moins de naufrages. Enfin la plupart des bateaux sont équipés de machines qui leur permettent de se débrouiller même par sale temps.

Carlsen veillait à garder un ton neutre. Mais il se sentait quand même un petit peu mis de côté par le progrès. Les temps où un sauveteur se voyait remettre la croix de chevalier par le roi étaient en passe de disparaître. Ils continuèrent à converser, puis s'installa un silence un peu gêné. C'était comme si chacun des deux savait où l'autre voulait en venir, mais n'osait pas abattre ses cartes.

Le garde maritime Carlsen prit son courage à deux mains et demanda directement :

— Je n'ai jamais bien réussi à cerner cette vieille affaire. N'aurais-tu pas envie de me raconter encore une fois ce que tu en sais ?

Elle se mordit la lèvre et le fixa, les yeux brillants.

— Il se pourrait que tu te sois souvenu d'autres choses, poursuivit-il dans la pause.

Elle se sentait en territoire interdit comme jamais auparavant, mais elle éprouva aussi une profonde satisfaction, lorsque, hochant la tête en silence, elle accepta sa proposition et le suivit.

26

Ane eut un choc, lorsqu'elle revit son fils.

Le jeune homme qui descendit de son bateau après la grande pêche en Angleterre s'était laissé pousser la moustache et avait peigné ses cheveux en arrière avec une saloperie bien grasse qui les faisait luire comme de la poix en ébullition. Il lui ressemblait comme jamais. De fait, un court instant, elle crut que c'était Frederic Porter qui s'avançait vers elle avec ses mouvements calmes et ce sourire mortel sur les lèvres prometteuses. L'étroit nez droit, les yeux ovales châtain foncé, les cernes bruns, la petite bouche, tout cela n'appartenait pas à ici. Elle se mit à transpirer et à trembler de tout son corps.

D'un seul coup, elle était renvoyée au temps oublié et frémissait à la rencontre avec l'obscurité au tréfonds d'elle-même. Elle se tint au chambranle de la porte et murmura quelque chose d'incompréhensible, tout en espérant que personne ne le remarquerait.

Mais lui, il le remarqua.

Elle rencontra ses yeux et se ressaisit violemment. S'avança vers lui, lui serra la main et lui souhaita la bienvenue. Ensuite elle alla vers son mari, le serra assez brièvement dans ses bras et ajouta commodément qu'il valait mieux qu'elle aille mettre la table. Puis elle se retira de la pièce, en marmottant. Tandis qu'elle faisait le premier de ces mouvements nerveux de la bouche, qu'elle allait ensuite développer jusqu'au tourment, elle s'avoua en elle-même que seule une moitié d'elle avait eu la nostalgie du charmeur aux yeux noirs, l'autre moitié pas du tout.

Puis les événements lui vinrent en aide. Tonny avait oublié d'acheter un cadeau, et cela changea immédiatement l'ordre du jour. Une onde de ce qu'on appellerait sans doute aujourd'hui solidarité féminine se propagea, les femmes se liguèrent sans un mot et l'isolèrent dans un coin à peu de frais.

Après qu'il avait pris la fuite, l'ambiance dans la pièce changea tout à fait. Ane servit tout ce qu'elle avait de bon, on épuisa jusqu'aux dernières gouttes la cocasserie de la situation, mais l'ambiance n'y était plus. S'ils ne l'avaient pas su avant, ils le réalisèrent à ce moment-là, autour des eaux-de-vie et des tartines au saucisson : c'était l'étoile du spectacle qui manquait.

Les autres racontèrent combien ils avaient gagné d'argent à la pêche en Angleterre et comment Tonny s'était comporté sur les côtes étrangères. Elle rougit de fierté et se surprit à jeter un coup d'œil de temps à autre vers la porte.

Peu après tout le monde s'en alla, et les notes de la sieste côtière de Jens Peter s'élevèrent de la chambre ouest. Puis elle vit que Rie, qui avait été la première à le tourner en dérision, pleurait dans la buanderie. Elle s'était tant réjouie de son retour. Elle la consola et lui dit que Tonny allait sûrement rentrer très vite.

Elle la prit sous le bras, et elles partirent ensemble en ville à sa recherche. A l'hôtel Karlsen, on leur dit qu'il venait de partir, après quoi les témoignages devenaient moins crédibles, mais elles crurent quand même comprendre qu'il avait sans doute quitté la ville en taxi.

Et chacune rentra chez soi, la tête pleine de questions.

Bien des heures plus tard, Ane avait encore l'oreille dressée dans la nuit pour entendre s'il ne revenait pas. Quelle mère était-elle ? Une mauvaise mère ? Elle savait que ce n'était pas le petit épisode du cadeau manquant qui avait dégénéré en drame. Cela n'avait aucune importance. C'était quelque chose qui s'était passé entre elle et lui. Elle s'imaginait son propre visage blanc comme un linge et revoyait la déception dans les yeux de Tonny.

Elle ne s'endormit qu'au matin d'un sommeil agité.

Ils le ramenèrent chez elle.

Ivre mort et les vêtements neufs tachés de vomi, il fut transporté de la bergerie dans la buanderie d'Ane, on lui retira ses habits et on le mit dans une baignoire fumante à pieds de lion récemment livrée de Suède pour la maison basse près de la plage.

Elle lava ses vêtements et réchauffa une soupe au chou frisé avec des lardons, l'observant à la dérobée pendant qu'il se gavait. Elle cherchait ses propres traits dans ce visage si connu. Là. Et peut-être là. Mais ce n'était pas grand-chose. C'était surtout *lui*. Elle sentit ses joues s'empourprer de nouveau et lui tourna le dos. A cette seconde, les paumes posées à plat sur la table de cuisine en pin naturel et le cœur pompant sous le tablier, elle alla jusqu'au bout de la pensée de la veille : elle se sentait tout simplement mieux quand il n'était pas là.

La terrible vérité était que son propre fils lui rappelait quelque chose qu'elle essayait de toutes ses forces de refouler. Soudain, à son retour d'Angleterre, cela lui revenait plus fort que jamais. Pendant qu'il avait été au loin, elle s'était déplacée un peu, loin de ce passé qu'il incarnait, vers cette normalité qu'elle idolâtrait de plus en plus. Et cela lui sautait aux yeux alors même qu'elle était en train de grimper l'échelle sociale, un mouvement qui s'était encore accéléré lorsqu'elle avait résolu de jeter un tas de vieux habits du coffre dans l'entrée.

Elle avait aussi voulu jeter la vieille marmite en fonte, mais s'était raidie et avait dû laisser tomber.

Ane engagea une conversation sur un sujet plus simple :

— Papa ne veut plus aller en mer.

La main de Tonny qui tenait la cuillère s'immobilisa et il fixa sa mère. Puis il se remit à manger. La soupe au chou frisé était une des toutes premières saveurs dont il se souvenait. Chaque cuillerée se répandait dans tous ses membres et le faisait se sentir enfant de nouveau. Durant ces secondes-là, il ne doutait pas de l'endroit auquel il appartenait. Puis il comprit ce qu'Ane avait dit.

Il revit devant lui Jens Peter, quarante-cinq ans, voûté et endolori par les rhumatismes et le dur travail. Sa façon inquiète de parler d'autre chose quand ils partaient en mer, ses yeux angoissés quand le vent forcissait.

— J'ai besoin d'un homme dans ma boutique. Il préfère ça, dit Ane.

Tonny s'essuya la bouche et hocha la tête. Une partie de son cerveau se demandait si Ane avait vraiment réussi à monter une entreprise durant le court temps où ils avaient été absents. L'autre essayait d'assimiler la nouvelle situation de son équipage. C'était une perte pour lui. Jens Peter avait agrémenté l'aventure de son expérience et de son bon sens prudent, qu'il allait maintenant devoir trouver ailleurs. Mais il accordait volontiers à Jens Peter un travail moins dur et l'imaginait sans mal s'occupant de seaux, de petits billets, veillant au sel et au vinaigre dans la nouvelle fabrique de poissons d'Ane.

Puis surgirent quelques images récentes d'Angleterre. C'est le matin, et il essaie d'y voir clair, essaie d'effacer le goût de vieux whisky et de Guinness avec des bonbons et du poisson salé et séché. Jens Peter triture de plus en plus frénétiquement son psautier et fait penser à une vieille nonne avec ses mains jointes, transpirantes, et son indignation renfrognée contre les virées au pub. Que Jens Peter ait commencé à avoir peur de la mer, c'était une chose, mais autre chose était qu'il se sente bigrement mal à l'aise dans la grande ville anglaise. C'était comme s'il était constamment aux aguets contre l'air empoisonné de cette Sodome, ou que l'attendait à chaque coin de rue un diable, ou une étincelle capable de faire flamber la malédiction familiale.

— Il me semble que c'est une bonne idée, dit-il en se levant. Je trouverai sûrement quelqu'un d'autre.

Ane fut soulagée que cela n'ait pas provoqué de drame, mais elle aurait bien aimé savoir à quoi il pensait lorsqu'il réfléchissait en se mordant la lèvre inférieure.

Puis elle ajouta soudain :

— J'ai quelque chose que je voudrais que tu fasses pour moi.

Elle se mit en mouvement comme une poupée mécanique, flotta au-dessus du parquet comme si on lui avait accordé une force surnaturelle ou qu'elle était dirigée d'en haut. Il la suivit en s'essuyant la bouche du revers de la main.

Ils firent les quelques pas jusqu'à la buanderie. Elle montra du doigt une étagère et lui dit d'un air détaché :

— Je ne supporte plus de la voir. Est-ce que tu pourrais la jeter ? Elle est tellement lourde.

Tonny l'attrapa et la souleva. Il était tout à fait ailleurs dans ses pensées. Puis il partit avec la marmite.

Elle le suivit des yeux, la bouche sèche et le cœur battant sous le tablier.

Maintenant, c'était fait.

Tonny avançait, légèrement titubant, la marmite à la main, avec l'envie d'aller à trois endroits différents en même temps : au port, à la fabrique d'Ane et chez Rie, avec une forme d'excuse qu'il avait glissée dans sa poche arrière.

C'était dimanche, tout était calme, ce qui donnait encore plus de retentissement aux palpitations de son cœur. Il s'arrêta et pressa une main contre sa poitrine. Les pêcheurs bavardaient à voix basse et fumaient la pipe près des bateaux. De légers nuages traversés de soleil avaient enveloppé la ville et ses alentours, donnant l'impression qu'on était dans une cathédrale aux vitraux décorés. Les sons étaient renvoyés comme s'ils cognaient contre un haut plafond. Un faible vent portait avec lui l'odeur de bruyère fanée et de baies mûres, et le ressac ressemblait à la respiration de quelqu'un qui fait un joli rêve. De nouvelles villas avaient encore surgi sur Strandvejen, avec annexes et mansardes, et l'air avait un goût de chaux fraîche et de sel de mer.

Il aperçut le bateau. Jens Peter était en train de ranger. Ensuite il nettoierait le pont et ferait le ménage en bas. Tout brillerait et sentirait le savon brun quand il aurait fini. Puis il enroulerait les cordages et entrebâillerait tous les panneaux. Tonny resta quelques instants à observer sa silhouette courbée, puis il se souvint de la marmite qu'il portait à la main et pensa que c'était dommage de la jeter. Il descendit vers le bateau.

Jens Peter surgit du poste d'équipage avant au même instant. Il se figea en plein mouvement et pâlit en voyant son fils.

— J'ai pensé qu'on pourrait en avoir besoin à bord. Maman n'en veut plus.

Jens Peter fixa la marmite, mais ne dit rien. Il redisparut sous le pont, comme s'il voulait se cacher.

Tonny secoua la tête et posa la marmite sur le pont. Puis il poursuivit sa route. Après s'être éloigné un peu, il entendit un grand *splash*. Il haussa les épaules et pensa : Ah, apparemment, papa n'en voulait pas non plus. Il n'y repensa plus, il avait des choses autrement plus importantes à faire.

Il fila jusqu'au môle ouest et resta longtemps à regarder la nouvelle entreprise d'Ane, tandis qu'un petit sourire de fierté se dessinait sur ses lèvres. *POISSONS DES TOURS*, vit-il marqué sur un panneau peint par un professionnel sur la porte du bâtiment blanc. Puis il s'arracha à la contemplation et alla vers Vesterby.

Il n'y avait presque personne. Les nouvelles dalles de ciment de Havnevej renforçaient le bruit de ses pas d'un long écho claquant, comme si quelqu'un marchait derrière lui. Il se retourna et vit arriver un homme, un homme qui avait peur de la confrontation avec Rie, mais qui avait décidé de ne pas se laisser marcher dessus. L'écho s'accrut. Les pas devinrent plus sonores. Il se mit sur le côté et laissa passer l'homme. L'expression de ses yeux était dure, mais c'était comme s'il combattait quelque chose en lui-même. Cet homme avait son propre bateau, était pêcheur d'Angleterre et n'avait nullement l'intention de subir un prêche de sa belle-mère. Il fallait fixer des principes. Il pouvait avoir qui il voulait. A Grimsby aussi, les filles l'avaient suivi des yeux.

Puis elle surgit de nulle part, entre un arbre et un pignon baigné de soleil, et s'avança vers lui. Elle portait une robe bleu lavande, aux manches lisérées de blanc, qu'il lui avait offerte un jour.

A cet instant, un bourdonnement emplit ses oreilles. Tout devint très proche, les habitations semblaient des maisons de poupée, le soleil réchauffait le chemin de gravier et le transformait en poussière dorée, malgré la saison avancée. L'air s'immobilisa, les nuages se dispersèrent et le bruit de piquets enfoncés résonna de la plage et se répercuta quatre fois, de plus en plus faiblement. Puis les cloches de l'église se mirent en branle, ce fut comme si une porte s'ouvrait dans sa tête, et un homme en noir sortit et souleva son chapeau.

Il ne pensait à rien, mais il était tout près de s'évanouir tant sa tête était chaude, quand il s'avança vers elle.

27

Cet hiver-là, ils pêchèrent à la senne avec le bateau au nord comme au sud, et au filet fixe avec la barque le long de la côte. Le cabillaud était revenu dans les eaux autour de la pointe, il y avait aussi du hareng, du merlan et du colin, et les prix remontaient.

Lorsqu'ils revenaient, tanguant sur les longues lames paresseuses, Jens Peter triait les plus beaux poissons pour les délicatesses d'Ane, et Tonny, debout dans la cabine, rêvait d'un bateau plus grand aux machines plus puissantes.

Tonny alla voir l'épicier Winther et lui demanda la main de sa fille, ce fut un oui, mais c'eût difficilement pu être autre chose, Rie avait confié certaines choses à sa mère.

Rie avait l'air d'un chat qui a attrapé une souris. Elle loua l'appartement du premier étage de la maison de ses parents et résilia la chambre mansardée de Tonny sans lui demander son avis. Ane dit au commerçant Winther, à qui revenait l'organisation du mariage, que s'il manquait quelque chose pour que cela soit à la mesure des plus grandes fêtes jamais vues en ville, il ne devait pas hésiter à le lui faire savoir.

M. Winther et la chef d'entreprise Mme Christensen se comprenaient : quand un des grands marins pêcheurs de la ville épousait une fille de commerçant, le mariage se devait d'être à la hauteur de ce que pourraient accomplir les négociants de Copenhague et de Göteborg, sinon plus.

Mariage dans la grande salle de l'auberge Brøndum, en avril 1923, peu avant la deuxième campagne d'Angleterre. On a hypothéqué les maisons, renforcé les services de cuisine et de salle, les garçons courent avec le champagne et c'est Degn en personne qui signe la chorégraphie.

Tandis qu'on déplie les grandes nappes blanches sur les tables et que sont apportées des piles d'assiettes, l'orchestre répète, un homme aux doigts boudinés ensorcelle le piano, la contrebasse intervient pour quelques phrasés. Sur les murs, les portraits de Krøyer et de Krogh observent discrètement lorsqu'on dispose les entrées – des kilos de crevettes fraîchement décortiquées, des queues d'écrevisse, des pinces de crabes, des plats croulants sous le flétan fumé et diffusant une intense odeur d'aneth frais à travers toute la salle – et qu'on apporte les bouteilles de bourgogne blanc perlées de rosée.

Est-il nécessaire de mentionner trois sortes de harengs de la main d'Ane ?

Puis arrivent les invités. Ils ont encore dans les oreilles le souffle de l'orgue et le coin des yeux humide à la pensée de la mariée, telle qu'elle s'avançait vers l'autel, escortée par son père. Ils ont oublié la déception de ne pas voir le moindre gonflement sous la belle robe, ne se souviennent que du oui mélodieux s'élevant sous la haute nef de l'église et y restant longtemps suspendu.

Ils portent l'habit, ces messieurs, les dames de longues robes à traîne, des bijoux en or et des sacs à main, et une délicieuse odeur de cigares et de cigarettes qu'on vient d'allumer s'élève du cortège qui descend des voitures.

Le père de la mariée a eu le geste large, la mère du conjoint aussi, d'ailleurs. Le maire est là, le receveur municipal et toute cette clique avec leurs épouses, le capitaine du port, le maître d'école Larsen qui entre-temps est devenu un grand homme dans la ville, et Dieu sait qui encore.

Ane avait dissimulé un sourire féroce et invité le docteur Warming – *sine qua non* –, pris une grande bouffée d'air et invité aussi le garde maritime Carlsen, dont on pouvait dire la même chose. Warming, à présent avec la distance de retraité vis-à-vis de la vie, se présenta et lança un clin d'œil polisson à la mariée et à Tonny. Le garde maritime avait décliné l'invitation, au grand soulagement d'Ane.

Peu après, le docteur Warming se glissa auprès des époux :

— Laisse tomber la cigarette, dit-il à voix basse et confidentielle à Rie.

— Quoi !

— Jette cette saloperie. T'as un petit là-dedans, non ? dit-il en enfonçant sans façon un doigt dans son ventre.

— Et tes propres cigares, alors ? aboya Tonny.

— C'est aut'chose, tonnerre de Dieu ! Je vais pas accoucher, moi, que je sache, dit Warming.

— On aurait pu le croire, pourtant, dit Tonny.

Warming se redressa, regarda par-dessus la tête du marié et médita sur les temps nouveaux. Le respect pour les autorités fichait le camp. Puis il réattaqua :

— Et toi, je t'ai aidé à venir au monde !

Après quoi il s'en alla parler à quelqu'un d'autre.

Puis la fête démarre.

Pigeons rôtis et échine de porc accompagnés de bourgogne rouge en plat principal, chanterelles en sauce à la crème et nuages de rires à ras de table, briquets explosant comme des phares dans la nuit, le couple de mariés trône en bout de table, ce ne sont encore que de grands enfants, dix-neuf printemps tous les deux.

Ils sont d'une beauté éblouissante et certes conscients de se marier ce jour-là, mais aussi d'être les personnages principaux d'une démonstration de richesse et de pouvoir. Ceci est la fête d'adieu définitif aux anciens temps : ceux qui ont loué la salle aujourd'hui, ce sont des gens dont les parents mendiaient des rognures de chou à la porte de derrière de l'auberge Brøndum, quand les gens de Copenhague avaient dîné. C'est la naissance d'une toute nouvelle classe supérieure qui a décidé de montrer que Skagen, c'est autre chose que des couchers de soleil et des peintres.

Regardez bien qui *habite* vraiment ici !

Nom de nom, ce n'est ni Krøyer ni Ancher qui a inventé la senne danoise !

De grands patrons-pêcheurs connus jusqu'en Angleterre, des commerçants aisés vivant dans de grandes villas, de récents directeurs d'industries de pêche roulant en Mercedes, des ramendeurs employant quarante à cinquante hommes, des fabricants de machines et des constructeurs navals, des gens qui envoient leur épouse à Göteborg ou Aalborg lorsqu'il s'agit d'acheter de la *lingerie*, des marins pêcheurs qui savent comment les bancs de harengs filent sous la surface de l'eau et sont capables de revenir au port malgré brouillards et bruines de neige.

Sur les tables, il y a des glaces piquées de bâtonnets pétillants, du cognac et des liqueurs. Dans un coin résonnent les notes de jazz et les chansons de marins – le marié chante lui-même *Mandalay* en un anglais éblouissant et sous un tonnerre d'applaudissements.

On tient des discours, drôles ou ennuyeux, en mélodieux dialecte de Skagen ou en danois, et puis c'est au tour de la danse et là, nous plongeons sous les nuages de tabac, nous nous faufilons le long des groupes de danseurs, zoomons sur un des nombreux couples en mouvement et sélectionnons une seule parmi les nombreuses remarques anodines qui furent échangées cette nuit-là.

C'est l'époux qui danse avec sa tante.

Regardez-les, Marie et Tonny, légèrement pompettes tous les deux, Marie laisse un peu de côté la raison, elle a été longtemps sans homme, et elle s'enfouit entre une paire de bras dont elle a déjà constaté une fois qu'elle savait mener une dame, à en faire oublier le lieu et le temps. Qu'est-ce donc qu'il sait faire ? Sa valse tanguante de marin a du *tempo* comme les vagues dans une brise d'est, la façon dont il attend et se balance juste au bon moment, ces mouvements maîtrisés qui font monter la valse de *Calle Schewen* et toute la musique à travers tout le corps, cette façon de vous tenir, à la fois serré et lâche. Elle-même, elle danse bien, elle est excitée parce que certains hommes l'ont regardée. Sa robe n'est pas aussi chère que celle d'Ane, mais elle, elle a un charme nonchalant qui est plus difficile à acquérir. Et puis elle a un joker.

Elle dit quelque chose qui en une seconde raidit le marié. Il sentit que la musique s'arrêtait brusquement, que tous les invités s'immobilisaient et le fixaient.

C'est ainsi que tout est renversé. Une unique remarque, une unique révélation, le bonheur n'est pas plus stable que ça.

Il se sentit soudain seul au milieu de la foule. Il tenait lâchement la dame devant lui et ne savait où regarder.

Puis il revint à lui, se secoua, ce n'était rien, ce n'était que passager, et Kresten et son amie, qui le regardaient gentiment, souriaient. La musique ne s'était pas arrêtée, les gens ne le fixaient pas.

Puis il jeta un regard sur Marie. Elle continuait à danser, plus légère qu'avant, encore plus souriante.

Peut-être personne n'avait-il rien remarqué. Peut-être n'avait-il pas entendu ce qu'il croyait un instant avoir entendu.

28

L'invité muet du mariage qui, selon le médecin, devait être préservé de l'inhalation de substances nicotiniques – et le fut à son insu – naquit en septembre de la même année, deux jours avant l'anniversaire de Tonny, pendant qu'il naviguait dans les eaux anglaises pour sa deuxième campagne.

C'était une fille et ce fut ma mère.

Elle vint au monde dans le tout nouvel appartement d'une villa cossue de Ryttervej, que Rie avait louée après avoir appris par son mari *via* la radio comment ça allait à Grimsby avec les marées et les décomptes ; et les yeux qui accueillirent le nouveau-né roulaient d'une excitation et d'une curiosité aussi grandes que vingt ans auparavant dans la maison de pêcheur des dunes.

Lui ressemble-t-elle ? Ses cheveux sont noirs en tout cas, regardez ce nez, et les yeux, vous avez vu ?

Soulagement et déception à parts égales, apparemment elle ressemble surtout à la mère, ce qui devint de plus en plus clair à mesure que le temps passait, visiblement le visage brun du marin américain était en train de céder le pas à des traits plus locaux : cheveux de coton, puissantes mâchoires aptes à ronger de bons os, yeux bleu clair qui voient loin par temps dégagé, une grande bouche bonne à se sustenter et des joues rondes et rouges qui symbolisent une santé parfaite. Des générations de Winther et de Christensen avaient vaincu Porter, une armée de chromosomes jutlandais lourdement armés avaient fait le guet lors de la conception et battu en brèche l'étranger.

Ane, surtout, fut heureuse quand sa première petite-fille vint au monde. L'aventure de sa jeunesse était en train de sombrer dans l'oubli, autrefois, c'était avant-hier. Le temps passait, de nouvelles générations arrivaient sans cesse, on parlait et on se souvenait de nouvelles choses, et la grand-mère adula sans modération sa petite fille ; c'était comme si elle devait recevoir tout l'amour inconditionnel que son fils n'avait pas reçu.

Alors que Rie était encore enceinte, Tonny débarqua en crachotant sur l'émetteur en ondes courtes depuis les bancs de Fladegrund.

La radio de bord, c'était nouveau et fantastique. Encore peu de bateaux de pêche en avaient, l'Américain aux poches trouées fut parmi les premiers. Mais c'était tout en haut de la liste d'investissements chez la plupart des patrons de pêche, tout d'abord pour des raisons de sécurité, ensuite pour des raisons pratiques – pour annoncer la quantité de poissons aux mareyeurs – mais sans doute le prestige n'était-il pas non plus à négliger.

Aussi formidable que ce soit d'appeler la terre, les conversations restaient assez étranges, puisque tout le monde pouvait entendre ce qui se disait, et qu'on savait que tout le monde à terre participait, notamment les commerçants et autres chefs d'entreprises qui suivaient avec un intérêt particulier la grande pêche.

Tonny : C'est toi, Rie ?

Rie : Oui, c'est bien moi.

Tonny : Tu vas bien ?

Rie : Oui, je vais bien, et vous aussi ?

Tonny : Sûr que oui.

Rie : C'est bien.

Tonny : Quelque chose à raconter ?

Rie : Tout va comme il faut.

Tonny : Tu crois que ça va être un garçon ou une fille ?

Rie : Tu as disparu un moment. Comment va la pêche ?

D'après Tonny, l'argent rentrait à la pelle. Cette information, il le savait, ferait le tour de la ville, mais il aurait préféré, comme on l'a vu, savoir comment ça allait avec l'enfant. Soudain l'argent lui était indifférent, il se réjouissait comme un fou de rentrer, à tel point qu'il prit une décision inattendue.

Cela arriva après qu'ils avaient débarqué la marée suivante, et qu'il avait arpenté un dimanche entier la plage de Grimsby dans ses beaux habits, les mains dans les poches, se sentant de plus en plus de mauvaise humeur à la vue de toutes les familles anglaises avec les petits enfants et les paniers à provisions.

— On rentre, dit-il de but en blanc, après qu'ils avaient mangé, au moment où les derniers rayons dominicaux jetaient sur la mer un silence de tombe.

L'équipage, Kresten, Anker et Inge se lancèrent des regards interrogateurs. Jens Peter avait été remplacé par un excellent homme nommé Inge, un sacré gaillard, qui avait une fois tabassé Tonny dans la cour de récréation de l'école et qui était aussi énergique à bord avec le couteau qu'à terre devant le comptoir du bar. En réalité, il s'appelait Chresten, mais comme il y en avait déjà un à bord, on l'appelait d'après son nom de famille, Ingemann. Inge tira sur son anneau à l'oreille, qu'il portait selon la vieille coutume. L'autorité du capitaine était devenue si grande, malgré ses vingt ans, qu'on ne le contredisait pratiquement jamais.

Et ils mirent le cap vers le pays dès la fin septembre, un mois plut tôt que prévu, et avec un bilan qui, comme on dit de nos jours, était honorable sans plus. Les annonces optimistes de Tonny par radio ne tenaient pas tout à fait la route, toutefois le compte y était quand même.

Mais peu après qu'ils avaient contourné Grenen et amarré les aussières au bollard, se leva un ouragan qui coûta la vie à huit pêcheurs de Skagen. Deux bateaux furent surpris par un coup de vent alors qu'ils pêchaient en pleine mer du Nord et sombrèrent comme des sondes de plomb après avoir embarqué de grosses lames qui déferlaient sur eux de tous côtés.

Quelques jours après le retour, l'équipage assis sur le plat-bord ruminait les informations. Ils avaient nettoyé à bord, les manches à vent soufflaient de l'air marin frais dans la cale et le poste d'équipage, et ils fumaient à courtes bouffées cérémonieuses, rejetant lentement et pensivement la fumée. C'est lui, pensaient-ils, en jetant des regards à la dérobée vers le dos tourné de Tonny. Il savait que quelque chose se préparait. C'est lui qui a dit qu'on rentrait, c'est lui qui flaire et se rend compte des choses.

L'explication était – encore une fois – plus scientifique. Tonny s'était mis à écouter les bulletins de la marine britannique de l'Atlantique, d'Ecosse et d'Islande, et avait commencé à l'aide de son ami Chapman à décrypter le langage codé. Le soir – oui, les plongées au pub s'étaient un peu espacées – il se tenait dans la cabine, fumait à la chaîne, mettait le nez au vent et regardait les nuages.

Et pourtant. L'intuition pesait quand même davantage. Sa nostalgie de revoir Rie et la petite fille avait été si forte qu'il y mettait quelque chose de plus qu'un manque ordinaire, c'était presque comme un présage météorologique, ou un message du Seigneur, comme aurait dit Jens Peter, et il se rendit compte qu'il fallait tout simplement qu'il rentre.

Quelle qu'eût été cette force, peu après les cloches de l'église sonnèrent pour le baptême dans l'église jaune de la ville. C'était juste après que ces mêmes cloches avaient sonné le tocsin pour les huit pêcheurs d'Angleterre ; la toute nouvelle famille Christensen rayonnait de bonheur alors que le chagrin reposait encore comme une chape de plomb sur la ville.

Cette fois, le père n'avait pas oublié d'acheter un cadeau, la gamine trônait dans une robe de baptême rose à volants et galons dont on n'avait jamais vu la pareille dans ce coin du pays. Elle fut baptisée Kirsten, mais ne fut jamais appelée autrement que Kisser.

Après la fête, Tonny et ses amis firent la tournée des bistrots pendant trois-quatre jours et dépensèrent tant d'argent que Rie en avait des larmes de rage aux yeux lorsqu'enfin il revint.

Alors il se referma en lui-même et resta à la maison avec elle et la petite fille pendant des mois. Ne but rien, caréna le bateau, surveilla l'entretien du moteur, parla avec la banque de nouveaux emprunts, mais fut avisé qu'il lui faudrait ronger son frein encore quelques années et rentra en jurant.

La virée post-baptême fut donc une des dernières pour un bon bout de temps.

— Maintenant, il faut choisir entre moi et tes soûleries, dit Rie de cette façon tranquille et définitive qui avait bien plus d'effet sur lui que des cris et des hurlements.

Puis s'instaura une sorte d'équilibre. Cela ne cessa jamais tout à fait, s'il faut être honnête, mais il se passa malgré tout de plus en plus de temps entre les grandes bordées : le compromis qui se dessina fut qu'il levait le coude à la maison.

Tonny avait retourné ses poches, lorsqu'ils s'étaient rabibochés après le premier retour, à la suite de quoi Rie était devenue la caissière. Cet arrangement dura toute leur vie. Le jeune homme était assez intelligent pour admettre ses lacunes, l'une d'entre elles étant qu'il ne valait rien dans le maniement d'argent liquide.

"Il faut juste que je demande l'autorisation à Rie d'abord", était la réponse teintée d'ironie, quand quelque chose coûtait cher, ou plus tard, devenu plus vieux : "Rie ne m'a pas donné d'argent de poche cette semaine" et, en vérité, seul un bonhomme peut se permettre de dire ce genre de choses.

Le reste du butin de la première campagne d'Angleterre avait été réparti entre tiroirs et coffres-forts, un peu pour le ménage, un peu pour l'épargne, et ainsi de suite.

Mais les toutes grandes décisions, il les prenait quand même lui-même.

Dans les années 1920, le temps des peintres tirait à sa fin ; parmi les nouveaux venus, beaucoup vivotaient sur la réputation des anciens. Mais le couple Ancher était encore là, Anna et Michael, ils habitaient Markvej, et Tonny alla y faire un tour un jour où le soleil scintillait à travers le feuillage du jardin et déposait des pièces d'or sur les dalles. Ce fut sans doute entre la troisième et la quatrième campagne d'Angleterre, autour de 1926, qu'il frappa à leur porte et demanda ce que cela coûterait de réaliser un vieux rêve.

Michael Ancher lui lança un regard sous les plis et écailles de peau qui dissimulaient presque ses yeux bleu aqueux. Puis il dit un prix.

— Je viens avec lui demain, dit Tonny sans savoir vraiment s'il avait fichu en l'air le nouveau plan financier de Rie. Mais les dispositions les plus durables sont souvent prises par des gens qui ne comptent pas les centimes, et c'est ainsi que notre famille fut immortalisée par un des peintres les plus célèbres du pays.

Ce fut un sacré barouf quand Rie eut vent de la facture – deux cents couronnes, dis-moi, mais t'es pas devenu fou, non ! – et pour finir elle alla chez le peintre et demanda si elle pouvait payer en traites, sinon tous ses projets tombaient à l'eau. Elle se fendit d'une assez longue explication sur les versements pour le bateau, les frais d'épicier et de loyer. Le vieil homme aisé se contenta d'un geste de dénégation de la main, pouvant soit être interprété comme une reconnaissance de la famille Christensen, soit signifier qu'elle pouvait payer quand elle voulait, et il n'y eut plus lieu de crier au scandale.

Jens Peter ne savait pas trop quelle figure faire quand il s'assit sur le tabouret. Il s'en serait bien passé, mais Tonny en avait tellement envie et il avait un plan, lui semblait-il, même si dans sa famille on avait toujours tenu ses distances avec les peintres et leurs fadaises.

Jens Peter prit une expression si tarte que Tonny dut se retourner pour ne pas éclater de rire.

— Essaie d'imaginer que tu attends le rôti de porc que tu vas manger chez Ane, lui dit le peintre. Sa marque de fabrique était devenue le pêcheur en suroît jaune, et Jens Peter fit comme on le lui demandait. Il noua le chapeau sous son menton et resta immobile, les yeux fixés devant lui. C'est ainsi que vint le regard gaillard.

— Pense au pudding à la crème de cerises qui va suivre, dit le peintre, et cela ajouta une touche de nostalgie au regard.

L'artiste murmurait pour lui-même, ni particulièrement aimable ni désagréable, et esquissa quelques traits au crayon ; cela prit cinq minutes, puis il leur dit qu'ils pouvaient venir le chercher la semaine suivante, en fonction du planning de l'encadreur.

Ane joignit les mains dans une admiration muette, lorsque Tonny vint lui présenter le tableau. Sans prévenir, il surgit à la fenêtre, un jour où elle était dans la cuisine sombre et buvait une tasse de café après une journée laborieuse au bureau. Elle avait dû jeter tout un chargement de limandes, parce qu'elles étaient restées trop longtemps sur la glace. Elle était de méchante humeur.

Elle fut heureuse de le voir et le fit entrer.

Il arracha le papier brun du petit paquet qu'il avait sous le bras.

Elle en eut des larmes aux yeux. La peinture représentait Jens Peter avec son suroît et un calme sourire. Mais le cadre doré, surtout, la fascina.

— Oh, c'est Johannes qui l'a fait ? demanda-t-elle en passant ses mains rouges de travailleuse sur le cadre.

— Oui, dit Tonny. Qu'est-ce que tu penses de la peinture ?

Pour Ane, ce n'était pas tellement la peinture elle-même. Elle n'en parla jamais et n'avait pas envie de la juger. Elle préférait les photographies, était quasiment fascinée par la reproduction exacte, et l'art même de poser comme modèle pour un peintre restait pour elle un souvenir pénible. Il y avait évidemment le travail de précision de l'encadreur Johannes, mais ce n'était pas ça non plus.

C'était le geste, la tranquille cimentation par son fils de cette petite famille bizarre, qui touchait son cœur.

Elle saisit spontanément la main de Tonny, quand le tableau fut accroché et qu'ils le contemplèrent ensemble, mais pendant que ses yeux s'attardaient sur le visage bonhomme de Jens Peter, ce n'est pas lui qu'elle vit, toute son attention se concentra sur la porte qui s'ouvrit à l'instant et sur l'homme qui entra et posa un sombre regard accusateur sur elle. Mais c'était un homme que personne d'autre ne pouvait voir, et la chaleur brûlante qui se répandit de sa main, tenant celle de Tonny, à travers tout son corps, le maintint à distance.

TROISIÈME PARTIE

Au crépuscule, je pars en voiture au cimetière. Le grand œil à l'est, enserré dans une bruine épaisse, ressemble à une boule de neige fondue. La corne de brume de Skagen ouest résonne trois fois par minute.

Il me faut l'accord de quelques existences silencieuses pour la suite de l'élucidation du mystère. Ma quête est devenue une question troublante de repos des morts et de droits d'auteur.

La pierre posée par Ane est facile à repérer. Elle se dresse, avec ses épaules rondes, vers le milieu du cimetière, sur un sentier un peu à gauche, porte son nom et celui de Jens Peter, et est à peu près aussi grande que celles des artistes. Aucun doute ne doit régner sur le fait qu'ici reposent deux grandes personnalités.

De plus près je devine les lettres dorées, ouvragées et ternies comme une robe de bal fanée. Le gravier crisse sous mes pas. Ici, à l'ombre des murs de pierre et des grands bosquets, s'entendent des voix assourdies. La sépulture familiale est parfaitement entretenue. Derrière reposent quelques-uns de ses descendants. Leur dernière demeure semble plus modeste, les pierres sont plus petites, en granit déjà recouvert d'une ombre verte et brune. Les lettres sont argentées et non dorées.

Je ressens comme une communauté des morts. Sans doute ne suis-je ici qu'un invité du soir tardif dans une assemblée où je n'ai pas le droit à la parole. Le club est constitué par tous ceux qui reposent en terre consacrée. Nous autres ici, nous qui avons une couchette réservée et de bons ancrages, afin que l'âme n'erre pas, nous tenons à nous distinguer de ceux qui doivent errer sans repos pour l'éternité. Nous autres ici, nous avons vécu dignement et nous sommes morts dignement, nous avons été accompagnés par les mots du pasteur et nous nous serrons les coudes pour repousser toute mauvaise compagnie.

Je fixe mon regard sur la pierre d'Ane. Vient-il la hanter jusqu'ici ? Et Jens Peter se tient-il prêt avec un grand bâton ?

En pensée, je discute de ma mission avec eux. Je m'adresse surtout à Ane. C'est elle qui me l'a demandé. M'a-t-elle vu le jour où je l'ai surprise pleurant toute seule dans sa chambre ?

Les embruns se mêlent à la bruine et dessinent des silhouettes. Il me semble distinguer Jens Peter. Il surgit derrière sa pierre et se met à sarcler un des parterres de roses d'Ane. Il est voûté, sent un peu l'âcre et le renfermé, une odeur sèche, pas désagréable, dont je me souviens encore distinctement. L'or ternit, la pierre s'effrite, mais les odeurs demeurent. Puis je vois Ane. Les lèvres pincées, elle retire de sa manche un flocon de poussière.

Je me secoue comme un chien mouillé et me concentre de nouveau sur la tombe familiale. Les deux petites silhouettes ont disparu. Le ciel a été nettoyé par de petites bourrasques de vent d'ouest. Le temps est clair de nouveau. La corne de brume s'est tue. L'odeur de la fabrique de farine de poisson a disparu. Le Phare Gris transperce une seconde l'obscurité de son épée blanc-jaune et dépose une membrane de lumière douce sur le sommet des buis et des pins, puis elle passe, faisant le tour de la lande dans son cycle monotone.

Je sens que j'ai reçu l'accord.

Je quitte le cimetière, le souffle court comme un renard, à petit pas. C'est vers l'est que je dois aller, museau au vent, comme si c'était lui qui montrait la voie.

Je m'installe dans la voiture et démarre.

Mon cœur cogne durement dans ma poitrine. Les branches nues et tortueuses le long du mur du cimetière ressemblent à des aveux écrits à la main. Deux nuages clairs, séparés par un sombre champ de remords, filent sur le ciel et esquissent les contours d'un visage.

J'ai une intuition furtive, mais assez certaine, de ce qui s'est passé en ce temps-là. Je sens une responsabilité sur mes épaules, par égard envers le garde maritime Carlsen : le devoir, au nom de la famille, de terminer une tâche impossible. Je prends un virage et entends le petit bruit métallique de la bêche qui glisse dans le coffre et heurte la boussole et la lampe torche à côté des bottes en caoutchouc.

Qu'a dit Marie au garde maritime ?

Pas grand-chose, finalement. Et la véritable source, celle qui aurait pu éclaircir le mystère, ne savait en réalité pas écrire le danois.

Je fonce sur Højenvej. Il n'y a pas âme qui vive dans les rues de la petite ville. Dans quelques rares studios d'hôtel, une lumière est restée allumée. Je m'arrête et jette un regard vers le chemin où habitaient Ane et Jens Peter au début. J'attrape la flasque dans la boîte à gants, avale une gorgée de cognac et sens l'alcool attaquer un point faible dans les défenses de l'estomac. La route est noire. J'écoute le ressac par la vitre ouverte. Il me semble voir un homme marcher sur le chemin de gravier, s'éloignant de moi, montant vers la dune. L'obscurité l'absorbe.

Qu'est devenu Porter ?

Ma gorge est sèche, la lune est sortie, et je poursuis ma route. Me gare à l'abri d'une dune. Le vent secoue les oyats comme de fins cheveux blancs de cadavre. Je jette un regard vers mon propre hôtel. J'ai laissé une lumière allumée ; il me faut une boussole pour le retour aussi.

Je descends de voiture et écoute le bruissement des vagues. Grimpe sur la colline de sable. Je suis à l'abri, même si ma tête dépasse le sommet. Le projecteur du phare me frappe dans la nuque, poursuit par-dessus le haut de la dune et dépose un scintillement de baguette magique sur l'eau. La houle est forte et dessine une ligne blanche parallèle à la plage. Un fort courant court le long de la terre.

Je jette un coup d'œil sur ma montre. Il est un peu plus de onze heures. Je regarde la mer dans la nuit et ressens une envie bizarre de me jeter dans la gueule aux dents blanches acérées que j'aperçois devant moi.

Le vent et l'odeur iodée dilatent ma conscience, je me lève, je suis absorbé par l'obscurité et fais les premiers pas.

29

La mer du Nord ! Les profondeurs du Skagerrak !

Ici les harengs filent en essaims bleu sombre, bancs gigantesques gobant le plancton tout au fond.

Ici chasse le squale, torpille noire, ici éclosent des millions de carrelets et de turbots, et ici s'avance de guingois l'infanterie des éboueurs des fonds sous-marins, en armure légère et les yeux sur tige.

C'est ici que se rencontrent les grands courants venus d'est et d'ouest, formant un gigantesque garde-manger pour les poissons, les baleines et les oiseaux, cinquante-quatre millions de mètres cubes d'eau de mer, eau douce de la Baltique et grand sel de l'Atlantique.

Et ici il y a des profondeurs inexplorées comme l'écrin à bijoux d'une jeune fille, remplies de secrets qui ne seront jamais révélés.

Dans la mer houleuse au large de l'Ecosse un banc de harengs fraie, puis se met en route.

Les poissons mettent le cap sur le nord-est, vers la côte du Jutland. Ils passent au-dessus d'épaves de bateau qui laissent échapper de la vase des cheminées rouillées et les cris enfermés des pêcheurs noyés.

Puis se profile un haut-fond.

D'énormes plies s'enterrent sous le sable clair dans un nuage d'ailes et guettent leurs proies avec des yeux semblables à du silex mouillé. Des grappes de moules bleues comme des raisins mûrs… un léger nuage transparent de jeunes crevettes… et d'entre les pierres ressurgissent les fonctionnaires armés de la mer, casqués et en cuirasse légère.

Le banc de harengs est dirigé par un meneur. Il donne un ordre muet et des centaines de milliers de poissons tournent comme se retourne une paume. Montez ! Là il y a de la nourriture. Filez ! Ici il y a du danger.

Et le voyage se poursuit au-dessus de la plaine de pierres et de chênes marins, le long de l'accore vers la côte jutlandaise.

Un escadron de jeunes cabillauds attaque par-derrière. Le banc change abruptement de direction, à l'ouest toute, pendant que les poissons de proie dévorent l'arrière-garde.

Mais arrive la charge du requin taupe, l'éclair à la queue armée de massues, cabillauds et merlans fuient de tous côtés, il fonce sur le banc de harengs. En l'espace d'un quart d'heure, il est repu et disparaît.

Le banc se reforme et continue sa route, cap sur la grande orgie, jeunes écrevisses, alevins et larves, dans les eaux profondes au large de la Norvège.

Une longue ombre grise s'approche par-devant à grande vitesse. Le banc file vers le fond et l'évite de justesse. C'est une brillante baleine de métal aux nageoires en hélices d'acier virevoltantes – un sous-marin allemand.

Un instant plus tard il a disparu, et de nouveau l'ordre se fait dans les rangs. Le voyage continue, cap maintenu.

Quand les poissons ont parcouru les deux tiers du chemin, ils font une pause, et juste à cet instant une grande toile d'araignée noire s'enfonce dans l'eau. C'est au Skagbanke, à l'ouest des Kantestederne, quinze mètres de fonds. A côté flotte une coquille de noix brun-rouge bourdonnante.

Le filet ressemble à une tache de peinture sombre qui s'étale dans l'eau et se dilue, juste devant lui plongent deux solides pelles, avec un sifflement comme si elles étaient chauffées au rouge. Des fils d'argent se déroulent dans l'eau, flammes de bougie qui oscillent et rayonnent de la coquille de noix, un chalutier relativement neuf du chantier naval Carstensen, à Skagen, en chêne de la quille au pont.

La toile d'araignée prend la forme d'un entonnoir et commence à être tractée par les funes tendus depuis le bateau. Elle surprend le banc de harengs par-derrière, en une demi-heure la poche est pleine de harengs, de merlans et de colins, le banc est réduit de moitié et fuit terrorisé dans toutes les directions, la poche surgit de l'eau avec le fracas d'un nageur remontant prendre son souffle, le chalut vire de bord dans un vacarme infernal de cris de mouettes et de machines.

— *Lut !* Tirez maintenant. Ils sont grands. Y'a des nègr's.

Les nègr's, c'est l'argot des pêcheurs pour le merlan noir, et le pêcheur qui crie, c'est Inge, celui avec l'anneau à l'oreille pour monnayer son passage, quand ce temps viendra, celui qui a tabassé Tonny à l'école, mais qui est maintenant son bosco depuis dix-huit ans.

Il lance un rire au patron, mais Tonny le Noir, le personnage principal lui-même, ne répond que par un regard rêveur, ses grosses pognes dirigent les commandes aussi délicatement qu'une jeune fille enfilant son aiguille.

Quand la poche est hissée à bord, le chalutier tangue violemment, laissant entrer l'eau par les dalots. Kresten Diget, le fils aîné de Marie, qui navigue avec Tonny depuis vingt ans, ouvre le nœud du cul de chalut, et des milliers de poissons argentés s'écrasent sur le pont. Un tonnerre comme des applaudissements dans une salle de concert, et les hommes pataugent dans les harengs luisants jusqu'aux genoux et les pellettent dans la cale ou dans les paniers.

Le bateau de pêche porte le drapeau danois peint sur ses flancs, nous sommes en temps de guerre. Le patron-pêcheur est devenu un homme mûr qui ressemble de plus en plus à son vrai père, de façon troublante pour ceux qui se souviennent encore de son court passage à terre durant deux nuits dramatiques quarante ans auparavant.

Il est juste un peu plus vieux, mais une copie conforme du marin américain, et si on ne le savait pas, on ne croirait pas qu'Ane est sa mère, mais cela, ils sont encore plusieurs à pouvoir en témoigner. Les cheveux noirs sont en train de prendre la couleur grise des harengs d'automne, les traits sont plus marqués, le nez luisant comme celui d'un aigle pêcheur expérimenté, et les yeux châtain foncé plus vifs et inquiets que jamais.

Les presque vingt ans qui se sont écoulés depuis que nous l'avons laissé sont passés en trombe.

— Putain, mais où passe le temps, Rie, tu peux me le dire ? lui demanda-t-il un jour, alors qu'il venait de rentrer de la huitième ou neuvième campagne d'Angleterre ; il ne faisait plus le compte. Il était plus riche que jamais, assis dans son meilleur fauteuil, les deux bras posés sur la brioche naissante et le regard distancié, voilé et heureux de l'après-cuite. Il était en habit du dimanche – veste à boutons, chemise blanche et cravate – chaque année un nouvel ensemble cousu sur mesure par le tailleur anglais Robertshaw & Sons de Grimsby.

La cravate était un peu défaite, les derniers jours de bombe avaient laissé quelques taches sur la chemise. Sur la table devant lui étaient posés un schnaps aux herbes et une tasse de café noir. L'air dans la petite pièce était dense de tabac de Virginie. Il regardait avec étonnement sa fille gambader et jouer avec une voiture d'enfant qu'il lui avait achetée en Angleterre et une poupée sur le point d'être étouffée sous les coussins de sa grand-mère.

— Oui, c'est sans doute que tu en as bu une partie, remarqua Rie avec son détachement rodé vis-à-vis de la vieille tradition locale qui voulait que les hommes disparaissent dans un brouillard de bière et d'alcool un certain nombre de jours par an.

Puis vint le silence dans lequel la part la plus sincère de leur relation se disait.

Il fit tourner le petit verre et prit un air absent. Elle se tenait dans la cuisine, remuant des airelles dans une casserole et dosant le sucre. Une délicieuse odeur s'en dégageait chaque fois qu'elle soulevait le couvercle.

Elle l'avait dit infiniment doucement, sans une ombre d'agressivité ou de critique dans la voix, plutôt comme si elle commentait la quantité de sucre qu'il fallait ajouter aux baies. Au fond, il n'y avait rien de nouveau à ce qu'il s'absente pendant trois jours une fois revenu, c'était comme ça depuis la toute première fois, où il avait oublié de ramener un cadeau ; mais elle commençait à s'en lasser et sentait qu'elle détenait maintenant assez d'actions chez lui pour pouvoir exprimer son opinion.

D'un autre côté, elle était très heureuse qu'il soit à la maison. Quand il avait terminé sa tournée en ville, il restait la plupart du temps à la maison et ne buvait pratiquement plus pendant plusieurs mois.

Il n'avait pas besoin de la regarder, il savait l'expression de ses yeux. Rien n'avait changé depuis qu'ils s'étaient rencontrés, comme les grands enfants qu'ils étaient encore, elle le regardait avec autant d'amour qu'alors, quand il parlait de l'Angleterre ou de la pêche. Il savait à une virgule près où s'équilibrait le pouvoir, et combien cela lui faisait mal quand la première chose qu'il faisait en rentrant était de quitter la maison.

Il alluma un cigare Broadway, repoussa d'un geste ses cheveux devenus un peu plus fins, but la moitié du verre et avala un peu de café. Puis il s'avança dans son vieux fauteuil usé – Rie avait décidé que ni le fauteuil ni la table à manger n'auraient leur place dans la nouvelle maison – comme s'il voulait partir, mais une pensée l'arrêta.

Pourquoi partait-il en virée chaque fois qu'il rentrait ? Il se leva et la réponse lui vint dans ce même mouvement brusque. Au moment de l'accueil sur le quai, il étreignait Rie et sa fille, les serrait fort dans ses bras, mais quand la bienvenue collective prenait fin, qu'ils rentraient et que le calme revenait, il se sentait étrangement à l'étroit dans l'appartement. Le contraste avec la vie semi-sauvage qu'il avait vécue, le manque qui d'un seul coup d'un seul, comme il disait, se trouvait comblé – tout cela lui faisait sentir un poids sur la poitrine, et il fallait qu'il sorte. Il n'osait le dire à personne. Il avait été sur le point de le raconter au docteur Warming une fois, mais n'avait pas pu, en fin de compte. Il prévoyait la réaction du médecin : le patient devrait boire un peu moins d'alcool et fumer un peu moins de cigarettes. Tonny répliquerait à brûle-pourpoint : "En revanche je n'essaie pas de donner à tout ça un air plus distingué en le versant dans une carafe", et la consultation s'arrêterait là.

Le paradoxe le paralysa ; il retint sa respiration et fixa le fauteuil sur laquelle il avait été assis. L'empreinte de son corps y demeurait encore. L'empreinte d'un homme qui aimait sa femme et sa fille si fort qu'il était obligé d'aller se soûler à mort pendant trois jours, avant de pouvoir rentrer vraiment. Il secoua la tête. Ce genre de choses, il ne fallait pas les confier à d'autres. Maboule et différent des autres, il l'était assurément.

Puis il s'enfonça un peu plus loin, là où ça commençait à faire mal. La vieille histoire, cette pagaille avec laquelle il n'arrivait pas à se concilier. Tonny était un homme qui avait de l'ordre dans ses affaires ; il pouvait faire une crise d'hystérie quatre étoiles si des choses traînaient à bord et, plus il vieillissait, plus il devenait vétilleux. C'est pourquoi la vieille tache prenait de la moisissure et commençait à puer. Cette chose énigmatique et mauvaise, qui n'avait ni visage ni image claire, n'était-ce pas ça qui le hantait lorsqu'il rentrait de campagne avec du vent dans les cheveux ?

Il secoua le torse pour se débarrasser de cette pensée et avala le reste du schnaps.

En revanche, il avait peu à peu appris à se souvenir des cadeaux. Des théières et des boîtes de *toffees* anglais vides s'accumulaient dans les placards. C'était bizarre de faire des cadeaux à Rie ; elle avait l'air contente, mais ne portait jamais une seule des combinaisons en soie ou des châles qu'il lui ramenait, les empilait simplement sur les étagères comme des marchandises précieuses dans une réserve.

Il sortit dans le couloir, enfila sa toute nouvelle veste gris coke à double trame et ses chaussures. Il pensait : nom d'une pipe ! Tes reproches, tu vas pouvoir les ruminer en paix ! Je travaille sans arrêt, j'ai gagné la réputation d'être l'un des meilleurs pêcheurs du pays, c'est moi qui ramène l'argent pour que tu puisses te construire une villa près de Fyrbakken. Et c'est à cet homme-là que tu ne peux pas accorder une petite bordée en ville ?

Il jeta de nouveau un regard sur le fauteuil et la table. Il était décidé à se battre pour les amener tous deux dans la nouvelle maison. Il y avait là aussi une radio avec écouteurs relativement neuve. Il se réjouissait d'avance de lui trouver sa place. Il regarda le piano de Rie. Comment ses cantiques résonneraient-ils dans les nouvelles pièces ? L'accompagnerait-elle quand il chanterait *Mandalay* ?

Et Tonny fit ce que tant d'hommes avaient fait avant lui et font encore aujourd'hui.

Il ferma sa gueule et gagna sa voiture.

30

Les voitures de mon grand-père avaient d'énormes moteurs, mais il s'en servait rarement pour autre chose que pour rouler au ralenti sur les petites routes d'Østerby. A Vesterby, il se déplaçait toujours à pied, ou à bicyclette pour traverser le port, il n'aimait pas conduire à Kappelborg parce qu'il y avait trop de circulation, et il ne se rendait pratiquement jamais à Højen.

Sa façon de conduire resta toujours un avatar de l'accostage d'un gros bateau de pêche : il ne regardait ni en avant ni en arrière, mais en haut et en bas, vers le ciel et vers la mer, comme pour flairer le vent et les courants. Le moteur hurlait quand il faisait marche arrière, et il tournait le volant avec d'immenses mouvements de bras, comme dans une cabine de bateau. Puis en avant très doucement, la barre complètement à fond de l'autre côté, et arrière toute de nouveau.

Ça fait un effet bœuf quand on fait marche arrière avec un moteur de bateau ; c'est l'arrêt de soixante tonnes en trois secondes et ça s'accompagne de crachats de fumée de la cheminée et d'un sacré bouillonnement d'hélice. Mais cet effet-là est absent à terre, et ses manœuvres sur le gravier de l'entrée paraissaient ridicules à mes yeux.

Quand enfin il partait, c'était à toute petite vitesse, comme s'il devait réserver des chevaux pour un grain éventuel.

Eté comme hiver, la conduite se faisait vitres baissées et manches de chemise retroussées. La massue bronzée reposait sur le bord de la vitre comme dans la cabine du bateau et, en situation difficile, il lui arrivait de passer la tête par la vitre pour essayer de s'orienter.

Rouler n'était pas vraiment ce qui comptait. L'important, c'était le ronronnement apaisant des six cylindres au travail, ainsi que l'aspect de la voiture briquée garée dehors. Ses yeux brillaient d'une façon tout à fait particulière quand il sortait en marche arrière du garage et la laissait tourner pendant une demi-heure au point mort devant la maison. Le moteur devait être bien chaud avant le départ pour le tour matinal d'un kilomètre et demi tout au plus, les trois visites incluses.

Comme ce matin du début des années 1930 où Rie lui avait remonté les bretelles et où il n'y avait d'autre issue que d'aller enfoncer la clef dans le tableau de bord de son Austin Seven.

A cette époque-là, il y avait douze automobiles à Skagen, celle de Tonny se trouvait à peu près au milieu de l'échelle de taille et de prix, et arborait le numéro d'immatriculation P 8.

Le cœur de Rie s'était arrêté quand il était revenu d'Aalborg au volant de la voiture.

— Est-ce qu'elle n'est pas belle ? avait dit Tonny, rayonnant.

— Montre-moi la facture, répondit Rie, le regard détourné.

La facture affichait quatre mille huit cents couronnes et quarante-sept øre, un séisme dans sa planification économique.

— Où t'imagines-tu qu'on va trouver cet argent ? demanda-t-elle.

— Je l'ai payée, dit-il.

Quand le cœur de Rie se remit à battre, ce fut comme un petit marteau, dur et rapide. Puis elle s'assit sur un tabouret dans la cuisine de l'appartement du premier étage et réfléchit. Additionna, retrancha et arriva au résultat que ça valait peut-être le coup à long terme de fermer les yeux sur ses faiblesses. Elle pensait mieux le tenir de cette façon. De quelques traits sur sa feuille de calcul, elle remodela le grand plan, et ce fut la date du début de la construction de la villa qu'elle repoussa.

Mais peu après, elle put corriger la date de nouveau. Et ce lorsque lui parvint le décompte suivant du mareyeur. Il affichait le double de ses prévisions les plus optimistes.

Aussi, quand Tonny démarra ce jour-là après quelques pétarades pour cahoter doucement le long de Markvej, en seconde et le moteur en sous-régime, un certain équilibre régnait malgré tout, et sa mauvaise humeur d'avoir été rabroué s'améliora à mesure qu'il s'approchait.

Il repoussa sa casquette en arrière, ajusta ses vêtements, sautilla un peu sur le siège en se cognant la tête contre le plafond de l'habitacle. La figure de proue aux ailes déployées sur le capot de l'Austin montrait le chemin. Les phares trônaient haut de chaque côté du pare-brise tels des yeux sur tige. Il ne fit pas mine de freiner au croisement de Mindestøtten, appuya à fond sur l'avertisseur et donna du gaz, dans l'espoir que viendrait ne serait-ce qu'une voiture obligée de le laisser passer.

Mais il était seul sur la route. L'église de la ville sonnait pour la messe, et le son des cloches disparut quand il prit la route d'Østerby. Dans le virage juste avant Fyrbakken, il ralentit et, au sortir du tournant, en apercevant les murs rouges s'élevant du sable comme des créneaux de château fort, il appuya à fond sur le frein. Puis il recula à fond dans la dune en faisant gicler le sable autour des roues arrière.

Il resta là, s'habituant à la vue. Le projet était celui de Rie, et il n'avait pas vraiment réalisé son ampleur avant maintenant. Il avait eu du mal à s'imaginer la maison quand elle lui en parlait sur la radio du bord. En pleine mer et entouré de mouettes criailleuses, il avait essayé d'écouter ses explications sur l'aménagement et l'ameublement, mais cela ne s'était pas vraiment imprégné.

C'était elle qui allait à la banque, qui négociait avec les artisans, et cætera, et maintenant, assis bouche bée dans la voiture, il contemplait la maison à moitié achevée.

Il en fit le tour en frappant du poing sur les briques – *ça va tenir, ça ?* – tapa du pied sur les fondations, mais ce qui le fascina le plus, c'était un long tuyau de tout-à-l'égout, qu'il contempla longuement, plein d'admiration. Puis il redémarra la voiture et franchit les deux cents mètres d'Østre Strandvej jusque chez Ane et Jens Peter, le visage éclairé.

Il corna une ou deux fois et se rangea, puis le rideau fut tiré prudemment.

Ane sortit, lui serra la main et lui souhaita la bienvenue en examinant ses yeux rouges d'un air critique.

La réaction d'Ane était la même que depuis toujours. Elle tendait le bras de manière à le tenir à distance, tout en scrutant son visage avec un mélange d'effroi et de chaude nostalgie. A cela s'ajoutait l'énigme, que Tonny n'avait jamais élucidée et qui l'irritait. Mais ce jour-là, il ignora Ane, redressa le dos et demanda à Jens Peter si ça allait mieux, les rhumatismes.

Jens Peter sourit de toutes ses dents manquantes et lui donna une solide poignée de main.

Ane portait une élégante jupe en tweed écossais que Tonny lui avait offerte quelques années auparavant. Une discrète croix en or véritable pendait autour de son cou. Pendant qu'elle servait le café et les en-cas, elle retrouva son vieil équilibre. Elle versa le café avec l'ombre d'un sourire à travers la vapeur, et une faible odeur de savon coûteux émanait d'elle.

Son assurance reposait sur une comptabilité parfaite. Sa petite entreprise sur le port employait maintenant quarante femmes dans le hangar, huit hommes, et deux dames dans le bureau, et la plupart de ses produits partaient pour l'étranger.

Ane aurait pu construire une maison gigantesque, mais elle n'en avait pas le temps. Ni peut-être l'envie. En revanche, elle avait sacrifié la moitié de la buanderie pour installer la plus belle salle de bains du Jutland du Nord, avec petits carrelages blancs carrés jointoyés d'un trait fin comme un *eyeliner*, baignoire sabot et douche manuelle.

Le dimanche était sacré chez Ane et Jens Peter. Ils avaient tant à faire durant la semaine que le septième jour, ils s'étaient mis d'accord pour en faire très peu. Il leur arrivait d'aller sur la lande cueillir des baies – myrtilles, airelles et camarines – avec du pain de cassonade dans le panier comme dans l'ancien temps, ou alors ils buvaient du café en lisant le journal de Skagen de la semaine écoulée. Que ce soit dit ou non, tout tournait toujours autour du fils. Ils lui parlaient régulièrement par l'intermédiaire de la radio de bord, ou recevaient des nouvelles par Rie, et se sentaient fiers comme des papes quand ils entendaient parler de ses pêches.

Ce dimanche-là, ils savaient qu'il allait passer et l'avaient attendu dans un silence heureux.

— On va s'en prendre une petite, dit Jens Peter.

— Non, dit Ane. Fiston a l'air d'avoir pris tout ce dont il avait besoin ces jours-ci.

Ce n'était qu'une fois tous les dix ou douze ans que Jens Peter frappait du poing, alors ça faisait impression, quand le moment arrivait enfin.

— Tonnerre de Dieu, tu vas pas décider pour un homme adulte qui pêche pour des centaines de milliers de couronnes par an, cria-t-il, d'une voix si inopinément forte qu'Ane et Tonny sursautèrent.

Lui aussi avait pris du galon. Tout ce qui ressortait des bâtiments et du transport dépendait de lui dans la fabrique, et il y excellait. Chariots et boiseries étaient entretenus avec un calme serein, et il était toujours aussi gentil avec les employés, que les affaires marchent ou non, ce qui ne pouvait être dit de la propriétaire. La mer ne lui manquait jamais, et il souffrait beaucoup moins des articulations qu'auparavant.

Jens Peter sortit d'un pas décidé, ouvrit grand la porte du placard bleu pétrole du salon et sortit la carafe. Puis il trouva deux petits verres sur une étagère, les posa devant Tonny et lui-même, et versa l'eau-de-vie avec un glougloutement rieur de la bouteille.

Ane avait suffisamment d'expérience pour savoir quand elle devait élever la voix et quand elle ne le devait pas. Elle ferma le bec, se retourna et lava quelques couteaux sous le robinet.

— A la tienne ! ricana Tonny en levant son verre d'une main aguerrie – et si on faisait un tour en voiture, papa ?

Quand Tonny menaçait de partir, la conversation repartait de plus belle. La glace se rompait avec fracas, laissant remonter les nouvelles des cinq derniers mois. Qui a pêché pour combien, qui a fait faillite – ah, c'est lui, ce vantard, quelle tête il faisait ? – qui est mort, qui s'est offert une nouvelle voiture, qui a construit où – ah, ça me fait plaisir, cette famille avait bien besoin d'un retour de fortune – et qui attend un enfant avec qui – ce dernier thème étant abordé plus délicatement que les autres, à voix basse, et suivi d'une petite pause.

Mais sinon ils parlaient fort, riaient, se moquaient de tous ceux qu'ils connaissaient, et Tonny racontait des histoires juteuses du voyage, de la vie en Angleterre et du nouveau foyer de marins ; franchement, il n'y traînait pas longtemps, les mains jointes, il préférait de beaucoup faire des balades avec Chapman dans sa toute nouvelle Austin Ascot rouge foncé.

— Ah, mon Dieu, Chapman, et comment va-t-il ? demanda Jens Peter.

— Très bien. Il demande souvent de tes nouvelles, répondit Tonny.

Jens Peter alla rechercher la carafe, et Ane dut se voir battre sur son propre terrain. Elle en prit un aussi et rit aux larmes de toutes ces histoires. C'est ainsi qu'une petite heure passa, puis Jens Peter alla chercher son chapeau melon, enfila gilet, veste et cravate et suivit Tonny jusqu'à la voiture. Ane resta sur le seuil à agiter la main.

Au fond, elle aurait bien aimé venir.

Tonny se prépara longtemps à l'avance à la manœuvre. Son ivresse avait reçu une petite piqûre de rappel.

— Tu dépasses ? cria Jens Peter.

— Bon sang de bonsoir, je vais te montrer un peu comment on conduit en Angleterre, papa.

La voiture à dépasser se trouvait alors au niveau de l'annexe de Brøndum, sur la route de la plage, et avançait lentement en direction de l'ouest.

Tonny mit les gaz de la main droite et remit les bras sur le volant. Puis il sortit le bras gauche par la vitre ouverte et se déporta de l'autre côté de la route en faisant sonner l'avertisseur à fond. Il se pencha tout contre le pare-brise, la mine renfrognée, tandis que Jens Peter transpirait, s'accrochant à la portière à en faire blanchir les jointures de son poing.

A peine étaient-ils arrivés aux côtés de la voiture, que celle-ci mit les gaz et commença à accélérer.

— Mais mordieu pour qui te prends-tu ! cria Jens Peter en menaçant l'homme du bras par la fenêtre. C'était un estivant tardif roulant en Mercedes.

— Pèquenot, va ! cria l'automobiliste avec un accent pointu de Copenhague. Faudrait apprendre à conduire !

Cela peut sembler bizarre que les adversaires aient été capables d'entendre les répliques à travers le vacarme des moteurs, mais c'est comme ça que l'histoire est transmise.

Pendant quelques instants, les deux grosses caisses roulèrent côte à côte vers le port dans un gigantesque nuage de poussière et de gaz d'échappements, mais Tonny avait une petite avance et passa devant.

A l'apogée de la course – nous parlons ici d'une vitesse d'environ cinquante kilomètres à l'heure – il se rabattit brutalement devant le Copenhaguois. La Mercedes bloqua sèchement les freins, mais rentra quand même dans l'arrière de l'Austin. Tonny et Jens Peter poursuivirent un peu sur la poussée, molestant quelques bosquets d'églantiers, puis la voiture s'arrêta contre un piquet de clôture.

— Qu'est-ce que c'est que cette foutue façon de conduire, espèce de péquenouille, cria le Copenhaguois en retroussant ses manches, tandis que sa femme le suppliait de se retirer de la bagarre avant qu'il ne soit trop tard.

Mais le temps de causer règles de dépassement et culture routière en général était dépassé. C'était maintenant une affaire de principe. Tonny ouvrit sa portière, se dirigea vers l'automobiliste et lui demanda de répéter ce qu'il avait dit. Jens Peter le suivit. Le Copenhaguois était un gros bonhomme qui n'avait pas peur des deux petits hommes en habits de clown devant lui. Il voulut attraper Tonny, mais à l'instant même celui-ci lui asséna deux claques retentissantes en pleine figure. L'homme se courba en avant, son nez saignait, sa femme cria.

Tonny contempla un instant sa victime, puis tourna les talons. Mais Jens Peter s'approcha de l'homme gémissant et cria :

— Qu'est-ce que t'as dit ?

— Allez viens, papa, dit Tonny.

— Qu'est-ce que t'as dit ? cria Jens Peter en levant sa canne. Il allait commencer à frapper l'homme, quand Tonny l'attrapa et l'entraîna avec lui.

Le Copenhaguois avait repris un peu ses esprits et voulut bondir derrière eux, mais sa femme réussit à le retenir. Tonny et Jens Peter ajustèrent leur veste et se rassirent dans la voiture.

Elle démarra sans difficulté, avec un bruit plus beau, plus régulier qu'avant. Elle n'avait tout simplement jamais – en tout cas avec son propriétaire actuel – pris des tours et cela semblait lui avoir fait du bien.

Certes il y avait une bosse à l'arrière, le pare-chocs était un peu de travers, mais la roue était libre, et ils firent marche arrière pour revenir sur la route. Pendant que sa femme aidait l'estivant à entrer dans sa voiture, Jens Peter et Tonny poursuivirent leur tour dominical.

— Je t'avais dit d'être prudent dans les dépassements, dit Jens Peter, en enfonçant son chapeau et en soufflant.

— Ça n'a rien à voir, dit Tonny en allumant un nouveau Broadway sur la route vers le foyer de marins. T'as bien vu que c'était un idiot.

— Ces gars-là croient que tout leur appartient.

— Ce couillon a eu ce qu'il méritait.

— Où on va ? Prends vers Østerby.

— On va d'abord boire une mousse.

— Y vont être ouverts maintenant ?

— Sinon, ils ouvriront.

Après un petit remontant, la promenade se poursuivit vers l'est. C'était tout à fait inouï pour Jens Peter de boire à Skansen un dimanche midi, mais la situation était quand même particulière. Il était d'une humeur bizarre. Ils avaient passé un moment horrible, ils n'étaient pas innocents non plus, mais il se sentait à cet instant très proche de Tonny et l'admirait plus que jamais. Quelle capacité d'action ! Quelle force !

Je suis persuadé que, de nos jours, Jens Peter aurait utilisé les mots "il assure" ou "il est cool".

En revenant par St Laurentiivej, non sans soulever le chapeau ici et là, arrivé près du château d'eau, le chauffeur débraya et laissa la voiture descendre doucement jusqu'au monument commémorant le naufrage de Daphnes, qui avait coûté la vie à huit pêcheurs et inspiré à Holger Drachmann son poème héroïque sur Lars Kruse.

— Le Kruse, il peut aller se faire voir, dit Jens Peter, plus vif dans la réplique que jamais – c'te homme-là savait à peine ramer. Il s'est noyé à Nordstrand par mer tout à fait calme.

Tonny hocha la tête sans rien dire. Le sauveteur du poème était devenu célèbre, mais parmi les siens, cela avait plutôt été en sens contraire, il avait baissé en estime, surtout parmi ceux des pêcheurs qui étaient eux aussi sauveteurs. Cela arrivait dans ce coin. Ici les sauveteurs revenaient tranquillement à leurs moutons après avoir risqué leur vie pour sauver des gens, et gare à celui qui se faisait valoir. Il avait lui-même ressenti ça de temps en temps.

— Pourquoi diantre n'a-t-on jamais le droit d'être quelqu'un ici ? lâcha-t-il. Dès qu'une personne devient quelque chose, il faut tout de suite la rabaisser. Mais bon sang, ce type a sauvé plus de gens que toi !

Jens Peter lui jeta un regard assassin. Il avait été sauveteur et avait vraiment mis sa vie en jeu dans quelques sauvetages.

— Il faut être plusieurs pour sortir un bateau par temps de tempête, siffla Jens Peter, ça suffit pas d'un seul debout à la proue à commander, pas vrai ?

— Bien sûr. Pardon, dit Tonny, mais je veux juste dire que toi aussi t'aimerais bien que quelqu'un écrive un poème héroïque sur toi.

Jens Peter secoua furieusement la tête, mais ne répondit pas. Tonny poursuivit :

— Raconte, papa. Tu n'en as jamais parlé.

Jens Peter se radoucit. Le fiston avait dit pardon. Et il avait envie d'entendre parler des actions de sauvetage auxquelles il avait participé. Il commença à raconter.

— Le brick *Speed*, à Nordstrand, le norvégien, tu te rappelles ? Non, t'étais trop petiot… y'avait un seul survivant, le second Dahler, il s'est fiancé avec la fille de l'épicier et a démarré l'hôtel Ruth… et il poursuivit sur sa lancée ; Jens Peter avait mis la tête dans le nœud coulant et ne le voyait pas se resserrer peu à peu.

Tonny connaissait bien le Norvégien Dahler et chaque fois qu'il voyait sa silhouette droite, vêtue de blanc, et entendait son rude accent norvégien, cela l'attristait. L'histoire était presque la même que la sienne, avec la seule différence qu'elle était belle et romantique. Le survivant tombé amoureux de la fille de la maison dans laquelle il a été soigné après le naufrage, qui ensuite démarre sa propre entreprise, un hôtel auquel il donne le nom de son amour.

Un diable surgit en Tonny, ou alors ce tour dominical satanique avait-il été ordonné de plus haut, il accéléra et poursuivit sur la route de Daphnes, tandis que Jens Peter sans se douter de rien racontait ce qu'il avait vécu à la rame du milieu dans la chaloupe de sauvetage.

Un chemin vicinal un peu plus loin avait lui aussi récemment pris le nom d'un naufrage. Un naufrage moins connu, à la mémoire duquel aucun monument n'avait été dressé.

Aucun poème héroïque n'avait été écrit non plus, et le chemin était tout petit. Pas un sauveteur n'était mort, pas une barque n'avait été mise à la mer. Un unique homme avait été sauvé, et cela à l'aide de la canne du garde maritime.

— Qu'est-ce qu'on fait ici ? demanda Jens Peter nerveusement en arrêtant net son récit lorsqu'ils empruntèrent le chemin. Tonny appuya sur le frein juste devant la clôture rouge sur laquelle était accroché le nouveau panneau : *Chemin du* G.S. Penry.

Tonny arrêta la voiture et détourna le regard.

— Rentrons, cria Jens Peter, allez !

Tonny compta les secondes et fixa le panneau. Il sentait Jens Peter bouillir à côté de lui. Le pouls de sa tempe cognait plus fort que le moteur. Le soleil perça derrière un nuage à l'instant même et illumina le panneau.

— Rentrons, nom de Dieu, dit Jens Peter.

Tonny se tourna lentement vers lui et le regarda dans les yeux. Le regard de Jens Peter vacilla, il passa une main devant son visage et fit mine de sortir de la voiture.

Tonny posa une main sur son bras pour le retenir. Jens Peter avait perdu ses couleurs et fixait droit devant lui. Il serrait la canne entre ses mains.

— Qu'est-ce qui s'est passé, papa ?

Il est tentant de laisser la question clore la balade dominicale avec un *touché*. Mais ce serait dommage d'omettre qu'un gendarme les attendait au tournant.

Jens Peter ne répondit évidemment pas à la question de son fils. Il la boucla complètement et ne parla pas pendant les quinze jours suivants, mais en cela il n'y avait rien d'anormal. Il était simplement triste que ce joli tour se termine comme ça.

Tonny aurait voulu se couper la langue, mais parfois il était bien obligé, se défendit-il lui-même, de laisser sortir ce qui le tourmentait, et diverses circonstances l'y avaient poussé.

Alors ils revinrent lentement. Tonny voulait déposer Jens Peter chez Ane, et tout se passa bien, se conclut même par un : merci pour la balade, papa, et un marmonnement inaudible en réponse, mais lorsque Tonny, bien fatigué, voulut poursuivre, un haut vélo de fonction noir, avec freins au guidon et boîtier de chaîne fermé, s'arrêta devant la maison. Le gendarme de garde Clemmensen en descendit.

Il avait l'air bourru et portait l'uniforme. Jens Peter, qui était en train de franchir les dalles de l'entrée, se figea. Tonny écarquilla les yeux.

— C'est bien P 8 que nous avons là ? demanda le gendarme en pointant le doigt sur la bosse à l'arrière de l'Austin.

Tonny fit oui de la tête.

— Et c'est le propriétaire lui-même que nous avons là ?

Tonny hocha de nouveau la tête.

— Celui également qui se trouvait au volant du véhicule ?

Tonny hocha la tête.

— Et c'est le père du propriétaire qui se tient là ? demanda le gendarme en pointant son crayon vers Jens Peter.

Vint alors un des rares moments où Jens Peter eut envie de dire non, monsieur le gendarme, de fait, je ne suis pas le père, mais il n'osa quand même pas, il hocha affirmativement la tête à la question du représentant de l'ordre public.

31

Tonny reçut une amende de quarante-cinq couronnes pour avoir conduit une automobile de façon irresponsable et dans un état que l'on pouvait supposer légèrement imbibé, ainsi que pour avoir donné à un monsieur étranger plusieurs coups ayant eu pour conséquence saignement de nez et œil au beurre noir.

Jens Peter s'en tira avec la peur. Rie secoua doucement la tête et se demanda comment tout cela allait finir, mais Tonny paya l'amende avec un billet de cent tout neuf, qu'il sortit d'une assez grosse liasse de son portefeuille. Pendant que l'assistant courait à travers la gendarmerie pour trouver la monnaie, Tonny lança à un gendarme gradé que ce n'était pas une couronne de trop pour avoir donné à réfléchir à ce jobard – une de ses expressions favorites.

En revanche, il se conduisit correctement pendant les longs mois suivants. Et pendant ce temps, la maison fut terminée.

Ils emménagèrent, ou plutôt Rie prit possession de son château. Elle s'occupa des artisans et des marchands de tapis à sa propre façon habile et obtint très vite dans la villa une souveraineté tacite qui reléguait insensiblement Tonny sur une voie de garage.

La voie de garage avait cependant le privilège d'une très belle vue.

De là, on voyait toute la plage de Sønderstrand jusqu'au Phare Gris, et c'était là, dans le fauteuil qu'il avait réussi à faire entrer en catimini, qu'il était toujours assis quand il était à la maison, les jumelles devant les yeux, guettant la mer par la fenêtre panoramique, avec sur une petite table en chêne une bière, un alcool – éventuellement un Gordon's Gin avec citron vert comme dans les bars de Grimsby et de Hull – et un Broadway allumé dans le cendrier. Dans un gros caisson Bang & Olufsen avec haut-parleur, la radio de Skagen marchait à plein tube.

Le soir, quand toutes les lumières étaient éteintes, le salon était illuminé toutes les quatre secondes par une vieille connaissance.

— Vous allez quand même fermer les rideaux, non ? demanda Ane, un jour qu'elle était en visite au crépuscule et que le faisceau de lumière lui balaya le visage.

Rie ne prêta pas attention à son ton dur et autoritaire, admettant en elle-même qu'Ane était comme ça et qu'elle l'avait su dès le début. Puis elle répondit tranquillement que non, elle aimait bien le phare, et on ne tirerait pas les rideaux.

Ane était par ailleurs la gentillesse même envers les jeunes et leur villa, elle souriait fièrement quand elle leur rendait visite, volontiers le dimanche soir. Elle venait aussi pour voir ses petits-enfants, surtout la fille aînée, qui s'était muée en une grande fille pleine de bon sens.

— Quand tu seras grande, tu te marieras et tu auras des enfants, disait pédagogiquement Ane.

— Pas avec quelqu'un d'ici, en tout cas, répondit la fille.

Ane sursauta.

— Je veux un appartement dans une grande ville avec plein de pièces, dit la gamine, tout en rangeant ses poupées.

Ane ne fit aucun commentaire. La fillette avait saisi quelque chose.

Encouragée par cette acceptation silencieuse, la fillette poursuivit :

— J'aurai une bonne avec un tablier, et puis il y aura des lustres en cristal. De temps en temps, je reviendrai te voir, toi et grand-papa.

Ane écoutait intensément. Elle reconnaissait la protestation contenue dans les remarques de la fillette, elle l'avait déjà entendue. C'était il y a longtemps, et elle émanait d'elle-même. Les détails étaient un peu différents, mais le contenu principal le même. Elle se souvenait très clairement d'une conversation un jour avec un médecin qui parlait comme pour lui-même, tandis que, posée sur le bord de la chaise dans son cabinet, elle attendait son verdict.

Elle observa de nouveau les longues tresses couleur ambre de la fille, son robuste visage danois, les deux cristaux de glace bleue au milieu des yeux, et médita sur tous les puissants gènes locaux qui avaient mis hors concours l'élément étranger. Elle pensa : cette fillette est le portrait craché de sa grand-mère, tout simplement.

— Bien sûr, Kisser, dit-elle en caressant sa petite-fille, bien sûr.

32

Tout était allé très vite pour Ane, et il lui arrivait rarement de prendre le temps de se poser. Elle ne ressentait pas non plus le besoin de se souvenir des jours anciens, n'avait pas été hantée par quiconque ni quoi que ce soit pendant de nombreuses années – tant d'années maintenant qu'elle pensait que c'était définitivement fini – et dans l'ensemble tout était mieux maintenant.

Mais un jour à la fabrique, après toute une journée de négociations sur une grande livraison pour l'étranger, le gros appareil noir sur le bureau sonna.

— Ici le numéro 18, téléphone d'Etat, répondit-elle, comme on le faisait alors, en s'appliquant à bien prononcer la langue danoise officielle. Ce numéro était entouré d'une aura sacrée, puisqu'elle avait été parmi les premières – oui, la dix-huitième exactement dans le rang des notables – à acquérir le téléphone.

Le son de la voix à l'autre bout du fil la fit sursauter. Cela faisait des années qu'elle ne l'avait pas entendue, et elle semblait venir d'un autre pays.

Elle répondit de façon laconique, posa le combiné et demeura immobile. Dehors circulaient de nouvelles camionnettes à plateau ouvert, de sa fenêtre elle voyait les côtes dénudées d'un grand bateau de pêche mis en carène dans le chantier naval Carstensen, mais ses pensées étaient ailleurs.

Le garde maritime Carlsen était mort.

Alors, c'était fini.

Il était le dernier à s'intéresser à cette vieille histoire.

Elle le vit devant elle, en ce temps-là, à des années-lumière, lorsqu'il était venu les voir, elle et Jens Peter, avait commencé à poser des questions à n'en plus finir, et que son propre cœur était sur le point de percer un trou dans son tablier. Et la fois où il avait reçu la croix de chevalier pour son action de sauveteur et où elle l'avait supplié des yeux : *Tu ne diras rien, hein ?* Elle revit même à cet instant le contour de son vieux fantôme, il y a des morts qui marchent dans la dune, chacun le sait, et voilà qu'il venait jusqu'ici, dans son bureau, au moment où son cœur battait et que la vision faisait perler la transpiration, *sacrebleu.*

Elle murmura le juron à mi-voix, des mots inhabituels dans sa bouche. Elle pressa sa main contre son visage, cela faisait longtemps qu'elle ne s'était pas sentie aussi mal, durant ces vingt dernières années tout avait été si opportunément noyé dans le travail. Elle secoua la tête, se racla la gorge, et il disparut.

Elle se demanda si elle irait à l'enterrement du garde maritime. Elle devait tout simplement à cet homme une grande partie de sa vie. Autant quand elle s'était laissé porter par un courant sous-marin de béatitude que quand un chien noir sortait de ses rêves et lui arrachait un petit morceau de chair de ses dents pointues. Son regard scrutateur sous les sourcils broussailleux la faisait encore trembler aujourd'hui.

Mais à présent il ne pourrait plus rien lui demander, maintenant ses yeux s'étaient fermés. Elle prit une grande inspiration et se remit à ses chiffres.

Plus tard dans la journée, quand arriva le journal, elle se précipita dessus et parcourut des yeux la nécrologie, mais on ne disait rien de *ça*, sinon qu'il avait reçu la croix de chevalier en relation avec de courageuses actions de sauvetage, entre autres lors du naufrage du trois-mâts *G.S. Penry* à Nordstrand en 1902.

Elle posa le journal et ouvrit la porte vers le hangar.

Le contremaître en complet noir parlait avec la chef d'équipe qui balançait un seau d'eau vide dans la main. Le nettoyage était presque terminé, les dernières femmes bavardaient en allant chercher leur bicyclette dans l'abri à l'extérieur. Jens Peter avait de sa propre initiative demandé au menuisier de construire un abri à vélo pour les employés, il trouvait que c'était dommage que les beaux véhicules rouillent dans les embruns. Sans doute cela ne servit-il pas à grand-chose, ils rouillaient quand même, mais l'attention comptait, et c'était une des raisons pour lesquelles Jens Peter et Ane gardaient leurs employés. L'autre, c'étaient les primes : leurs gens étaient sûrs de toucher des extras quand ça allait bien.

Trois ou quatre décennies avant l'invention de l'expression prévention des risques professionnels, une des femmes était venue voir Ane pour lui dire qu'elle avait mal à l'épaule à force d'être debout à faire toute la journée le même geste de découpe. Ane s'énerva, vit rouge et cria qu'elle pouvait partir, si elle n'était pas satisfaite, et l'employée revint en pleurant à son poste. Dehors, Jens Peter posa son chariot et alla consoler la dame. Ane se terrait dans son bureau quand Jens Peter ouvrit la porte et lui rappela combien lui-même avait souffert de douleurs lancinantes lorsqu'il pêchait encore et que, sur le pont, ils découpaient du poisson pendant des heures. Ane ne dit pas un mot. Elle resta longtemps silencieuse. Puis elle se leva et entra dans le hangar. Tout le monde avait déposé le couteau. Tous les yeux se braquèrent sur elle.

— Si quelqu'un a mal quelque part à cause du travail ici, alors qu'il vienne me voir et m'en parle. Else Marie, dit-elle à la jeune femme qui lui avait rendu visite dans le bureau quelques instants plus tôt – on va te donner un autre travail, si tu veux.

Ce genre de choses se savait vite. Il y avait toujours une bonne petite file d'attente de demandeurs d'emploi chez Ane.

Quelques jours plus tard, elle avait consulté le docteur Warming sur le cas d'Else Marie. Il était entre-temps devenu un vieux monsieur. On le voyait toujours dans la rue avec son nez bleu et son fin profil au cigare. Ses répliques étaient plus assassines que jamais, et Ane courbait encore la nuque avec un petit souffle de bien-être, quand il maniait le fouet. Sa pratique au *Logis du docteur* avait été reprise depuis longtemps par des jeunes, mais pour Ane il n'y avait qu'un seul médecin.

— Gymnastique ! gronda-t-il en réponse à la question de ce qu'on pouvait faire pour les épaules et le dos douloureux des dames – des exercices qui assouplissent les muscles.

Ane lui demanda ensuite s'il pouvait s'imaginer compléter sa retraite avec une heure par semaine dans la fabrique, à quoi il répondit par un regard d'aigle majestueux. Mais elle savait où le prendre ; whisky et cigares étaient chers et la retraite de fonctionnaire petite.

C'est ainsi que le docteur Warming devint le premier médecin du travail du pays. Jens Peter lui arrangea un petit local avec un lit, où il repérait le muscle douloureux d'une main de fer. Chaque mercredi entre quatre et cinq, on entendait de grands cris dans le local, suivis d'ordres autoritaires.

Les patrons eux-mêmes avaient tout ce dont ils avaient besoin. L'emprunt à Degn Brøndum avait été remboursé et, depuis, Ane n'avait pas emprunté une couronne. Elle méprisait les banques, soudain devenues si aimables avec elle dès que cela avait commencé à aller bien.

Dans la maison basse d'Østre Strandvej, on n'aurait pas pu faire entrer un tabouret, mais l'extérieur n'avait pas bougé ; Ane n'avait jamais eu envie d'ajouter des fenêtres en saillie ou des balcons. Durant bien des années, elle demeura telle quelle, rappelant l'ancien temps de pauvreté avec lequel on entretenait une relation ambivalente, ici, au milieu des villas de millionnaires – dont celle de son propre fils un peu plus loin. On s'élevait plus haut avec arrogance, tout en courbant la tête avec respect. (Plus tard il devint très, très distingué de vivre là, et aujourd'hui on fait tout un plat de la maison d'Ane, qui raconte sincèrement son histoire.)

Mais elle était bien entretenue, méticuleusement même, et si elle ne changea pas durant toutes les années où Ane resta propriétaire, c'était qu'elle voulait conserver la même ambiance que lorsqu'ils l'avaient fait construire et qu'ils avaient démarré une nouvelle vie. Jamais non plus ils ne firent installer d'entrée ou de garage. Le souvenir d'alors ne devait pas être dérangé par d'élégantes annexes ; elle et Jens Peter n'achetèrent d'ailleurs jamais de véhicule, ils prenaient une voiture, comme ils disaient, s'il leur fallait se rendre quelque part et s'habillaient toujours bien pour l'occasion.

Parfois Ane prenait le train pour Aalborg. Cela durait quatre heures en ce temps-là et n'arriva que rarement dans la vie laborieuse de la dame, mais si cela se faisait quand même, c'est qu'une passion secrète la taraudait. Le but officiel était l'achat de vêtements, mais il faut cerner d'un peu plus près pour toucher juste. Jamais elle n'avait oublié les photos de beaux sous-vêtements qu'une amie lui avait montrées un jour, très longtemps auparavant. C'était enfoui en elle comme le vice d'un joueur et ressortait parfois : elle tournait autour comme une guêpe d'été ivre. Après l'acquisition de quelques robes et blouses bien seyantes dans un grand magasin, elle enfilait une petite rue transversale pour entrer dans la meilleure lingerie de la ville et y acheter les chemises de nuit en soie les plus chères.

Revenue chez elle, elle ne les mettait qu'en privé. Jens Peter ne découvrit jamais rien, ce temps-là était passé. Le précieux tissu la faisait s'empourprer. Des mains, elle caressait la douce chemise contre son corps et se glissait au lit. Puis elle fermait les yeux, s'accrochant aux basques d'un ancien sentiment de bonheur, une impression qu'elle n'avait vécue qu'une seule fois dans un moment interdit et, à ces instants-là, l'homme à ses côtés n'avait bienheureusement pas de visage.

Elle retourna à son bureau.

La voix dans le combiné résonnait toujours dans sa tête et elle resserra le châle autour de son cou. Puis elle eut trop chaud et le relâcha.

Combien d'années cela faisait-il qu'elle et Marie ne s'étaient pas parlé ? Le son de sa voix ramenait des images de sable, de secrets chuchotés dans une cuisine pauvre, une odeur de transpiration, de baies bouillies, et une pensée folle. Ane essaya de deviner d'où Marie avait appelé ; elle n'avait pas le téléphone elle-même, c'était bien au-dessus de ses moyens. Mais elle s'était donc arrangée pour en emprunter un et s'adresser à elle dans l'esprit du temps ; proximité et distance opportune en même temps.

Cela avait sérieusement tourmenté Ane de ne plus voir sa sœur. Leur relation s'était brusquement interrompue quand Marie avait utilisé son joker jusqu'au bout. C'était peu après l'épisode où Ane avait présenté à Marie une facture de tout ce qu'elle avait emprunté peu à peu.

Marie avait pris Ane de front avec la fantastique initiative suivante : si Ane ne rayait pas sa dette et ne lui conservait pas son poste de travail, elle ferait savoir ce qu'elle savait. Elle n'avait pas besoin d'en dire davantage ; toutes deux savaient que Carlsen, fonctionnaire zélé, ne dormait pas toujours bien la nuit parce qu'il y avait quelques petites choses qui ne collaient pas dans le calcul. Tout ce qui refluait sur la plage était de sa responsabilité personnelle, et il considérait toujours l'affaire du naufragé américain comme non élucidée.

Ane avait blêmi et l'avait regardée, en essayant de capter son regard fuyant. Avait-elle bien entendu ? Etait-ce sa propre sœur, cette horrible personne en chair et en os assise devant elle ? Avec des larmes dans la voix, elle pria Marie de s'éloigner et de ne plus jamais se montrer, même en visite privée. Pendant les temps qui avaient suivi, elle avait tremblé à l'idée que Marie pût mettre ses menaces à exécution.

Mais rien ne s'était passé. Cela faisait maintenant plusieurs années, et Ane s'était persuadée que Marie n'avait pas dit un mot. Sinon elle aurait vu Carlsen pointer son nez, inquisitorial, une nouvelle fois. Elle avait tranché intérieurement le problème : Marie n'était pas très vive. Elle avait cru pouvoir l'effrayer, pouvoir avoir facilement une part dans l'aisance d'Ane et de Jens Peter. Ane revit son regard fuyant et en vint à la conclusion que sa sœur avait sans doute oublié de tenir compte de sa conscience. Et sans doute celle-ci la tourmentait-elle, les rares fois où elle utilisait sa tête pour penser.

Elles ne s'étaient pas parlé pendant toutes ces années, et cela faisait mal à Ane qu'elles en soient arrivées à se croiser dans la rue sans se saluer. Elle avait confié à Jens Peter ce qui s'était passé, il avait compris le sérieux de l'affaire et lui non plus n'avait plus parlé à Marie.

Ce n'était pas difficile de voir que pour Marie, c'était encore pire, et à mesure que la colère d'Ane retombait, elle se mit à penser que cela ne devait pas finir comme ça. Marie n'était pas méchante, elle s'était seulement comportée terriblement bêtement, et ça c'était une autre affaire.

Ane éteignit la lumière du bureau et ferma à clef, elle était la dernière. Puis elle monta sur son vélo et rentra dans le crépuscule.

33

Marie avait vite trouvé un travail dans une autre fabrique de poissons après sa rupture avec Ane.

Elle n'était pas femme à réfléchir sérieusement, elle s'était contentée de repousser dans un coin ses trois dernières mauvaises actions et d'éviter d'y penser, ainsi tout allait à peu près bien. Les trois mauvaises actions : constituer une dette auprès de quelqu'un comme Ane. La menacer en l'air. Gâcher le mariage de Tonny en suggérant qu'elle savait certaines choses sur son origine. La dernière bévue surtout la tourmentait. L'image de son visage déçu, l'image d'un mariage brouillé par une remarque bête, cela faisait impression sur Marie. Elle avait essayé de découvrir pourquoi elle avait fait ça, mais sans jamais aller jusque-là où ça fait mal, là où, si on a un tempérament pathétique, on peut parler de jalousie noire clapotant dans une soupe de destin amer.

La fois où elle avait suivi le garde maritime Carlsen – ils s'étaient mis d'accord pour parler chez elle, dans sa cuisine – elle avait changé d'avis en route. Elle marchait derrière lui et se sentait à chaque pas plus misérable. Peut-être quelqu'un les verrait-il ensemble. Elle cherchait une issue et réalisa qu'au fond elle ne lui avait rien promis.

Lorsque enfin ils se retrouvèrent face à face dans la modeste cuisine de Marie – quelques bassines, un réchaud à gaz sur une table de pierre et deux caisses à poissons renversées pour s'asseoir – sa mauvaise volonté était totale. D'un ton cassant, et avec l'assurance de qui a l'avantage d'être sur son propre terrain, elle sortit le flacon d'eau-de-vie du placard et demanda :

— Bon, Carlsen, et si on trinquait aux temps favorables ?

Il fut surpris du changement d'ambiance et sut avant même d'avoir commencé à la questionner que ceci ne mènerait nulle part. La dame s'était rétractée, pensa-t-il. Sa voix ne sonnait pas juste lorsqu'il reposa sa question.

— Ah, ce qui s'est passé, il s'est passé tant de choses, aboya Marie en réponse.

Elle se versa un verre, mais il posa une main sur le sien.

— Oui, tu n'as jamais été un rigolo, dit-elle en levant le coude.

Il se sentit vexé et répéta sa question, si elle savait ce qui était arrivé à cet homme qu'il avait récupéré sur la plage presque vingt ans auparavant.

Marie réfléchit. Puis elle dit :

— Il est parti. Je l'ai vu moi-même. Avec chapeau, bottes et tout. On ne pouvait pas s'y tromper. A l'aube. J'étais debout tôt à cause de l'enfant. On ne pouvait pas s'y tromper. Et d'ailleurs il y a si longtemps que cela n'intéresse plus personne.

Carlsen nota qu'elle se répétait et la fixa de ses yeux scrutateurs. Le regard de Marie vacilla et elle fit une grimace irritée.

Il se leva pour partir, plus convaincu que jamais que les choses ne s'étaient pas passées comme on voulait le lui faire croire.

Marie se sentit un peu rasséréné par la façon dont elle avait fait face à la situation. Mais cela ne la mettait pas en meilleure position. Elle pouvait difficilement aller chez Ane et lui dire : Finalement, je n'ai rien dit.

Le mal était fait et l'échec tangible : toute forme de crédit était épuisée, Jens Peter et Ane ne la saluaient plus, Tonny lui adressait tout au plus un salut maussade et ne passait jamais plus par chez elle. Elle avait sans doute aussi dansé avec lui pour la dernière fois.

Puis elle tenta de parler avec Rie, qui était si gentille, mais là elle fut tenue à distance. Rie avait flairé qu'il y avait anguille sous roche, quoi exactement, cela ne l'intéressait pas, mais cela suffisait à ce qu'elle n'invite pas Marie à venir voir la villa dont tant de gens parlaient.

Marie se remaria – cette fois avec un commis d'épicier, elle voulait éviter les pêcheurs, même si certains n'auraient pas dit non. Le commis s'appelait Niels Erik Nielsen, mais on ne l'appelait jamais autrement que Niels le Fionien, pour des raisons qui vont de soi. Marie avait calculé que cela ne pouvait pas aller mal si elle prenait un gars du dehors, possédant un emploi stable à terre. Encore une fois, elle avait oublié quelques facteurs dans son calcul. Niels le Fionien avait bien son job chez l'épicier Iversen, sur St Laurentiivej, mais il ne progressa jamais dans sa carrière, n'alla jamais plus loin que transporter des marchandises au port sur sa bicyclette et tenir la porte pour les clients, les prévisions d'achats et l'addition de gros chiffres lui donnaient le vertige.

Néanmoins, il était de compagnie agréable pour boire des petits coups, un penchant que Marie n'avait jamais négligé, et ils avaient donc ça en commun.

Grâce aux moyens modernes et à sa connaissance du cycle féminin, elle veilla aussi à ce que sa nouvelle petite famille ne s'agrandisse pas. Elle n'avait aucune envie de faire des enfants alors qu'elle était déjà grand-mère. Ses propres fils et filles étaient à peu près sur la bonne voie, comme on disait, l'aîné Kresten était un homme doué et tranquille – Marie savait bien d'où il tenait cela, mais ne le dit jamais à personne – qui pêchait avec Tonny depuis dix-huit ans et gagnait très bien sa vie. Tonny et Kresten ne parlaient jamais du front froid entre les familles, ils se sentaient presque frères, même s'ils n'étaient que cousins, et avaient un ordre du jour plus grandiose. Le cadet, Anker, celui aux bottes remontant jusqu'aux genoux, qui sifflait et était toujours de bonne humeur à bord, avait regagné terre et était devenu forgeron dans un atelier de machines sur le port ; il ne sifflait ni ne chantait pas plus que d'autres, il était apparu que c'était quelque chose qu'il avait inventé pour contrer sa peur de la mer.

Pour Marie et Niels le Fionien, ça allait à peu près aussi, ils louaient deux toutes petites pièces à Østerby, se débrouillaient avec leur cuisine sans eau courante ni écoulement, et des latrines, comme on disait encore dans les années 1930, dans la cour. Comme on le voit, ils ne vivaient pas tout à fait sur le même pied que ceux auxquels on les comparait toujours. Ils vivaient dans l'ombre d'Ane et de Tonny et de leur famille, à la fois irrités et attirés comme des guêpes engourdies autour d'un pot de miel vide par la poussière d'étoile qui pourrait retomber sur eux s'ils jouaient correctement leurs cartes.

Tout cela peut certes paraître un peu cynique – car Marie était au fond d'elle-même bien attristée par la situation.

Lorsqu'elle apprit que Carlsen était mourant, elle entrevit une occasion de renouer le contact. Elle serait celle qui apporterait la nouvelle à Ane. Elle jugea que les conditions étaient parfaites : non seulement elle serait la messagère, mais le message en lui-même était précisément celui qui pourrait mettre fin à une période désagréable.

Ane ne lui accorda pas un regard pendant l'enterrement.

Le pasteur était un mince gamin qui visiblement ignorait tout de la pêche et de la navigation, et le prêche révulsa Ane, mais elle ne dit rien ; elle était quand même devenue un peu plus sage avec les années.

Au lieu de cela, elle passa et repassa en pensée le positif de la situation : le juge d'instruction, le grand inquisiteur, était en route pour sa dernière navigation. Personne ne lui demanderait plus jamais rien, personne ne s'intéresserait plus à la vieille histoire, et personne ne saurait jamais combien elle avait été sur le point de craquer sous le faisceau de son regard. Il avait un certain droit à la vérité ; c'était lui qui avait ramené le naufragé sur la plage, lui qui avait appelé de l'aide et réinsufflé la vie dans le marin.

Avait-il aussi indirectement sauvé la vie d'Ane ? Il avait épargné à une jeune femme de devenir dure et froide, une jeune femme qui avait déjà une tendance à cela, mais à qui les circonstances étaient en train de donner le coup de pouce final.

Les larmes se frayèrent un chemin, mais elle les essuya, se disant que ce n'était que l'émotion habituelle au dernier vers, quand l'organiste appuie sur la pédale ; et elle entonna le cantique.

Pendant toute la cérémonie, elle sentit le regard de Marie sur elle. Cela la tranquillisa. Maintenant, elle l'avait dans sa poche. Le temps était venu de mettre un trait sur la vieille inimitié et de conclure un marché pour l'avenir. Elle en esquissait déjà les contours, pendant que mouraient les échos de l'orgue. Les apprentis businessmen d'aujourd'hui peuvent aller se rhabiller avec leurs analyses coûts-bénéfices et leurs scénarios catastrophes ; ils sont battus à plate couture par le marché de maquignon qu'elle était en train de mettre au point pendant ces secondes et dont bénéficieraient les deux parties, mais surtout elle-même.

Il y avait une marée humaine à l'enterrement. Ane se tenait tout à fait derrière. Soudain elle entendit un chuchotement dans son dos :

— Je n'ai rien dit ce jour-là ! J'ai changé d'avis en route. Il n'a jamais rien su.

Les mots avaient volé de la bouche de Marie. Ils semblaient avoir été prononcés un peu trop fort dans cette foule compacte. Derrière elles, le son détaché des cloches vint rompre le silence, devant eux se serrait la cohorte de gens vêtus de noir. Ane ne dit rien. Tout allait comme il fallait.

Puis le garde maritime Carlsen fut mis en terre et les gens se dispersèrent lentement, rentrant chez eux ou allant prendre le café à l'hôtel Clausen. Marie et Ane quittèrent le cimetière, Marie à un pas derrière, et elles descendirent ainsi la rue principale.

Les yeux de Marie étaient fixés sur Ane, qui marchait lentement, tout en inspectant les vitrines des boutiques. Finalement, Ane se retourna vers elle et dit :

— Et si on allait chez moi prendre un petit quelque chose pour faire passer l'émotion ?

Elles marchèrent à travers la ville vers Østre Strandvej, raides et étrangères l'une à l'autre, en parlant du temps et du vent, un sujet qui a ici une signification autrement plus concrète qu'un peu plus au sud du pays. Leur terrain commun, c'était Tonny et Kresten et la pêche, et il y avait largement là de quoi alimenter une conversation d'une demi-heure. Cela, plus une tasse de café et une goutte de la carafe une fois qu'elles furent à l'intérieur, permit de rompre un peu la glace et peu à peu elles s'approchèrent de ce qui importait.

Quand Marie quitta la maison d'Ane deux heures plus tard, ce fut avec des étoiles dans les yeux.

Tout avait été tellement facile. Elle était redevenue amie avec sa sœur et avait en un instant grimpé les échelons.

Elle le réalisait encore à peine et voguait sur Strandstiene vers sa maison de façon un peu irréelle.

Ane voulait leur acheter une maison, à elle et à Niels. Elle aurait une toute nouvelle maison dans un nouveau quartier près de Markvej, avec salle de bains, sol en terrazo et eau chaude, cuisine avec gazinière, chambre et salon, en contrepartie d'un loyer à peine un peu plus cher que l'actuel. Ce qui voulait dire en réalité qu'elle ne devait rien. Absolument rien. La seule chose qu'elle devait faire était de tenir la maison propre et ne rien dire à personne sur rien. Jamais. Si elle le faisait, elle serait immédiatement mise à la rue.

Marie n'avait jamais rien entendu de plus facile.

34

Tout ce drame se déroulait comme déjà évoqué bien audessus de la tête de Tonny.

Non que cela ne l'intéressât pas, au contraire, mais tant qu'il s'agissait de choses qui se tramaient entre femmes, il jugeait en dessous de sa dignité de s'en mêler, ne fût-ce que d'un regard. Que Marie eût failli gâcher son mariage en lui chuchotant qu'elle savait quelque chose sur cette affaire ne l'avait poussé qu'à se renfermer encore davantage. Il se reprochait même de se sentir affecté par ces intrigues de bonnes femmes.

L'époque vouait un intérêt passionné aux fenêtres en saillies, aux cordons de voilages, aux différentes sortes de gazon et aux dalles de jardin – et Tonny s'ennuyait et se sentait en dehors. Son bateau était en carénage, ses filets en réparation chez le ramendeur, l'atelier de mécanique avait démonté machines et treuils, et il y avait des limites au nombre de fois par jour où on pouvait aller au port en vélo (pas de voiture, toujours le vélo en semaine) et écouter des bavardages niais – selon sa propre expression. Et un jour il repartit à la banque avec son vieux rêve, et cette fois cela fit mouche.

— Les temps sont favorables, dit philosophiquement le banquier. Nous sommes entrés dans une période calme, au Danemark comme dans les pays voisins.

On était en 1938, et Tonny n'eut donc pas beaucoup de mal à emprunter pour l'achat d'un nouveau bateau, encore plus grand et équipé d'un moteur et d'apparaux encore plus puissants que ceux du premier.

C'était *Rie IV*, la coque de noix de cent tonneaux qui bourdonnait sur le Skagbanke, lorsque nous avons suivi le banc de harengs depuis la mer d'Ecosse jusque dans le chalut de Tonny.

Lors de sa construction, c'était un des plus grands bateaux de pêche du pays, un bateau solide, équipé d'un moteur Hundested de 385 chevaux. Et c'est là, les pieds sur ce pont, que la renommée de Tonny comme pêcheur s'accrut pour de bon.

Ils firent encore un dernier voyage vers la côte est de la Grande-Bretagne, puis les années anglaises prirent fin. La Seconde Guerre mondiale éclata. Tonny et l'équipage de *Rie IV* eurent la chance de s'échapper à temps. Soudain, l'ambiance avait changé dans les villes côtières qu'ils connaissaient si bien. Le vieil Empire était de nouveau en crise, et des hommes en uniformes, à qui il était impossible d'arracher un sourire, envahissaient les quais avec des ordres brefs et péremptoires, et des mandats d'arrêt. Tous leurs amis avaient soudain disparu. Beaucoup de pêcheurs danois furent internés, sans même l'autorisation de téléphoner ou d'écrire chez eux. Quelques-uns eurent la chance d'obtenir le droit de rentrer chez eux, filèrent droit sur un champ de mine anglais et succombèrent. D'autres furent bombardés au cours de la pêche.

Telle fut la fin brutale de l'aventure et, au retour, Tonny dut peindre le drapeau danois sur les flancs de ses quatre bateaux pour éviter d'être attaqué à la mitraillette par l'un ou l'autre des belligérants.

Mais le vent du sud-ouest s'adoucit à mesure qu'il s'éloigne de la nation guerrière, passe au-dessus des mines et des destroyers et s'approche de la ville sur la pointe nord du Jutland.

Skagen devint de nouveau le centre, comme à l'époque des peintres ; ici il y avait bien moins de restrictions que dans les villes côtières jutlandaises de l'ouest, et des bateaux venaient de tout le pays pour y pêcher. Les pêcheurs venus d'ailleurs vivaient à bord de leur bateau avec leurs familles ou louaient des maisons en ville. Cela amenait encore plus d'animation dans les rues et davantage d'argent dans les caisses des commerçants. Pendant que les Allemands construisaient des bunkers et des routes en béton vers Højen et Kandestederne, collés nuit et jour au radar pour devancer une invasion, Tonny devint un des leaders de la pêche au hareng, et il adorait s'étendre en long et en large à la radio sur la grandeur de ses pêches.

C'était devenu un rituel, de même qu'il veillait toujours à aligner les phares en entrant et en sortant. Cela n'avait plus grande signification pratique, il suffisait de se diriger par rapport au bateau-phare ou se repérer au compas, mais il vérifiait quand même compulsivement l'ancien repère et gardait toujours un œil à l'arrière. C'était un peu comme s'il dansait sur la ligne et que cela risquait de tourner mal s'il passait d'un côté ou de l'autre.

Et sans doute était-il funambule car, durant ces années-là, ils ne firent pas une campagne en dessous de quarante mille, comme il le disait bien des années après avec un doux sourire, et il se montra généreux envers les hommes de l'équipage qui avaient supporté ses caprices pendant toutes ces années – surtout envers Kresten. Tonny avait à cette époque un revenu annuel de deux cent mille couronnes. Il est difficile d'évaluer à quoi cela correspond aujourd'hui mais quelque chose entre dix et douze millions de couronnes n'est sans doute pas loin du compte. Un assistant de bureau dans la fabrique de filets de sa mère gagnait alors environ trois mille huit cents couronnes par an*.

De fait, nous avons déjà levé un peu le voile sur les événements à venir.

Après la guerre, les revenus devinrent si élevés que Rie renonça à suivre. Elle avait acquis un nouveau piano Hornung & Møller et acheté en quantité des fauteuils et des tapis à Aalborg et malgré tout, cela ne faisait pas de grands trous dans la tenue de caisse.

Tonny s'était offert une nouvelle voiture, une Ford Sedan pesant deux tonnes, en tous points semblable à celles aux vitres desquelles on voit se pencher les gangsters tirant à la mitraillette dans les films des années 1940. Elle avait un pare-brise divisé en deux et un long capot qui s'ouvrait également en deux, sous lequel reposait un gigantesque moteur V8. Rien n'indique qu'elle soit jamais allée plus au sud que Hulsig, sans doute restait-elle le plus souvent garée devant la maison où, moteur tournant au point mort, elle cimentait le surnom de Tonny en laque noire au-dessus des jantes blanches. Mais uniquement par temps sec. Quand il pleuvait, elle était rentrée à l'abri.

Le banquier nota avec satisfaction avoir mis dans le mille avec son analyse socio-économique de l'époque et ignora avec superbe que l'Allemagne nazie avait occupé sept pays voisins, sur quoi il conseilla à Tonny d'investir l'argent gagné dans des bateaux de pêche.

Il fit un calcul sur un morceau de papier et dit :

— Il n'y a pas d'investissement plus sûr que les bateaux de pêche. Ce sont eux qui ont donné le plus de dividendes

* 10 à 12 000 000 de couronnes danoises représentent en 2009 une fourchette allant de 1 300 000 à 1 600 000 euros. 3 800 couronnes équivalent à 510 euros. *(Note de l'éditeur).*

ces vingt dernières années. Si vos autres bateaux pêchent aussi bien que le vôtre, Christensen, vous deviendrez en un an un des hommes les plus riches du Jutland du Nord.

N'ayant jamais eu de large vue d'ensemble en matière d'économie, Tonny hésita quelques instants entre les visions grandioses du banquier et le bon sens terre à terre de Rie. En son for intérieur, il avait surtout envie d'être prudent comme le lui conseillaient Rie et sa mère, à savoir acheter des obligations d'Etat et de la terre, mais s'il finit quand même par faire ce que lui disait le banquier, c'est qu'il avait aussi un côté dispendieux. L'homme derrière le bureau, avec son nœud papillon et ses boutons de manchettes, ressemblait à ceux qu'il avait connus en Angleterre, et il avait un certain goût pour la grandeur. La perspective de se mesurer aux très grands exportateurs de poissons, les Røntved, les Antoniesen et autres, le titillait. Et il se laissa convaincre, décida d'acheter et alla passer commande chez le constructeur de bateaux.

Néanmoins, considérer que seul le directeur de la banque voyait quelque chose de spécial en Tonny n'est sans doute que l'effet d'un pessimisme passager. De fait une certaine renommée avait commencé à se répandre bien au-delà des cercles familiers, et la raison n'en était pas seulement les pêches et tout l'argent qui entrait ; dans ce domaine il n'était pas le seul.

Il y avait le mythe. Une fois, au cours d'une soirée, il avait mouché un biologiste marin, fonctionnaire royal, en racontant comment les poissons communiquaient entre eux.

Un grand silence s'était fait dans la pièce. Le biologiste ne savait que faire de ce racontar. Il n'osait pas le balayer d'un geste, il se trouvait malgré tout face à un professionnel d'une certaine réputation. D'un autre côté, un sourire taquin brillait dans les yeux noirs du pêcheur.

— Ah, vous vous moquez de moi, Christensen, dit le biologiste.

— Mais tonnerre de Dieu, dit Tonny. S'ils étaient incapables d'obéir aux ordres de leur meneur, des poissons comme le maquereau ou le hareng seraient incapables de vivre en bancs.

Le biologiste lui tendit un piège :

— Le poisson est-il donc doué d'intelligence ?

— Ça, je n'en sais fichtrement rien, répondit Tonny. Ils ont sans doute leur propre intelligence. As-tu déjà vu une bande de thons chasser les harengs ? Ils coincent le banc par les côtés et par en dessous, si bien que le banc devient si compact qu'il dépasse de l'eau, jusqu'à trois pouces en dessus. On dirait que l'eau bouillonne. Puis, quand les harengs sont bien tassés, le meneur jette son ordre : en avant, on tue ! Alors les thons pénètrent en long et en travers dans le banc compact, fouettant de la queue et faisant écumer l'eau, et ils blessent autant de harengs que possible. Les harengs blessés tombent au fond. Puis les thons les dévorent. Au cours de cette action, pas un seul thon ne quitte sa place ou commence à bouffer avant l'heure. Comment crois-tu que ce serait possible s'ils étaient incapables d'obéir à un ordre ?

Le biologiste se frotta le menton. Il lui était révélé une connaissance du comportement des poissons qui – malgré l'ajout d'effets dramatiques – était plus profonde que la sienne. Le pêcheur avait d'ailleurs les auditeurs dans sa poche. Il ne lui restait qu'une solution : caresser le dingue dans le sens du poil.

— Et la langue que parlent les poissons, vous la comprenez, Christensen ?

— Ecoute-moi bien, monsieur le scientifique. Là-bas dans les Trous du Diable, près de l'Ecosse, l'air est parfois poisseux de harengs, tu comprends ça ? Je les sens, dit-il en jetant un regard de défi sur son adversaire.

Le biologiste ne pouvait ni lui donner raison ni fournir de contre-argument. Il sauva en dernier lieu son honneur professionnel en disant :

— Bon, bon, c'est possible, Christensen, mais je crois quand même qu'il y a une autre explication. Peut-être une explication que vous ne voulez pas donner.

Le biologiste avait visé assez juste. On s'approche davantage de la vérité en révélant que Tonny avait des connaissances sur le plancton et le courant, et savait interpréter les fonds de mer sur une carte marine. Quand tous les pêcheurs se trouvaient sur le banc la nuit, attendant le hareng, des remous pouvaient remonter des profondeurs. Le plancton dérive avec le courant. Il atteint une falaise par le fond. Alors il remonte. Puis arrivent les oiseaux. Les oiseaux vivent de harengs. Les harengs vivent de plancton. Alors le hareng est là aussi.

S'il faut rechercher quelque chose d'aussi ténu que l'instant de gloire d'un homme, cette discussion avec le biologiste marin est peut-être cet instant-là pour Tonny. Je me l'imagine repoussant une mèche noire avec un éclat de rire, trinquer et crier À LA TIENNE ! à l'honorable contradicteur, puis changer de sujet sans effort, tandis que les auditeurs secouent la tête, sans qu'on puisse savoir si c'est parce qu'ils le trouvent fou ou parce qu'ils l'admirent, ou les deux à la fois.

En tout cas, ce furent là ses *années* de gloire. C'est aussi à cette époque-là qu'il attrapa huit petits requins taupes. Les pêcheurs expérimentés secouèrent la tête, franchement, là, l'Américain perdait complètement la boule. Mais Tonny prétendit en riant que l'on mangeait ces poissons-là dans le sud, et parole, il les vendit, pas à des prix fantastiques, certes, mais quand même. A cela s'ajouta la rumeur, les requins sur le quai, le petit homme sortant sa frimousse noire par la vitre de la cabine, tout cela passa dans le quotidien national *Berlingske Tidende*, car c'était l'été, époque où beaucoup de lecteurs de ce journal se trouvent à Skagen.

La pêche au thon, il s'en approcha avec une fascination tout à fait particulière. En réalité, cela avait démarré depuis de nombreuses années. Quand, en campagne, ils remontaient la senne, il s'était aperçu que le petit torpilleur gris venait choper les harengs qui s'en échappaient.

Alors il mit du hareng et du maquereau sur une longue canne avec hameçon et cultiva une sorte de pêche de plaisance. A bien des reprises, au début, cela ne donna rien. Un thon peut attaquer à quatre-vingts kilomètres à l'heure, et l'équipage le regardait en se grattant la nuque – son vieux partenaire Kresten se permettait même de rire à haute voix chaque fois que le thon filait avec appât, canne et tout. Mais peu à peu il se fit la main. Il jeta du hareng à l'eau pour appâter, monta un frein sur la ligne, apprit à rendre du fil pour éviter la rupture et fatiguer le thon. Puis il le ramenait lentement et luttait avec lui les derniers mètres dans un jet d'éclaboussures, jusqu'à ce qu'un homme puisse jeter un nœud coulant autour de sa queue et le hisser par-dessus le plat-bord.

Un jour, ils en attrapèrent vingt de cette façon. Les hommes fixaient les monstres boursouflés, se demandant ce que diable on allait en faire, mais la réponse du patron fut que ça, il y aurait bien quelqu'un pour le savoir.

Et il en fut ainsi. Tonny se contenta de les débarquer, laissant à d'autres le soin de prendre la suite. A terre, il fit bien un petit tour de piste, enquêtant ici et là, entre autres auprès de sa mère, mais Ane dit non, pour elle c'en était fini des expériences. Mais d'autres se présentèrent. Après quelques essais ratés d'exportation, des gens talentueux d'Esbjerg découvrirent comment tuer le poisson pour que les Italiens l'apprécient. Il fallait que le cœur expulse lui-même le sang, il ne suffisait pas de le rincer. Ainsi on lui conservait son goût sucré, et le commerce démarra.

Par la suite, beaucoup de thons furent débarqués à Esbjerg, Skagen et ailleurs, et les prix montèrent en flèche. Souvent ces pêches secondaires rapportaient le double des pêches principales. Un jour le grand pêcheur T. Christensen attrapa lui-même cent sept thons au filet près de Grenen, et la scène, quand ils furent alignés dans la nouvelle criée le lendemain fut filmée et existe encore à ce jour sur un film d'amateur.

Toute cette époque turbulente fut un temps agréable, où tout souci semblait loin. Même le grand problème de la famille passa à l'arrière-plan. Tonny était devenu un homme adulte qui appartenait à ce lieu. L'Américain était devenu un élément du décor local et un homme connu dans la ville.

L'argent se ramassait à la pelle dans les cales de ses bateaux. Les autres bateaux de sa flotte ne ramenaient peut-être pas autant que celui du patron lui-même, mais ça tournait et mettait un peu plus que du pain sur la table pour quinze à vingt familles, et c'est ce qui comptait pour Tonny. L'argent ne l'intéressait plus, ce n'était que des chiffres suivis de zéros de plus en plus nombreux à la banque, où on avait commencé à l'accueillir avec un silence respectueux et d'imperceptibles courbettes.

Cela continua ainsi jusqu'au jour où le fantôme ressurgit en chair et en os.

35

Peu après la fin de la guerre, par simple vénération du passé, Tonny et son équipage mirent le cap sur leurs anciens territoires de pêche, tout juste débarrassés des mines. Ils traversèrent la mer du Nord par beau temps et remontèrent le fleuve Humber avec un courant favorable et le cœur battant d'excitation. Tonny se réjouissait de montrer son nouveau bateau. Sa seconde patrie lui avait été fermée durant cinq ans.

Mais d'une certaine façon, elle le demeura. Revenir en Angleterre ne fut plus la même chose cette fois-ci. A présent il fallait une licence pour pêcher, une restriction qui donnait à Tonny une sensation d'étranglement. La politique concernant les produits alimentaires était devenue tout autre, les pêcheurs anglais avaient amélioré leurs techniques, bref, au bout du compte, rien n'était plus comme avant.

Tonny comprit par où soufflait le vent, il le perçut à peine avaient-ils lancé une aussière à quai. Mais il joua quand même le fils prodigue pendant quelques jours, s'affichant dans les bars et commerces avec son anglais devenu tout à fait honorable avec le temps et allant en souvenir d'une vieille amitié se faire prendre les mesures pour un dernier costume chez le tailleur Robertshaw. Le tailleur s'illumina en voyant arriver son vieux client d'avant-guerre et murmura ses mensurations de mémoire, les yeux fermés.

Tonny jouit de l'impression d'être un homme connu de l'autre côté de la mer lorsqu'il se tenait dans l'arrière-boutique sombre du tailleur, sentant sa main agile courir prestement avec le mètre sur son ventre et ses épaules, et écoutant son bavardage.

— Trois pouces entiers de plus à la taille… oui, murmura le tailleur, la bouche pleine d'épingles, c'est ce qu'il faut pour un homme dans votre position, mister Christensen, et Tonny écoutait, tout à son bonheur d'acquérir de beaux vêtements, fidèle en cela à son ascendance maternelle et, s'il faut en croire les sources, paternelle sans doute aussi.

Peut-être le costume n'était-il pas tout à fait aussi élégant qu'autrefois. Le manque de denrées de luxe de l'après-guerre se faisait sentir là aussi, mais cela ne se remarquerait sans doute pas dans le coin sombre du King's Arms Pub où Chapman et lui devaient se retrouver quelques jours plus tard.

— Les temps ont bien changé, dit Chapman au-dessus d'un *kidney pie* et d'une pinte de bière Bitter à la table ronde dans le coin.

— *Yes sir*, dit Tonny.

— Comment va Jens Peter ?

— Bien. Il est devenu une sorte de manager dans l'entreprise de ma mère.

— Hmm. Que fait-elle déjà, ta mère ?

— Surtout du hareng mariné. Ça marche vraiment bien. Elle a trente à quarante employés.

— Du hareng mariné ? Des kippers ?

— Non, pas ces abominables trucs fumés et gras. Des harengs frais, crus, qu'on marine dans le vinaigre, avec des épices et autres.

— Horrible ! Et J.-P. alors ?

— Il n'a pas l'air de regretter la pêche.

— Oui, c'est une vie dure. Quand as-tu l'intention d'arrêter, Tonny ?

— J'en sais fichtrement rien, Sam.

— Tu ne tiendras pas le coup longtemps. Je le vois bien.

— A quoi vois-tu ça ?

— A tes cernes noirs autour des yeux. Tes tics. Combien de bateaux possèdes-tu ?

— Quatre.

— Vends-les. Armateur, c'est pas quelque chose pour toi. Tu es un aventurier. Un pêcheur.

Tonny était éberlué. L'homme picorait son pie en lui disant des choses impossibles à dire en jutlandais du Nord. Puis Chapman poursuivit, maintenant qu'il l'avait ferré :

— Et comment va ton vrai père ? Celui avec l'équipement d'ammoniac et toutes les voitures ?

Chapman avait un sourire taquin aux lèvres.

— Ça marche très bien, dit Tonny en regardant ailleurs.

C'était quand même fort de café d'être confronté à quarante-cinq ans aux bêtises qu'on avait inventées tout jeune.

— Raconte-moi cette histoire, dit Chapman, celle de ton vrai père.

Tonny en eut le souffle coupé. Il n'en avait jamais parlé à personne. Même pas à Rie. Puis il se calma et pensa que c'était peut-être l'occasion de se débarrasser un peu du poids qui pesait sur ses épaules. C'est ici que je peux le faire, ça n'ira pas plus loin, ici je n'aurais pas à affronter des regards de jugement. Et c'est peut-être la dernière fois que je vois Chapman.

Il commença à raconter, avec hésitation, tout en observant attentivement le visage de son interlocuteur, mais il n'y vit qu'écoute et gentillesse, et se mit en train.

— Fantastique, dit Chapman lorsque le récit du naufrage, du marin étranger qui avait disparu et tout, fut terminé. Et personne n'a essayé de savoir ce qu'il était devenu ? demanda Chapman en déposant fourchette et couteau.

Tonny dénoua le second nœud : la scène de son propre mariage, quand Marie dansait collée contre lui et qu'il lui avait semblé bon d'épicer un peu sa fête en lui parlant de l'activité de détective de Carlsen.

— Mais il n'est finalement pas arrivé au bout, dit Tonny en se sentant pour la seconde fois allégé.

— Tu as envie de savoir, non ?

— Ouais.

— Très envie ?

— Ouiiii.

— Il y a certainement quelqu'un qui sait quelque chose, dit Chapman en prenant les verres pour aller commander d'autres bières. C'est un petit patelin, non ?

Tonny retint son souffle.

Les années suivantes, tout alla dans le même sens.

Le ramendeur Robert Larsen fit des recherches sur le chalut et fabriqua une des nombreuses inventions qui allaient faire galoper le plus fou des siècles : on s'habitue très vite au gaz en bouteille, aux vrais matelas dans les couchettes, aux maisons bien isolées et aux voitures à allumage automatique. Aux forêts d'antennes de télévision, aux réfrigérateurs, au chauffage central et aux baignoires sabots, et on a du mal à s'imaginer que les temps anciens, ce sont maintenant ceux juste avant la guerre, avec les pêches en Angleterre, les bateaux aux longues cheminées et aux petites cabines, et les maisons avec latrines dans une cabane dehors. Et au fait que les temps préhistoriques, ce sont ceux d'avant la construction du port, quand les maisons basses étaient planquées dans les dunes, quand les bateaux faisaient naufrage et quand il se passait des choses étranges dans la nuit qui suivait.

La fin des années 1940 et toute la décennie suivante sont la grande époque du filet dérivant, après quoi harengs et maquereaux ne peuvent plus s'échapper en remontant vers la surface quand ils aperçoivent un chalut. Le nouveau chalut peut être réglé afin de pêcher là où se trouve le poisson, et les poissons en bancs sont au fond la nuit et à la surface le jour.

Le silence majestueux qui a régné la nuit sur la mer pendant des siècles a pris fin. Avant tout le monde dormait, la mer, les pêcheurs, les harengs et les maquereaux, maintenant une activité frénétique s'y déroule. Les bateaux allument des feux pour faire remonter le hareng, on voit les puissantes lumières et on entend le constant vrombissement des générateurs jusque loin à terre. La poche est souvent vidée, c'est le début d'une extraordinaire abondance à terre et d'une course mortelle pour la pêche.

Tonny y pense souvent et en parle avec les poissons, lorsque, les bras posés sur le plat-bord, il fixe l'obscurité. Si nous ne vous laissons pas reposer la nuit, nous allons finir par vous éliminer, dit-il aux bancs de harengs au large de l'Atlantique, mais il se contente de le leur dire à eux ; à terre il n'exprime pas son point de vue, ce n'est pas populaire, et il a déjà subi les risées en prétendant qu'il savait parler avec les harengs. Et pour le moment, tout va bien, qui bouderait les millions qui entrent ?

Au cas où les bancs seraient assez rusés – éventuellement sous la conduite d'un meneur, qui sait ? – pour éviter le chalut, nous avons maintenant aussi l'échosondeur. Il a été inventé pendant la guerre par les Anglais pour détecter les sous-marins, et maintenant nous localisons les bancs de poissons grâce à lui, de plus en plus précisément.

Le compas, le loch et la sonde sont soudain devenus des instruments d'antan. Maintenant nous avons des ondes radio qui déterminent exactement la position, et sans doute personne ne dira rien de négatif là-dessus. Les échouements sont devenus de plus en plus rares, papa rentre à l'heure, que tu voies le faisceau du Phare Gris de loin, ou que tu te repères sur l'ancien et le nouveau phare, ça n'a plus la moindre importance, maintenant il te suffit de jeter un œil sur le radar Decca, la grande marmite noire, et pour peu que tu t'y reconnaisses dans le fouillis de chiffres et de montres, tu sais toujours où tu es.

Un nouveau bassin gigantesque a été inauguré dans le port, le nombre d'habitants fait encore un bond en avant, des conserveries s'ouvrent et la farine et l'huile de poisson sont exportées en grandes quantités dans l'Europe entière, la grosse corde de basse a été mise en vibration. Les camions roulent vers le sud, emplissant la nuit de leur grondement, expédiés au loin par le faisceau jaune du phare, de plus en plus souvent et de plus en plus vite.

36

La nouvelle carrière du docteur Warming fut efficace, mais brève.

Il mourut peu après qu'Ane l'avait embauché, mais rien à dire à cela ; il avait petit à petit dépassé les quatre-vingts ans. Sa renommée ne fut pas amoindrie par le fait qu'il eût sauvé un tas de filles "de la pêcherie" des rhumatismes et des douleurs qu'elles avaient contractées à cause de ce qui, bien plus tard, dans le jargon politique de l'environnement de travail, serait connu comme travail répétitif. D'ailleurs on parla ensuite pendant des décennies de la consommation constante de cigares et de whisky du docteur, se demandant si c'était là la raison de sa longévité. Ce qui vous donnait une excellente excuse pour y aller à fond. (En réalité, le docteur Warming ne fumait que deux ou trois cigares par jour et quelques verres suffisaient à le griser. Il y a un gouffre entre cela et les assauts avides des pêcheurs sur les cigarettes et l'eau-de-vie, mais ce genre de nuances n'entrait pas dans le débat.)

Ane entraîna Tonny à l'enterrement, et il para aux ordres. Ils y partirent ensemble dans sa grande Ford Sedan, sans un mot. Même s'il ne savait pas tout, ni ne désirait savoir, cela flottait dans l'air que le vieux médecin avait eu quelque action majeure dans sa vie ; ne serait-ce que la façon dont Ane le regardait ou lui parlait.

La moitié de la ville y participa et jamais on n'avait vu de si joyeuses funérailles. Le ton était à l'image de Warming lui-même : égrillard, compétent et sans façons. La moitié des participants le détestait, l'autre l'adorait, mais personne n'était indifférent et du début à la fin – et notamment à l'hôtel Clausen ensuite – les souvenirs furent ravivés au porto et au whisky. Des répliques et des anecdotes de toute une vie sur le front fusèrent, souvent avec une assez bonne imitation de son accent des quartiers ouest de Copenhague, dont il n'avait jamais tenté de se défaire.

Tonny, assis dans un coin, fit profil bas. Il ignorait combien de personnes savaient que le médecin avait eu une assez grande influence sur la première moitié de sa vie, et dans quelles circonstances, mais ce n'était pas à l'ordre du jour à ce moment-là et il ne souhaitait encourager personne à évoquer l'histoire.

Ane laissa libre cours à ses pensées. Elle avait eu le temps de dire au revoir à Warming. Pour une raison ou une autre, la petite-fille de Warming avait jugé bon de la prévenir que c'était maintenant ou jamais, et Ane avait ainsi réussi à avoir une demi-heure d'audience.

Elle était arrivée chez le médecin avec le plus cher des cognacs VSOP que pouvait fournir l'épicier Saxberg.

— Merci. Mets-la là-bas avec les autres, dit-il. Elle voulut lui tenir la main, mais ce n'était pas son genre. Ils parlèrent de tout et de rien, de façon agréable et plus tempérée que dans le temps.

— De l'eau dans les poumons. Ça va prendre deux ou trois jours, dit-il. Elle courba la tête et pleura.

— Nom de Dieu, pas de pleurnicheries, dit-il, ça n'a jamais rien arrangé.

Elle prit sa main, et cette fois il la laissa faire.

— Y a-t-il quelque chose que tu voudrais savoir ? demanda-t-il en regardant droit devant lui.

Après toutes ces années, elle n'aurait pas dû s'étonner de sa capacité à la percer à jour, mais elle ne put s'en empêcher. Elle hocha affirmativement la tête.

— Tu veux savoir si je sais quelque chose ?

Elle se mordit la lèvre inférieure presque jusqu'au sang.

— Je ne sais rien. Cela ne m'a jamais intéressé. Je ne sais que ce que la plupart savent. Cet homme est parti vers le sud et a disparu dans le grand monde, n'est-ce pas ? S'il y a autre chose, c'est à toi de le raconter. Dois-je te donner un dernier conseil ?

Elle fit oui de la tête. Malgré sa voix faible, il parlait aussi rapidement que d'habitude, comme pour donner au monde ses dernières directives :

— Fais le ménage avant de partir toi-même. Trouve quelqu'un auprès de qui soulager ton cœur, Ane.

Puis il se racla la gorge comme autrefois, une façon de souligner ses mots, et il ferma les yeux.

Et l'histoire aurait très bien pu se terminer là. Tonny était devenu un homme important, Ane avait une fois pour toutes acheté le silence de Marie. Carlsen et Warming étaient morts, quant à Jens Peter, personne ne l'avait jamais pris en compte.

Mais Ane n'obtint que brièvement une sorte de paix de l'âme.

Puis cela arriva.

Une nuit de 1953, dans une grande ville du Jutland de l'Est, dans un appartement de six pièces avec lustres de cristal et bonne en tablier, un banc de têtards entama sa pérégrination depuis les grands fonds. En réaction à des impulsions involontaires du système nerveux autonome du cerveau, ils poursuivirent avec obstination leur voyage à travers d'étroits passages, tuyauteries et tunnels sous-marins, franchirent chromosomes et tissus cellulaires sur leur route et *bing !* furent projetés à travers une écluse et atterrirent dans une immense grotte ouverte, un fjord chaud plein de micro-organismes mouillés, où ils entamèrent une course pour la vie. Qui arrivera le premier ? Un Christensen ou un Winther, un Welle, un Fedder ou un Lund, un Pedersen ou un Poulsen, Winfeld ou Thomsen, ou tout autre ayant essayé de s'y insinuer au cours des siècles ? Ou bien un Porter ? Un Marshall Porter d'Amérique ? Que le Seigneur l'interdise !

Au détroit du fjord, les premiers passèrent, mais il n'y en eut qu'un seul pour atteindre le but, tous les autres moururent.

Celui-là était spécial et il noua une alliance particulière et unique avec l'ovule qui l'accueillit.

J'étais en route.

Comme cela avait été le cas dans la génération précédente, et surtout celle d'avant encore, une armée de personnes se tenait prête pour observer ce qui allait en sortir neuf mois plus tard.

A cette seconde, il n'y eut d'ailleurs pas grand-chose à voir, ni dans les premiers temps qui suivirent. Mais le soupçon couvait, et peu à peu il fut confirmé. Un an et demi plus tard, tout était cruellement clair pour la plupart.

Il est revenu. Toute l'armée des gènes Winther et Christensen avait monté la garde en vain, ils avaient été balayés de la piste par des étrangers au second tour.

Les contours d'un visage étroit se dessinaient de plus en plus nettement, ainsi que des cheveux noirs qui étaient en train de prendre leur couleur définitive, un long nez qui devenait de plus en plus droit et aristocratique d'une façon pas du tout de chez nous ici, une petite bouche bizarre et des yeux brun foncé.

C'était le marin américain qui leur souriait.

Ha !

J'étais le portrait craché de mon grand-père maternel.

QUATRIÈME PARTIE

L'ancienne population de pêcheurs n'en doutait pas, les peintres les ont représentés, je l'ai lu dans les livres d'Alba Schwartz et ceux de l'enfant du pays, Bent Haller, alors pourquoi ne serait-ce pas vrai ?

Il y a des morts qui marchent dans les dunes.

Ils vivent aussi longtemps que nous nous souvenons d'eux. Ce fil historique vivant mesure quelque quatre-vingts années. Je me souviens de mon arrière-grand-père, né en 1880, mes enfants – si j'en avais – vivraient jusqu'en 2060.

Et les pas que je fais maintenant, ce sont des pas à reculons, m'éloignant de la tempête pour reprendre mon souffle à l'abri de la rangée de dunes. Je regarde vers le sud-ouest et reviens à la raison après les coups de boutoir que la mer m'avait envoyés tout à l'heure.

Il me faut reconstruire le déroulement des faits qui ont eu lieu ici, il y a cent ans, et c'est une petite lettre en ma possession qui me guide. Elle est écrite de l'écriture de mon arrière-grand-mère, mais l'auteur en est mon arrière-grand-père.

Ici, sur ces petits sentiers, marchait Jens Peter, lourdement chargé après un voyage au fond d'un pays inconnu, choqué, à côté de lui-même et comme en transe, mais il *fallait* tout simplement qu'il le fasse. Le petit pêcheur solide travaillait déconnecté de sa raison, comme quand on nettoie du poisson sur le pont d'un bateau découvert, le visage fouetté par la grêle, et que soudain on peut passer vingt-quatre heures sans dormir.

La lune s'est levée, elle est pleine, et un voile de nuages se hâte de la masquer, comme on tire des rideaux blancs.

J'enfile mes bottes en caoutchouc, ferme le coffre de la voiture et reviens avec la bêche, la boussole et la lampe torche à l'abri des dunes. Je me dirige vers l'intérieur des terres pour atteindre la ligne.

Les dunes semblent toutes semblables, mais les vieux pêcheurs avaient un nom pour chacune d'entre elles et les utilisaient comme des balises.

Guldmajsbakken, la Dune de l'homme d'or, au large de laquelle un bateau transportant de l'or avait fait naufrage, *Hveemaj*, la Dune de l'homme de blé, à cause d'un bateau chargé de blé, *Buttervej*, la Route du beurre, où avaient échoué des cargaisons de beurre, *Ejelsmajs Klit*, du nom d'un naufragé anglais, *Korenderbakken* et *Grynbakken*, la Dune de la coriandre et la Dune du gruau, et cætera, trente-quatre noms en tout. Les autres – plusieurs centaines – on les nommait d'après leur hauteur, en brassées et en pieds. Dans la bouche de mon arrière-grand-père, cela sonnait comme de l'abracadabra, des mots rigolos qu'on répétait en riant. Mais à présent l'un d'eux tourne dans ma tête.

Je passe une dune après l'autre sur le versant abrité et vingt minutes plus tard, j'ai laissé derrière moi les dernières maisons de la route de gravier sinueuse et pénètre dans une obscurité de pins bas, de bruyère et de hautes laîches. J'éclaire devant moi avec la torche, mais au bout de vingt-deux minutes ma botte s'enfonce quand même dans un trou d'eau glacée, jusqu'au bord.

Je me libère et croise entre des bosquets de broussailles infranchissables. Je me hisse en haut d'une dune et prends mes repères. La balle jaune du Phare Gris me frappe à l'estomac toutes les quatre secondes. Il a décidé de me suivre tout du long. Il me fait signe : maintenant il faut en finir.

On dirait qu'il chasse les nuages avec sa matraque. La lune apparaît et éclaire le terrain, faisant ressortir sa sombre splendeur.

Je reste si longtemps à scruter la nuit que le faisceau du phare me touche quatorze fois. Enfin j'aperçois le Phare Blanc.

Je suis sur la ligne.

Cet axe nord-est sur lequel tout tient en équilibre, ici, sur la pointe nord. A l'est, il passe sur la dernière balise au large de Grenen, à l'ouest il coupe la plage entre deux hautes dunes. L'église se trouve exactement sur la ligne, l'hôpital également, elle sectionne le monument en mémoire d'un naufrage dramatique, et même le château d'eau. Hasard ? Impossible. Ni non plus qu'elle passe droit à travers la maison de mon cousin. Il y a quelque chose qui ne veut pas nous lâcher.

La lune éclaire la rangée de dunes sur leur face nord. Je repère une haute dune et fais le point. A présent, il n'y a plus de retour possible.

Les tours réunies et la Dune de la coriandre à sept brassées vingt.

C'était ça le dernier amer, le dernier repère précis, le message de l'homme qui savait à peine écrire le danois et pria quelqu'un d'autre de le noter. Mes jambes dévalent d'elles-mêmes la dune, je suis sur le point de tomber de fatigue.

L'endroit est plat, couvert de mousse et de lichen, un lit baigné dans une lueur de conte par le plomb chaud de la basse lune d'hiver.

Dans le creux, je ralentis. Le vent s'est couché. Des étoiles surgissent. Le ciel ressemble à une vitre embuée derrière laquelle brûlent des bougies. J'avale une gorgée de ma flasque de poche et la laisse attaquer de nouveau le point faible de mon estomac. Il est quatre heures du matin, la nuit noire est trouée de voies lactées gris-blanc et de lacs de vif-argent liquide.

Il n'y a ici ni sentiers ni routes. Aucune trace de pas, seulement des excréments et des empreintes de renards et de chevreuils. Personne ne vient jamais ici. Quand est-ce que quelqu'un est venu pour la dernière fois ? Une nuit de décembre de 1902 ?

Je me tiens tout à fait immobile et retiens mon souffle dans cette grande solitude. Il n'y a pas un bruit dans la nuit, mis à part le vent qui respire entre les collines de sable de la lande. Une force invisible flotte dans cet espace noir et ça sent l'eau de marais et la tourbe.

Je suis sur un immense cimetière, un cimetière de terre non consacrée, c'est l'air turpide des bannis que je respire.

Puis je sens que quelqu'un se tient derrière moi.

37

Le cœur d'Ane hurla de douleur quand elle comprit ce qu'il en était.

C'est ainsi que je me permets d'interpréter le silence pincé et les yeux froids et désespérés qu'elle affichait toujours quand j'étais à proximité. Une façon plus directe de le dire serait qu'elle n'a jamais pu me supporter, mais ce ne serait pas non plus tout à fait exact. Je pense plutôt que mon seul aspect lui rappelait quelque chose qu'elle avait tenté de refouler pendant tant d'années. De plus, elle ressentait comme une pointe acérée de remords, un sale goût dans la bouche : sa mauvaise conscience à laisser retomber sur un petit bout de chou ses souvenirs de jeunesse problématiques.

— Aïe, comme ce petit ressemble à son grand-père. C'est presque incroyable, pouvait-il arriver à un invité de dire, et maman et grand-maman examinaient en souriant ma frimousse, tandis que mon arrière-grand-mère se détournait avec une expression comme si elle avait un élancement sur le côté.

Tout cela me laissait cependant assez indifférent, j'observais toujours mon arrière-grand-mère avec une curiosité quasi scientifique ; qu'une personne puisse encore rester entière en étant si vieille, que ses os demeurent en place jour après jour, ce qui pouvait bien faire tenir ses yeux dans les orbites, que sa peau ne soit pas rabotée quand elle la frottait avec une serviette ou autre chose, si par hasard, quand elle se coupait, il ne sortait pas de la poussière ou de la sciure, c'était cela qui me fascinait, ou comment il était possible de rassembler ses pensées derrière toutes ces rides partant dans toutes les directions. Si je n'avais pas vu le dessin où le peintre l'avait représentée jeune (qui se trouve maintenant dans la collection de mon cousin Peter Læk), je n'aurais jamais pu croire qu'elle l'avait été.

Sous certains angles, elle ressemblait à un homme, petit et amer, et j'étais irrésistiblement attiré par cette image. Comme je l'ai décrit, toute cette histoire avait commencé quand, à dix ans, j'avais eu une soudaine vision de ce qui la tourmentait et le soupçon que cela pourrait avoir quelque chose à voir avec moi.

Les rares fois où j'ai rendu visite à Jens Peter et à Ane dans leur maison d'Østre Strandvej, je m'en souviens à cause de l'odeur, pas mauvaise, non, mais d'une époque ancienne, en noir et blanc, comme de goudron et de savon brun. J'y allais soit avec ma mère, soit avec ma grand-mère Rie – ou les deux – j'avais l'impression qu'on ne voulait pas prendre le risque d'envoyer un enfant seul chez d'aussi vieilles personnes et je m'imaginais qu'avec leurs gestes lents et leurs yeux flottants, ils pourraient vous envoyer dans un autre temps, d'où l'on ne reviendrait pas.

Il me semblait qu'Ane était toujours en train de faire le ménage avec des seaux d'eau chaude fumants remplis de paillettes de savon, à moins qu'elle ne soit de dos, en train de préparer un repas. Devant la cuisinière, soit elle anéantissait des quantités énormes de légumes dans une marmite bouillante et fumante, avec des os ou de la poule, pour les congeler, soit elle nettoyait des poissons de ses doigts délicats et rapides.

Quand elle faisait frire du poisson, je m'imaginais l'attaque d'une ville assiégée au Moyen Âge : des bombes de graisse brûlante voltigeaient dans l'air avec des claquements aigus, le combustible grondait et bouillonnait à grosses bulles jusqu'au bord de la poêle, et les carrelets se recroquevillaient aux deux bouts et doraient des nageoires au ventre en faisant un bruit de charpentes de toits s'écroulant dans un incendie.

Le fossé des générations s'ouvrait lorsque Ane mangeait les yeux de cabillaud bouillis selon l'ancienne coutume. Elle et Jens Peter posaient toute la tête du poisson sur leur assiette et avalaient les petits globes gélatineux comme des délicatesses vitaminées. L'histoire se répète : tout comme Ane avait froncé le nez quand ses parents ramassaient des mouettes mortes autour du phare pour les faire frire ou bien mendiaient des rognures de chou à la porte des cuisines de l'auberge Brøndum, son arrière-petit-fils – oui, même parfois son propre fils et sa belle-fille – fronçait le nez devant son repas.

Une autre coutume ancienne capable de faire lever au ciel, de pur dégoût, les yeux des jeunes générations, c'étaient les fritures de capelans, qui remplissaient la cuisine d'une fumée étouffante et étaient d'une consistance plus grasse que la graisse de cochon, presque liquide. De plus, Jens Peter mangeait du maquereau salé au petit-déjeuner. En ce temps-là, personne ne savait rien des acides gras saturés, la graisse dégoulinait tout simplement des commissures de ses lèvres sur son menton, et peut-être est-ce pour cela qu'il a si bien tenu le coup jusqu'à un âge avancé.

Devenus un peu plus grands, Peter Læk et moi nous taquinions nos arrière-grands-parents à cause de leur allure et leur façon de parler bizarres. Nous volions le tabac à chiquer de Jens Peter, qu'il avait déposé à la fenêtre, ou criions : *Eh, eh, où qu'elles sont passées, mes dents, tu les aurais pas vues, Ane ?...* et ce genre de choses. Nous nous moquions de lui parce qu'il n'avait jamais appris un mot d'anglais, mis à part une seule fois où, gesticulant et criant, il avait demandé de la glace sur le quai de Hull, en Angleterre : *ajs, ajs, sank you veery meuch.*

Inutile de mentionner qui avait rapporté cette anecdote. Souvent, nous étions directement encouragés par les générations d'en dessus, Tonny en partie, mais surtout le fils de Tonny, mon oncle Richardt (au nom choisi pour des raisons anglophiles, bien sûr). Tous deux étaient des virtuoses de la taquinerie, le fils ayant hérité de son père.

— *Eh, faut aller voir le dile*, criait insolemment Richardt à demi ivre en parodiant parfaitement la voix du vieux – le "dile" était le mini-crocodile empaillé que Jens Peter avait ramené d'un voyage en mer et qu'il nous montrait, à nous les gosses, avec fierté. Mon père, qui avait lui aussi la casquette après un repas familial, riait à s'en tenir les côtes, et Jens Peter voyait rouge et lançait sa pantoufle sur son petit-fils – *attrape ça, chenapan !* – mais l'oncle Richardt avait toujours le temps de se baisser ou de fermer la porte.

Un jour, Jens Peter fut interviewé à la radio. L'homme, venu de Copenhague, se nommait Kühnel et brancha son magnétophone. Jens Peter parla de tempêtes rugissantes, des gigantesques pêches d'autrefois, du temps où il y avait encore des hommes, de ses exploits comme sauveteur et de la pêche en Angleterre, où il avait été parmi les courageux pionniers. La diffusion radiophonique eut lieu un dimanche matin et la dynastie familiale ressentit un mélange de fierté – Jens Peter se révélait de façon surprenante un excellent conteur, peut-être parce que celui qui tenait le micro venait d'ailleurs – et de gêne devant la nouvelle célébrité. Puis ils se mirent à lancer des piques au vieux, allons donc, avait-il vraiment été aussi courageux et travailleur ? La théorie de Tonny était qu'il n'avait jamais été un grand marin, qu'il était même assez paresseux, et que ses exploits, tels que racontés à la radio nationale, étaient largement exagérés. Après quoi on put les entendre, lui et son fils, s'en rappeler les détails en ingérant des bières et des schnaps, ironiques à la limite de la méchanceté, mais toujours terriblement drôles.

Aucun des deux vieux ne trouvait drôles ces taquineries. La somme cumulée de nos insolences me donne aujourd'hui un peu de mauvais goût dans la bouche, mais je vois là aussi une des raisons pour lesquelles Ane ne fut jamais une arrière-grand-mère affectueuse.

Elle, nous n'osions pas la taquiner comme Jens Peter, en tout cas cela se passait toujours à distance. Un regard d'elle, et le pire des marioles se taisait. Ces yeux-là vous prédisaient des tourments inconcevables : que des fantômes surgiraient du marais, que l'Homme de la mer, le docteur, le gendarme ou toute autre autorité viendrait vous chercher, si vous ne vous teniez pas à carreau.

A cela s'ajoutait la douleur qu'elle portait toujours dans le regard, et qu'il fallait être plus vieux que je ne l'étais alors pour comprendre : cette expression inquiète et agitée, que j'ai évoquée au début, et qui ne sera pour de bon expliquée qu'à la dernière page de ce livre.

J'ai conservé deux choses de leur foyer. Ane adorait crocheter, et j'ai toujours un dessus-de-lit multicolore, qui a survécu à trois décennies de modes changeantes et dont je ne me séparerai jamais. Il est fait de toutes sortes de restes, et je le considère comme un monument coloré à une attitude atavique : on ne jette rien, on l'utilise de façon créative et habile. C'est cette conception qui fit d'elle une femme aisée.

L'autre objet, c'est le baromètre de Jens Peter. Il est accroché dans mon salon et il y restera, insensible aux styles de décoration changeants de mon intérieur. Monté sur un support de bois décoré d'un motif simple, il est noir de vieillesse et de savoir sur le temps à travers les âges. La gravure montre des rides de front inquiètes sur des tempêtes et des naufrages dont il se souvient en détail, et il semble éternellement prévoir un temps variable. J'entends la voix ronflante de mon arrière-grand-père et vois son sourire bleu clair et aqueux lorsqu'il le tapote en disant : *Y'a ben des choses que Dieu peut faire, mais rien contre le vent du nord*, et toutes ces autres phrases qui tournent dans ma tête et commencent à pointer dans une certaine direction.

Ane vendit son entreprise dès avant ma naissance. Elle avait alors fêté ses soixante-dix ans et depuis longtemps réalisé ses ambitions. Pour suivre, il fallait agrandir sans cesse, à l'instar des vrais grands de la ville qui dirigent aujourd'hui des industries de pêche et des usines de transformation de produits marins en tant que troisième ou quatrième génération, mais ce n'était pas vraiment quelque chose pour elle.

Peu après la guerre, déjà, elle avait commencé à se plaindre que tout devenait trop grand. Elle s'était mise en tête qu'elle n'embaucherait pas plus de femmes qu'à l'époque où, forcée par les circonstances, elle avait pris une initiative ergothérapeutique pionnière ; ce temps-là demeurait pour elle un temps de gloire. Même si au début elle avait détesté ce mélange entre travail et sphère intime, à mesure que les résultats se faisaient voir et que son initiative était imitée un peu partout, elle finit par être fière de son idée de docteur.

Mais elle en resta là. Son petit doigt lui disait que d'autres temps frappaient à la porte. Le projecteur était sur ceux qui jouaient gros, le temps était passé où l'on parlait de ses épices et de ses marinades. Mais ses ventes restaient bonnes, donc, s'il fallait le faire, c'était maintenant.

Elle jeta un discret coup d'œil à la ronde sur sa famille, mais il n'y avait visiblement personne pour poursuivre l'entreprise.

Tonny ? Ridicule, il coulerait les bénéfices et la bonne renommée en quinze jours, et l'on ne pouvait pas attendre non plus de Rie qu'elle gère aussi cette boutique.

Sa petite-fille Kisser ? Exclu, elle avait tenu bon sur les principes qu'elle avait affirmés à huit ans, flirtait furieusement avec tous les jeunes gens d'ailleurs de passage en ville et était sans doute déjà à moitié partie.

Richardt ? Que nenni, c'était un chenapan, comme l'appelait Jens Peter, qui semblait se préparer à devenir un plus grand pêcheur encore que son père, sans qu'Ane soit bien sûre qu'il en ait les capacités.

Jens Peter junior, le cadet de Tonny, n'avait que quatorze ans et un emploi dans une boutique, mais il s'intéressait surtout au piano et à l'accordéon qu'Ane lui avait offerts et dont il jouait avec virtuosité.

Elle se permit une petite digression, se demandant d'où Junior tirait ses dons musicaux. Pas de son côté à elle… mais… du *sien* ? Elle rougit, il y avait tellement de choses qu'elle ne savait pas sur cet homme qui avait tant signifié dans sa vie. Soudain l'idée de savoir s'il avait eu des dons musicaux l'obséda. Tonny chantait volontiers (Mon Dieu, et sa voix… comment était-elle déjà ?), ne jouait pas, mais une aptitude héréditaire pouvait très bien sauter une génération avant de s'épanouir librement.

Par chance, les autres enfants de Tonny ne ressemblaient pas non plus à leur père. Comme l'aînée, ils tenaient tous de la famille de Rie – ou d'Ane, qui sait – et avant tout, ils avaient d'innocents cheveux blonds et des yeux bleus.

Ainsi menée sur la piste, elle se revit en train de nettoyer des limandes dans un seau d'eau glacée, toute jeune, dans la maison de Højen. Sourit de l'épisode des missionnaires venus chasser le mal, ou ce qu'ils étaient venus faire. Puis elle effleura en pensée ce qui vint ensuite, les événements autour du naufrage, mais sans douleur. La blessure était cicatrisée, elle avait refoulé tout ce qui s'était passé, elle ne voyait rien de mauvais ou de mal dans ce qui était arrivé, il y avait seulement un voile cachant certaines scènes.

Cela aussi, elle l'avait réussi, et surtout elle n'avait plus de visite de lui.

Elle s'attarda un peu sur sa carrière, jusqu'où elle l'avait menée. Et se décida à déployer un dernier gros effort pour que le trait final soit aussi réussi. Elle était maintenant une personne assez importante dans la ville et son fils d'allure tzigane était devenu un homme célèbre, qui roulait dans la quatrième plus grande voiture de la ville. Plus rien ne pouvait les atteindre. Peut-être aurait-elle aussi des arrière-petits-enfants. Elle s'en réjouissait déjà.

Elle poussa un soupir – un long – et pensa qu'elle pourrait évidemment embaucher un gérant. Mais elle n'était pas trop du genre à lâcher les rênes. Elle se mêlerait de tout et de rien, rendrait dingue le nouveau chef, et n'aurait rien obtenu, puisque ce qu'elle désirait profondément après toutes ces années de semaines de travail de soixante à soixante-dix heures, c'était se détendre un peu.

Elle lança une sonde prudente vers l'une des deux grandes conserveries de poissons mais reçut une réponse insolente. Cela se passa ainsi :

Le téléphone sonna dans son bureau. Ane le prit et dit : “Ici, le…”, mais commença à tapoter du doigt sur la table dès qu'elle entendit la voix qui l'interrompait. Elle n'avait jamais aimé le fabricant de poissons à l'autre bout et regrettait déjà son initiative. Il représentait une de ces vieilles familles qui n'avaient jamais daigné jeter un regard sur elle et Jens Peter. De plus, il était plus jeune que son propre fils.

— J'entends dire que tu veux vendre, Ane Christensen.

— Ah bon, tu as entendu ça, Einar.

— Mais la somme qui m'a été rapportée est bien trop grande pour ce petit commerce.

— Ah !

— On pourrait peut-être envisager la moitié.

Puis le fabricant vociféra sur les mécanismes du marché, le pouvoir d'achat et patati et patata, et il était finalement sur le point de demander s'il pouvait venir se faire une idée des conditions quand Ane l'interrompit :

— Il faut que j'arrive à la pharmacie avant la fermeture et au fond, je vous ai assez entendu, dit-elle, et elle raccrocha.

Mais maintenant elle avait sondé le marché. Elle baissa le prix – un peu au-dessus de la moitié – et s'adressa à l'autre gros fabricant de poissons de la ville. Le calcul n'était pas compliqué : il reprenait les clients et les locaux, les employés et les recettes secrètes (le bon goût et la bonne renommée, personne n'en doutait) à bien moins que leur valeur réelle – et il topa là.

Ane jugea lucidement les choses sous l'impitoyable soleil du soir, lorsque pour la dernière fois elle monta sur son vélo pour rentrer chez elle : elle avait fait cadeau de l'œuvre de sa vie. Mais ce n'était pas une sentimentale. Il y avait assez d'argent pour que Jens Peter et elle n'aient plus besoin de travailler, tous deux étaient en bonne santé, et que pouvait-on demander de plus à cette vie terrestre ? D'ailleurs, il y aurait quelques sous pour ceux qu'ils laisseraient, pour autant qu'elle puisse en juger. Son dernier projet était à ce moment-là en train de se former dans sa tête ; elle avait vu les monuments érigés pour les artistes au cimetière et elle leur montrerait qui, en réalité, avait créé cette ville.

En chemin, elle passa acheter les pilules pour les rhumatismes de Jens Peter. Sur le trajet entre le port et la pharmacie, elle eut le temps de saluer neuf fois des personnes souriantes. Le soleil se tenait bas à l'ouest et réchauffait sa joue gauche en éclairs entre les bâtiments.

Lorsqu'elle posa le vélo devant la pharmacie, elle prit conscience que cet instant, qui venait de s'écouler, était l'apogée de sa vie : à partir de maintenant, cela irait dans l'autre sens.

La grosse fabrique absorba la petite avec recettes originales au clou de girofle et au lait, chariots et tout, et peu d'années après le fier petit hangar fut transformé en entrepôt. L'image fait partie de mes tout premiers souvenirs du port. Palettes, caques, sacs de sel et hautes boîtes de conserve remplissaient les coins comme des chrysalides couvertes de poussière et de toiles d'araignées, et quelque part dépassait un bout de la vieille pancarte, humiliée et rougissante avec sa peinture écaillée. On pouvait juste deviner qu'autrefois y avait été écrit POISSONS DES TOURS, et passer devant, quand on appartenait à la famille bien sûr, vous laissait un petit goût fade dans la bouche.

Jens Peter mourut quand j'avais huit ans, après quoi Ane ne resta pas longtemps dans sa maison. Elle n'aimait pas vivre seule, la maison fut vendue et elle s'installa chez Tonny et Rie, qui avaient quelques chambres libres après que leurs enfants – ma mère et mes oncles – avaient commencé à voler de leurs propres ailes.

C'est là, dans son petit appartement près du balcon ouest, que je me faufilai et la vis lancer son crochet en l'air et dire des choses d'une voix qui me fit froid dans le dos.

38

La tendresse et l'affection que je ne connus pas chez mes arrière-grands-parents, je les reçus en revanche abondamment de la part de tous les autres.

Pour Tonny, mon arrivée fut le début d'une nouvelle vie et l'amour au premier regard.

Personne ne pouvait s'y tromper lorsqu'il descendait Østre Strandvej sous le soleil en me tenant par la main : il avait retrouvé honneur et dignité, au moment même où il se trouvait au creux de la vague. Où il s'ennuyait, avait obtenu tout ce qu'il désirait, regrettait la folle époque d'Angleterre, etc. Une surprise avait émergé des profondeurs inconnues, la nature avait envoyé une créature qui lui confirmait qu'il avait du bon, malgré tout.

Car il avait espéré, seul au milieu des couleurs blé et lin.

Ses pensées les plus intimes et secrètes avaient tourné autour de la richesse des profondeurs, de bancs mystérieux filant au fond, se heurtant soudain à une falaise et remontant en ramenant un exemplaire exotique. Il avait rêvé de beaux poissons rares attendant d'être découverts, il avait mobilisé toutes ses capacités de navigateur et de pêcheur, s'orientant sur les phares, le temps et les fonds, et se demandant si un jour où l'autre il ne se passerait pas quelque chose de tout à fait inattendu.

Lorsque enfin cela se produisit, ses yeux ressemblèrent de nouveau à des châtaignes frappées inopinément par un rayon de soleil. Et à cet âge ! Car le bonhomme avait atteint les cinquante-cinq ans, la chevelure poivre et sel, avant que son petit-fils préféré ne voie le jour.

Mon grand-père maternel et moi formions un team parfait.

Je sentais toujours que les gens souriaient en nous voyant arriver, en tout cas nous attirions l'attention, deux clones exotiques aux cheveux couleur ciel de nuit et au nez d'autour. Ils jetaient sur nous des regards circonspects comme sur des oiseaux migrateurs rares sur la pointe nord, jusqu'à ce qu'ils voient qui c'était et saluent poliment, souvent presque servilement.

Il se rendit vite compte que *j'étais* bizarre, que je disais des choses étranges pour un gosse de quatre ans lorsque nous descendions sur le port pour regarder les bateaux, le dimanche matin.

— *Fantastique*, disais-je, et il riait.

Puis nous allions à l'hôtel Scandinavia, surnommé le Bastion, où il s'installait avec sa bière matinale et son bitter Underberg, et moi avec un soda citron, que je touchais à peine, et ma place attitrée à sa table de client régulier.

Ma présence lui confirmait que ses gènes, ses propres caractéristiques issues de la grande famille inconnue en Amérique, avaient enfin percé. Et si quelqu'un se risquait à dire que l'enfant était trop raisonnable pour son âge et énervant à écouter, il le coupait d'un : *C'petit-là, il a une bonne tête*, après quoi le tempérament, ou le sang américain, comme on disait, prenait parfois le dessus, et ses yeux lançaient des éclairs : *Et on pourrait pas en dire autant de toi !*

Quand ce genre de phrases en dialecte fusaient, j'ouvrais de grands yeux et me répétais les mots. Mais il parlait tout aussi souvent le danois avec une douce inflexion nord-jutlandaise.

Je ne fus pas long à me rendre compte que mon grand-père était quelqu'un de spécial en ville.

Quand les gens utilisaient ses surnoms, je les ignorais, mais je m'inscrivis vite derrière l'oreille qu'il était propriétaire de quatre bateaux de pêche, et qu'il commandait lui-même le plus grand. Je me rendis vite compte également que les gens l'admiraient pour ses talents de pêcheur et qu'il y avait aussi de la jalousie, accrue par le fait qu'il se distinguait physiquement et sans doute un peu mentalement aussi.

Au début des années 1960, ses jours de gloire tiraient à leur fin. Je ne crois pas qu'il avait beaucoup d'amis véritables dans la ville, il était trop insolent et n'avait aucune envie d'écouter des bavardages de port, comme il disait. Il menait seul ses affaires et détestait les conseillers, surtout ceux de la banque.

C'est pourquoi, avec un petit éclair diabolique dans les yeux, il m'acheta un costume de marin flambant neuf et m'avança au titre de consultant.

Un jour entra dans le bureau de l'armateur un homme qui voulait parler affaires. L'un des bateaux de Tonny avait besoin d'un nouveau moteur et c'était une bonne commande que l'homme guignait.

Le bureau n'était en fait que la petite pièce de la villa donnant sur le balcon est, avec un bureau en chêne massif, des étagères remplies de dossiers noirs et tout en haut une jolie petite maquette de barque de filet de fond fixe. Deux lourds fauteuils en cuir à boutons brillants entouraient le bureau. La porte-fenêtre ouvrant sur le balcon était toujours entrebâillée quel que soit le temps et créait un courant permanent de bon air marin dans la fumée du tabac de Virginie, exactement comme dans la cabine du bateau. Tonny ne comprenait rien aux papiers. Il était désemparé, ne trouvait jamais les bons, les froissait ou les déchirait par mégarde et les rangeait toujours dans le mauvais dossier. L'entreprise marchait à grands traits et grâce à un certain humour.

L'homme fut prié d'entrer, ôta son chapeau et s'installa dans le fauteuil devant le bureau, mais il n'avait pas encore ouvert la bouche que Tonny lui dit qu'il était obligé de changer de place.

— Quoi ?

— Ça, c'est le fauteuil du garçon, dit-il en pointant du doigt.

Je ne fis qu'un bond et annexai un petit bout du grand fauteuil de cuir avec boutons d'argent, les pieds flottant loin au-dessus du parquet, flamboyant en bleu et blanc avec col, un officier américain en uniforme d'apparat ; et les négociations commencèrent avec l'entrepreneur assis sur une chaise en bois à côté de moi.

Tonny confia la commande au constructeur naval selon son vieux principe d'équanimité : quand on a rossé quelqu'un, on le relève et on le ramène au chaud.

Tout cela, je le buvais comme du petit-lait et voulais en avoir ma part.

Par exemple, à cette période précisément, j'insistai pour être appelé grand-père à la maison.

Je refusais d'écouter quand ma mère m'appelait par mon vrai nom, j'étais sans compromis, il n'y avait rien à faire, et les amis de mes parents s'y plièrent, trouvant très drôle, quand ils appelaient, de demander comment allait grand-père.

Mes parents ne comptaient pas vraiment pour moi, en tout cas, il me semblait qu'ils n'avaient rien réalisé par rapport à Tonny. Mon père était avocat, ce qui était ce que je pouvais m'imaginer de pire et de plus ennuyeux au monde. De minces doigts d'employé de bureau, le visage pâle, et rien, absolument rien, comparé à un marin pêcheur de la mer du Nord. Les femmes, je ne me faisais pas de grandes idées sur elles à cette phase de ma vie. Nous habitions une vieille maison haute dans une grande ville, endroit que je considérais comme mortel pour toute forme d'imagination et d'épanouissement humain, en tout cas une immense prison en comparaison de la ville au nord, sur la pointe, où les rêves prenaient leur essor. Je pleurais chaque fois que je devais rentrer de vacances, et pendant les heures de classe je m'imaginais que je faisais le point dans la cabine d'un chalutier.

Il arrivait à mon grand-père de me téléphoner tard le soir, et ma mère – furieuse, mais il n'y avait rien à faire – était obligée de venir me réveiller. Tonny avait un problème et ne pouvait avancer avant d'avoir entendu le point de vue du gamin.

Nous bavardions un peu au téléphone ces soirs-là, et j'entends encore aujourd'hui son gloussement retenu quand il me fit répéter le nom des fourmis dans ma bande dessinée de Donald.

— Les fourmis *antofagasta*, dis-je de ma voix pointue de Copenhaguois – comme on disait là-haut de tout accent d'ailleurs – et grand-père riait.

Il lui arrivait de balancer ça au milieu d'une négociation avec un fonctionnaire ou un banquier, juste pour les énerver. Il imitait mes mots, les disait tout haut – et tenait le masque, pendant que l'interlocuteur essayait de garder le fil.

De mon côté, j'imitais inconsciemment tout ce qu'il faisait et disait. A la seconde où j'arrivais à Skagen, en train ou en voiture, je passais à un parler local sonnant, et je n'étais pas très âgé que j'appris à m'asseoir à table, un bras reposant sur la table, piquant dans le poisson avec la fourchette – des petits carrelets frits sans pommes de terre, mais avec une montagne de confiture d'airelles –, silencieux, avec un simple *hmm* quand les femmes demandaient quelque chose.

Aujourd'hui encore, je referme mon stylo exactement comme lui : l'annulaire comme appui, je guide doucement la pointe dans le capuchon, sans toucher, prudent comme un horloger. J'utilise la même marque : Dunhill, *of course.* Il ne me manque que les grands doigts sombres aux cicatrices, qui donnaient de l'élégance au mouvement. Même chose pour le remplissage : pas une goutte d'encre à côté, pas la moindre empreinte bleue. Son écriture, je l'ai imitée à la perfection : de belles lettres, presque calligraphiées, à l'encre bleue, en grandes courbes inclinées vers l'arrière comme des voiliers luttant contre le vent. Je fume la cigarette comme il le faisait : je l'allume négligemment et à demi, la garde au début dans la bouche comme une mèche allumée, plissant un œil à cause de la fumée, j'inhale lentement la première vraie bouffée, puis je souffle intensément et suis la fumée des yeux.

A dix ans, un grand rêve fut exaucé quand je partis à la pêche avec grand-père.

Là, il était tout autre. Il changea à l'instant même où les aussières furent larguées. C'était comme si nous étions déjà au milieu de l'Atlantique. Il m'oublia complètement. Je n'étais qu'un quelconque petit garçon à bord d'un bateau, quelqu'un à qui on n'adresse pas la parole, qu'on n'écoute pas. Je fis quelques tentatives gauches mais fus totalement ignoré par les pêcheurs adultes, pas de façon inamicale, mais monumentale, comme si j'étais une de ces hirondelles de mer qui picorent les restes de poisson sur le cordage du cabestan.

Au lieu de quoi, Tonny parlait de façon incompréhensible avec son équipage régulier. C'était comme si lui, Inge et Kresten, le fils de Marie, qui approchait maintenant la soixantaine et avait navigué avec lui toute sa vie, utilisaient un langage codé, une sorte de communication secrète développée pendant toutes ces années en mer.

Cela ne me chagrina pas. J'appris quelque chose de nouveau, que ce devait être comme ça à bord des bateaux. Et je l'en admirais encore davantage ; il devint exotique et inaccessible. Je le fixais debout dans la cabine, regardant les longues houles grises qui déferlaient de l'ouest. Chaque fois, la crête de la montagne d'eau arrivait exactement à hauteur de la proue du bateau ; je restai des heures à guetter les vagues et leur façon de lécher la coque, mais aucune ne passa jamais par-dessus bord. De temps à autre, il murmurait tout seul. Je pensais qu'il parlait avec les poissons et voyais dans son regard des nostalgies et des rêves que, bien des années plus tard, je reconnais chez moi-même.

La campagne fut ordinaire. A mille lieues des anecdotes dramatiques familiales : ni calme plat ni tempête, juste au milieu, pas de soleil, rien que de la grisaille, et la pêche ne fut pas extraordinaire, juste correcte, il n'y avait ni raie ni squale dans le chalut, seulement des harengs, des cabillauds et quelques gros nègr's.

Tout d'abord je fus déçu, je m'étais imaginé revenir plein de récits excitants. Pourtant, chaque seconde est restée imprégnée dans ma mémoire pour toujours.

Je me souviens du goût qu'avait la saucisse à bord, je peux raconter – en tout cas imiter assez bien – la conversation marmonnante des pêcheurs à table, je me souviens de l'odeur de ma couchette et j'entends le bruit de la mer battant les flancs du bateau et me berçant. Après de nombreuses heures de navigation où la terre devenait de plus en plus étroite derrière nous, je me réveillai comme un prince dans un royaume lointain, puis le chalut fut filé et nous commençâmes à tracter des centaines de mètres de funes derrière nous. Une heure plus tard, les hommes mirent en marche les treuils et virèrent de bord.

J'entends souvent les cris des mouettes et le fracas du chalut émergeant à la surface, et je sens encore l'excitation dans mon ventre et l'odeur d'eau salée dans mes narines.

De retour chez moi, je fus de nouveau l'objet de risées. La période où j'avais insisté pour être appelé grand-père était finie, mais pour être remplacée par pire encore. Je parlais comme un vieux pêcheur expérimenté tout juste débarqué, et cela en cours élémentaire dans une école communale de la banlieue d'Aarhus. Il me suffit cependant d'un seul jour pour me rendre compte à quel point je me rendais ridicule.

Ensuite je tentai d'imposer mon style de vie à mes camarades. Quand c'était à mon tour de décider à quoi on allait jouer, c'était toujours au bateau de pêche sur la mer du Nord, mais aucun des fils d'ouvrier ou de fermier n'en avait envie – et d'ailleurs ils n'y connaissaient rien.

39

Un beau jour, Tonny en eut assez.

Dans le fond, cela ne l'avait jamais intéressé d'être un grand armateur et ses autres bateaux lui apportaient finalement plus de tracas et de charges administratives qu'autre chose ; il n'avait jamais tout à fait réussi à transférer sur eux sa chance et son flair tout particuliers. L'excédent venait de son bateau, les autres ne faisaient que s'équilibrer.

Au début des années 1960, il annonça tout simplement sa décision, du même ton sur lequel on dit qu'on va faire un tour à bicyclette sur le port ; et l'oncle Richardt reprit l'affaire. On ne parla ni argent ni articles de loi, le changement de génération se fit sans accroc, avec mon père comme conseiller juridique, et Richardt reprit son siège avec les manières exagérément assurées de celui qui doute de lui.

Il lui fallait être à la hauteur sur beaucoup de plans, mais cela se passa à peu près bien tant que les temps lui furent favorables. A distance, il est facile de voir qu'il savait ne pas posséder les dons innés de son père et qu'il cherchait des moyens de compenser.

Le vieux garda son bateau favori, le chalutier bleu foncé *Rie V*, aux lignes blanches sur la coque et à la cabine inclinée vers l'avant, un bateau qui avait attiré les foules lorsqu'il avait été construit à la fin des années 1950. C'était un des premiers bateaux en acier du pays, au moteur plus puissant que tous les autres bateaux de pêche de la ville, avec un chalut en nylon au lieu du chanvre traditionnel et un poste pour le capitaine. Mais dès le milieu de la décennie suivante, il avait pris un petit air désuet et émouvant.

Il y avait autre chose aussi : les temps.

— Ça va mal finir tout ça, soupirait-il en ma présence, quand un des chantiers mettait à l'eau un bateau en acier encore plus gros que le précédent. Il secouait la tête devant les senneurs, les chalutiers à perche, les bateaux congélateurs et ce que la décennie apporta d'autre en matière d'armes de destruction de masse, et il écuma quand on se mit à utiliser les beaux gros harengs d'Islande, ces poissons avec lesquels sa mère avait délecté les palais pendant quarante ans, pour faire de la farine de poisson (interdit par la CEE en 1976).

Et ainsi de suite sur un registre dont on allait beaucoup entendre parler dans les années après sa mort :

— Le lançon et le sprat, ils en pêchent maintenant quatre fois plus que nous, gémissait-il, mais bon sang, c'est d'eux que vivent tous les autres poissons !

Il ne le disait qu'à moi – comme s'il voulait que je me lance dans le grand monde pour essayer de faire quelque chose – il ne formulait jamais ses critiques lorsque d'autres adultes l'entendaient. Lui-même était devenu riche en sortant les poissons de la mer, de quoi aurait-il l'air s'il se mettait à critiquer les autres ?

Sur ses vieux jours, il se mit à expérimenter des pêches alternatives. Se jeta sur les homards, les lingues et ses vieilles passions, le thon et le requin. Je ne sais pas ce que cela rapporta, mais les finances ne comptaient pas, et c'était comme s'il revivait un peu.

— Ceux-là, y'a personne pour prendre la peine de les pêcher, disait-il avec un regard tendre sur un tas de petits squales couchés sur le pont (un ancien plat local, passé de mode, consistait en ailerons de requin séchés et frits).

Grâce à Rie, les mensualités à la banque avaient toujours été versées à temps, parfois même multipliées par deux, la maison était payée, et dans l'ensemble il n'avait que très peu de dettes en ville. Je le vois encore, tirant son vélo sur le port et dans la ville, le regard noir de mépris pour tous ces idiots qui roulaient dans des voitures au-dessus de leurs moyens, achetaient d'immenses télévisions pour leur maison sur le compte du bateau, construisaient des villas pour de l'argent qu'ils comptaient fermement gagner l'année suivante, même si chacun sait que le poisson s'absente, s'il le veut – et ainsi de suite. Son point de vue sur tout ce cirque pouvait se lire à sa façon réservée de se remettre en selle et de rentrer chez lui.

S'il ne dépensait jamais ou rarement pour lui-même, il nous couvrait de cadeaux, moi, mon père, ma mère et ses autres enfants et petits-enfants, comme si ses expériences précoces dans ce domaine-là lui avaient servi de leçon.

Dans le garage à cette époque était garée une merveille, une Simca Vedette noir laqué, avec moteur V8 et toit blanc, française, certes, mais qui ressemblait assez aux voitures américaines et était équipée d'une radio. L'élégance et la beauté avaient gagné sur Austin et Ford lors d'un achat d'impulsion, payé comptant, et d'ailleurs les années anglaises commençaient à se dissiper à l'horizon.

Sur le pare-chocs avant étaient fixées une série de médailles et de phares, qui faisaient secouer la tête à Rie, sur la plage arrière trônait un coussin brodé du numéro d'immatriculation, qu'elle avait en revanche cousu elle-même, et une freluche était suspendue au rétroviseur comme pour faire office de mesure de gîte.

Tout cela, en plus bien sûr de son petit-fils préféré, il le cajolait, et il se contenta de fermer les yeux et de penser : “Qu'il se débrouille", quand Richardt la joua grand seigneur et acheta un chalutier de six millions, ce qui en ce temps-là représentait une somme inouïe.

Mais tels avaient toujours été les investissements dans les bateaux de pêche. Tonny se souvenait encore de la réaction de Jens Peter quand il avait lui-même commandé son premier bateau. Publiquement il félicita son fils, participa à la mise à l'eau et au baptême, à l'inauguration à bord avec boissons et bâtonnets salés, mais certains remarquèrent qu'il avait un air absent au milieu du brouhaha et regardait la mer avec inquiétude.

Son regard se faisait lointain ; c'était comme s'il s'entretenait avec quelqu'un au large, quelqu'un à qui on avait oublié de demander la permission.

Jusqu'à la fin des années 1960, son mythe demeura intact.

Tard le soir, alors que tous les autres restaient au port à cause du temps, on pouvait soudain voir un bateau solitaire foncer à travers les paquets de mer battant les digues du port.

— C'est l'Américain ! s'exclamaient les pêcheurs derrière leurs fenêtres, avec un respect rituel dans la voix, puis le chalutier bleu foncé, *Rie V*, disparaissait dans les vapeurs d'embruns et la pluie, était absorbé par l'obscurité.

Lorsque, un dimanche soir, quand personne n'avait envie de sortir, il avait appelé Kresten, peu auparavant, la conversation était laconique :

— Alors ?

— T'en dis quoi ?

— Oui.

— Alors d'accord.

Kresten battait le rappel du reste de l'équipage et ils prenaient la mer. Dès l'aube, le vent mollissait et toute la matinée suivante, c'était l'accalmie totale, contrairement aux prévisions météorologiques.

— Fichtre, il l’a encore fait ! disaient les pêcheurs en se lançant des regards entendus.

Et qui apparaissait à l’instant même, dans sa majesté solitaire, les cales pleines après douze heures en mer, débarquant de gros harengs luisants pour six cent mille couronnes ?

C’était cet étrange sens inné qui le faisait toujours flotter un peu au-dessus des autres et lui permettait de s’arrêter tôt, parfois dès octobre, parce que les revenus annuels avaient déjà été ramenés à quai. Durant les campagnes, il écoutait les cours, et si les Allemands offraient vingt-cinq øre de plus au kilo, ils y allaient, débarquaient la marchandise et revenaient ainsi avec un portefeuille encore plus épais.

Sa dernière grande aventure en mer fut le Groenland. Sur une soudaine impulsion, et quelques rumeurs vagues sur une présence exceptionnelle de flétans, le *Rie V* quitta Skagen un matin tôt, mit le cap à l’ouest au large de Grenen, et poursuivit pendant dix jours, avec une unique escale en Islande. Lorsque le cap Farewell fut en vue par un jour de grand bleu éclatant de clarté, le patron demanda à Kresten de prendre la barre et se posta sur la passerelle, alluma une cigarette et guetta longuement vers le sud-ouest, où se levait le mirage d’un pays situé à des milles de là.

Ils pêchèrent en eau profonde au large de Frederikshaab dans le détroit de Davis, et la pêche fut bonne, mais sans comparaison avec la grande époque. Plusieurs choses faillirent ; peut-être n’y avait-il tout simplement pas tant de poissons que ça durant les deux semaines qu’ils y passèrent. Tonny pensa avec un peu de tristesse qu’il perdait la main. Mais alors qu’ils rentraient, chevauchant des lames atlantiques de quatre mètres de haut, et qu’il tenait en équilibre une bouilloire d’eau chaude pour le café, l’idée l’effleura qu’il avait été ailleurs en pensée. Il avait été près de l'Amérique. Quelque part là-bas vivaient des personnes qui lui ressemblaient, un tas d'oncles et de tantes, de cousins et de cousines, peut-être même un tonton de quatre-vingt-quatre ans, qui conduisait une Buick, buvait du bourbon au coucher de soleil et lui ressemblait comme deux gouttes d'eau. Il se sentait tiraillé par l'idée d'en savoir plus, pensa pendant la nuit à virer vers le sud, mais c'était évidemment inutile.

Lorsqu'il revint et se retrouva sur la terre ferme, entouré de gens et de bons harengs, on eut un peu l'impression qu'il commençait à envoyer tout au diable. Maintenant, plus rien ne lui importait ; c'était comme si, sur ses vieux jours, il souhaitait laisser fleurir la folie pour se venger du temps où il était jeune et se sentait en dehors de tout.

Par exemple, un message express arriva un jour au bureau de l'entreprise, à présent reprise par Richardt ; l'avocat faisait savoir qu'un nombre considérable de documents déterminants pour le passage de pouvoir devaient être considérés comme non valides, parce que la signature était fausse. Personne n'avait jamais vérifié les signatures des souscriptions d'emprunts ou autres accords au cours des années ; il y avait juste quelques gribouillis, et ça suffisait bien, mais alors avait débarqué un jeune juriste zélé qui avait découvert que là où il devait y avoir marqué Anthon Christensen, on lisait Per le Harenguier ou Lis la Pêcheuse. Il y avait même à un endroit Sam le Flibustier sous la mention "pour copie conforme", et à la date parfois The Inner Roughs, parfois Farn Deeps, ou même *Dej Ujr Eij*, l'extrême pointe, en dialecte.

Les banquiers jugeaient le problème sérieux, mais cela déclencha un formidable éclat de rire chez Rie et, lorsqu'elle eut fini de rire, elle dit que s'il y avait un quelconque problème juridique, ils étaient invités à passer recueillir sa signature à elle, car son mari était devenu irresponsable ;

certes pas beaucoup plus qu'il ne l'avait jamais été, mais irresponsable quand même.

Ses excès ne cessèrent jamais tout à fait, mais Rie et lui souscrivirent un accord tacite. Si cela n'arrivait pas trop souvent, et s'il descendait cuver dans la cave – ou l'antre à ronflements, comme l'avaient surnommée Richardt et Junior – c'était tout juste acceptable.

Son compagnon de beuverie favori devint l'excentrique et sociable exportateur de poisson Frank Edward, qui avait quitté Copenhague pour s'installer sur Strandvejen. Tonny en avait assez d'écouter les piliers du Bastion ou autres vieilles connaissances, ce qu'il leur assénait souvent sans détours, mais à sa façon particulière, désarmante et inattaquable. "Ecris-moi tout ça, comme ça j'aurais quelque chose à lire quand j'arrive pas à dormir", ou "Tu n'aurais pas de la famille un peu plus au sud à qui tu pourrais raconter ça ?" ; il disait ça droit dans les yeux des gens, qui ne savaient quelle figure faire.

Au lieu de quoi, il se présentait à la séance de début de soirée chez Edward qui avait à peu près la même vision défaitiste de la vie que lui. Edward était bohème, gros comme un baril, et ils s'asseyaient sur son balcon, vidaient bières et whisky, criaient et chantaient, et lançaient des petites fusées d'alarme sur les estivants qui se promenaient dans la rue. Si l'un d'eux se fâchait, il était invité à monter (dans la famille, il existe plusieurs photos où Tonny enlace quelque acteur, avec autographe en dessous), et ainsi le cercle s'élargissait, on chantait des *shanties* et des mélodies de Taube, on jouait de l'accordéon jusque tard dans la matinée ; c'était une époque où on arrivait encore à convaincre Tonny le Noir de se lever, légèrement titubant, pour chanter *Mandalay* en solo.

Pendant les six premières années de ma vie, j'ai passé autant de temps chez mes grands-parents maternels dans la villa à l'ouest de Fyrbakken que chez mes parents. Je les suppliais de me laisser y aller, mes grands-parents les suppliaient de me laisser venir, et mon père et ma mère étaient obligés de céder.

— Soudain c'est trop tard, argumentait Tonny face à sa fille, et personne ne savait s'il voulait dire qu'à un moment donné j'irais à l'école, ou s'il faisait allusion à tout autre chose.

A certaines périodes, il fut question que nous nous installions là-haut, et dans mon lit le soir, j'écoutais les conversations des adultes et pensais que si je joignais les mains très fort et que je priais Dieu intensément, cela se ferait.

Cela ne se fit jamais.

Mon père adorait la petite ville de la pointe nord et ses habitants au geste large et chercha – sans trop mettre ma mère au courant – un travail dans un des bureaux de la ville. Il était même allé regarder des terrains constructibles avec de grands yeux gourmands. Grâce à un petit coup de main d'un certain marin pêcheur et armateur influent, un emploi se libéra soudain dans le plus gros bureau d'avocats de la ville (quatre employés), et il présenta avec fierté la proposition à ma mère, qui instantanément vit tous ses rêves se briser. Elle pleura et dit qu'elle moisirait dans ce trou, qu'Aarhus lui manquait après une heure et demie seulement là-haut. Mon père n'y comprit goutte, fut plutôt choqué, et une fois qu'elle eut constaté qu'il était si facile d'avoir le dessus, elle continua ses caprices, et Rie la soutint. Pas directement dans son point de vue sur la ville, mais elle insista sur le fait que la petite (ma mère) ne devait pas être privée de son bel appartement si elle ne le voulait pas. Ce n'est pas *toujours* les hommes qui doivent décider, hein ! et mon père et Tonny durent céder et laisser les projets tomber à l'eau.

Dans les temps qui suivirent, je détestai ma mère, je me cachais quand il fallait rentrer, si bien qu'un jour fut lancée une gigantesque battue, et le voyage de retour fut retardé d'une journée. Tonny assistait, silencieux, un sourire de renard aux lèvres.

A la maison, je refusai de m'alimenter, jusqu'à ce que ma mère me file une gifle qui me fit voler à travers la pièce et me laissa cinq doigts rouges peints sur la joue pendant quatre jours. Elle hurla que j'en aurais encore une si je n'ouvrais pas le bec, ce que je fus donc obligé de faire, mais en mon for intérieur, j'échafaudai un plan.

Le lendemain, je fuguai. A six ans, je préparai ma première valise avec deux de mes bandes dessinées préférées, neuf tranches de pain noir et un pot de confiture de fraises, et je laissai une feuille où j'avais écrit : *AUVOIR !*

Le doute que je nourrissais probablement au fond de moi sur mon projet disparut quand je vis à la gare le panneau Flèche du Nord. Le nom était magique et avait des dimensions d'infini, et il était écrit en rouge feu. C'était un train où je me considérais presque comme chez moi, et je me voyais moi-même comme la pointe de la flèche.

Au premier arrêt, je fus renvoyé par un contrôleur après un gentil interrogatoire. Il me confia à une collègue dans le train qui allait vers le sud, puisque je n'avais pas de billet et pouvais être considéré comme trop petit pour voyager seul.

— Tu as fugué ? me demanda gentiment la contrôleuse, et j'approuvai de la tête, pensant que je pouvais compter sur elle.

Mon père et ma mère me soumirent à un interrogatoire en règle lorsque je fus de retour. Mon père prit la chose relativement calmement, mais ma mère pleura et dit qu'il devait y avoir quelque chose de plus profond dans une telle conduite, et c'est alors qu'elle s'effraya elle-même de ses mots et franchit une frontière intérieure.

Elle scruta mon petit minois exotique d'une mine extrêmement critique, comme si elle se demandait ce que ça pouvait bien être comme cas génétique. Elle était elle-même coiffée de cette épaisse chevelure blonde qui fait penser au coton, son visage était aussi large et régulier que celui de sa propre mère, et quand elle détaillait chez mon père centre de gravité et ligne médiane, position des yeux et forme du crâne, elle n'y comprenait rien ; et il n'y avait eu personne d'autre, bien entendu.

— Sang d'Américain, siffla-t-elle. Puis elle se retira dans sa chambre.

Quand je me trouvais dans la ville de mes rêves de façon plus légale, mon grand-père et moi allions souvent nous promener en voiture.

Dès que la hyène, sa fille, était hors de vue, il m'asseyait sur ses genoux, et c'était moi, parole d'honneur, qui conduisait la Vedette à travers la ville. Les gens nous saluaient, d'abord d'un signe de tête adressé à Tonny, ensuite ils apercevaient son reflet, le petit matelot cloné dont la tête noire dépassait juste au-dessus de la moitié supérieure du volant.

A trente à l'heure et le soleil se mirant dans la voiture astiquée, on faisait le tour des infinies curiosités. C'était dimanche, la grand-messe de la cathédrale de Copenhague résonnait à plein tube sur l'autoradio. Tonny avait découvert qu'il conduisait mieux en écoutant la messe. On partait toujours un peu après dix heures, juste après qu'il avait entendu les premières notes de l'orgue dans le salon et avalé son premier Underberg. La première chose qu'il faisait dans la voiture, était allumer la radio. C'était un peu comme si nous voguions sans un bruit de moteur, deux anges bien habillés, un artiste et sa muse.

Nous allions inspecter les bunkers au sud de Grenen, et grand-père racontait des histoires sur les Allemands et leurs postes de surveillance. On ne pouvait pas faire un tour sur Grenen pendant la guerre sans se faire arrêter. Les Allemands avaient réquisitionné une ferme au centre-ville, où ils avaient installé leur quartier général et un grand nombre de chevaux. Les gens qui gagnaient de l'argent en leur louant des chevaux furent ensuite très mal vus. L'un d'eux dut partir en Amérique et ne revint jamais. Tonny prit une expression rêveuse, lorsqu'il raconta ce détail-là.

— Tu iras étudier en Amérique plus tard, dit-il comme si c'était une décision prise il y a longtemps.

Je ne dis rien, mais je me sentis comme un fils de roi, dont l'existence est prévue jusque dans les moindres détails.

Puis nous allions à Nordstrand, la plage nord, et il racontait combien la plage était grande, lorsque lui était petit. Quelque chose de lointain et d'indéfini s'emparait de lui lorsqu'il parlait des naufrages des anciens temps. Nous allions sur la petite plage, de l'autre côté, et jaugions les chevaux qui tiraient les piquets des filets de fond, et grand-père sortait la tête et criait quelque chose d'incompréhensible aux gens. Il était toujours aimable avec les gens de condition inférieure à lui. Les gens distingués de la ville, il les saluait d'un petit hochement de tête ironique. Ensuite il nous arrivait d'aller à Raabjerg ou à Gaardbogaard pour acheter une poule pour Rie chez un paysan.

Il se passait toujours quelque chose d'excitant, et grand-père avait toujours quelque chose de curieux à raconter, des événements sortis d'un coffre à trésor secret.

— Mais est-ce qu'il y a des gens ici que tu connais pas, grand-papa ? lui demandai-je un jour.

— Oui, un, répondit-il.

Cette réponse cryptée tomba lors d'une promenade à Højen. Je me souviens, dans le silence qui suivit, des petits claquements des pneus sur les jonctions entre les plaques de béton de la route des Boches reliant la grande route au vieux Skagen, et ils me racontaient une histoire dans laquelle je jouais un rôle.

Les beaux hôtels de bains étaient laissés à l'abandon, volets clos. Les murs jaunes de Jeckel et de Skagenklit s'affaissaient et la peinture blanche des fenêtres partait en lambeaux.

Il me raconta combien tout cela était élégant autrefois. Ici venaient des gens de Copenhague, d'Aalborg et d'Aarhus, ça fourmillait de breaks et de vieilles automobiles Ford, il y avait une gare et deux épiciers, et des écuries et étables, afin que les estivants puissent avoir du lait frais.

Mais il devenait de moins en moins loquace. A la fin, il descendit le petit chemin de gravier et s'arrêta devant la maison où Ane et Jens Peter avaient habité quand ils étaient jeunes.

Il resta assis en silence, contemplant la maison. Il y avait des rideaux aux fenêtres. C'était peu avant que cela ne devienne mondain de payer plusieurs millions la joie de marcher courbé comme un vieux pêcheur dans une maison humide où les fenêtres laissent passer les courants d'air.

— Qui habite là ? demandai-je.

— Je ne sais pas, dit-il. Je crois que c'est loué en été.

— Tu as habité là ?

— Oui.

— Quand ça ?

— Quand j'étais comme toi. Un peu plus petit. Après nous avons déménagé en ville.

— Mais ici aussi, c'est une ville.

— Bon. On dit comme ça. Ici, c'est seulement *Høwi*.

— *Høwi ?*

— Oui, Højen, en dialecte local. Et il me récita une vieille rengaine et m'en fit imiter les sons. Puis il rit, mais je répétai la phrase, et maintenant c'est une de celles qui séjournent en permanence chez moi.

— Il ne se passe jamais rien ici.

— Non, ici il ne se passe rien.

— C'est pour ça que vous vouliez aller en ville ?

— Oui, c'était pour ça.

Il continuait à contempler la maison. C'était comme s'il essayait de faire émerger quelque chose.

— Pourquoi tu habitais ici ? demandai-je.

— Parce que je suis né là.

Je le fixai et essayai de m'imaginer certaines choses, mais c'était tout à fait impossible.

Il sortit de la voiture, je bondis derrière lui sur mes maigres gambettes dépassant des culottes courtes, et nous fîmes le tour de la maison en nous abritant les yeux de la main pour regarder à l'intérieur entre les fentes des rideaux.

Il me raconta ce dont il se souvenait de la façon dont la maison était meublée en ce temps-là – et comment Jens Peter réparait les filets dans la pièce, quand il faisait trop froid dans la dépendance à l'extérieur.

— Là, il y avait une table, dit-il tout enflammé, en me soulevant comme une plume pour que je puisse regarder. Et là des alcôves. Tu sais ce que c'est des alcôves ? Et là il y avait…

Et il continua à raconter, décrivit même le berceau qui se trouvait à côté du poêle.

— Il est resté vide longtemps, puis je suis enfin arrivé. Ça a été une grande joie, dit-il, puis il ajouta après une pause de réflexion : le reste de l'histoire, tu l'auras quand tu seras un peu plus grand.

Je ne sais pas précisément quand on m'a raconté l'histoire pour la première fois : je pense que c'est plutôt quelque chose qui a surgi par petits bouts et qui était au-dessus de ma tête à pendouiller comme la corde d'une potence pendant toute mon enfance.

Dès dix ou douze ans, je lus dans le livre d'Alba Schwartz sur le vieux Skagen l'histoire de Per Skjøn, qui avait les cheveux noirs, des dons musicaux et du tempérament, et qui était né exactement neuf mois après le naufrage d'un bateau espagnol. Cela s'était passé au milieu du dix-neuvième siècle. Les survivants du naufrage avaient été logés ici et là dans la ville avant de pouvoir repartir. L'auteur écrivait que les marins étrangers avaient tourné la tête aux femmes et aux filles. Je lâchai le livre, fermai les yeux et sentis le rouge me monter aux joues et la chaleur envahir tout mon corps.

Ce n'était pas quelque chose dont on parlait ; même moi, qui papotais sur tout, je l'avais compris. Nous n'effleurions jamais le sujet en famille. On n'a apparemment pas besoin d'être très vieux pour apprendre à éviter un sujet délicat.

Honte ou pas, le mystère nous faisait frémir d'excitation, Peter Læk et moi.

Il nous accompagnait comme un camarade de jeu invisible, quand nous faisions de la barque, du cheval, ou tirions au lance-pierres ou au fusil à air comprimé. Nous jouions toujours ensemble, nous nous cachions, taillions des bâtons ou nous transformions en shérifs mortellement dangereux, aux aguets jusque longtemps après la tombée de la nuit, en adaptation libre du western *High Chaparral* qui passait en feuilleton à la télévision suédoise.

Peter Læk, Peter Voie d'eau, tenait son surnom d'une fois où il avait passé toutes ses vacances de Pâques à réparer un vieux rafiot. Une fois fini, il prenait l'eau de tous les côtés. Alors nous l'avons recalfaté avec de la poix et du lin, récupéré chez un constructeur de bateau, et ça a tenu un peu. Avant qu'il ne sombre complètement, nous avons eu le temps de lui en faire voir de toutes les couleurs sur la plage, pendant les quinze jours de l'été 1967 où il faisait une chaleur tropicale.

Nous nous baignions et les énormes méduses nous brûlaient de longues striures rouges sur la peau, nous assemblions des planches en constructions bizarres et inutiles, que nos pères démolissaient en jurant, faisions des concours de saut avec les grenouilles dans le fossé de Batterivej, utilisions les galets de la plage pour jouer aux pigeons et aux rapaces, fabriquions des pipeaux avec des églantiers et des pailles, et hurlions de rire sur les anecdotes des anciens temps. Une fois, nous avons bu tous les restes des verres de digestifs après un déjeuner familial et volé des cigarettes que nous sommes allés fumer derrière les dunes de Sønderstrand ; nous titubions comme des manchots dans les monticules de sable, nous vomissions, le visage vert, puis nous nous sommes endormis.

Nous cultivions, comme je l'ai déjà évoqué, l'histoire de la famille, allions à sa découverte dans les musées, dans la ville et sur le port, connaissions tout l'arbre généalogique par cœur, avec cousins, cousins germains, oncles, cousines et arrière-grands-parents des deux côtés. Comme des chasseurs d'un hameau est-groenlandais ou des Indiens, nous savions repérer sans nous tromper les représentants de notre famille sur les listes de sauveteurs ou les photographies de pêcheurs à quai en Angleterre ou à Copenhague. Nous connaissions les noms, numéros et tonnages de tous les bateaux de Tonny, et Peter Læk savait aussi ceux de tous les autres bateaux du port, mais lui avait le privilège d'être un véritable autochtone, privilège par rapport auquel je me suis toujours senti en infériorité.

Le berceau de notre arrière-grand-père était de la braise ardente. Là, il y avait vraiment une histoire à laquelle aucun de nous n'osait toucher. Nous étions survoltés par ces excursions, les joues rouges d'imagination et de conspiration, et l'excitation était presque intime.

De toutes nos éternelles compétitions, l'une était de loin la plus passionnante. Nous concourrions sur tout – qui avait le plus de jouets, qui pissait le plus loin, nous organisions des luttes, des courses – mais avant tout, nous concourrions sur qui ferait les découvertes les plus sensationnelles.

Un jour, Peter Læk pencha sur moi son visage plein de taches de rousseur après avoir regardé de tous les côtés. Il bouillonnait sous ses courts cheveux clairs. Puis il chuchota :

— Il a été assassiné ! Notre vrai arrière-grand-père. Jens Peter n'est pas le père de Tonny. C'était un naufragé. Un Américain.

Puis il ajouta – et je n'ai jamais su si c'était un compliment ou une nouvelle façon de me doucher – tout en scrutant mon visage :

— C'est pour ça que t'as l'air si bizarre, mec ! Tu ne ressembles à aucun d'entre nous, nom de nom !

Puis il enfonça une flèche là où ça faisait mal.

— Tu le sais parfaitement. Ça se voit. T'as toujours l'air de te sentir à l'écart.

Nous n'en avons plus jamais parlé.

Ses mots tourneboulèrent dans ma tête durant les mois qui suivirent. Je savais déjà certaines choses, mais il y avait notamment un détail que je n'avais jamais entendu avant, et à cet instant naquit en moi cette pensée sans fond que c'était à moi de résoudre l'énigme.

Je crois que Peter Læk eut des remords. La seule fois où j'essayai de remettre ça sur le tapis, il haussa les épaules et murmura quelque chose d'incompréhensible, mais justement, il fallait absolument qu'il me montre quelque chose, et il sortit de son cartable une toute nouvelle dynamo à deux puissances et attendit ma réaction avec un sourire triomphant.

40

Peter Læk gagna la compétition sur les biens matériels.

Sa frimousse triomphante, lorsque par un hiver crissant de gel, avec de la neige sur les dunes et des congères hautes d'un mètre le long des routes, il laça les nouvelles bottines noires de ses patins à glace et s'envola au loin sur la surface glacée du marais.

Son attitude supérieure lorsqu'il acquit un vélo à vitesses rouge, un Torpédo 3 vitesses.

Enfin la victoire totale, lorsque son père lui offrit un cheval, Tex, une beauté noire, dont l'écurie se trouvait sur Hollændervej, à l'endroit même où son grand-père avait autrefois cuvé sa cuite après sa disgrâce.

La branche nord-jutlandaise de la famille s'était mise à la pointe de la course et semblait vouloir y rester. Le salaire mensuel d'avocat de mon père ne couvrait pas plus que ce que ces dames, Rie et quelques belles-filles, dépensaient pour une tournée à Aalborg en voiture, avec nuit à l'hôtel et dîner à l'*Italiano*. Au retour, la plage arrière croulait sous les paquets. Tante Vilia était au volant de la grande voiture, le siège avancé en position maximum, le visage tout près du pare-brise, et l'habitacle était rempli de rires et de fumée de cigarillos.

Aucune de ces extravagances ne poussa mon cousin à l'arrogance, il faut l'inscrire à son actif. A peine avait-il raflé sa victoire que j'étais généreusement invité à tout partager avec lui. Sans moi, cela n'aurait eu aucune saveur. Les objets en eux-mêmes étaient de peu d'intérêt ; c'est l'ami qui comptait, l'amitié, la fidélité, oui, peut-être même le pouvoir sur une autre personne. J'eus la permission de monter le cheval, de grimper derrière sur la bicyclette et j'eus le droit à autant de tirs de fusil à air comprimé sur les pommes d'églantiers et les merles que le propriétaire lui-même.

C'est à cette époque-là que nous fîmes des plans précis pour mon déménagement. Dès que je serais assez grand, je quitterais la maison et émigrerais de deux cent quatorze kilomètres plus au nord, comme cela avait de tout temps été décidé par des instances supérieures. Nous habiterions à proximité l'un de l'autre quand nous serions adultes ; il reprendrait la compagnie de pêche de son père, je serais un médecin ou un avocat connu de la ville.

Mais jusque-là, nous devions nous contenter de visites de vacances et de week-end, et presque chaque fois que j'avais plus d'un jour de congé d'école, j'allais prendre mon billet pour la Flèche du Nord et quittais la grande ville à cent quarante kilomètres à l'heure avec la sensation chatouillante de revêtir une nouvelle identité.

Ça commençait déjà à Hadsten, puis la tension retombait un peu, autour de Aalborg à peu près, mais ensuite l'excitation croissait à l'idée de l'approche de Frederikshavn. Sur le quai de Frederikshavn, en attendant la correspondance, je faisais des petits bonds, c'était passagèrement le point culminant du voyage, le prolongement ultime de la communauté nationale vers le nord, la ville portant le nom du roi, avec port militaire et tour à canons, navires de guerre et énormes ferries, pointés contre l'Anglais et le Suédois.

Puis la diligence arrivait du nord. Monter à bord et partir sur le chemin de fer à une voie vers la prairie, tandis que s'amenuisait peu à peu l'écho bruyant et dérisoire du sud. Aalbæk, les pêcheurs à vélo en vareuse bleue, Hulsig Krat et les forêts de chênes dorés, puis la grande étendue aux odeurs de bruyère et de baies mûres, grandiose comme une mer, jusqu'à l'extrême pointe, où j'arrivais comme après un voyage dans le temps, tel un navigateur solitaire débarquant sur une île et accueilli par des regards curieux et des cris de bienvenue étonnés.

Peter Læk m'accueillait toujours à la gare, les mains enfoncées dans les poches, et me scrutait d'un regard laser : y avait-il du duvet noir sur ma lèvre supérieure ? Il tendait l'oreille : ma voix avait-elle commencé à muer ?

Ses soupçons étaient tout à fait fondés. Quelques mois plus tard déjà, sa défaite était criante : il était désespérément en retard. Je pus soudain présenter l'un et l'autre, les hommes adultes me taquinaient à cause de ma voix, et Peter Læk la bouclait pour une fois – honteux de sa voix aiguë d'enfant – et se retournait quand on enfilait nos maillots.

Ce fut à mon tour de me montrer magnanime. Je l'invitais à l'intérieur, lui racontais ce que ça faisait, l'initiais aux détails. Ce que j'avais n'était d'ailleurs rien, s'il n'y avait pas quelqu'un pour me jalouser. Je déambulais à poil pendant la courte phase entre jeans et slip de bain et jouissais de chaque regard admiratif.

A cela s'ajoutait la couleur.

Des poils de jais, chatoyant du lilas au bleu profond, se dessinaient un peu partout, sur le menton, aux aisselles et en une fine ligne de la poitrine au ventre comme un guide vers ce qu'il y avait plus bas. Sur les jambes et les bras, partout pullulaient de doux duvets noirs comme sur un oiseau migrateur exotique.

Ma victoire fracassante sur Peter Læk dura quelques mois, six tout au plus. Puis il put exhiber à peu près la même chose, mais en roux. Le triomphe dans son sourire inexistant me rappela tout à fait la fois où, assis sur la glace, il laçait ses nouveaux patins avec ce regard qui rendait les mots superflus.

Nous inventâmes une nouvelle façon de marcher pour porter notre nouvelle dignité, une lente démarche de durs. Nous échangions des regards entendus, lourds de secrets adultes. Et durant les années qui suivirent, la poésie de l'axe nord-est se composa de filles, de bières et de mobylettes gonflées. Nous eûmes la permission de conduire la voiture de Tonny. Notre grand-père maternel avait toujours eu un rapport libéral aux forces de l'ordre et à leurs décisions, et il trouvait que les garçons pouvaient parfaitement conduire là où il n'y avait pas trop de circulation, sur la plage et sur les routes menant hors de la ville, ce genre d'endroits. Je me souviens de ma première fois derrière un volant aussi bien que de la première fois que j'ai fait l'amour. Une odeur d'huile et de matières plastiques imprégnées dans le nez et la légère pression sur l'accélérateur libérant une force inattendue. La façon dont le levier de vitesse sur le volant passait d'un cran à l'autre – et juste quelques coussins sous le cul et un autre dans le dos. Une fois, il nous laissa l'emprunter seuls. Au crépuscule, nous contournâmes en catimini Fyrbakken vers Oddevej par les petites routes et accélérâmes à fond sur la route vers Grenen, hurlants et le visage rouge.

Nous n'étions pas les seuls à devenir adultes avant l'heure parce que gâtés par la vie. Les jeunes pêcheurs revenaient en ce temps-là d'une campagne en mer avec de grosses liasses de billets qu'ils tiraient de la poche dans les discothèques. Même Peter Læk ne pouvait pas suivre avec son argent de poche, et moi pas du tout (Tonny nous donnait rarement des billets, tout au plus un billet de dix, et jamais avec enthousiasme).

41

Ane avait recommencé à recevoir de la visite.

Elle ne l'avait pas vu pendant de nombreuses années, oui, des décennies même, et alors qu'elle avait oublié toute cette affaire, soudain on frappa à la porte. Elle vivait maintenant dans deux pièces chez Rie et Tonny, avait en fait son propre petit appartement et était assez satisfaite de n'avoir plus grand-chose à faire. Rie et Tonny aussi étaient contents, ils se sentaient moins seuls dans la grande maison, et Tonny fit installer une petite cuisine de dépannage et une jolie petite salle de bains pour la vieille dame exigeante.

Jens Peter était parti, mais elle ne pensait pas beaucoup à lui ; elle s'était presque étonnée qu'il ait survécu si longtemps. A vrai dire, il l'avait pas mal irritée les dernières années ; il était devenu sénile et nécessitait de plus en plus d'aide, et même si elle pleura sur son cercueil, elle ressentit en réalité son départ comme une libération. Entre autres, elle se mit à voyager. Elle n'était jamais allée au sud d'Aalborg, n'en avait jamais non plus ressenti le besoin, mais soudain il lui fallut voir le grand monde, et c'était au tout premier temps du tourisme de masse, avec des voyages organisés en cars vers le sud, le Harz et le lac de Garde. A quatre-vingts ans à peu près, assise place Saint-Marc devant un verre de vin blanc, écoutant un orchestre de musique classique avec les autres, elle pensait au temps où elle allait lorgner les touristes des hôtels de Højen, et sentait qu'il y avait quand même une justice.

Bien sûr, elle aurait aimé avoir un homme à ses côtés, mais Jens Peter embarqué dans une promenade sur les canaux ? Difficile à imaginer. Quand le souvenir de lui se présentait vraiment à elle, c'était pour la part qu'il avait dans ce qui s'était passé en ce temps-là. Dans un écrin, elle conservait la dernière volonté de l'analphabète : sur un morceau de papier, il avait gribouillé un message, quelque chose dont il voulait se débarrasser avant de quitter ce monde. Ane avait d'abord pensé : faible jusqu'au bout, que pouvait-on attendre d'autre, et faillit le jeter, puis elle avait changé d'avis. Elle s'était souvenue des derniers mots du docteur Warming.

Marie vivait encore, mais il faut dire qu'elle n'avait que quatre-vingt-sept ans. Elle habitait chez elle, avait de l'aide à domicile et recevait souvent la visite de ses enfants, petits-enfants et arrière-petits-enfants. Ane ne l'avait pas vue depuis longtemps, elle n'allait jamais lui rendre visite. Marie avait cessé d'exister pour elle après que, bien des années auparavant, elle avait acheté son silence.

Non, l'être qui agitait ses pensées, d'abord au plus profond de son inconscient, puis, sur la fin, remontant de plus en plus à la surface, était tout autre.

Lorsqu'elle n'était pas directement confrontée à lui ou en voyage, elle passait encore du temps à confectionner de bons petits plats à partir de toutes sortes de produits de la mer. On la voyait souvent tendre les bras – ou utiliser un escabeau – pour accrocher les carrelets deux par deux, liés par la queue au fil à linge. Les règles étaient observées à la lettre : trois heures à l'air pour sécher à moitié, mais immédiatement décrochés s'il y avait menace de pluie ou de brouillard, sinon ils moisissaient ou devenaient visqueux. Ses résultats étaient toujours garantis : une friandise salée à en tomber raide, dont nous avalions des montagnes, grillée sur la poêle, avec des lacs rouges de baies confites et sans une seule pomme de terre.

Bon, mais ensuite, à la brune, quand elle rentrait, c'est alors que cela arrivait. Les contours étaient devenus un peu flous petit à petit : cela faisait bien longtemps maintenant et tout se confondait. Il y avait du fouillis dans son vieux cerveau, dates et lieux s'embrouillaient ; parfois s'y mêlaient des gens qui avaient vécu sur terre quarante ans plus tard, mais l'histoire principale était la même.

Un beau jeune homme s'approche d'elle. Tout se bouscule dans sa tête, et d'abord elle a peur, parce qu'elle n'a pas le contrôle et que c'est la première fois. Alors elle regarde autour d'elle, désemparée. Mais elle se trouve dans sa pièce, chez son fils Tonny, qui est devenu un homme âgé, et nous sommes en 1970. Alors elle secoue la tête et pointe son arme dans les airs : un crochet qu'elle utilise assidûment pendant ces années, parce qu'elle a promis à tous ses arrière-petits-enfants un dessus-de-lit multicolore. Puis il est là de nouveau, il s'approche, il veut la prendre et il émane de lui quelque chose qui génère dans son cerveau et son corps des forces indomptables. Elle l'invective et se lève : *Dehors, dehors !* ouvre la porte pour qu'il puisse sortir, puis il s'évapore et elle claque violemment la porte.

Tonny ou Rie – ou les deux – soupirent à l'autre bout de la maison. Ils font semblant de ne pas entendre ces conflits, ils n'en parlent jamais, tout comme ils n'ont jamais parlé de ça. Rie a entendu des fragments de la vieille histoire, en plus des rumeurs et des surnoms en ville, bien sûr, mais elle ne souhaite pas en savoir davantage et pense d'ailleurs que cela ne vaut plus la peine maintenant. Tonny sait presque tout : mais seulement presque, il a un grand souhait qu'il aimerait voir exaucé avant le départ de sa mère et il lève pensivement les yeux de son journal.

Dans l'aile ouest, Ane a retrouvé ses esprits. Elle a des moments de lucidité et elle agit en conséquence. Elle pose son crochet et va vers son bureau, allume une jolie lampe dont le cône de lumière éclaire presque toute la surface de la table. Son anneau scintille lorsqu'elle ouvre un écrin et sort un coûteux stylo à plume, puis trouve une feuille de papier à bel en-tête imprimé et se met à écrire.

42

La vieille rumeur, qui petit à petit s'était transformée en légende des temps anciens, de plus en plus évanescente et sans intérêt, était connue de moins en moins de personnes ; et pourtant elle existait encore, comme tant d'autres histoires d'antan peu à peu enfouies sous les sables, abandonnées en épaves dans les brisants, ou reléguées dans de vieux documents jaunis, dans les archives locales, que plus personne ne lit.

Seuls le doute lancinant de Carlsen et ses enquêtes obstinées avaient maintenu l'histoire à peu près à flot : ceux que cela intéressait savaient qu'il avait emporté sa question irrésolue dans la tombe et pour cette raison, une suspicion restait accrochée à notre famille. Sans que personne, au fond, n'exigeât que le mystère soit résolu ; non, on se satisfaisait en quelque sorte de cet état des choses.

Mais pas nous et pas moi.

Il y avait au fond de notre cœur le désir de le voir résolu, et ce désir augmentait alors qu'il aurait dû s'éteindre.

Nous n'en parlions jamais, mais tout le monde le savait, et un jour j'appris par mon grand-père que j'avais été désigné.

Cela ne se passa pas ainsi, pas aussi directement. Il me donna simplement une lettre, que je devais ouvrir quand j'en aurais envie, comme il dit, pas une seconde avant.

Ensuite il ajouta quelque chose de bizarre, en tout cas bizarre pour un petit-fils de quatorze ans :

— Moi, je ne peux pas.

Il souligna ces derniers mots d'un regard fataliste d'impuissance, après quoi il se frotta le visage et regarda la mer, comme par vieille habitude.

Cela se passait dans son bureau. Tout s'immobilisa un instant et une dense petite couche de poussière se déposa sur les dossiers noirs et les étagères. Je glissai un regard vers Tonny et le vis pour la première fois inquiet et faible. Je pris peur. C'était une tout autre personne que celle que je connaissais. C'était un peu comme si nous étions tous les deux étrangers ici ; que nous n'avions peut-être même pas le droit d'habiter cette terre. Je fixai la lettre. Ma main tremblait, et je fus heureux de ne pas devoir l'ouvrir tout de suite.

La situation fut dénouée par un cri venu de la cuisine. La porte s'ouvrit, une odeur de carrelets frits et de persil frais haché se répandit, et Tonny siffla le reste de son whisky et se frotta les mains.

Puis aucun de nous n'y pensa plus.

D'abord, gêné, je cachai l'enveloppe. J'avais juste aperçu la belle écriture d'Ane sur le dessus, puis elle glissa dans ma poche, plus tard elle disparut dans un sac, puis dans un dossier d'archives, et elle me suivit dans tous mes déménagements à travers les années, dans le pays comme à l'étranger, comme un contrat de mariage ou une chaîne d'ancre dans une existence instable.

Je n'allais ressentir le désir d'ouvrir la lettre, ou le sentiment d'être mûr pour cela, que bien des années plus tard. Cela vint tout à coup et alors j'agis ; comme si c'était une bombe à retardement ou encore un visa pour l'avenir.

Mais je devance les événements. Pour le moment, l'empire familial ne faisait que croître.

Le père de Peter Læk, Richardt, devint multimillionnaire ; c'était du moins ainsi sur les papiers. En réalité, il en devait encore plus. La pêche industrielle rapportait gros et la banque lui conseillait tout le temps d'agrandir l'entreprise.

— On ne *peut* pas vider la mer du Nord, disait le banquier à l'oncle Richardt, avec la mine de qui a lui-même examiné l'affaire à fond, et un propos affirmé avec autant d'autorité l'emporta dans les discussions à la maison. Certes Tonny fut sur le point de lancer quelques remarques bien senties, mais il se souvint que ses impressions de la vie sous l'eau ne pouvaient être expliquées à des employés de bureau et comme il avait été, et était toujours, peu porté sur l'économie, il finit par la boucler. Rie, en revanche, avait plus d'une fois conseillé à son fils et à sa belle-fille d'épargner au lieu d'investir dans des bateaux toujours plus grands.

— C'est le grand qui survit, le petit meurt, disait l'oncle Richardt, citant à la lettre les paroles graves du banquier, avec le même geste énervant et satisfait de l'index droit, et Rie ramassait ses billes, la défaite peinte sur le visage. Elle entendait bien elle-même combien son "il faut mettre de l'argent de côté" sonnait naïf et dépassé par rapport à toute cette perspective rutilante qui flottait dans des phrases comme "investissement pour l'avenir", "déduction de l'impôt sur la fortune", et ce genre de choses.

Les bateaux de l'oncle Richardt pêchaient du hareng, du lançon et du sprat pour des millions de couronnes et créèrent un nouveau type de pêcheurs. Rares étaient à présent ceux qui se considéraient comme ayant été mis au monde sur une langue de sable et devant se contenter des conditions données. Et de plus en plus nombreux ceux qui jugeaient évident que la nature continuerait à fournir en abondance, qui roulaient des épaules dans des grosses bagnoles et râlaient contre les sociaux-démocrates et l'impôt à la source.

Richardt lui-même fumait beaucoup de cigarettes, éclatait d'un grand rire bruyant et avait toujours l'air d'un homme sur le point de voir tout s'effondrer. Il achetait une nouvelle Mercedes tous les deux ou trois ans et construisit une immense villa avec piscine. L'oncle Junior démarra sa propre entreprise de meubles. Ça marchait du tonnerre ; tout marchait pendant ces années, où nombre de pêcheurs achetaient pour le privé sur le compte du bateau d'une main leste. Les deux oncles construisirent de grandes maisons dans un tout nouveau quartier sur la route de Højen. Là, les plus riches des locaux mirent tout en œuvre pour atteindre le standard du reste du pays : haie de troènes, garages avec toit en plastique bleu et petits massifs de roses ovales ; enfin on réussissait à être comme les autres, à ressembler aux banlieues chic. Avec le cousin Peter et toutes les cousines, nous nous baignâmes dans la piscine quelques fois, mais cela devint vite ennuyeux. Nous avions essayé aussi de bronzer, allongés sur le bord, comme ceux qu'on voyait dans les films, mais ça ne collait pas du tout. La conversation devenait tendue et factice, nous arrêtâmes très vite. L'oncle Richardt et tante Vilia, quant à eux, ne s'en étaient jamais approchés, et finalement elle resta à l'abandon, se couvrant de feuilles et d'algues brunes et vertes.

Manger du poisson devint tout autre chose. Ma génération de cousins et de cousines picorait avec honte et gêne les vieux plats locaux comme on enfile un costume folklorique. Quand ce devait être distingué, on mangeait de la viande de bœuf rouge et des pommes de terre en robe des champs, pour faire rapide et chic, des hot dogs. L'étape suivante sur l'échelle de l'évolution serait les pâtes fraîches et les kebabs, tandis que les harengs marinés selon les vieilles recettes d'Ane, les carrelets frits et tout le reste étaient de moins en moins servis à table et, si ça arrivait, nous les mangions dans un silence entendu, comme une tribu ayant des rapports de dépendance aux vieilles formules magiques.

Tonny venait de temps à autre dans le nouveau quartier et disait des choses aimables sur les maisons et les voitures de ses enfants, mais il se retirait tout aussi discrètement, souvent sans avoir rien pris à boire ou à manger, ni même être entré ; il causait juste un peu par-dessus la haie – ou plutôt criait par-dessus le plat-bord comme à un bateau passant – puis il remontait en selle et pédalait dignement vers Fyrbakken, le vent dans le dos et le regard flottant sur la mer à l'est.

La toute petite famille misérable d'Ane s'était agrandie à toute vitesse, avec une conscience de soi insupportable.

S'il y avait un endroit où celle-ci se manifestait, c'était aux fêtes. Il s'en tint d'innombrables chez Rie et Tonny, et tout le beau monde était invité. Il y avait toujours une longue rangée de belles voitures le long du trottoir et à moitié dans les dunes de l'autre côté, rendant le passage presque impossible – même si la plupart des invités n'avaient franchi que quatre à cinq cents mètres. Dès que la première portière avait claqué, la musique résonnait du salon.

Anniversaires, confirmations, baptêmes, Noël et Saint-Jean – tout était joyeux et occasion de faire la fête, oui, même les enterrements avaient leur attrait – et nous étions tous excités de nous revoir et faisions assaut de charme en approchant de la porte d'entrée. J'ai même refusé une boum de lycée avec des milliers de jolies filles pour participer à un gueuleton près de Fyrbakken.

Ane arrivait toujours un peu après tous les autres. Elle se faufilait par une porte et une des filles lui indiquait un fauteuil dans le coin ; au fond elle ne voulait pas se faire remarquer, restait tranquillement assise dans ses jolis vêtements, avec un bijou précieux autour du cou, mais au cours du quart d'heure qui suivait, la queue se formait ; presque tout le monde allait dire bonjour et lui serrer la main.

Tonny circulait en costume taillé sur mesure, parlant avec tout le monde, avant qu'on n'appelle à table, et trinquant avec chacun (ce qui m'étonnait beaucoup jusqu'à ce que je m'aperçoive que c'était du thé froid qu'il avait dans son verre).

La nourriture était livrée par un des grands traiteurs de la ville, en camionnette et dans de grands plats en argent avec couvercle, apportés jusque dans la maison sur l'épaule et les mains – souvent du gibier, animal à plumes ou à poils, avec des sauces délicieuses et des desserts extravagants.

Dès la fin du plat principal, Tonny et certains de ses gens commençaient à crier fort et à se taquiner au travers de la table. L'époque qu'ils avaient vécue renfermait apparemment un stock inépuisable de bonnes histoires, et ils se les échangeaient en dialecte pur, comme ils se souvenaient l'avoir entendu parler par leurs grands-parents (Ane les corrigeait parfois doucement). Qu'est-ce donc qui était si drôle ? Le changement. Les petits travers de l'histoire du Danemark, qu'on tordait un tout petit peu plus par-ci, par-là. Les vieux habitants de Skagen qui devaient s'habituer aux temps nouveaux. Un pêcheur candide qui voyait pour la première fois un Noir. Et à bicyclette en plus ! Deux habitants de Skagen essayant d'expliquer à un touriste de Copenhague la route pour Hulsig. Des Jutlandais du Nord en mauvaise posture en Angleterre.

La façon de Tonny de conduire une voiture (là, il vit d'abord rouge, mais Rie lui tapota la nuque et il se laissa aller à rire lui aussi, ne pouvait quasiment plus s'arrêter). Des bêtises proférées lors d'une cuite monumentale *(Hé, y a le feu là-haut ! On s'en fiche, c'est loué).* Tout un service de faïence passant par erreur par-dessus bord au milieu de la mer du Nord. Le pêcheur qui avait annoncé à la passerelle avoir vu le vapeur *Amerika* de Göteborg au loin, alors que ce n'était que le S 209 qui avait fait monter un puissant projecteur de pont. Des histoires qui les mettaient toujours eux-mêmes en scène et les exposaient eux-mêmes aux rires.

Le rire était aspiré avec la brise par les fenêtres ouvertes en même temps que la fumée du tabac, jusqu'à ce que le premier accord séducteur de l'orchestre résonne, puis c'était parti pour la danse, les bières perlées de fraîcheur et les gnôles.

Des femmes de tous âges faisaient la queue pour danser avec Tonny, à la grande irritation des jeunes. Mais il fallait s'y faire. Quand il faisait tourner Rie, une ambiance tout à fait spéciale s'installait, comme lorsqu'on nettoie de la vieille argenterie et qu'on la lève pour la voir à la lumière.

L'oncle Junior était non seulement devenu très bon à l'accordéon et au piano, mais cette assemblée d'oncles, de tantes, de cousins, de jolies cousines et de belles-sœurs faisait rugir son instrument, et il savait lui-même que c'était à ces moments-là qu'il était au meilleur de lui-même, on le percevait aux regards qu'il lançait aux dames. Quelques camarades l'accompagnaient au piano et à la petite batterie à balais.

J'avais souvent l'impression qu'il y avait quelque chose qui devait être claironné… ou enfoui en terre… ou alors on était tout simplement particulièrement doués pour se déchaîner. Le pianiste n'avait pas un moment de paix :

— *Piano, piano*, tu nous la démolis cette mélodie !

— *Mon amour* est un tango qui en veut !

— Joue *Oh, Marie, j'veux rentrer…*

— Non, *When the Saints* !

Junior adorait être le centre et prolongeait l'instant, puis il clignait de l'œil au vainqueur, toujours la plus belle fille de l'assemblée, jouait un accord d'introduction et envoyait un signal codé à l'orchestre. Il avait les couleurs claires de sa mère et les gestes de son père : tenait son accordéon comme on mène une partenaire, tirait sur sa cigarette d'une façon qui attirait le regard des femmes. Il descendait bières et alcool et à la fin, il pouvait à peine marcher, mais jouer, ça oui ! Au beau milieu de tout, il lançait soudain quelques notes simples et claires. Les conversations se taisaient alentour et les gens se mettaient à fredonner. C'était parti pour la chanson de Drachmann, le chœur s'amplifiait de claires voix de femmes et de basses rouillées, et à la fin les yeux s'humectaient, lorsqu'on en arrivait au passage *il y avait un autre Skagen, un meilleur si on veut, dont l'âme ne vieillira jamais.*

Pendant ces fêtes, il arrivait à Tonny de disparaître. Il s'asseyait dehors, fumait une cigarette tout seul et n'avait plus envie de parler à personne. Il disparaissait pendant un quart d'heure ou vingt minutes peut-être, jusqu'à ce que quelqu'un commence à s'étonner, et il revenait en pleine forme.

On dansait jusqu'à l'aube. Les dernières notes résonnaient au moment où un grand maître d'école jaune se levait sur Grenen et chassait l'obscurité de dune en dune avec ses baguettes.

A cette époque, je faisais tout à l'envers.

Prenons ces fêtes. J'adorais les danses – surtout la valse – aux règles et au rythme bien établis. Mais personne n'osait avouer cela dans ces années-là. Nous étions une génération entière à nous être donné le mot pour gesticuler sans rythme ni mesure sur des musiques de Hare Krishna ou autres, sur lesquelles on ne pouvait même pas chanter. Je détestais les guitares électriques de mon temps et les vêtements bigarrés, mais dans le côté provocateur de cette nouvelle culture, je trouvais mon compte.

Je me fis l'avocat du diable et débarquai à la gare de Skagen avec des cheveux noirs d'Indien jusqu'aux épaules et un bandeau fleuri autour de la tête. J'avais seize ans, portais un long manteau en fourrure afghane, une guitare égratignée sans étui et fumais une longue pipe courbe.

Maintenant, j'allais leur montrer ce que ça voulait dire d'être différent. Tous ceux qui avaient inspecté ma tronche d'une mine critique pendant des années, me faisant me sentir comme un membre d'une tribu zoulou, ils allaient en avoir pour leur grade. La dernière fois que j'étais venu – pour une des fêtes évoquées – j'avais les cheveux un peu longs, mais portais encore chemise blanche et cravate.

Peter Læk en resta bouche bée quand il vint me chercher à la gare. Je l'avais battu sur un terrain auquel il n'avait pas accordé une pensée. Ses propres cheveux roux étaient coupés court, il portait un anorak en nylon et un bonnet bleu comme les pêcheurs et il me regarda avec un mélange d'angoisse et d'admiration. Si c'était ça l'avenir, il avait perdu. Rie se prit la tête avec effroi, mes oncles me demandèrent avec rage si je voulais ressembler à une gonzesse ou si j'étais devenu homo. L'un s'amena avec des ciseaux, mais un autre le retint, puis nous nous disputâmes et discutâmes. Peter Læk misait sur l'avenir et me défendait avec générosité, puis nous allâmes voir Tonny et Rie.

Tonny rit. D'un grand rire chaleureux.

— Aïe, petit Esben, de quoi as-tu l'air ?

Lorsque l'écho de son rire s'affaiblit, ce fut comme s'il ne voyait plus ni ma coiffure ni mes vêtements. Il braqua ses jumelles sur la mer et les régla pour tenter de voir un bateau au loin dans la lumière déclinante de l'après-midi, répondant *ah bon* et *oui* d'une voix absente. Pendant ce temps, je lui parlais de façon de moins en moins inspirée de Woodstock, de macrobiotique et d'un monde sans guerre, et soudain il posa ses jumelles et eut l'air agacé, ce que je n'avais jamais vu avant. Il m'interrompit assez brusquement et demanda comment ça allait du côté de la recherche.

— La *recherche* ?

— Oui !

Il m'avait percé à jour. Je me sentis honteux et furieux, mais en même temps quelque chose de bénéfique se répandait en moi.

Recherche. Jamais je n'avais pensé à ce mot en rapport avec mes exercices, mais je ressentis une bouffée de fierté devant la perspective que cela dessinait.

Auparavant, il était arrivé ceci : il avait appris par ma mère que j'avais commencé à poser de tout petits bouts de feuilles vertes sous un microscope, que j'avais emprunté à un camarade, et un jour il m'avait téléphoné pour me demander ce que c'était. Je lui avais expliqué que c'était pour observer les molécules de chlorophylle. Pendant la conversation, j'avais senti son sourire s'élargir, alors que j'expliquais de ma voix en train de muer comment les cellules de la plante absorbaient la lumière du soleil dans les molécules et l'utilisaient pour transformer l'eau et l'azote en oxygène.

C'était du temps où, inspiré par un professeur de biologie dingue à grosses lunettes et haute consommation de stimulants, je restais des heures à exposer mon sujet d'expérience à une forte lumière, tremblant d'excitation et en oubliant de respirer quand l'effet se produisait et que les molécules commençaient à réagir.

— La photosynthèse est en route ! hurlais-je.

— Quoi ? disait ma mère avec indifférence.

— Les membranes des thylacoïdes bougent !

— Tu crois pas que tu devrais sortir la poubelle ?

— Je suis en train d'observer le processus le plus déterminant pour toute vie sur terre et tu me demandes de sortir la poubelle ! criais-je avec des larmes dans la voix.

Alors elle posait la poubelle pleine sur le seuil de ma porte ouverte et disait : *Allez ouste !* et pour éviter d'autres dérangements dans mon travail, je quittais à reculons l'appareil et la lumière éblouissante. Je faisais comme en transe le tour de la maison jusqu'à la poubelle de l'entrée. Juste à côté se trouvait le vélo de ma mère avec son panier. Un jour, perdu dans des pensées sur le processus chimique qui mène à la formation de toute énergie, je posai le sac plein dans le panier de son vélo et revins à mon pupitre.

C'est à cette époque-là que mes parents essayèrent de me convaincre de faire droit ou commerce. Mon père m'offrit un livre de droit pour débutants ou quelque chose comme ça, et cela ne me dit absolument rien. Je lambinai dessus pendant quelques heures, puis je m'aperçus que j'avais été tout à fait ailleurs en pensée et n'avais rien compris.

— Mais qu'est-ce que tu veux faire alors ? grogna mon père.

— Chercheur indépendant, murmurai-je.

Il écarquilla les yeux et haussa les sourcils aussi théâtralement que quand il exprimait en silence son opinion sur ce qu'avait déclaré son adversaire au cours d'un procès.

— Mon Dieu, gémit-il, en balayant du regard les éprouvettes et les oculaires, les reptiles séchés, les régurgitations de hiboux et un crâne de souris découpé ; après quoi il quitta ma chambre.

Mais tout ce à quoi les gens avec qui je partageais mon quotidien ne comprenaient strictement rien, mon grand-père l'avait donc saisi.

— Ah, c'est comme ça, dit-il au téléphone comme après une grande révélation.

Et pour en revenir au départ – au moment où j'étais face à lui dans un costume étrange – il vit donc droit à travers la fourrure afghane et mes provocations à demi senties. Peut-être régla-t-il sa montre quelque cinquante ans plus tôt pour y observer un petit gars aux cheveux noirs obligé de répondre avec insolence et de frapper pour se faire respecter, quelqu'un qui se conduisait bizarrement pour de tout autres raisons.

Tandis que dehors le crépuscule jetait une couverture humide sur les dernières lueurs de feu de cette journée d'automne, il m'interrogea sur les molécules de chlorophylle et la formation de l'oxygène…

— … d'oxygène et de sucre, le corrigeai-je.

— Oxygène et sucre ?

— Oui.

— Comment ça s'appelait déjà, photo…

— … synthèse.

— *Photo-syn-thèse.*

Puis il se renseigna sur les microscopes, dont il ignorait tout – leur taille, combien ils coûtaient, et lesquels on utilisait dans quelles circonstances – et il ne dit presque rien, hochant simplement la tête en signe de compréhension profonde, pendant que je parlais de lentilles et d'oculaires. Il n'est pas difficile de s'imaginer que cet homme, qui avait essayé pendant toute sa vie de lire les pensées des poissons et s'en était pas mal tiré, nourrissait une admiration pour les scientifiques qui disséquaient les mécanismes vivants pour leur arracher les secrets de la vie. Dans ces moments, lorsqu'il hochait silencieusement et pensivement la tête en m'écoutant, il philosophait sur le hasard, le grand Hasard de l'Existence, qui avait fait de lui ce qu'il était. Il regardait la mer et s'imaginait être un autre, un chercheur vivant dans un autre pays, regardant dans un microscope électronique et faisant de grandes découvertes.

Mais il y avait là aussi quelque chose de tout à fait concret, que je ne saisissais pas bien. Il avait l'air différent, ne parlait pas comme d'habitude. C'était comme s'il cherchait un mot de passe. Il y avait derrière ses questions une nervosité retenue. Puis il dit qu'il aimerait m'offrir un microscope, meilleur que celui que j'avais emprunté. La tête me tourna. Il continua sur un rythme impétueux : il fallait que je réussisse mon bac, après, tout pourrait arriver. Le diplôme était le passeport pour toutes les salles de conférences et laboratoires célèbres du monde. Avant mes vingt-cinq ans, je serais un chercheur célèbre à l'étranger, affirma-t-il tranquillement, presque pour lui-même.

— Oui, mais je veux vivre ici, objectai-je.

— Il ne faut pas que tu vives ici.

— Pourquoi pas ?

Il ne répondit pas, se contenta de secouer la tête et poursuivit :

— Où peut-on trouver ça ? demanda-t-il.

— Le microscope ?

— Oui.

— A Copenhague.

— Où ?

— Dans une rue qui s'appelle Østerbrogade.

— Nous partons demain à cinq heures.

Je le fixai, bouche bée. Il avait parlé comme un capitaine défiant toutes les prévisions météorologiques. Je ne sais pas pourquoi, mais je pris peur.

43

Le départ était fixé tôt parce que la vie du pêcheur le veut ainsi et que la météo annonçait un vent d'ouest fraîchissant en cours de matinée. Il voulait franchir le pont à Aalborg avant le grain. Nous sommes partis dans la nuit noire, sous une petite brise, avec l'odeur doucereuse et pourrie des usines de poissons dans les narines, et avons parcouru tout le Jutland avec vent de côté et à quarante-cinq, cinquante kilomètres à l'heure.

Nous ne sommes arrivés que tard dans l'après-midi et nous avons eu du mal à nous orienter en ville. Tonny transpirait, jurait et fulminait contre les Copenhaguois, la massue s'agitant par la vitre. C'était du temps où l'on voyait à la plaque d'immatriculation d'où venait la voiture, et certains esquissaient un sourire à la vue de ce P 72 qui pour nous possédait autant de magie que les numéros de ses bateaux au fil du temps. Il y eut même un conducteur pour crier "Plouc !", ce qui provoqua un éclat de rire sincère de Tonny. Un quart d'heure avant la fermeture, cette étrange délégation, le patron-pêcheur poivre et sel en veste de tweed et casquette, un cigare Broadway allumé aux lèvres, et le mince garçon de seize ans en fourrure afghane, au visage féminin et aux longs cheveux fins, se présenta chez Jespersen & Fils, dans une rue donnant sur Østerbrogade, demandant à voir un microscope.

Jespersen lui-même était derrière le comptoir et il leva les sourcils avec intérêt en nous voyant. C'était un homme d'expérience qui voyait la perspective d'une bonne affaire : la façon dont nous étions entrés, moi devant à grandes enjambées et une lumière fanatique dans les yeux, l'homme âgé derrière avec une main sur la poche de poitrine et un coup d'œil vers l'arrière.

Après avoir tout regardé et collé au mur le propriétaire avec ma connaissance de son assortiment de marchandises, je pointai du doigt un microscope à lentilles Bresser 40 x 1600. Tonny ne dit pas un mot lorsqu'il entendit le prix, il voulait juste être sûr qu'il satisferait mes besoins scientifiques.

— Oui, murmurai-je, embarrassé, et il sortit son chéquier, dévissa le capuchon de son stylo-plume, l'enfonça délicatement sur l'embout et le fit balancer dans sa main. L'encre coula de la pointe, mon regard était rivé sur le flot bleu qui remplissait les lignes, le montant total, le point et les trois zéros derrière, sa signature et les grandes mains qui revissaient le capuchon, en guidant délicatement la plume pour qu'elle ne touche pas le bord.

Nous avons dîné dans un restaurant de Nyhavn, où Tonny avait une fois, tout jeune, mangé une saucisse à trois couronnes et demie. Puis nous avons pris une chambre dans un bel hôtel. J'étudiais, assis sur le lit, des bouts du dessus-de-lit et des gouttes d'eau dans mon nouveau microscope, tandis que lui était étrangement agité. C'était comme s'il avait quelque chose à faire, même si je n'arrivais pas à comprendre quoi. Il me posait tout le temps des questions sur moi, je lui répondais, mais je n'avais jamais l'impression qu'il m'écoutait vraiment. Il régnait une drôle d'ambiance que je n'arrivais pas à saisir. J'essayais de sourire, mais il y avait un bourdonnement et une fièvre dans l'air qui me donnaient la migraine. Quelque chose clochait dans cette expédition, et en même temps, ça paraissait impossible. J'étais avec un homme capable de prévoir la tempête, un homme qui savait où les poissons nageaient sous l'eau et lisait des présages sur le ciel, dans la couleur et la taille des vagues. Si cette navigation tournait mal, mon monde s'écroulerait.

Nous étions tous deux fatigués et nous nous sommes couchés tôt. Je me suis endormi sur le microscope. Tonny m'a fourré sous l'édredon et le lendemain j'ai ouvert les yeux quand il m'a réveillé doucement.

Nous avons mis la Vedette en route et avons foncé vers le sud-ouest. Il était tendu et ne disait pas grand-chose, conduisait courbé en avant et serrait le volant de ses grandes mains, tandis que l'aiguille du compteur tremblait autour de soixante, une vitesse bien supérieure à ce que j'avais jamais vécu avec lui. Je lui jetais des coups d'œil ; il collait si mal avec le paysage ici.

Nous filions à fond de train, avec des dépassements suicidaires et la sueur au front. Puis nous avons embarqué sur le ferry, et là il a repris vie en me racontant, pendant que nous nous penchions au-dessus du bastingage, qu'au fond il aurait bien aimé essayer de pêcher dans les eaux intérieures du Danemark, les fjords profonds avec des anguilles et des falaises abruptes des deux côtés. Il était un grand admirateur de l'anguille et fantasmait sur la possibilité de découvrir le mystère de son accouplement et de sa pérégrination jusqu'à la mer des Sargasses.

— Et pourquoi tu ne le ferais pas ? demandai-je en crachant par-dessus bord et en observant le crachat jusqu'à ce qu'il disparaisse dans l'eau bouillonnante.

— Ben oui, dit-il, mais j'entendais bien qu'il n'y croyait pas.

Le voyage se déroula à peu près bien jusqu'au moment où nous nous approchions du détroit de Lillebælt ; soudain, il lâcha l'accélérateur et se rangea sur le côté.

— Je me sens tout à coup très bizarre, gémit-il.

Je lâchai le microscope que j'avais tenu sur mes genoux et le fixai, terrifié.

— Souviens-toi de la lettre, petit Esben, celle que je t'ai donnée, dit-il.

Puis sa tête tomba sur sa poitrine.

La seule chose que j'eus en tête, c'était que Tonny ne devait pas mourir là. Pas un médecin, une infirmière ou un entrepreneur des pompes funèbres d'une de ces îles ou de quelque trou de province jutlandais n'aurait ce client-là. Cet homme devait finir ses jours près de la mer : un jour il avait été poussé à terre par le vent, il ne devait pas finir sa vie sur cette conne de route de Fionie. J'étais sûr qu'il suffisait qu'il rentre pour revenir à lui. Je pensais aussi que s'il mourait ici, son âme errerait sans paix pendant des centaines d'années.

Je défis sa cravate, le tirai sur mon siège de toutes mes forces et m'assis au volant. Je glissai deux ou trois des coussins brodés de Rie sous mon derrière et passai une vitesse.

Puis j'appuyai sur le champignon. Le V8 donna toute sa puissance et je doublai avec un vrombissement une série de camions après l'autre, actionnant les phares et klaxonnant à fond, forçant les voitures en face à se ranger sur le bas-côté l'une après l'autre. Pendant cette course mortelle, je pleurais et essuyais larmes, morve et grandes mèches de cheveux de mes joues, tout en jetant de temps en temps un coup d'œil sur Tonny qui était à moitié allongé sur le siège du passager, le visage bleu.

Quelque part il a bien fallu que je fasse le plein. J'ignore encore aujourd'hui où c'était. Mais je me souviens de la façon dont ils m'ont regardé. J'ai arraché le portefeuille de la poche arrière de grand-père, leur ai jeté quelques billets de cent, j'ignore combien, et j'ai repris la route vers le nord.

Que personne ne m'ait signalé à la police, ou – si quelqu'un l'a fait – que la police ne se soit pas mise à mes trousses et arrêté, demeure un mystère.

Je ne me souviens pas de grand-chose. C'est la seule chose de toute ma vie dont je ne me souviens pas. Tonny me taquinait souvent en disant : *Tu te souviens même de ce qui est arrivé avant ta naissance*, et je l'ai prouvé dans ce récit, mais là où je me souviens de détails précis sur la jeunesse d'Ane, de Tonny et de ma mère, il y a de grands trous dans ce convoi funèbre.

Je me souviens vaguement de l'avoir regardé une ou deux fois, puis je n'ai plus osé. De temps en temps, il gémissait et disait, ça fait tellement mal. Alors un épais désespoir montait en moi et j'appuyais encore plus fort sur la pédale de l'accélérateur.

Au nord d'Aalborg, la mémoire me revient un peu. Je me souviens au moins d'étendues un peu plus longues avec la voie libre, et je vois l'aiguille qui vient effleurer les cent soixante.

Il avait cessé de gémir. Je n'osais pas le regarder, mais tout au fond de moi, je savais bien ce qu'il en était.

L'obscurité commençait petit à petit à tomber et le grand phare trouait le crépuscule bleu roi de sa lance quand la voiture entra sur le parking de l'hôpital de Skagen.

Deux infirmières se précipitèrent, un médecin arriva, mais c'était trop tard, plusieurs heures trop tard.

— Tu aurais dû chercher de l'aide tout de suite, m'annonça le médecin avec un regard sévère, comme s'il voulait dire que c'était moi qui avais tué Tonny, ce qui était vrai d'une certaine façon.

Un rideau tomba devant mes yeux, et mon corps devint une pierre lorsqu'ils soulevèrent Tonny et le portèrent à l'intérieur. Je laissai la voiture avec les clefs dessus, partis à reculons dans le noir et parvins tout juste à trouver la gare et à acheter un billet, après quoi je me cachai derrière des wagons de marchandises. Là, je me recroquevillai sur le gravier et pleurai jusqu'au prochain départ.

Une fois dans le train vers le sud, je serrai contre moi mon microscope et décidai que jamais plus je ne reviendrais.

44

Les deux années suivantes flottent dans le vague et peu d'images m'en restent en mémoire.

Une des rares choses dont je me souviens, c'est que je me séparai de ma fourrure afghane. Je la vendis, tout comme la guitare, à un camarade de classe qui savait valoriser ces choses. Les filles firent cercle autour de lui et il devint peu d'années après un musicien de rock connu.

Sans doute y eut-il un interrogatoire. Je me souviens confusément d'un chandail gris à col en V et de l'expression résignée d'un policier en civil. Un autre des rares événements qui échappent au brouillard, c'est ma mère entrant dans ma chambre pour me dire que grand-père m'avait payé d'avance un séjour d'un an dans une université nommée Princeton. Ce détail me remua un peu, parce que je m'étais toujours considéré comme un prince sous les ailes protectrices de Tonny. Elle me tendit un papier et me dit quelque chose comme quoi le papier était rangé à côté de son testament. Le séjour universitaire, qui avait lieu dans un endroit où entrait le nom Jersey, concernait la biochimie, et il y avait quelques signatures et un tampon rouge.

Je levai le regard vers elle dans un instant de lucidité, puis je retombai dans ma torpeur. Je n'avais rien à faire ni d'elle, ni de la biochimie ni du testament, et le donateur m'était indifférent. Le médecin vint, parla, tâta différents endroits de mon corps et posa le diagnostic de dépression légère, puis ils me laissèrent tranquille, à part quelques pilules que je devais ingurgiter et qui n'aidaient en rien et me donnaient plutôt mal au crâne.

Mais les événements qui avaient provoqué cet état disparurent lentement comme les braises d'un brandon qui s'éteint et sombre dans la mer avec un sifflement étouffé, et ma vie commença tout doucement à reprendre son cours. La petite ville magique à la pointe du Jutland se dissipa dans les embruns de la mer et n'exista plus pour moi. Je quittai la maison et suivis des études. Le microscope, dans lequel je m'absorbais tous les soirs, je ne l'avais reçu de personne, c'était tout simplement le mien et l'avait toujours été. Lorsque je le vendis pour en acquérir un encore plus grand, je ne le ressentis pas comme une perte ; je lui dis au revoir sans sentimentalité, oui, presque soulagé.

Ce fut un temps d'enfermement, sans amis ; je cherchais refuge dans les livres et la biochimie. Ce n'est qu'un soir, sous l'effet exceptionnel de l'alcool, qu'en parlant à un des autres étudiants du collège universitaire où j'habitais, la situation s'éclaira un peu. Il s'appelait Victor et étudiait la psychologie. Il avait remarqué que je ne disais pas un mot à personne – ce n'était pas difficile – et ajouta que cela lui faisait mal de me voir comme ça. Il ne me proposa pas d'entreprendre la grande guérison du cas Esben Klint, il semblait plutôt me considérer comme un cadeau, un sujet sur lequel s'exercer. Il devint plus tard un psychologue comportementaliste connu, un de ceux auxquels la télévision fait toujours appel parce qu'il est capable d'expliquer l'évidence comme si c'était tout nouveau chaque fois.

Il ne disait pas grand-chose, écoutait surtout mon récit sur ce qui s'était passé. En plus il avait le don de sourire ou de rire quand quelque chose pouvait être considéré comme drôle – ce qui arrivait assez souvent – et je me sentais à l'aise et ouvrais encore plus grand mon sac. Une autre de ses qualités consistait à dire : "Maintenant on arrête pour aujourd'hui", gentiment mais fermement, quand j'étais rouge jusqu'au front et que mes mots trébuchaient les uns sur les autres, et enfin il reprenait habilement le fil de la dernière fois, quand on se retrouvait. C'est ainsi que nous mîmes de l'ordre dans ce fatras. Je crois que sa devise avait quelque chose à voir avec l'ordre. J'appris tout simplement à séparer les réalités des ombres qui remuaient en moi.

Quelques consultations suffirent à révéler que je m'étais mis en tête que j'étais coupable de la mort de mon grand-père. Ce qui avait permis *mon* envol – c'est-à-dire le voyage à Copenhague et le microscope – fut sa mort. C'est autour de ce schisme qu'il creusa, en me faisant raconter tous les détails, puis en répétant et en soulignant calmement tous les éléments permettant de douter du bien-fondé à accuser quelqu'un de meurtre sur une base aussi légère. Il me fit raconter l'histoire à la troisième personne, comme si c'était quelque chose que j'avais entendu dire. Par cette manœuvre audacieuse, le personnage principal devenait un autre et cela rendait tout plus facile. Je détaillais tout – le visage bleu du grand-père, son râle, les dépassements risqués –, tout ce qui revenait sans cesse dans les rêves du garçon et le faisait se réveiller en nage. Pour finir, il me demanda si, à mon avis, le garçon qui avait conduit la voiture était coupable.

Ensuite il me demanda vis-à-vis de qui j'avais honte.

— Qui pointe ce doigt accusateur sur toi ?

Et il en arriva à ce qu'en réalité personne ne le faisait. Après quoi il me demanda de me mettre à la place de l'homme mort.

— Que vois-tu ?

Je me mis à haleter, gémissant et transpirant. Puis je répétais ce que j'avais dit, bégayant et trébuchant sur les mots.

— Essaye encore une fois, dit-il gentiment.

C'était une grosse bouchée. Puis il annonça une pause jusqu'à la semaine suivante.

Je craquai une ou deux fois et lui demandai si c'était vraiment nécessaire de dire toutes ces choses aussi directement.

— Non, à moins que tu ne penses qu'elles décrivent ce qui s'est vraiment passé, dit-il doucement, et je me remis à parler.

— Perçois-tu la différence entre ce que voit le garçon et ce que les autres voient ? me demanda-t-il, et c'est ainsi que peu à peu il secoua tout le sac, après quoi les morceaux du puzzle tombèrent et formèrent une autre image.

Je terminai la thérapie de Victor avec une vision plus claire de mes actes et le premier vrai sourire depuis plusieurs années. Je ne suis pas absolument sûr d'avoir tout mis en œuvre pour sauver la vie d'un homme, mais ce fut libérateur de voir l'histoire sous un autre jour. Nous nous mîmes à bavarder et à blaguer – ou plutôt moi. Son sourire à lui était le même que toujours, ses bras étaient croisés sur sa poitrine, et il émanait de lui un mélange indéfinissable de chaleur et de distance. Et effectivement. La réplique finale du psychologue qui le mois précédent avait passé son examen avec brio fut :

— Ça a été amusant de suivre le processus. Moi aussi j'ai appris beaucoup de choses. Tu as fait un pas en avant. Mais je crois qu'il y a autre chose. Parlons-en un jour, si tu en ressens le besoin. Il faut régler une chose à la fois.

Je levai sur lui un regard à fois rasséréné et troublé – il faisait une demi-tête de plus que moi. Puis je répondis peut-être bien, ou quelque chose comme ça, et nous changeâmes de sujet. Mais il m'avait amené assez loin pour que je puisse lui donner raison très peu de temps après. Il y avait autre chose. Je savais bien ce que c'était. Cela avait à voir avec une lettre planquée au fond d'un tiroir, sous les relevés de compte et les certificats de garantie du transistor ; une vieille histoire de malédiction familiale, et cette malédiction, j'avais été désigné pour la résoudre.

Cette pensée faisait mal, alors je me dépêchais de poursuivre. Mais la thérapie me permit d'utiliser mon héritage sans grandes complications. Et ce ne fut pas une petite silhouette misérable que l'on vit acheter un billet pour un continent inconnu, mais un être conscient – sinon un héros – qui montait dans l'avion, un prisonnier libéré qui avait payé le prix.

Mon cœur bondit dans ma poitrine quand je vis le continent américain par le hublot de l'avion. A la seconde où je mis les pieds sur terre, je devins une autre personne. L'agent qui contrôlait les passeports me fit un sourire comme si je signifiais quelque chose de tout à fait spécial pour lui :

— Première fois aux USA ?

— Oui.

— Tâche de passer un bon séjour, camarade.

45

Vivre en Amérique me fut facile à bien des points de vue. J'avais l'habitude au Danemark de bouquiner plus que d'autres, et en plus j'étais tout simplement loin de mon problème. Je faisais également plaisir à mes parents en accomplissant mon année à Princeton University et je pouvais regarder mon donateur dans les yeux et lui envoyer quelques pensées reconnaissantes, ce qui était davantage que ce que j'avais pu faire pendant des années. Comment diable avait-il arrangé ça ? Il était assez adroit au téléphone. Il connaissait d'ailleurs un peu l'anglais. Je me l'imaginais assis à son bureau face à l'est, dans l'air saturé de fumée de cigarette et avec cette vibration particulière qui accompagne une conversation transatlantique.

Au cours des années suivantes, je pris l'habitude de le voir en pensée. Mon grand-père avait percé le fond de mon âme à l'instant où il m'avait proposé l'expédition à Copenhague pour acheter le microscope, et il avait prévu mon grand amour pour la biologie moléculaire. Il y a quelques années, j'ai gratifié le vieux loup de mer d'un regard rétrospectif particulièrement admiratif. Ce fut lorsque, avec deux collègues, nous reçûmes une médaille pour la thèse "Enzymes : inhibiteurs non compétitifs et régulations allostériques" *(Hosmane, P.S., Hong, W. and Klint E. 1977, International Biophysical and Biochemical Resarch Institute).*

Ce titre est l'apogée de ma carrière. Cet homme ne connaissait pas seulement la nature du hareng, il connaissait aussi la mienne.

Mes actions nominatives dans le continent américain me firent courir sur les terrains de sport bien entretenus du campus comme si j'y étais né. Je percevais aussi, à travers les trous du rideau d'inhibitions, les motifs de Tonny, voyais son propre rêve américain perdu se matérialiser dans ces matchs.

Je pris l'accent américain en un temps record, me mis à marcher comme mes camarades, m'appropriai les mêmes gestes de main et appris l'équilibre des autochtones entre modestie bien seyante et assurance sans gêne.

Mais quand s'éteignaient les ovations et que je me retrouvais seul dans mon lit le soir dans ma minuscule chambre, ma petite escroquerie me rattrapait. J'étais en fuite ; d'une responsabilité, d'une tâche.

A l'université, je me fis pas mal de relations, mais aucun ami. Je me concentrais sur les études et sur plusieurs projets de recherche. J'adorais être là, mais je constatais avec panique que je comptais aussi les jours jusqu'à mon départ. Un temps, je sortis avec une gentille fille juive aux cheveux de jais, originaire de Columbus, Ohio. Nous marchions main dans la main et dormions ensemble mais, pour une raison ou une autre, je n'étais jamais entièrement présent. Je fus même présenté à ses parents. Ils furent ravis.

— D'où es-tu, Esben ? Tu parles *presque* sans accent.

— Euh… ma famille est originaire du Danemark.

— *Vraiment !* La mère joignit les mains d'enthousiasme et de joie. Ce sont les Danois qui ont sauvé les Juifs pendant la guerre en les faisant passer en Suède ! Frank, cria-t-elle à son mari, imagine qui nous avons l'honneur d'accueillir !

Le père ne se montra pas moins enthousiaste. Je faisais d'immenses efforts pour être aimable. J'avais envie de crier que je n'avais strictement rien à faire avec ça et de m'enfuir en courant. Le salon était orné de lourds rideaux de velours rouge et d'un piano à queue en acajou aux pieds pompeux. Sur les murs, de vieilles gens coiffés de chapeaux bizarres vous fixaient.

— As-tu été élevé en ville ou à la campagne ? voulut savoir le père pendant que nous mangions l'entrée, une sorte de pain fait exactement de la même manière que dans le pays de Canaan il y a quatorze mille ans.

— Dans une petite ville de pêcheurs, tout au nord.

— *Incroyable !*

— Mon père est pêcheur, il possède cent grands chalutiers.

— *Etonnant !*

— Il expérimente sans cesse de nouvelles pêches. Se rend à Terre-Neuve et au Groenland. Sur la côte d'Afrique de l'Ouest. Dans l'Océan indien.

Le père était médecin. Il fut encore plus heureux d'apprendre que j'étudiais la biologie. Leur fille, qui s'appelait Linda, me regardait amoureusement pendant que je parlais. Plus les ficelles de mon spectacle devenaient grosses, plus je baissais la voix et plus ils m'écoutaient cérémonieusement. Peut-être devinais-je un peu de scepticisme chez le maître de maison ; au fond ce n'était pas du tout évident qu'il croyait tout ce que je racontais, pas du tout évident que ça leur plaisait tant que ça.

En cours de soirée, je fus pris d'une envie de vomir. Pourquoi étais-je là en train d'essayer de les séduire ? En réalité je me sentais à moitié étouffé par leurs lourds rideaux, leur union, leurs rituels familiaux vieux comme le monde, leurs racines et leurs instruments de musique aux fioritures encombrantes. J'étais sûr que leur enthousiasme virerait de bord à la seconde même où je deviendrais leur gendre. On me fourrerait dans une boîte, leur boîte à eux, on poserait dessus un épais couvercle, et si jamais je révélais ne serait-ce qu'un petit pan de mon véritable moi, de mon étrange histoire familiale, je serais ignoré poliment et silencieusement. Soudain je vis les parents de la fille couchés dans le lit conjugal un peu plus tard et les entendis échanger toutes leurs réserves chuchotées.

Lorsque nous allâmes nous coucher dans une chambre d'invité glaciale, je dis à Linda que j'étais fatigué et voulais dormir. Mais je restai les yeux ouverts dans le noir, prenant conscience que jamais je ne pourrais m'adapter à une vie familiale ordinaire, avec chaussons, réunions entre voisins et courses du samedi matin.

Au retour je ne dis pas un mot et, au bout de quelques mois, je lui demandai si elle ne voulait pas me ficher un peu la paix et ignorai ses questions insistantes.

Elle était gentille et jolie, et j'ai souvent souhaité avoir été un peu plus normal et avoir pu me marier avec elle.

A mesure que je mettais au point mon rôle de grande personnalité internationale – un caractère fuyant qui parle du nez et met au point une démarche particulièrement impatiente – la vieille histoire me hantait de plus en plus. Un détail surtout m'obséda pendant que j'étais là-bas. Je voulais aller à Norfolk, Virginie. Je m'étais souvent chuchoté ces mots ; je les répétais et les avais en mémoire depuis très longtemps. Je ne sais pas quand je les ai appris, sans doute au cours des nombreuses expéditions que Peter Læk et moi faisions dans l'histoire de la famille.

Puis un jour je me rendis dans cette ville dont le nom, cliquetant comme des gouttes d'eau, évoque des personnes âgées prenant le soleil, et l'odeur du blé mûr.

Pendant le trajet en train, qui dura six heures, je fus assailli par le sentiment de redevenir le vieil Esben. J'étais parti pour cette expédition comme un alcoolique à qui il faut encore une excursion dans un pays interdit, juste une dernière. Le seul fait d'acheter un billet pour cette vieille affaire me remplit d'effroi. C'était comme si je revivais le voyage de retour de Copenhague et m'attendais à chaque instant à trouver un vieux monsieur étouffé par une embolie dans le compartiment voisin, ou que le train soit arrêté par un suicide sur les rails.

A Norfolk, je me rendis aux archives locales, dans une grande bibliothèque avec un secteur particulier pour la généalogie, et y fus débordé par une serviabilité et un empressement dus à ce que les ancêtres de tous les Américains sont arrivés ici par bateau en survivant de peu à la traversée. Il y avait des microfilms de journaux, livres, photographies, revues et lettres personnelles remontant à deux cents ans. Je demandai à une forte bibliothécaire d'environ trente ans s'il se trouvait quelque chose sur un marin disparu nommé Frederic Marshall Porter, en 1903. Je m'adressai à elle à voix très basse, et lorsqu'elle répéta tous les détails d'une voix tonitruante, je rougis. Mais son enthousiasme était quand même contagieux et soudain je lui livrai tout : qu'il était le seul survivant d'un naufrage survenu au Danemark et qu'il avait disparu totalement quelques jours plus tard.

Elle écarquilla les yeux et sourit, un peu surprise d'être soudain impliquée dans un vieux thriller. Puis elle tapa le nom sur son ordinateur – quelque chose de tout à fait nouveau pour moi en 1973. Plein d'admiration muette, je fixais la grosse boîte et la fille, dont les yeux plongeaient dans un monde fictif – mais rien n'apparut.

— Mais, ajouta-t-elle astucieusement, il y a pas mal de choses sur un grand négociant local, Clark Earl Porter, au tournant du siècle environ. Est-ce que cela vous intéresse ?

Je sursautai, et elle me scruta des yeux. Mon expédition n'avait pas tout à fait donné ce que j'avais espéré, mais je touchais quand même l'histoire du doigt.

— C'est mon arrière-arrière-grand-père, dis-je dans un souffle, et elle écarquilla encore plus les yeux.

L'homme dont elle parlait n'était autre que son père, celui qui avait écrit au garde maritime Carlsen.

— Biologique, je veux dire, ajoutai-je, troublé.

— Si vous voulez, vous pouvez vous asseoir pendant que je vais chercher le dossier.

Durant les trois heures suivantes, je potassai la correspondance de Clark E. Porter sur un lecteur de microfilms. Les lettres étaient pour la plupart des lettres venant de la commune, remerciant pour diverses donations, des contrats, des actes de vente et ce genre de choses. Je mis un certain temps à m'habituer à l'écriture et à la langue, et il y avait pas mal de choses que je n'arrivais pas à déchiffrer. Mais soudain apparurent quelques lettres d'un caractère plus personnel. Mes tempes se mirent à cogner quand j'arrivai à ceci : “… ce fils que nous ne revîmes jamais…” et “la mère porta le deuil pendant un an…” et cela s'arrêtait là. Je cherchai désespérément un signe des braves gens qui avaient accueilli Frederic Porter et sauvé sa vie des vagues, et soudain apparut une lettre du consul américain de Frederikshavn, le Suédois Söderberg, dans laquelle il décrivait les efforts du garde Carlsen pour éclaircir le mystère et à laquelle il joignait une traduction de sa requête au père.

Je sentis comme un vertige, parcourus le reste, transpirant et la bouche sèche, mais il n'y avait rien d'autre. Rien sur ce que je cherchais vraiment : un signe indiquant que Frederic Porter serait soudain réapparu chez papa et maman après avoir traversé les mers et que toute l'histoire pouvait être attribuée au manque de fiabilité du courrier à l'époque.

Je continuai un peu ma recherche, mais en arrivai au testament et autres actes divers, puis la dame m'aida à faire une photocopie des trois à quatre pages qui m'intéressaient.

Je quittai les archives d'histoire locale de Norfolk Public Library la faim au ventre – j'avais oublié de manger de toute la journée – et les yeux de la bibliothécaire dans le dos. Je l'entendis penser : quel drôle de petit bonhomme, quels drôles de petits démons intérieurs.

Dans le train de retour, je changeai de peau. Mr Hyde redevint lentement Dr Jekyll ; le petit Esben excité portant sur ses épaules la vieille et poisseuse malédiction villageoise se transforma en chercheur en blouse blanche au regard fixé sur l'horizon, et j'enfouis les trois copies au fond du tiroir avec la lettre d'Ane.

Quelques mois plus tard, je quittai Princeton avec mon diplôme en poche – meilleure note avec les félicitations du recteur – et sans regarder derrière moi, le cou tendu vers quelque chose de tout à fait autre dans un tout autre endroit.

Les trente années suivantes : conférences internationales et salles de congrès partout dans le monde, bourses et séjours temporaires dans des universités étrangères.

A la fin de mes études, je partis pour l'étranger et terminai le projet entamé à Princeton : ma transformation. Je changeai de langue, d'aspect et de nationalité. Au début, j'insistai pour utiliser la langue du travail quand je rencontrais des collègues danois. Je leur parlais anglais, même dans le bar le soir, jusqu'à ce qu'il y en ait un qui, une fois soûl, me demandât d'arrêter. Cela fit impression, mais ne m'empêcha pas, les années suivantes, de porter des foulards, de grands chapeaux à larges bords et des cravates voyantes pour ressembler à tout sauf à un Danois.

Dans le répertoire du groupe dans lequel je travaille, j'ai grâce à quelques magouilles réussi à me faire inscrire comme dano-américain avec domicile fixe en Allemagne.

Lorsque surgissait une plage de contact avec l'ancienne partie de ma vie – une carte, une visite de famille ou autre – je prenais l'air distant. Je n'en parlais pas et ne voulais pas en entendre parler. A un de mes rares déjeuners de Noël chez ma mère, j'élaborai une technique particulière ; elle essayait de me parler de personnes et d'événements de mon ancien pays de rêve – affligée par mon refus de communication – mais je lui répondis machinalement, tout en me demandant si des enzymes oxydoréductases que j'avais récemment capturées dans un contexte surprenant pouvaient être utilisées à quelque fin utile. Une fois, je reçus une invitation de mes anciens camarades de la résidence universitaire, et ensuite je réalisai combien ma réponse dut leur paraître tordue. Je fis rédiger un refus poli par ma secrétaire sur le papier à lettres du laboratoire – en anglais.

Récemment, j'ai pris ma voiture pour aller faire un tour comme tant de fois auparavant. C'est une Audi à presque trois cent mille euros, une créature terriblement autonome qui me fait me sentir chez moi à la seconde où je m'y installe. J'y passe plus de temps que dans mon appartement, et quand j'appuie sur le champignon et sens son museau se lever, c'est aussi bon qu'un massage. Je l'ai présentée une fois à Tonny ; il l'a examinée sous toutes les coutures avec un sourire incertain – il n'a jamais compris grand-chose aux voitures – mais c'est le regard qu'il m'a jeté à *moi*, qui compte. J'ai grandi de deux centimètres, puis il a disparu.

J'ai mis le turbo sur l'autoroute pour aller voir une exposition d'art à proximité de Stuttgart. Je suis arrivé vers midi et, avant la visite au musée, j'ai fait un petit tour en ville. Sur la route du retour quelques heures plus tard, je me suis rendu compte que je ne me souvenais d'aucune des œuvres d'art. En revanche, il y avait des scènes de la petite ville qui étaient tout à fait nettes : un couple de parents qui se disputait avec un appariteur, un éboueur observant avec grand sérieux la poubelle pleine hissée à l'arrière du camion, un vendeur courant après un client qui avait oublié sa monnaie.

Je suis revenu dans l'appartement de la résidence près de Munich à la tombée de la nuit. Je circulais dans la pénombre comme un étranger. Derrière moi la cuisine en acajou me regardait d'un œil méchant, la salle de bains ressemblait à de l'inlandsis en marbre péruvien, et la porte était entrebâillée vers la grande chambre à coucher, qui est très claire et parfaitement étudiée pour l'insomnie. Dans les salons, deux fauteuils au design finlandais glacial boudaient les deux canapés italiens. Les figurines d'animaux et d'hommes d'Afrique et d'Amérique du Sud semblaient prêtes à bondir des étagères et des bords de fenêtre. Au beau milieu de tout était accrochée la peinture de la maison d'Ane et de Jens Peter sur Østre Strandvej. Je me suis senti attiré par elle. J'ai d'abord ressenti une résistance à être artistiquement tiré vers le bas, puis je suis resté planté devant elle, comme tant de fois auparavant, repérant des détails que je n'avais jamais remarqués. Jamais elle ne m'avait paru aussi mystérieuse et sombre. Un mélange entre une leçon d'histoire et un conte merveilleux : les poteaux téléphoniques sans fil, la remise mangée de rhumatismes représentée en perspective devant Jens Peter, voûté et les cheveux blancs. J'ai reculé de quelques pas, puis je suis allé allumer la lumière. Sur un pan de mur étroit et incongru, qui semble avoir joué un tour à l'architecte, est suspendu le baromètre de Jens Peter. J'en ai effleuré des doigts le bois en cherchant l'interrupteur près de l'entrée. La première chose que j'ai vue en allumant, c'est une plante artificielle sur le rebord de la fenêtre. Je l'avais achetée par plaisanterie, mais c'est un des autres rares objets qui m'inspirent de la sympathie. Elle se tient là, parfaitement droite, comme un escroc authentique parmi des personnalités surfaites. Sur un coin du canapé est posé le dessus-de-lit au crochet fait par Ane, comme un delta oriental de figues et de poivrons séchés.

J'ai atténué un peu l'atmosphère de laboratoire de l'appartement en allumant des lampes dans les coins et une bougie sur le comptoir américain, puis j'ai ouvert une bouteille de vin. J'ai sorti deux verres et les ai remplis, un pour moi et l'autre pour une dame sans nom qui m'accompagne souvent, dans la voiture en route pour une exposition ou dans l'avion au-dessus de la mer. C'est un mélange entre la fille des Etats-Unis et quelques autres, rencontrées au fil du temps, parfois elle ressemble seulement à une fille que j'ai connue du temps où mes parents avaient une maison de campagne dans la lande près de la plage de Nordstrand. Elle a des tresses et pense toujours à ce qui manque dans le réfrigérateur.

J'ai bu un verre, puis un autre. Puis j'ai pris le second, l'ai vidé dans l'évier et ai allumé la télévision. Je n'ai rien vu, mais j'ai bu et rempli mon verre de nouveau.

Ma dernière liaison amoureuse s'est terminée aussi brusquement que les autres. C'était une jolie jeune fonctionnaire d'ambassade tchèque qui se rasait consciencieusement les jambes et tenait beaucoup à mettre ses boucles d'oreille en or avant de prendre le petit-déjeuner. Elle avait commencé à poser sa marque sur l'appartement, pas beaucoup, juste un pot de crème pour le visage dans la salle de bains, un emplacement fixe pour un manteau dans le placard de l'entrée et ce genre de petites choses.

Un matin au réveil, j'étais allongé tout raide et immobile, envahi d'une inexplicable répugnance.

Je fis le petit-déjeuner sans dire un mot. Elle s'assit, vêtue d'un peignoir et de ses boucles d'oreilles, et mangea, mal à l'aise. Puis je dis, paniqué :

— La salive que nous avons échangée hier est faite d'adenosintriphosphate, avec l'enzyme adénylate cyclase comme catalyseur.

Longue pause. Puis elle dit :

— Je pars maintenant.

— Je suis en plein dans un projet d'étude sur son activité antimicrobienne – à savoir si on peut utiliser les exceptionnelles capacités de défense des lysozymes en médecine. Ça va être passionnant de savoir si les résultats provisoires réfutent les hypothèses que nous avons faites, ou si vraiment…

— Au revoir, Ezbon.

Puis la porte d'entrée claqua.

Pourquoi suis-je devenu comme ça ? Chaque fois que j'essaie de former un couple avec une autre personne, quelque chose m'arrête. Un mépris de soi, le risque de découvrir quelque chose de désagréable, peut-être. La crainte d'être amené à revivre la perte de quelque chose en quoi j'avais confiance. Quoi qu'il en soit : l'homme qui adorait la famille autrefois fait ce qu'il peut pour éviter d'en fonder une lui-même. L'homme qui repense aux fêtes en sentant la chaleur envahir son corps n'en a jamais organisé une lui-même. L'homme qui aimait un endroit quand il était enfant ne peut plus se lier à aucun, maintenant qu'il a le monde entier à sa disposition. Il s'amourache d'un appartement de vacances sur une colline méditerranéenne, mais à peine l'a-t-il acquis et est-il assis sur le balcon tant désiré qu'il lui semble être en train de fixer une surface d'eau idiote et qu'il se languit d'un autre endroit.

C'est à cette époque que Tonny commença à surgir dans mes rêves dans des contextes troublants. Je tiens une conférence et soudain il est assis au premier rang des auditeurs. Au milieu des applaudissements, sa tête tombe en avant. Des images vieilles d'un quart de siècle venaient percuter des événements tout à fait actuels comme si elles portaient un message : des chevaux noirs hâlent des piquets de filets sur Lexington Avenue à New York.

C'est là que je me trouvais quelques jours plus tard, au Golden Tulip Barbison Hotel, au coin de la 46e rue.

J'avais demandé la chambre 620, côté rue, par vieille habitude. J'avais tenu une conférence dans une salle de réunion en ville, dont j'ai oublié l'adresse – tous ces locaux se ressemblent, on se perd dans les couloirs et on se fourvoie dans le mauvais ascenseur – et j'étais fatigué et ne souhaitais que de m'affaler devant la télévision et boire de la bière en canette. Mais mon regard fut attiré par la fenêtre de l'immeuble voisin, où une famille vivait sa vie ennuyeuse. Une mère attrapait son enfant qui refusait d'être lavé, un père assis dans son fauteuil confortable, les pieds étendus, posait son livre et se levait. Un long moment s'écoula, où la petite scène encadrée resta vide et où rien ne se passa. Puis la mère vint ramasser un jouet par terre. Je m'imaginai qu'elle allait à côté et le posait sur une étagère de la chambre d'enfant.

J'étais assis en train de gesticuler avec la télécommande et fixais le mur à côté de l'écran, ivre de nostalgie.

J'avais faim. Alors je descendis dans le restaurant de l'hôtel et commandai du cabillaud grillé. Cela évolua bizarrement et je fus incapable d'en avaler un morceau.

— Ce cabillaud n'est pas assez cuit, dis-je de cette voix qui a rendu dingues des marchands de poissons et des cuisiniers dans le monde entier. Je levai haut mon assiette, pour que tout le monde puisse voir. Le serveur fut vexé à mort.

Les poissons doivent avoir des branchies roses, l'œil clair et ne sentir que l'eau salée ou les algues fraîches. Je vois Ane devant moi lorsqu'elle aboie que le poisson ne doit ni cuire à la vapeur, ni mijoter, mais être plongé dans l'eau bouillante, pour être parfait. Ma tolérance envers les autres peuples s'arrête là où il faut préparer le poisson. Il n'y a que nous qui savons le faire. Je reconnais que c'est de l'hystérie, mais je mets quand même un point d'honneur à tourner les talons dès que je perçois la moindre odeur ou goût suspects.

Je quittai le restaurant. Dans la chambre, je me sentis plus seul que jamais.

Je posai la télécommande sur la table. Soigneusement parallèle au bord, un autre trait légèrement branque, que j'ai ramené de la maison et que je cultive, oui, auquel je m'accroche de façon maniaque.

Dans l'appartement en face, la fenêtre était toujours vide. Puis l'homme entra, prit son livre et se remit à lire. Je m'imaginai qu'il avait fait la vaisselle pendant que la mère mettait l'enfant au lit. Je le voyais essuyant les dernières gouttes d'eau sur l'évier avant de suspendre le chiffon à sécher au-dessus du robinet. J'entendais les bribes de phrases de la lecture à haute voix sur le bord du lit par la porte entrouverte de la chambre d'enfant, comme il devait l'entendre.

J'ai colmaté ma faim avec de la bière. Il y avait déjà quatre canettes vides dans la corbeille quand soudain il fallut absolument que j'appelle un endroit qui me trottait dans le crâne depuis trente ans, enfoui sous un fin voilage. Je pris le téléphone, à moitié soûl et sentimental, et fis le numéro de Peter Læk, à moitié soûl et sentimental. Je savais son numéro par cœur, même si cela faisait dix-huit ans que nous ne nous étions pas parlé. Pendant que le téléphone sonnait, j'entendais les applaudissements à la fin de ma conférence le jour même. Le bruit des poings sur les tables – une ovation vulgaire que j'ai toujours détestée – cognait contre mes tempes. Puis je réalisai quelle heure il était à l'endroit où j'espérais que quelqu'un prendrait le téléphone, et reposai rapidement le combiné.

Cet appel sans contenu ni résultat fut déterminant. Il contenait un aveu qui me frappa comme un éclair.

46

Ainsi ramené en arrière, je vais essayer de rendre compte du temps perdu, même s'il ne fut pas aussi drôle que celui qui avait précédé :

L'enterrement de l'armateur et patron de pêche Anthon Christensen attira des gens de toute la pointe nord et de tout le pays. Tandis que je broyais du noir au fond de mon lit, une procession se déploya depuis l'église jusqu'à l'auberge Brøndum, et bloqua la rue principale pendant trente-huit minutes quand ensuite on alla boire café et alcools. On dit qu'il y avait deux mille personnes, y compris un certain nombre de ceux qu'il avait pris en grippe. Cela n'avait plus d'importance. L'important, c'était l'envergure : c'était un des grands fils de la ville et ils ne semblaient se rendre compte que maintenant combien ils étaient fiers de lui. Sur les têtes courbées se lisait l'aveu : un original comme ça, on n'en voit pas deux par siècle. Au premier rang, la famille : un long cortège d'enfants, de petits-enfants (ici il en manquait un), de belles-filles, cousins, cousines, oncles et vieilles tantes. Il vint des gens d'Esbjerg, des connaissances datant des campagnes de pêche en Angleterre et des amis du temps de la guerre, quand tout le monde venait pêcher à Skagen. Il y avait des gens de Copenhague, le biologiste avec qui Tonny avait discuté une fois, un homme âgé aux fins cheveux blancs qui voulait rendre un dernier hommage à un cher vieil adversaire, et des acteurs du théâtre royal qui avaient goûté son whisky et ses histoires de mer hautes en couleur après avoir été sous le feu des fusées d'alarme.

Ane se présenta avec un voile noir sur le visage. Tous les yeux se dirigèrent sur elle lorsqu'elle descendit de voiture, droite, soutenue par les fils de Tonny, et le cortège devint silencieux comme par un coup de baguette magique.

On ne voyait pas son visage. Elle ne dit pas un mot à qui que ce soit et ne regarda personne.

A partir de ce moment-là, la sympathie changea de bord, comme le vent tourne au nord-ouest. La vieille histoire fut ravivée en chuchotant ; à peine avait-on entendu les premiers mots sur le marin poussé par les vagues, qu'on avait l'impression de la connaître, même si ce n'était pas le cas. Sans doute était-elle dans le sang. Et on jetait de nouveau un regard vers le personnage principal, on observait sa petite silhouette fière derrière le cercueil et on sentait une boule dans la gorge.

Personne ne sut jamais ce qu'elle pensait ou ressentait ; à partir de ce jour-là, Ane ne parla plus.

Elle survécut presque une année à Tonny et mourut à quatre-vingt-onze ans. La seule chose qui l'occupa le reste de sa vie fut sa pierre tombale. Après en avoir posé une pour Tonny qui s'élevait presque aussi haut que celles des peintres, elle en planifia une encore plus grande pour elle et Jens Peter – acheta la pierre et paya comptant pour une concession de cent ans.

Une de ses dernières volontés fut de se faire conduire par son petit-fils Richardt sur la plage de Nordstrand.

Sa dernière promenade dominicale. Elle eut lieu dans la toute nouvelle voiture de Richardt, une Mercedes gris argent. Elle n'avait pas vu la plage nord depuis des lustres. Ils roulèrent jusqu'au bout de Buttervej, là où se dressait autrefois le phare de Højen, à peu près là où le trois-mâts norvégien avait fait naufrage. Richardt détestait cette vieille histoire et fit tout pour orienter l'excursion sur d'autres sujets.

— Les épis en dur, là, mamie, c'est pour protéger la plage, dit Richardt, en forçant le ton joyeux. Ils ont cessé également l'extraction de galets et font des tentatives avec des tuyaux et des drains pour stabiliser le sable.

Il faisait des efforts pour détourner ses pensées, mais elle ne réagissait apparemment pas. Son regard était posé sur les brisants du premier banc de sable, comme si elle adressait des remerciements à quelqu'un.

Ce furent ses derniers moments de lucidité. Puis elle sombra dans un état qu'aucun de nous n'a envie de se rappeler ou de décrire, et s'éteignit doucement.

La pierre tombale d'Ane ne dévoile pas de drame sentimental mais rayonne d'une sorte de matérialisme solide : Ane Christensen, Chef d'entreprise, 1880-1970. Jens Peter Christensen, Pêcheur d'Angleterre, 1878-1966, *mon bon et affectueux mari.* Et derrière : Anthon Christensen, Armateur et patron de pêche, 1903-1970, *Tonny, notre fils aimé.*

Peu après, le premier des carreaux vert clair de la piscine de l'oncle Richardt et de la tante Vilia se fendit. Sur le coin supérieur de la paroi latérale est. Le joint craquela, soudain un morceau de carreau cassa, et cela rendit le rebord un peu irrégulier.

Cette même année, ce fut la fin de la pêche libre. L'année aussi où mourut Tonny. L'époque qui s'ouvrait à présent pour la pêche danoise, lui et Ane en furent heureusement épargnés.

D'abord la CEE instaura des zones de pêche ; c'était au début des années 1970, quand nous fûmes sur le point de déclarer la guerre à l'Angleterre. En cause : le vieil ami de Tonny, le hareng. Pour éviter que les derniers bancs ne soient décimés, on instaura les quotas de pêche. C'était en 1975, et ce fut aussi le coup de grâce pour la pêche danoise. Les pêcheurs se mirent en colère ; ils voyaient de leurs propres yeux qu'il y avait des masses de poissons, mais les biologistes levèrent l'index : les pêcheurs croient qu'il y a des masses de poissons, mais c'est parce qu'ils tombent sur une zone riche. Les grandes pêches se font de plus en plus rares, et le cabillaud, par exemple, devient adulte de plus en plus tôt, ce qui selon les biologistes est la façon qu'a la nature de compenser.

— Les biologistes ne savent *rien* de la mer, ils sont assis dans leur bureau à Copenhague, gémissait de sa voix rouillée l'oncle Richardt devant la défaite à venir.

Simultanément, le carreau cassé de la piscine du quartier résidentiel se détacha complètement sans que personne ne s'en aperçoive, tomba au fond et se brisa encore plus. Le bassin était vide ; personne ne s'y était baigné depuis longtemps.

Richardt ne vit pas le changement progressif. Ou ne voulut pas le voir. Comme beaucoup d'autres, il ferma les yeux et fit faillite. Il lui arriva plusieurs fois de se faire arraisonner toute une campagne par le contrôle des pêches, et ça ne pouvait plus tourner. De plus en plus souvent, un poisson, dont le quota était atteint, était ramassé par le chalut, et un jour d'excitation les pêcheurs – fatigués et irrités après de nombreux jours en mer et sous la pression de la banque et de tous les autres à qui ils devaient de l'argent – accueillirent la police de la mer à coups de poing. Richardt était en première ligne et reçut une amende pour offense à agent en fonction.

Soudain les décomptes des mareyeurs ne suffirent plus à payer les emprunts à fort taux d'intérêt. L'un après l'autre, ses bateaux furent mis en vente, et quelques années plus tard, ils furent détruits grâce à des aides de l'UE. Les épiceries de la ville fermèrent, les magasins de meubles (entre autres celui de l'oncle Junior), les concessionnaires de voitures et beaucoup d'autres firent faillite. Au bout de quelques années, les immenses bassins portuaires ne furent plus que des hangars vides aux échos sonores. Avant, on pouvait aller à pied d'un quai à l'autre sur les ponts de bateaux ; maintenant il n'y avait qu'un seul bateau à quai, souvent un Suédois. Les pêcheurs disparurent. Les gens quittèrent la ville.

— Ça ne se présente pas bien, dit le conseiller bancaire en secouant la tête. La voiture que vous avez achetée était sans doute un peu trop chère. Et les grands bateaux…

Richardt ressentit une telle rage qu'il ne put rien dire. Il sentit son sang bouillir et fut sur le point de se sentir mal. Puis il cogna son gros poing sur la table :

— Nom de Dieu, mais c'est vous qui me l'aviez conseillé en ce temps-là !

— Ce n'est pas tout à fait notre point de vue, dit le banquier.

La nouvelle villa de l'oncle Richardt fut vendue aux enchères, les beaux meubles, enveloppés de couvertures, furent entassés dans un appartement de Mosegaarden, seule construction d'utilité publique de la ville, où on ne pouvait presque pas bouger. Un jeune homme de la banque vint chercher la Mercedes gris argent pour la vendre aux enchères à Frederikshavn.

Quand le dernier camion de déménagement partit, un souffle de vent passa au-dessus de la clôture et s'engouffra dans la piscine. Au fond gisaient tous les carreaux verts cassés. Les parois étaient fêlées, le sable coulait comme dans une centaine de petits sabliers. L'écoulement était bouché par du mortier et des feuilles mortes.

47

L'oncle Richardt s'en sortit à peu près. Si on s'en tient aux grandes lignes. Certes, durant les premiers temps, il se nourrit de pitié de soi, de cigarettes et d'alcool, mais il réussit à diminuer les doses et reprit la vieille habitude de son père : une promenade quotidienne à vélo sur le port et en ville. Cela l'aida un peu, ainsi que les mots croisés, le café et un procédé mental jusque-là inusité, la distance : millionnaire la semaine passée, miséreux aujourd'hui. *Faut pas prendre la vie trop au sérieux, on ne sait pas si on s'en tirera vivant*, disait-il parfois, comme une sorte de devise. L'oncle et la tante érigèrent un rempart d'humour noir contre le trou dans lequel ils étaient en train de sombrer :

— Et qui va me conduire chez le coiffeur maintenant ? gémissait tante Vilia.

— Tu peux te mettre un doigt dans le cul et rouler sur tes coudes, répondait son mari défait, après quoi elle éclatait d'un rire tonitruant.

Il suivit même quelques cours de cuisine, pour se rendre un tout petit peu utile pendant que tante Vilia travaillait à son nouvel emploi à la maison de retraite. Il avait des actions à l'IPP, Industrie de Pêche des Pêcheurs, une entreprise qui passa à peu près bien les temps difficiles (et tourne encore aujourd'hui). Un autre facteur, ce fut l'héritage de Tonny et Rie. Sur ses vieux jours, Rie déménagea dans un petit appartement du quartier ouest de la ville, son quartier natal, et la maison au pied de Fyrbakken fut vendue à un exportateur de poisson à la retraite, originaire de Grenaa. Cela rapporta un peu d'argent, mais quand on voit ce qu'elle vaut aujourd'hui, les bricoles qu'elle en tira, et comment cet homme la laissa se détériorer, on a la rage. Moi en tout cas ; c'est un endroit qui me fend le cœur quand je passe devant.

Les actions tout comme l'héritage auraient dû être dévorés par les créanciers – ceux qui aux époques favorables poussent à la surconsommation et aux investissements démesurés – mais là, mon père, avocat émérite à la cour, intervint à temps et monta une petite entourloupe juridique – une de ces sociétés désignées par une date seulement et inscrite sous le nom d'un autre – et les derniers restes de la fortune demeurèrent dans la famille de façon tout à fait légale.

Peter Læk quitta la ville pendant quelques années et revint avec un regard neuf sur la vie. Il aurait dû reprendre la compagnie, mais n'avait jamais eu de grande passion pour la pêche et la banqueroute ne fut donc pas pour lui synonyme de tragédie.

Après la fermeture de l'entreprise, il avait circulé pendant six mois avec la tête d'un prédicateur cherchant sa communauté, étudiant avec scepticisme les billets qu'il recevait de la caisse de chômage, comme s'il doutait de leur authenticité. Puis, en revenant de la grande ville active d'Aalborg avec de l'inspiration, il décida de monter un magasin d'art, d'ambre et d'antiquités pour les touristes. En été, il y a toujours du monde dans la petite boutique louée sur le port, il en vient même en hiver. Il a élargi son commerce au thé, café et vin, et s'y entend bien à créer de l'atmosphère avec des bougies, une douce musique d'ambiance, etc. Il y a d'immenses posters de quelques-uns des peintres de Skagen, du sable fin avec des coquillages blancs par terre, et on peut circuler courbé comme les vieux pêcheurs ou s'asseoir aux quatre tables bancales et jouer les estivants des années 1880. Les gens sont au coude à coude pour commander du vin de Skagen, un excellent Chardonnay portant sur l'étiquette le célèbre tableau *Vont-ils doubler la pointe ?* et un portrait de notre arrière-arrière-grand-père, au prix de dix couronnes de plus qu'au supermarché d'à côté.

Sa femme Kitty est une indomptable rousse à la poitrine généreuse, originaire de la campagne, et qui n'a que rires méprisants pour l'adversité. Elle mentionne la gigantesque faillite familiale comme “un des petits coups que vous donne la vie”. Je la soupçonne d'avoir été soulagée de ne pas entrer comme une sorte de meuble dans l'inventaire de l'entreprise familiale, qui promettait de devenir un club douteux de frimeurs. Le style de dirigeant d'entreprise de Richardt était dénué d'esprit, vantard et très loin du charme naïf de Tonny, sans parler de la compétence et du labeur d'Ane. Dès que l'entreprise eut coulé, la belle-fille se déshabitua à jouer la dame élégante et chercha du travail dans une des conserveries de poissons, un travail de nuit, et elle sifflait ostensiblement chaque fois qu'elle grimpait sur son vélo pour s'y rendre, mais peut-être encore plus fort au retour.

En cela, elle était en plein accord avec la tradition. Dans les sociétés de pêcheurs, on connaît les conjonctures fluctuantes et il n'y a pas de place pour l'amertume. C'est inscrit dans une strate profonde au sein de chacun, cela appartient à la mémoire collective.

Permettez-moi une petite conférence au milieu de la résolution de cette ancienne énigme : Autour de 1600, la ville comptait parmi les plus importantes du pays, une grande ville animée, avec des marins et des pêcheurs allemands et hollandais. Ensuite commença la grande érosion des sables. Durant les deux siècles suivants, ce fut le recul. Les gens déménagèrent. Puis on arrêta l'érosion des sables en plantant des oyats et des pins. A partir de 1800, ce fut le redémarrage. Les montagnes russes des années 1900, ce récit nous les a fait connaître : la plongée du mark allemand pendant la Première Guerre mondiale, le poisson soudain absent, le retour de la pauvreté alors qu'on la croyait éradiquée. Puis vint l'argent des pêches d'Angleterre, après quoi les pêcheurs furent tués par les mines ou retenus en Angleterre. Forte croissance avec l'invention du filet dérivant, hauts et bas, et finalement le plus efficace des paralysants de tous les temps – le système de quotas de la CEE. Maintenant on construit des yachts de luxe et on exporte des plats préparés. Pendant la saison d'été, quand les bateaux de croisière américains s'ancrent dans la rade, la population triple.

Et les locaux portent exactement le même regard sur les estivants qu'Ane et sa génération en 1902 : les paupières baissées, mi-intéressés, mi-méfiants.

48

Quel fut le statut auquel j'eus droit pendant ces années-là, je ne le sais pas trop ; avec un peu de chance, légèrement supérieur à celui d'un touriste moyen.

Je me mis à fouiller mon appartement à la recherche de bribes de l'ancien temps. Je téléphonai à ma mère, qui me raconta des détails décousus, que je buvais comme du petit-lait et notais. Je mis de l'ordre dans les fragments retrouvés, comme quelqu'un qui tombe sur une vieille collection de timbres dans un grenier poussiéreux, m'assis avec un stylo, du papier et des trous béants dans la mémoire pour reconstruire la chanson de Drachmann, et j'étais obligé d'aller me refaire une tasse de café pour surmonter mon émotion, chaque fois que j'en arrivais au passage de *l'âme qui ne vieillira jamais*, et *il y a un autre Skagen, un meilleur si on veut.*

Longtemps, je tournai autour d'un certain souvenir comme un chat autour d'une gamelle de lait chaud, mais un jour je ressortis la lettre d'Ane que Tonny m'avait donnée.

Elle resta quelques jours sur une table, avant que je n'ose y toucher. Je la pris et la reposai plusieurs fois. Puis je l'ouvris. Je la lus fébrilement sans rien comprendre, puis demeurai longtemps, la lettre sur les genoux ; relus les quelques lignes, fis une tasse de café, la relus, allai faire un tour et parcourus de nouveau le texte que je connaissais petit à petit presque par cœur. C'était comme si je voulais habituer le passé à ce que je vienne y fouiller, retirer le dard de la chose épouvantable que j'avais peur de voir surgir.

Durant les jours et les nuits suivants, je commençai à prendre conscience de sa signification. La peur fut peu à peu remplacée par l'obsession de résoudre le mystère. Je téléphonai et échangeai des mails avec le directeur des archives locales de la ville tout là-haut, sur le bonnet de lutin de la péninsule, pour comprendre tout à fait, tandis que j'essayais de me représenter de quoi elle avait l'air aujourd'hui.

Puis un jour – il y a deux ans maintenant – je pris mon courage à deux mains. Je téléphonai au cousin Peter. Cette fois je laissai sonner et cette fois quelqu'un répondit.

— C'est Esben, dis-je.

Longue pause. Enfin j'entendis :

— Ah ! C'est toi ?

Je ris. Je dis :

— Comment ça va ?

Il répondit :

— Nous pensions que nous n'aurions plus jamais de tes nouvelles.

— Oui, c'est moche. Je… je ne sais pas pourquoi il s'est passé tant de temps.

— Pour nous, tu étais mort et disparu.

— Tu sais, le temps passe, j'avais beaucoup de choses à faire.

— Personne n'est si occupé que ça, je pense.

— Non, tu as raison.

— Nous avons failli mettre des affiches et promettre une récompense : "Quelqu'un aurait-il vu cet homme ?"

Je ris. La conversation était pleine de reproches à peine dissimulés sous les habituels sarcasmes nord-jutlandais, mais quand même agréable. Sa voix était égale à elle-même. Je n'entendais pas de différence. Pendant les pauses, un tas de choses défilaient dans nos têtes. Tout ce que nous avions eu en commun alors. Et tout ce qui s'était passé entre-temps, et dont ma mère nous avait tenus informés tous les deux. La conversation fut brève. Des clients entrèrent dans la boutique. C'est ce qu'il prétendit en tout cas. Mais aussi, qu'y avait-il d'autre à dire ?

Je prononçai les mots décisifs à la dernière seconde, dis que je cherchais une maison et que j'allais passer un de ces jours. Il dit : "Bon, alors on se verra", comme si cela faisait une semaine qu'on s'était quittés.

Quelques semaines plus tard, je fis ma valise, mis le cap au nord et débarquai.

A l'arrivée, je ressentis le même chatouillis dans le ventre que quand j'étais enfant, cette sensation qui me frappait chaque fois et que j'ai décrite au début de ce récit, les odeurs, les bruits, les goûts. (Il faut que j'ajoute le miel – nulle part ailleurs, *nulle part*, on ne fait un miel de bruyère comme celui tiré des minuscules fleurs de bruyère d'ici, et le prix en témoigne.)

Je roulai d'abord un peu dans la ville, le col remonté, et me sentis personnellement touché par tous les changements. Une grande surface construite là où il y avait autrefois un petit hôtel, la poste qui abritait maintenant un souffleur de verre. Un centre AMU (c'est quoi encore ça ?) là où siégeait une fabrique hydraulique, et un supermarché à l'endroit d'un magasin d'approvisionnement pour bateaux appartenant à une vieille famille. Une boutique d'ambre là où se trouvait l'épicier, et un antiquaire à la place d'un atelier de ramendeur.

Je me garai juste devant le magasin de Peter Læk et entrai. Il sortait au même instant de l'arrière-boutique. Il finissait de mâcher quelque chose et s'essuyait les mains dans un torchon. Il en resta bouche bée lorsqu'il me vit. A ce moment, il ressemblait à Ane ayant vu un fantôme. Cousin Peter crut un instant que c'était Tonny qui était entré dans sa boutique et se tenait devant lui.

Puis il se reprit et dit :

— C'est vraiment toi ?

— Eh oui ! dis-je.

Nous restâmes tous les deux quelques secondes immobiles, tentant de régler le projecteur sur un vieux stock d'histoires drôles et de recettes de harengs datant de trente-cinq ans. Nous ne prononçâmes pas un mot durant ces secondes qui s'écoulèrent pesamment, tous deux pétrifiés, incapables de briser la glace. Lui ne savait pas quoi dire, et moi, je me sentais comme un chien errant.

Puis je dis que, s'il avait le temps, j'offrais une bière, mais il se contenta de me faire signe de le suivre dans l'arrière-boutique, nous décapsulâmes des bières et la conversation se mit lentement en route. C'était comme si nous avions tous deux choisi la même tactique : faire comme s'il ne s'était pas passé beaucoup de temps, reprendre la conversation là où elle avait été interrompue. Nos phrases restaient parfois en suspens, comme figées par la surprise, devant l'homme âgé qui se trouvait en face. Nous parlions, mais nous nous dévisagions en même temps, incrédules, regarde-moi cette couleur de cheveux, ces bouts de chairs répartis tout à fait inutilement sur le visage, quel changement ! Il avait les cheveux blancs et le visage marqué, mais son regard était encore plus celui d'un Christensen, autoritaire et provocant, et je trouvais soudain qu'il ressemblait terriblement à son père, alors qu'il m'avait toujours semblé avoir hérité plutôt du côté de sa mère. Il renversa la tête en arrière et vida deux tiers d'une Hof en quelques secondes, à la manière des pêcheurs. La mousse débordait de l'étroit goulot.

— Putain, ce que tu lui ressembles, dit-il. Ça doit être un hasard génétique.

Je ne savais pas quoi dire, mais ses yeux, d'un bleu aqueux, se fixèrent de nouveau sur moi.

— Pourquoi es-tu venu, finalement ?

Je restai interdit. Enfant et jeune homme, il avait révélé des tendances à percer à jour les êtres humains, mais cela avait apparemment pris des dimensions chirurgicales depuis.

— C'est un vieux rêve. Je pensais que je pourrais peut-être réaliser ce dont on a parlé si souvent autrefois. D'habiter là. En tout cas... au moins de temps en temps.

Il remonta le temps en pensée et mentionna que la dernière fois qu'il m'avait vu, c'était juste avant une certaine expédition à Copenhague. Il écouta quand je lui racontai comment je m'étais senti après et hocha la tête ; une partie au moins lui avait sans doute été racontée par des tiers.

— Mais ici personne ne pensait que c'était de ta faute, dit-il.

— Je suis assez content de l'entendre, dis-je.

Puis nous continuâmes à parler. Je lui fis des compliments sur sa boutique ; il haussa les épaules et me fit des compliments sur ma carrière ; alors je haussai aussi les épaules.

Il y eut une pause ; puis il repartit à l'attaque :

— J'ai entendu dire que t'as commencé à t'intéresser à la vieille histoire.

Je pris une gorgée de ma bière.

— D'où sais-tu cela ?

— De plusieurs côtés. C'est vrai ?

— Peut-être, dis-je.

Il vida sa bouteille avec un bruit de cloaque qui se vide, en ouvrit une autre et demanda :

— C'est pour ça que t'es venu ?

— Oui et non.

— Tu crois que c'est une bonne idée de fouiller dans ces vieilles merdes ?

— Je savais que tu dirais ça, dis-je, et je sortis quelques prospectus du dossier de l'agence immobilière.

— Qu'est-ce que tu penses de ça ? demandai-je.

Je lui montrai une jolie petite maison jaune avec annexe sur une petite traverse à proximité. Il l'étudia avec l'autorité que confère le fait d'avoir des racines au même endroit depuis huit ou neuf générations. Je voyais que ça tournait dans sa tête ; qui avait habité la maison avant, et avant encore.

— Trop petite. Trop chère. Et tu vas devenir dingue à cause de tous les touristes éméchés qui passent en été. Chaque soir, du jeudi au dimanche. Achète quelque chose sur la lande. Ce sera le fin du fin, quand la folie des cafés sera passée. Comme ça tu pourras t'y promener tout courbé et ramasser des airelles comme nos arrière-grands-parents.

Nous rîmes tous les deux. Le silence revint. Je voyais qu'il y avait une chose bien précise qui continuait à le préoccuper.

Puis il reprit une gorgée et dit avec un haussement d'épaules :

— Bon, c'est vieux tout ça… euh, et l'autre, là, il a sans doute disparu, tout simplement.

— Avoue que c'est intéressant.

— Moi, ça ne m'a jamais rien dit, toutes ces vieilleries.

— *Ça*, en tout cas, c'est un mensonge, ris-je.

Les murs étaient tapissés de photos en noir et blanc de la ville d'autrefois et d'anciennes cartes postales. De vieilles caques de harengs étaient devenues des tables de café et des filets de pêche goudronnés décoraient le plafond. Il y avait une brouette dans un coin, noire de vieillesse, et dans un autre, une cabine de "requin".

Il ne dit rien. Mon attention fut attirée par quelque chose dans un coin sombre et je me levai pour aller voir. C'était l'esquisse inachevée et non datée d'Ane. Elle était plus petite que dans mon souvenir, et moins précise. Un titre avait été griffonné à la hâte à la plume, *Fille de pêcheur dans la dune*. Ça devait être autour de 1900. Sous l'esquisse se trouvait le coffre bleu lavande qui venait de la maison d'Ane et de Jens Peter au pied de la dune de Højen.

Je fus fasciné par la gravité de la jeune fille. C'est comme si l'artiste l'avait saisie au milieu d'un mouvement. Puis qu'il avait réalisé qu'elle se sentait épiée. Il avait dû percevoir la résistance de la fille et peut-être quelque chose d'autre, un chagrin ou une inquiétude, qui l'avait arrêté.

Je me rassis. Peter Læk dit :

— Ce que je veux dire, c'est : qu'est-ce que ça va t'apporter ? Si quelque chose est caché là – ce que je n'imagine vraiment pas – alors quoi ? Tu fouilles et tu ne réussiras qu'à irriter les gens.

Je comprenais très bien où il voulait en venir. Je m'imaginais comment ils réagiraient tous à mon activité de détective, les oncles, les tantes, les cousins et les cousines. Comment ils se tairaient et serreraient les poings. N'avons-nous pas eu suffisamment de problèmes ? Pourquoi fouiller là-dedans ? Il n'est pas venu ici pendant trois décennies. Pourquoi revient-il ?

— Peut-être as-tu raison, dis-je.

J'achetai deux bouteilles de vin, ceux avec mon arrière-arrière-grand-père sur l'étiquette, promis qu'on se reverrait et sortis.

Il n'a été là qu'une seconde.

Je me retourne une fois que je ne sens plus sa main sur mon épaule. Je fixe l'obscurité. Le marin américain se tenait un peu plus loin sur une petite hauteur, fumant une longue pipe. Son visage était pâle comme la lumière de la pleine lune dont il était fait, et inexpressif comme ceux des morts. Il portait son grand chapeau dont l'ombre couvrait la moitié de sa tête. Ses longues bottes marines étaient mouillées et remontaient jusqu'au milieu des cuisses. Son ciré huilé brillait. Il me regardait, tout en fumant, comme s'il voulait dire quelque chose.

La fumée de sa pipe se confondait avec le brouillard s'élevant des trous d'eau de la lande. Dans ce nuage, il disparut aussi vite qu'il avait surgi.

Qui dit que nous avons tout compris ? Pourquoi ce qui vient d'être décrit ne serait-il pas vrai ? Avant de découvrir ce qu'était l'électricité, on disait que les éclairs et le tonnerre étaient le dieu de la guerre, Thor, qui traversait le ciel sur son char de combat. Il était un temps où on ignorait tout des enzymes, mais où on avait à faire avec eux dans la fermentation et l'acidification, quand il fallait brasser de la bière ou tanner des peaux. La première fois que les Indiens ont vu un miroir, ils ont cru que c'était de la magie. Comme les premières personnes qui ont vécu le magnétisme. Il s'agit sans doute simplement d'une façon de nommer les choses. Ou de reconnaître que nous nous trouvons quelque part sur l'échelle de la connaissance – sans doute pas très haut. Qu'y a-t-il derrière les étoiles ? Qu'est-ce que le temps ? Qui a créé l'univers ? Un être humain contient cent billions de cellules. Comment une cellule sait-elle qu'elle doit devenir un coude et une autre un nez ? Chaque cellule contient à peu près mille enzymes différents. Qui a inventé ça ? Il y a cent millions d'étoiles dans une galaxie. S'il n'existe pas quelque chose de plus grand, au-delà de notre compréhension – je veux dire un Dieu – si, en d'autres termes, c'est un hasard, le miracle est sans doute encore plus grand.

Bref, il y a un tas de choses que nous ne savons pas. Nous avons encore une foule de choses à découvrir.

Je choisis dans ce cas-ci de croire à mes sens.

Il était là. Un mirage de cent ans, projeté par mes pensées et mon désir ? Pourquoi pas ?

Il n'a été là qu'une seconde.

Je promène ma lampe de poche tout autour. La terre est humide. Je sens l'odeur du marais tout proche.

Soudain le faisceau capte quelque chose et j'aperçois un reflet sombre, rouge mat. J'y vais. C'est une petite croix enfoncée dans la terre. Je la tiens dans ma main. La croix est en fer rouillé. Je la frotte et prends une profonde inspiration. Quelqu'un a consacré cette terre.

Je plante la bêche dans la terre marécageuse et l'enfonce du pied. La lune sort à l'instant même, et je sectionne des petites racines et découpe des carrés de tourbe et les empile sous sa lueur jaune phosphore. Mon ombre s'étire sur la lande et ressemble à un géant en train de rosser un orphelin. La pile de carrés de terre à côté de moi grandit pendant que je creuse de plus en plus profond. Une âpre odeur de tourbe me monte au nez.

Une fois que j'ai creusé un peu plus profondément, je commence à examiner chaque pelletée soigneusement. Au fond, le matériau est noir. La huitième ou neuvième fois, la bêche cogne contre quelque chose. Le trou fait environ un mètre de profondeur. Ce n'est ni dur ni mou, mais entre les deux. J'en ramasse un peu sur le bout de la bêche et le remonte délicatement. L'éclaire et respire à fond.

C'est un bout d'étoffe.

Je sors encore quelques pelletées de tourbe et agrandis le trou. J'ai l'impression que ça prend beaucoup de temps, mais sans doute n'est-ce pas le cas ; la lune ne s'est pas beaucoup déplacée. Ce travail inhabituel me fait mal au dos. Peu après la bêche touche quelque chose de plus dur. Je m'allonge, continue à creuser du bout des ongles. Sens les contours de quelque chose de connu, brosse la terre sèche et le sable de ma trouvaille, aveugle et furieux, les yeux plongés dans le trou et haletant d'excitation.

Puis j'éclaire le fond avec la lampe de poche.

C'est une tête. Pas seulement un crâne, mais une tête bien conservée.

J'accroche la lampe de poche au manche de la bêche avec mon foulard, pour qu'elle éclaire le fond, pendant que je suis couché, le bras enfoncé dans le trou. Brosse un peu plus de terre et de sable et sens de la peau sèche et des cheveux ; ensuite mes doigts touchent un autre morceau de tissu ; je tire et détache les restes d'une chemise de nuit.

Le tissu se déchire. Je pose les bouts à côté de moi et éclaire de nouveau le fond du trou.

Le marais l'a conservé. Dans la terre dénuée d'oxygène, les processus cataboliques ont été réduits. J'enlève encore de la matière avec les mains. Les enzymes autolytiques ont agi, mais il n'y a quasiment pas d'attaque de bactéries et de champignons. Le corps est bien conservé. Il est allongé comme s'il dormait. Le visage est détourné, mais on en perçoit les traits et on voit une oreille. Les cheveux sont raides et emmêlés. Plus bas apparaît le reste de la chemise avec quelques boutons et un petit bout de col.

Je m'assieds à côté de la tombe et souffle. Je ne sais pas combien de temps ce rendez-vous exceptionnel doit durer. Je peux tout déterrer et déclencher un scandale. Mon cœur décide : il se met à cogner durement et j'ai peur. Puis je vomis, reste un instant assis, regardant le vomi s'enfoncer dans la terre, et je me sens mieux.

Je sais maintenant ce que je dois faire. D'ici peu, quand j'aurais retrouvé mon souffle et que la lune aura cessé de me fixer. Il y a une chose que je *dois* savoir.

Je me remets à plat ventre et farfouille des doigts. La tête du cadavre est tournée, mais il est facile d'atteindre le front. Je trouve immédiatement ce que je cherche, une lésion sur le front, un enfoncement, ovale et d'une circonférence d'à peu près trois ou quatre centimètres.

C'est un indice décisif. Maintenant je sais comment ça s'est passé.

Mes doigts tâtent la poitrine du cadavre. Il faut que je ramène encore un peu de terre de mes mains nues, avant de trouver une poche dans la chemise de nuit ; dedans il y a un petit objet. Je le sors et le pose à quelque distance de moi, à côté de la lampe de poche. Puis je me remets à combler la tombe à grands gestes rapides.

Une demi-heure plus tard, la tourbe est remise à sa place comme un puzzle dont tous les morceaux collent.

Je regarde ma montre, il est quatre heures et demie. Je suis ivre de fatigue, mais mon corps est chaud, même si la nuit est froide. Je dévisse le bouchon de ma flasque de poche et l'alcool vient brûler le fond de mon estomac. Puis je prends le petit objet que j'ai trouvé et le tiens sous la lumière de la lune.

C'est une barrette.

Quelques mèches de cheveux blonds y sont prises.

49

Le petit bijou reposait sur l'édredon. Elle l'avait perdu dans la chaleur de la bataille. Allongé sur le lit, il jouait avec le minuscule fermoir métallique, l'ouvrait et le fermait avec un sourire heureux. Elle était sortie un instant. Penser à elle raviva son désir. Il ferma les yeux et sentit son sang affluer dans tout son corps, jusqu'aux petits pores du crâne. Il approcha la barrette de son nez et gémit à mi-voix : c'était son odeur. Quelques cheveux y étaient accrochés, il s'en chatouilla la peau.

Ce mélange de joie d'avoir été sauvé de l'échelle menant au royaume des morts, alors qu'il se trouvait sur la dernière marche, et de chagrin d'avoir perdu tous ces camarades de bord, puis cette femme étrangère qui l'avait soigné et qui maintenant le désirait, d'une façon qui ne lui était jamais arrivée avant – tout cela le mettait dans une sorte d'extase. Des larmes coulaient sur ses joues et il guettait comme un animal les bruits qu'elle faisait. Son sexe était rouge et tendu, bourré de sang et faisait mal. Il était effrayé et plein de plaisir interdit.

Il balança la tête sur l'oreiller, se demandant où elle avait disparu. Une peur étrange l'envahit ; soudain il ignorait ce dont il serait capable. Avait-il rêvé tout ça ? N'était-elle pas là du tout ? Au moment où il était couché dans les vagues, la moitié de sa conscience avait été au royaume des morts, il n'en doutait pas. Il avait des hallucinations sur ses camarades, il entendait des voix et était de retour dans son enfance, sur les joyeuses pelouses ensoleillées de son riche foyer à Norfolk, il entendait la voix de sa mère, voyait son père tremper sa plume dans l'encrier, sa redingote noire suspendue au dos du fauteuil. Lorsqu'il avait senti un chien attraper sa jambe, il avait été persuadé que c'était le diable. Puis il avait vu le garde maritime et senti sa canne accrocher ses vêtements et le tirer et, à cet instant, il avait pensé que c'était peut-être quelque chose qu'il vivait vraiment. Il s'était réveillé dans un lit, et au moment où la soupe avait touché son palais, il avait su que c'était bien vrai. Puis il s'était endormi et les visions avaient recommencé. Parmi les images qui tournaient dans sa tête, beaucoup étaient des délires de fièvre, beaucoup étaient vraies.

Ce qu'il venait de vivre il y a un instant, était-ce vrai ? Dieu lui avait-il offert une femme tendre ? Ou était-ce quelque chose qu'il s'imaginait ?

Puis elle apparut à la porte.

Ane fut effrayée en le revoyant.

Elle avait eu ce qu'elle voulait. Ils l'avaient fait deux fois et elle avait connu la jouissance comme jamais auparavant. Ensuite, sur le seau, elle avait essayé de retrouver ses esprits. Elle pourrait peut-être s'enfuir avec cet amant si habile. Elle ressentit un désir brûlant de tout quitter au bras de ce bel homme et de se marier avec lui dans une autre ville, peut-être un autre pays. Elle se voyait en femme fêtée à qui on faisait le baisemain en Amérique, une femme mieux habillée que les plus élégantes de celles qui venaient ici en été, plus stylée et plus discrète. L'aventure faisait battre son cœur follement, mais au même instant, elle sut qu'elle en était incapable. Ce serait sûrement bien pour une autre, mais pas pour elle. Un jour ou l'autre sur un boulevard ou dans un parc fleuri, la trahison lui sauterait aux yeux et elle se poserait la question qui tue : Qui es-tu et qu'as-tu fui ? Elle verrait devant elle une attestation de mariage en lambeaux, verrait la main de Jens Peter enfiler l'aiguille dans un filet, sentirait la chaleur du poêle, et la fête serait finie.

Elle regarda dans l'avenir, comme elle l'avait fait un an auparavant lors de la fête du Nouvel An, et ce fut elle-même et Jens Peter qu'elle vit, pas le marin américain. Elle se leva et se peigna rapidement les cheveux.

Elle avait peur de revenir auprès de lui, peur de ce qu'il ferait. Ils avaient bu tous les deux. Elle hésita un peu derrière la porte. Et là, elle lui fit ses adieux. Elle ouvrit et ferma sa main sous son nez pour renifler la dernière odeur de l'amant, pour sentir une dernière fois sa langue dans sa bouche. Puis elle rassembla son courage. Peut-être dormait-il. Elle aussi dormirait. Dans son propre lit. Demain, Jens Peter allait rentrer. Demain le marin devrait partir vers le sud. Il était remis, on ne pouvait plus en douter.

Elle entra dans la pièce et fut accueillie par son regard brillant. Il était couché dans le lit, le regard noir et un sourire diabolique aux lèvres. Il chuchota d'une voix rauque dans sa propre langue et elle comprit qu'il lui demandait de le rejoindre.

Elle alla vers son alcôve, en hésitant, ce n'était pas ce qu'elle venait de se promettre à elle-même. Mais elle ne pouvait s'en empêcher, elle se sentait entraînée vers lui.

Elle lui laissa prendre sa main et ferma les yeux. Juste une dernière fois. Elle resta ainsi un moment, puis elle dit qu'il était tard et voulut se retirer. Il la retint. Elle tira, mais il la maintint plus fermement. Alors la panique s'empara d'elle. Ses craintes se confirmaient – elle avait ouvert la porte à quelque chose qu'elle ne contrôlait plus. D'un mouvement brusque, elle réussit à se libérer. Lorsqu'il dut lâcher prise, elle bascula vers le mur et se cogna. Le temps qu'elle se relève, il était sorti du lit. Il courut presque vers elle et l'attrapa, elle cria et hurla non, mais il ferma sa bouche de ses lèvres, les pressa contre les siennes, tandis que ses mains remontaient sous sa robe.

Elle luttait à la fois contre lui et contre elle-même, mais il la tenait si fermement qu'elle ne pouvait bouger. Puis elle changea de tactique et dit : *Allez, allez, mon ami*, commença à le caresser et le laissa faire ce qu'il voulait. Il se mit à l'embrasser depuis le cou vers le bas et relâcha sa prise.

A cet instant elle se libéra d'un coup de pied. Son genou le frappa au menton et il tomba en arrière sur le sol.

Elle courut à la cuisine et claqua la porte derrière elle. Là elle resta immobile un instant, reprenant souffle ; son cœur cognait dans sa poitrine et des vagues d'angoisse la submergeaient. Elle voulait s'enfuir. Ecouta. Il ne bougeait pas. Elle enfila ses sabots, mais à cet instant la porte s'ouvrit bruyamment et le marin fou se précipita sur elle. Elle s'enfuit, mais elle avait l'impression qu'il était plus rapide.

Sur l'étagère juste avant la porte se trouvait la marmite noire en fonte, elle l'attrapa par l'anse et la fit basculer par-dessus le bord de l'étagère de toutes ses forces.

Tout d'abord il recula, et cela lui donna l'occasion de faire un tour sur elle-même avec le lourd objet. Elle le balança et sentit que son arme avait de plus en plus de force. Au même instant il s'avança vers elle et, avant de réaliser ce qui se passait, il fut touché au front.

Cela fit un craquement sec, comme quand un pied passe à travers la glace de mer, et il tomba à terre. Ane laissa tomber la marmite et regarda avec effroi ce qu'elle avait fait. Longtemps elle fixa le marin, et la seule chose qui passait dans la partie consciente de son cerveau était qu'elle n'avait pas osé chuchoter son nom. Dans le lit, il lui avait demandé en souriant comment elle s'appelait, mais elle avait secoué la tête avec un sourire gêné. Il avait dit quelque chose qu'elle n'avait pas compris, sans doute lui demandait-il de répéter son nom après lui, mais elle s'était mordu la lèvre sans rien dire.

Elle resta paralysée un moment ; debout, tremblante, à fixer l'homme au front blessé.

Elle posa l'oreille contre sa bouche pour entendre s'il respirait. Soudain il lui sembla qu'il bougeait et elle bondit en arrière comme un chat effrayé. Mais il ne bougeait pas. Lentement elle se rapprocha et posa la main sur sa poitrine. Puis elle tâta son poignet. Il ne vivait plus. Elle revécut tout le déroulement, les jours où il allait de mieux en mieux, son propre désir irrépressible et la punition qui se dressait maintenant devant elle.

Sa vision s'obscurcit et elle tomba à la renverse sur le dur sol de la cuisine. Elle pensa : Ceci, je n'y survivrai jamais. Maintenant il n'y a plus rien pour moi dans cette vie terrestre.

Mais juste avant de perdre conscience, elle pressentit que ce n'était peut-être pas comme ça que cela se passerait.

Jens Peter revint plus tôt que prévu. Il avait voulu passer la nuit dans un grenier à foin, mais il était nerveux et n'arrivait pas dormir. Le grenier ne lui plaisait pas ; ce n'était pas la bonne odeur, pas les bons bruits.

Alors il avait poursuivi sa route ; cela valait mieux que de fixer l'obscurité les yeux grand ouverts.

Il revint dans la petite maison de Højen très tôt le matin du 29 janvier. Il ouvrit la porte et fut atterré par ce qu'il vit.

Ane était couchée par terre et un peu plus loin, sur le seuil de la pièce principale, était couché un homme, le front ensanglanté.

Ane se leva d'un bond.

— Il a essayé de me tuer. C'est un naufragé que j'ai soigné. Oh, Jens Peter, j'ai tellement, tellement peur. Regarde ce que j'ai fait. Avec la marmite. Je l'ai attrapée parce qu'il me courait après. Puis elle l'a touché.

Jens Peter resta médusé. Ane le secoua. Son hésitation lui donnait la force d'agir.

— Il faut que tu l'emmènes, Jens Peter. Sur la lande. Prends la bêche. Tout de suite, avant qu'il ne fasse jour.

Jens Peter fit ce qu'on lui disait. Il comprit lentement ce qui était en train de se passer, mais le plus simple était de faire le nécessaire. Cela semblait juste.

Pendant qu'il se penchait sur le marin mort, Ane réfléchissait comme une folle. Elle avait récupéré des forces en dormant et en revoyant son mari. Elle voyait clairement et pratiquement ce qui s'était passé. Peut-être pourrait-elle tourner les événements en sa faveur. Peut-être son problème était-il résolu.

— Dépêche-toi, dit-elle à Jens Peter, et il transporta l'homme mort dans la dépendance et le mit dans la brouette. Ane courut derrière et posa une bêche sur la cargaison. Puis Jens Peter partit en poussant son chargement à travers les dunes vers la plage.

Il faisait encore noir lorsqu'un peu plus à l'ouest il remonta dans les dunes et disparut sur la lande.

Jens Peter marchait aussi vite que possible sur les petits sentiers à peine tracés et personne ne le vit, sinon l'œil jaune du phare. Juste avant la fin de la nuit, il s'enfonça dans le terrain non balisé.

Il abandonna la brouette et porta l'homme le dernier bout de chemin. Il se sentait coupable et malade de dégoût, mais il ne pouvait que faire ce qu'Ane lui avait demandé. Tout tournait dans sa tête, qu'est-ce qui pouvait bien s'être passé pendant qu'il avait été absent ? Il se rassurait en pensant qu'il traînait un homme qui avait failli tuer sa femme. Mais il ne connaissait pas cet homme, ne savait rien de toute cette histoire de naufrage, et il plaignait aussi le marin. Il décida de marquer la tombe. Presque comme par un vieux réflexe. Il fit le point. Les deux phares devaient être alignés, puis il prendrait comme amer deux dunes ou un bosquet d'arbres.

Au point du jour, il creusa un trou d'un mètre et demi et y jeta le marin. L'endroit était entre deux petites hauteurs et la terre était molle. Juste à côté se trouvaient un petit marais d'eau noire et une forêt de pins ébouriffés par le vent.

Ce fut rapide. Dans les temps qui suivirent, il ne put plus se rappeler comment il avait fait.

Une heure ou deux plus tard, il était de retour à la maison, dans la dépendance, où il rangea la brouette et la bêche. Il entra dans la cuisine, étonnamment soulagé, étonnamment content, ressentant un nouveau et fort sentiment pour Ane.

Elle vint vers lui, les yeux brillants.

— Tu l'as fait ? chuchota-t-elle en le tirant vers elle.

— Oui.

— J'ai soudain pensé ; il était bien mort, non ?

— Oui, ça en avait tout l'air.

— Où est-il enterré ?

— Ça, il n'y a que moi qui le sais.

— Bien ! chuchota-t-elle avec une admiration dans la voix qu'il n'entendait que très rarement, une reconnaissance qui passa comme une vague de chaleur dans son corps. Il sentait que maintenant Ane et lui avaient quelque chose en commun. C'était la première fois qu'elle le regardait de cette façon.

— Que s'est-il passé pendant que j'étais absent ? demanda-t-il.

— Ah, dit Ane. Il y a tant de choses qu'il faut que je te raconte. Ta sœur est partie ?

— Oui, dit Jens Peter. C'est arrivé la veille de Noël.

— Je te promets de tout t'expliquer. Mais il y a quelque chose que tu dois faire avant. La ville est en train de se réveiller. Les premiers ont commencé à ouvrir les yeux et à regarder avec curiosité par ici pour savoir comment va le marin naufragé. Tout de suite, très vite, il faut que tu mettes ses vêtements. Ils sont là, j'ai tout préparé.

Ane parlait vite, Jens Peter devait faire des efforts pour suivre.

— Mets son manteau, là. Et là il y a ses bottes marines et son chapeau. Mets-les et va-t'en. Va ! Fais un signe de la main aux gens que tu vois, mais ne parle à personne, pour l'amour de Dieu, marche aussi vite que tu le peux le long de la plage et continue. Il faut que tu emmènes tes vêtements dans ce sac. Tu les mettras au retour, quand tu te seras débarrassé des siens.

Jens Peter comprit le tour de passe-passe. Cela semblait un plan ingénieux. Il regarda Ane avec admiration et eut envie de jouer le rôle principal dans la pièce qu'elle avait inventée. Autant qu'il puisse en juger, il était à peu près de la même taille que l'homme qu'il venait d'enterrer dans la lande.

Il monta rapidement dans les dunes vêtu du manteau, des bottes et du grand chapeau. Le soleil s'était levé, et le marin étranger, qu'il habitait, jetait de longues ombres sur les dunes. Une seule fois il regarda derrière lui, pardessus l'épaule, et lorsqu'il lui sembla distinguer une tête dans une porte ouverte, il agita la main et se dépêcha de continuer. A sa propre surprise, il se sentait bien dans ces vêtements étrangers. Il n'avait jamais vu d'aussi belles bottes et bizarrement elles lui allaient parfaitement. Il n'avait jamais porté un chapeau comme celui qu'il avait maintenant sur la tête. Il se sentait comme un autre homme dans un autre pays et c'était bon.

Il prit le même chemin que quelques heures plus tôt, dépassa la tombe et s'enfonça dans la petite forêt un peu plus loin. Là, il enleva les vêtements du marin, les jeta dans le sous-bois et les recouvrit d'une montagne d'aiguilles de pin et de terre. Puis il enfila ses propres vêtements, fourra le sac dans sa poche et revint à travers la lande.

Cette fois il ne choisit pas la plage, mais alla vers la colline de la balise. Un beau soleil se tenait à l'est et déversait sa lumière sur le pays. Il l'éblouissait et lui donnait l'impression de le percer à jour. De très loin il vit une silhouette en train de guetter sur le haut de la colline. L'homme se battait les flancs pour se réchauffer et regardait dans la direction de Jens Peter. Il pensa que ce devait être le garde maritime qui essayait de se faire une vue d'ensemble après le naufrage. L'homme sous la balise lui fit un signe, et Jens Peter le lui rendit. Maintenant il voyait que c'était bien le garde.

Pendant l'interrogatoire il transpira beaucoup.

— As-tu vu un homme se dirigeant vers le sud ? demanda Carlsen. Sa voix était contrôlée, mais cela la rendait encore plus effrayante. Son regard transperçait Jens Peter tandis qu'il décrivait en détail le marin.

Jens Peter répondit non, mais avec le sourire mal assuré de l'accusé.

— Tonnerre de Dieu ! s'exclama le garde, et Jens Peter frémit. Il n'avait jamais entendu Carlsen jurer.

— Tu as été chez ta sœur ?

— Oui.

— Elle s'en est allée ?

— Oui.

— Où as-tu passé la nuit ?

Jens Peter se sentait prêt à s'enfoncer sous terre sous le poids des mots du fonctionnaire. Il avait l'impression d'être sur des charbons ardents et cela lui coûtait un effort surhumain simplement de regarder l'homme dans les yeux.

Jens Peter fit ce qu'il put pour maîtriser son tremblement, s'attendant à chaque instant à ce que Carlsen mette la main sur son épaule et l'arrête pour le meurtre du marin naufragé, mais cela n'arriva pas.

Au lieu de cela, il lui raconta ce qui s'était passé. A ce moment-là, tous les morceaux se remirent en place : un bateau avait fait naufrage, un seul marin avait été sauvé, il avait été veillé et soigné par Ane, et donc, en remerciement, le marin avait tenté de l'étrangler pour la violer.

Jens Peter sortit soulagé de l'interrogatoire du garde. Il savait maintenant qu'il avait bien agi.

Il sentit quand même les yeux de l'autre dans sa nuque pendant qu'il rentrait chez lui.

Les événements délivrèrent les jeunes gens de leur routine sans espoir. Ils s'épanouirent dans le lit et, sur un plan purement logistique, cela eût très bien pu être l'enfant de Jens Peter.

Il reçut le premier choc quand quelqu'un le taquina parce qu'Ane était enceinte. Sur le coup, il se sentit fier et sur le point de se vanter, puis quelqu'un dit autre chose et une vague de chagrin et de honte le submergea.

Il se dépêcha de rentrer chez Ane, recroquevillé de rage, et lui demanda ce qu'il en était.

Elle dit que c'était son enfant à lui. Ils se regardèrent dans les yeux pendant quatre secondes. Il vit sur son visage qu'elle mentait. Puis il baissa les yeux.

Les mois suivants, il s'habitua à cette pensée. Les longues soirées en mer sur le bateau de pêche, sur le pont, dans la couchette ou avec le couteau à la main près des seaux à poissons – tout cela mûrit sa décision. Lorsqu'il revint et vit le petit, il vacilla et eut envie de tourner les talons, de la quitter et de partir loin. Il était encore temps. C'est à cette seconde qu'il devait réellement faire son choix.

Il se vit lui-même comme un vieil homme amer dans une ville qui n'était pas la sienne, loin de chez lui. Un homme qui détournait le regard chaque fois qu'on parlait d'enfant ou qu'on mentionnait la ville de son enfance, ou chaque fois qu'il rencontrait une fille s'appelant Ane, et il ne lui resta plus beaucoup de doutes.

Puis elle lui redit que c'était son enfant, et cette fois il mit une autre signification dans ses mots et dans le sourire qu'elle lui lança.

Au cours des années qui suivirent, l'événement se dissipa. Jens Peter ne voyait pas de fantômes, comme ceux qui venaient hanter sa femme de temps à autre, ce n'était pas dans sa nature. Mais il y avait une chose qu'il voulait faire. Cela le taraudait d'avoir juste jeté le marin dans un trou. Un soir d'automne, alors qu'Ane était à une réunion dans sa nouvelle fabrique, il y repartit. Cette fois avec une petite croix qu'il avait lui-même fabriquée dans son atelier.

Sur ses vieux jours, il sentit qu'il lui restait encore une chose à faire.

Toute sa vie, il avait en gros réussi à cacher qu'il ne savait ni lire ni écrire. Il fit un dessin qu'il signa de XX. Le dessin représentait une carte avec deux dunes, une ligne de côte et une ligne de phare. Les tours réunies, avait-il écrit à grandes lettres maladroites dans un sens, et dans l'autre sens il y avait une ligne en pointillé jusqu'à une croix.

Il porta son œuvre à sa femme. Il ne dit rien, mais il avait cette expression décidée dans les yeux qui signifiait qu'il voulait avoir sa volonté, une expression qui n'avait d'effet sur Ane que parce qu'il l'utilisait si rarement.

Après sa mort, le papier jaunissant demeura dans le tiroir d'Ane jusqu'au jour où, peu d'années avant sa mort, elle le mit au propre et expliqua le message secret dans son danois pur et stylé, et de sa belle écriture. Ni Ane ni Jens Peter n'avaient vraisemblablement imaginé qu'il serait déterré et soumis à un examen médico-légal. Ce qu'ils firent leur avait sans doute été dicté par leur conscience, un acte chrétien – peut-être dans l'espoir qu'un jour j'offrirais à ce marin, auquel ils devaient tant, un enterrement digne en terre consacrée, une pierre, une vraie croix et des fleurs.

Je reviens au lever du jour, comme Jens Peter il y a cent ans, fatigué, les reins et le dos douloureux.

La bêche, je l'ai jetée dans un profond trou d'eau, la lampe de poche aussi. Elles ont coulé au fond avec un *plouf.* Personne ne doit me voir aller acheter le pain du petit-déjeuner avec des pièces à conviction à la main.

La flasque, je la garde. Avant d'arriver aux premières maisons au nord de la balise, j'avale la dernière gorgée et une folle activité se déclenche dans ma tête. L'alcool, la nuit sans dormir, l'émotion.

Je grimpe jusqu'à la balise et balaie du regard la pointe. La mer est calme, l'eau ressemble à un miroir embué.

Quand Ane a assuré la perpétuation de la famille de façon peu traditionnelle, elle était menée par des courants et des énergies sur lesquels elle n'avait aucune influence. Elle était la victime de pulsions qui effaçaient le moi et le libre arbitre.

Les derniers scanners montrent que les grandes décisions sont traitées dans la partie avant du cerveau, celle qui contient les sentiments. Nous croyons agir rationnellement, en réalité nous agissons émotionnellement. Une expérience corrobore cette théorie : on munit une personne d'une poignée commandant un aiguillage. Un chariot rempli de charbon arrive sur les rails. Sur une des voies marchent quatre personnes. Sur l'autre, une seule. Le chariot fonce sur les quatre personnes. Le cobaye a maintenant la possibilité d'actionner la commande d'aiguillage. Soit le chariot heurte quatre personnes, soit une. Le cobaye ne bouge pas. Le chariot tue quatre personnes. La raison aurait dû lui dire de changer de voie, pour qu'une seule personne soit tuée. Mais cela lui paraît pire, puisque dans ce cas, il aurait accompli l'action. C'est donc le sentiment, et non la rationalité qui décide.

Ane était sous l'emprise de la biochimie lorsqu'elle a entamé cette relation. Ensuite, quand elle s'est défendue contre un agresseur et l'a tué, elle était sous l'emprise des sentiments. Qu'en est-il alors de l'autodétermination de l'individu ? Où est la libre volonté ? Dans les décisions anodines, sans danger. Dois-je peindre la porte en rouge ou en vert, acheter une Tuborg ou une Carlsberg ? Dans les situations déterminantes et dangereuses, quelque chose d'autre, de plus grand, décide.

Je me laisse dévaler la côte abrupte. L'épicier est en train d'ouvrir. Je m'y traîne. Je réalise que je suis sans cesse en train d'essayer de trouver des explications plausibles. Pour les actes étranges de mon arrière-grand-mère, mais peut-être aussi pour excuser le comportement d'un individu plus contemporain.

Je dors toute la journée, complètement ailleurs, dans un monde sans marin disparu et sans anciens repères.

Je ne retrouve mes sens qu'au crépuscule. Pendant que l'eau chaude de la douche relâche les tensions de ma nuque et de mes épaules, je revois en pensée tout le déroulement de l'histoire. La jeune femme était peut-être sous l'emprise des sentiments, mais ses considérations rationnelles sur l'amour finirent par vaincre – sur le long terme, comme on dit. Elle tint bon et gagna, à sa propre façon un peu tordue.

Je mange, charge la voiture et prends la route du sud, lentement et à contrecœur. Les papiers de l'agent immobilier sont toujours dans le dossier. La décision finale est plus difficile à prendre que je ne le croyais. Il y a d'abord quelque chose qui doit guérir.

La route s'étire devant moi, noire comme toujours un mardi soir de novembre.

Sur l'étendue dégagée, je jette un coup d'œil vers la lande. Des silhouettes sombres se dessinent le long du bas-côté. Ce sont des personnes connues. Jens Peter sourit pâlement dans le vent du soir, Ane jette un coup d'œil dans ma direction en ruminant un plan contre les mauvais payeurs. Marie est debout, les mains rouges sur les hanches, et le garde maritime Carlsen darde l'instant et demande des preuves de ma bonne conscience. Le docteur Warming, un Hirschsprung allumé aux lèvres, hausse joyeusement les sourcils, loin des tracas de la vie terrestre, et Tonny le Noir me lance le sourire des durs de l'Atlantique, tandis que Rie fait un signe d'adieu, enveloppée dans un châle, tenant à la main quelque chose que j'aurais dû emmener pour la route. Ils me suivent des yeux sans m'arrêter, comme s'ils voulaient s'assurer que je suis bien parti.

La voiture est entrée dans la ligne des phares. Dans le rétroviseur, une balle jaune apparaît toutes les quatre secondes. Elle devient de plus en plus petite, puis la route tourne et la lumière du phare disparaît.

FAITS ET FICTIONS

La nuit du lendemain de Noël 1902, le trois-mâts *G.S. Penry* fit naufrage sur la plage nord de Skagen. Le seul survivant fut le marin américain Frederic Porter. Il fut sauvé par le garde Anthon Carlsen et se remit.

Je suis né à Skagen en 1954, de deux vieilles familles du coin, les Welle et les Fedder. Enfant, je souhaitais de tout mon cœur y habiter pour de vrai. J'adorais mon grand-père maternel, l'épicier Anthon Fedder, et il m'adorait. Mon arrière-grand-père et mon arrière-grand-mère avaient construit leur maison sur Østre Strandvej, mon grand-père et ma grand-mère maternels aussi, et mon arrière-grand-père comme mon grand-père avaient été pêcheurs d'Angleterre. Le berceau de mon arrière-grand-père, Peter Well, se trouve au musée local, le Musée de la ville et de la région de Skagen, comme il se dénomme aujourd'hui, et un arrière-arrière-grand-père figure dans une des célèbres peintures. Les sœurs de mon grand-père paternel ont reçu des pruneaux pour avoir posé comme modèles pour les Ancher, et mon grand-père maternel fulminait contre cette façon de stigmatiser le petit peuple – alors que de l'autre côté d'Oddevej on criait *Hip hip hourra !* Mes arrière-arrière-grands-parents du côté paternel ramassaient des mouettes mortes près du phare et récupéraient les rognures de chou à la porte de service de l'auberge Brøndum, quand les riches avaient mangé.

A ces faits historiques et quelques autres s'arrête la vérité de ce récit.

Le reste ? Le reste *"n'est que menteries"*.

Et pardon au vrai docteur Warming, au pasteur Boeck, à l'adjoint Frisch, au gardien de phare Rude, au peintre Ancher, au garde maritime Carlsen, à l'aubergiste Brøndum, à l'exportateur de poissons Edward, au maître d'école Larsen et au mareyeur Chapman de Grimsby, de les avoir ainsi glissés dans ce roman – mais leurs noms allaient si bien.

Parmi les principales sources, il faut citer Alba Schwartz, Chr. Hansen Larsen (le maître d'école Larsen), le livre d'Inger Støtt sur les pêcheurs d'Angleterre et celui de Niels Bach sur le grand pêcheur Kristian Venø d'Esbjerg.

BABEL

Extrait du catalogue

1004. ALAA EL ASWANY
J'aurais voulu être égyptien

1005. RACHID EL-DAÏF
Qu'elle aille au diable, Meryl Streep !

1006. SIRI HUSTVEDT
Elégie pour un Américain

1007. A. J. JACOBS
L'année où j'ai vécu selon la Bible

1008. DANIEL KEHLMANN
Gloire

1009. NANCY HUSTON
L'Espèce fabulatrice

1010. ALBERT SÁNCHEZ PIÑOL
Pandore au Congo

1011. BREYTEN BREYTENBACH
Le Monde du milieu
(à paraître)

1012. MICHEL TREMBLAY
Bonbons assortis

1013. KHADIJA AL-SALAMI
Pleure, ô reine de Saba !

1014. SOROUR KASMAÏ
Le Cimetière de verre

1015. LAURENT GAUDÉ
La Porte des Enfers

1016. SAM SAVAGE
Firmin

1017. WAJDI MOUAWAD
Littoral

1018. *
Roman de Baïbars 5
La Trahison des émirs
(à paraître)

1019. *
Roman de Baïbars 6
Meurtre au hammam
(à paraître)

1020. MATHIAS ÉNARD
Zone

1021. JEANNE BENAMEUR
Laver les ombres

1022. JÉRÔME FERRARI
Dans le secret

1023. PASCAL MORIN
Bon vent

1024. A. M. HOMES
Ce livre va vous sauver la vie

1025. ANDREÏ GUELASSIMOV
L'Année du mensonge

1026. HANAN EL-CHEIKH
Londres mon amour

1027. WAJDI MOUAWAD
Incendies

1028. DAVID HOMEL
L'Analyste
(à paraître)

1029. FABRICE NICOLINO
Bidoche

1030. NAOMI KLEIN
La Stratégie du choc

1031. DARINA AL-JOUNDI / MOHAMED KACIMI
Le jour où Nina Simone a cessé de chanter

1032. WILLIAM T. VOLLMANN
Pourquoi êtes-vous pauvres ?

1033. CÉSAR AIRA
La Princesse Printemps

1034. INTERNATIONALE DE L'IMAGINAIRE N° 25
Le Patrimoine culturel immatériel,
premières expériences en France
(à paraître)

1035. NAGUIB MAHFOUZ
Le Cortège des vivants

1036. RÛMÎ
Le Livre du Dedans

1037. IBN 'ARABÎ
La Profession de Foi

1038. IBN KHALDÛN
La Voie et la Loi

1039. ANNE-MARIE GARAT
L'Enfant des ténèbres

COÉDITION ACTES SUD – LEMÉAC

Ouvrage réalisé
par l'Atelier graphique Actes Sud.
Achevé d'imprimer
en février 2011
par Normandie Roto Impression s.a.s.
61250 Lonrai
sur papier fabriqué à partir de bois provenant
de forêts gérées durablement (www.fsc.org)
pour le compte
des éditions Actes Sud
Le Méjan
Place Nina-Berberova
13200 Arles.

Dépôt légal
1re édition : janvier 2011
N° d'impression : 11-0644
(Imprimé en France)